AF286634

Stefan Gril

Smartje

Ein hyperbolischer Lebenslauf

Smartje

Smartje Brinkmann ist ein Mann ohne Moral. In prekären Verhältnissen aufgewachsen, kennt er nur ein Ziel: Er will zu den Gewinnern des Lebens gehören, koste es was es wolle. Von seinem Ziehvater hat er gelernt, dass man das Recht hat, zu betrügen, wenn es anders nicht geht.

Er startet furios, sein Aufstieg scheint unaufhaltsam zu sein. Als er sich schon ganz oben angekommen wähnt, verlässt ihn das Glück. Seine moralische Verkommenheit bringt ihn zu Fall. Smartje kämpft vergeblich, der Gewinner wird zum Verlierer.

Über den Autor:

Stefan Gril, bürgerlich Dr. Ernst Flaig, ist Naturwissenschaftler im Ruhestand und freiberuflicher Maler und Autor surrealistischer und gesellschaftskritischer Erzählungen.

Weitere Buchveröffentlichungen:

Die Erlebnisse eines wahnsinnigen Pilgers bei seinen Wanderungen durch die reale Welt, 2022

Traumsignale, Eine Sammlung lucider Träume, 2023

Tanatolien, Eine virtuelle Welt nach dem Super Öko GAU, 2023

Bibliographische Information der Deutschen Nationalbibliothek:

Die Deutsche Nationalbibliothek verzeichnet diese Publikation in der Deutschen Nationalbibliografie; detaillierte bibliografische Daten sind im Internet über dnb.dnb.de abrufbar.

© 2024 Stefan Gril

Cover Art und Grafik: Stefan Gril

ISBN: 9783759751379

Herstellung und Verlag:

BoD – Books on Demand, Norderstedt

S m a r t j e

ein hyperbolischer Lebenslauf

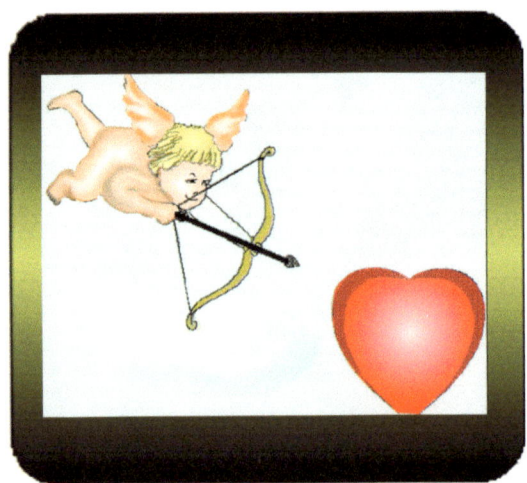

Teil 1 der Norden

Vorspiele

Smartje Brinkmann ist gerade Drei.

Er steht hier am Rande der Sandkiste, in der der Sand vom nächtlichen Regen nass und schwer und kein bisschen einladend aussieht. Smartje trägt einen blauen Overall, den man hier in der Gegend als Holländeranzug bezeichnet. Smartje ist ein hübsches Kind mit weißblonden Locken und wasserblauen Augen wie aus einem Film. So wie er, so sollen sie wohl drüben aussehen, auf der holländischen Seite, in Enschede. Elsa Brinkmann, die Kellnerin im Lokal "Tom Swarten Fatt" , im Zentrum von Gronau, verdankt ihren dreijährigen Engel einer stürmischen Nacht, in der der letzte Gast, ein Handlungsreisender aus Enschede - wie er sich vorstellte - sich nicht in das Unwetter hinauswagte und einfach blieb...

Elsa, ein einfaches Kind und eine liebeshungrige junge Frau, nahm ihrem Gast mit hinauf in die Mansarde über dem Lokal, in der sie gelegentlich Besucher empfing, sofern sie ihrer

Vorstellung von starker Männlichkeit entsprachen. Smartjes Vater war blond, blauäugig und unwiderstehlich gewesen. Ohne viele Worte zu machen, hatte er Elsa geschwängert und war dann in der Morgendämmerung wieder hinausgegangen aus ihrem Leben.

Nun steht Smartje hier und der Sand ist nass vom Regen. Alle, die vorbeigehen, sind entzückt über die engelhafte Erscheinung. Er ist so blond, blauäugig und unwiderstehlich wie es sein Vater, den er nicht gekannt hat, einst gewesen war. Eine Frau beugt sich zu ihm hinab: "Du bist ja ein hübsches Kind ! Wie heißt du denn, Kleiner ?" Smartjes Lächeln hypnotisiert das Gesicht über ihm. Entschlossen holt er aus. Ein Klumpen nassen schweren Sandes landet genau auf der Nasenwurzel, spritzt auf die Brille und in die Frisur. Ein vom Makeup dunkel gefärbtes Rinnsal läuft seitlich in die Halskrause hinein.

Smartje jauchzt vor Glück und reckt seine beiden kleinen Engelsfäuste in Siegerpose nach oben.

"Schule, Pfff...!" (mit vorgestülpter Unterlippe herausgepresst). Er ist schon fast sieben, und Elsa hat wenig Zeit für ihn. Sie verbringt ihre Nächte und Vormittage zumeist mit Tom Lüdemann, dem Inhaber der Kneipe "Tom Swarten Fatt". Tom ist eine zwielichtige Figur, ein Schrank von einem Mann. Er soll früher Rausschmeißer oder auch Zuhälter in Sankt Pauli gewesen sein - nix Genaues weiß man nicht... Zur Zeit jedenfalls pflegt er regelmäßig den neugierigen Smartje hinaus zu schmeißen, wenn er mit Elsa schlafen will. Smartje lungert dann in der unaufgeräumten Wirtsstube herum, wo der Geruch nach abgestandenem Bier und kaltem Rauch ihm fasziniert. Er nimmt sich vor, so bald wie möglich auch an diesen Tischen zu sitzen, sein Bier zu trinken und beim Kartenspiel wuchtig auf den Tisch zu hauen. An den Spielkarten, die vom Abend hier noch herumliegen, hat er schon wundersames entdeckt: Kerben und geknickte "Ohren", Rubbelflecken und klebrige Stellen - er begreift sofort, worauf es ankommt, wenn man gewinnen will. Und er will gewinnen, dunnerlüttchen!

Smartje, der zwölfjährige.

Wie hat er es geschafft, zum Gymnasiasten aufzusteigen und sich nun schon drei Jahre scheinbar mühelos zu behaupten? das Phänomen ist vielschichtig.

Da ist zuerst Dirk Haspelsager zu nennen, ihm seit den Grundschultagen in bewundernder Hörigkeit verfallen. In der gottesfürchtigen und obrigkeitshörigen Erziehung im Hause des Polizisten Haspelsager ist eine Erscheinung wie Smartje Brinkmann, diese Sternschnuppe des Teufels, einfach nicht vorgesehen. Dirk muss sich also ohne elterliche Leitlinie damit auseinandersetzen. Und er erliegt dem Charisma des blondgelockten Verführers. Als sie neun sind, haben sie den ersten gemeinsamen Rausch aus dem Inhalt einer Flasche Kömen, die Smartje bei Lüdemann mitgehen ließ. Danach darf Smartje seine Hausaufgaben bei Dirk abschreiben, was nie ohne den Hinweis geschieht, dass anderenfalls die Zecherei dem gestrengen Vater-Polizisten bekannt werden würde. Auch jetzt, da sie zusammen die gymnasiale Quarta besuchen, lebt Smartje zu weiten Teilen von den Zinsen dieser und ähnlicher Wohltaten an seinem Freund.

Dann ist da Dr. Ratsmann. Der Studienrat am Gronauer Gymnasium, Leiter des Kirchenchores, Klassenlehrer von Smartje, ist zunächst fest entschlossen, den windigen Burschen umgehend auf die Hauptschule zurück zu expedieren. Smartje, der Matchwinner, hat Gelegenheit zu seinem ersten Meisterstück.

Er lässt sich, in wohlbedachter Absicht, bei einer Klassenarbeit beim Abschreiben aus Haspelsagers Heft erwischen. Die Konsequenz muss, nach aller Erfahrung, ein Rücksprache-Termin des Erziehungsberechtigten bei Dr.Ratsmann sein. Der Erziehungsberechtigte, Elsa Brinkmann, betritt das Lehrerzimmer gegen drei Uhr nachmittags. Dreißig Minuten später taucht ein blonder lächelnder Smartje wie herbeigezaubert vor den beiden auf, als Ratsmann seine Hose bereits abgestreift hat und sein erigierter Penis unmissverständlich an einer Stelle nach Rücksprache heischt, die von der Natur auch durchaus dafür vorgesehen ist. Ratsmann, Vater von zwei Kindern, Leiter des Kirchenchores und angesehener Bürger Gronaus, verzichtet auf den Vollzug seines augenblicklichen Willens, der nicht sein letzter war, und man arrangiert sich zu jedermanns Nutzen. Smartje bleibt auf dem Gymnasium und Ratsmann ist künftig häufiger Gast in der Kneipe "Tom Swarten Fatt", das er oft erst lange nach der Schließung des Lokals verlässt.

Auf dem Pausenhof ist Smartje von einer neugierigen Gruppe umringt . Er hat aus der Kneipe eine Zigarrenkiste mitgehen lassen, nun bietet er die Kiste an zum Tausch gegen ein Pausenbrot. Die meisten kennen Smartje und trauen ihm nicht, aber Dirk Haspelsager, Smartjes Fußabtreter und trotz allem noch immer sein Freund lässt sich wieder mal verführen. Eine Zigarrenkiste und ein dick belegtes Wurstbrot wechseln den Besitzer. Mit vor Erwartung geröteten Ohren öffnet Dirk die Kiste. Sie ist leer. Das höhnisch Gekreisch der Umstehenden animiert Dirk zum Direktangriff. Smartje duckt sich hinter den Fahrradständer und der etwas plumpe Dirk reißt sich mit drei stürzenden Rädern auch noch eine blutende Schramme in die Stirn. Smartje ist sehr befriedigt und findet Schule gar nicht mehr so langweilig. Nächstens wird man ihn doch regelmäßiger hier sehen.

Draußen am Stadtrand von Gronau gibt es ein Gebäude, das für Smartje große Anziehungskraft hat. Es ist die Reparaturwerkstatt einer Fahrradhandlung. Magische Wirkung auf Smartje haben Fahrräder mit sechsundzwanzig zölligem Rahmen, die für halbwüchsige Jugendliche gedacht sind. Für einen Zwölfjährigen, der groß und kräftig gewachsen ist, genau das richtige. Aber Mutter Elsa winkt ab.

„Smartje, mein Engelchen, woher soll ich denn das Geld dafür nehmen? Der Lüdemann bezahlt mich so schlecht, das ich manchmal nicht weiß, woher ich das Geld für unser Essen nehmen soll."

„Also, wenn der Lüdemann so schlecht bezahlt, Mam, wie wär's dann mit dem Ratsmann – vielleicht zahlt der besser?"

„Du bist ein durchtriebenes kleines Teufelchen, mein Engelchen, was hältst du denn von deiner Mutter! Wenn der Ratsmann spät nach der Sperrstunde heimgeht, ist er betrunken, und er bezahlt nur seinen Schnaps beim Lüdemann, sonst nix!"

„Na ja, das ist natürlich zu wenig, mit „nix" kann man kein Fahrrad kaufen, höchstens eins finden, wenn eins gerade herrenlos rumsteht."

„Bitte, Junge, mach keine riskanten Sachen! Am Ende muss ich dafür gerade stehen!"
„Schon gut, Mam, ich werde dich schon nicht in die Bredouille bringen."

In der Abenddämmerung beobachtet Smartje die Werkstatt. Die Mechaniker sind längst heimgegangen, vor dem Eingang stehen noch einige der reparierten Objekte und sehen sehr einladend aus. Was wäre, wenn eines davon gar keinen Besitzer hätte? Smartje wartet, bis zur vollständigen Dunkelheit. Es ist schon fast Mitternacht, Smartje traut sich aus der Deckung. Just in diesem Moment kommt der Inhaber des Ladens vor seine Tür. Als er sieht, dass noch Kundenobjekte draußen stehen, stößt er einen ordinären Fluch aus.
„Diese Saukerle, wieder vergessen oder zu faul gewesen, na wartet!"
Schiebt die Räder in den Innenhof und lässt das Tor herunter. Chance verpasst.
Am nächsten Tag ist Smartje schon um die Mittagszeit an seiner Spähposition. Den Gang in die Schule hat er sich geschenkt. Nun will er wissen, wie der Tag da drüben abläuft. Kunden bringen Räder, Mechaniker stellen reparierte Geräte vor die Tür. Nichts ist ungewöhnlich, die Chance zum Zugreifen ist Null. Am späten Nachmittag schließt die Werkstatt. Die Arbeiter schaffen, bevor sie gehen, noch die Räder in den Innenhof. Aha! Das hat also ein Donnerwetter gegeben. Was nun Smartje?
Lauerjäger brauchen Geduld, müssen warten, bis das Opfer Fehler macht. Tags darauf ist er schon vormittags auf seinem Posten. Zur Mittagszeit wird der Verkaufsraum von innen abgeschlossen. Die Werkstattarbeiter sind nicht zu sehen, machen wohl Siesta mit Bier und Wurststulle. Auf der Straße stehen drei Räder, eins davon ein Sechsundzwanziger. Keines ist fest angeschlossen. Aufsitzen und davon radeln wäre einfach. Aber Smartje kann bisher noch nicht Radfahren, wie hätte er das auch lernen sollen? Messerscharf begreift er indessen, dass die Chance einmalig ist, die Konstellation sich so bald nicht wiederholen wird. Wie ein gelangweilter Spaziergänger schlendert er hinüber, greift das Sechsundzwanziger und schiebt es zehn Meter weiter, da bleibt er stehen. Sollte jetzt jemand kommen, würde er erklären, dass er nur mal probieren wollte, ob er damit fahren kann. Niemand kommt, er schiebt seine Beute die Straße hinunter, einen Schotterweg hinauf, einen Waldpfad entlang, bis zu einer Kiefernschonung. Sollte jetzt jemand kommen, so hat er eben das herrenlose Teil gerade gefunden und ist nun auf dem Weg, es bei der Werkstatt abzugeben, als ehrlicher Finder, dem natürlich Finderlohn zusteht. Aber hier, in diesem Kiefernwald, ist er allein. In aller Ruhe kann er seine Eroberung von allen Seiten betrachten, die Funktionen durchprobieren, und dann – aufsitzen, losradeln, mit Karacho zur Seite stürzen. Das hat jetzt ein blutiges Knie ergeben. Wenn schon, wo gehobelt wird, da fallen Späne. Zum Glück hat er ein Taschentuch in der Hosentasche mit dem das Knie verbunden wird. Nun geht er es etwas vorsichtiger an. Setzt sich mit der Kimme auf die Querstange, meidet die Pedale und stößt sich mit den Füßen am Boden ab. Das funktioniert richtig gut und eine Stunde später hat er ein ausreichendes Gleichgewichtsgefühl, um sich schon mal vorsichtig in die Kurve zu legen.
Als er spät abends heim kommt, schlägt Mutter Elsa die Hände über dem Kopf zusammen.
„Wo hast du denn gesteckt den ganzen Tag ? Und wie du aussiehst, hast du dich im Sautrog gewälzt?"

„Ach, Mam, jetzt lass mich mal erklären, mir ist wirklich etwas unglaubliches passiert. Ich hatte dem Dirk vorgeschlagen, dass wir in den Wald gehen sollten um Eichhörnchen zu beobachten. In Naturkunde haben wir die Aufgabe bekommen, Tiere zu beobachten und darüber zu berichten. Der Dirk wollte aber nicht mitgehen, so bin ich alleine gegangen. In der Kiefernschonung, die du auch kennst, fand ich dann – ob du es glaubst oder nicht – ein an einen Baum gelehntes herrenloses Fahrrad. Das ist wirklich wahr, Mam, es stand am Baum und niemand war in der Nähe! So habe ich es mal genommen und Radfahren probiert. Ein paar Schrammen hat das schon gegeben, ist aber nichts schlimmes."

„Smartje!!! Du verdammter Bengel hast es also wahr gemacht und jetzt kann ich darauf warten, dass der Polizist Haspelsager erscheint und mir einen Strafbefehl wegen Diebstahls überreicht!"

„Aber nicht doch, Mam, nein, nein! Ich hab's nicht genommen, ich hab's wieder an den Baum gestellt. Da kann es der Besitzer abholen, wenn er noch weiß, wo."

„Morgen wirst du auf der Stelle hingehen und das Rad wieder dahin bringen, wo du es hergenommen hast. Wir sind keine Kriminellen!"

Der Lehrer schickt den Polizisten, weil Smartje seit drei Tagen in der Schule abgängig ist. Der packt ihn einfach auf seinen Gepäckträger und radelt mit ihm zur Schule. Elsa wird vom Schulleiter eine schriftliche Ermahnung erhalten, besser auf den Schulbesuch ihres Sprösslings zu achten. Die lässt sie achselzuckend in den Papierkorb wandern.

Eine Woche später kommt das Engelchen Smartje auf einem sechsundzwanziger Rad von der Schule heim geradelt. Wie selbstverständlich stellt er das Ding in den Lüdemann'schen Hof hinter dem Haus. Mutter Elsa schüttelt den Kopf.

„Du fährst aber noch sehr wacklig. Wenn du schon ein Rad hast, musst du es auch fleißig benutzen um darauf sicher zu werden."

„OK, Mam, mache ich! Übung macht den Meister."

„Und sieh' zu, dass es dir nicht geklaut wird!"

Ist das nun Resignation oder gar Stolz auf den unbeirrbaren Durchsetzungswillen ihres Engelchens? Mit Konsequenzen irgendwelcher Art rechnet sie jedenfalls nicht mehr.

Vogelscheuche

Nichts ist für die Ewigkeit gemacht, leider. Die neue Klassenlehrerin von Smartje Brinkmann und Dirk Haspelsager, Fräulein Elisabeth Verkennen, ist eine misslaunig dreinschauende Vogelscheuche. Ihre Jugend hat sie in einer Internatsschule des Karmeliterordens verbracht. Ihre Ansichten übers Leben sind dementsprechend. Smartje hat wieder eine Fünf im „Deutschen Besinnungsaufsatz", weil er auf die Frage: „Was weißt du vom Samaritertum?" keine überzeugende Antwort geben konnte. Nun soll Mutter Elsa die Fünf auch noch mit ihrer Unterschrift absegnen, was Smartje äußerst unpassend findet. Er stößt den Haspelsager nebenan in die Rippen und bietet ihm eine Wette an: Eine Flasche Kömen aus Lüdemanns Pinte, wenn er die Seite mit der Fünf heraustrennt, zerkaut und runterschluckt. Und der

Haspelsager geht auf diesen Leim. Während er kaut und schluckt meldet sich Smartje mit schnipsendem Finger:

"Frau Verkennen, Frau Verkennen! Der Haspelsager hier neben mir, der ist ja gemeingefährlich - jetzt frisst er schon mein Aufsatzheft!"

Der nachfolgende Eklat ist gut kalkuliert, Haspelsager kann sich nicht herausreden, denn die Gier nach einer Flasche Kömen als Begründung seiner Tat - nein, nicht, solange Vater Haspelsager werktags Polizist in Gronau und sonntags Hilfsküster beim Gottesdienst ist. Smartje kommt heil aus der Sache heraus, aber die Freundschaft mit dem Dirk ist nicht mehr dieselbe. Kurz darauf trennen sich ihre Wege endgültig: Dirk Haspelsager wird in die Obertertia versetzt, Smartje Brinkmann wiederholt die Untertertia.

Weil die Schule ein grauer Ort der Enttäuschung und der Frustration ist, meldet sich Smartje häufig krank. Die Unterschrift unter solchen Meldungen "Elsa Brinkmann" hat er anhand von Bestellzetteln aus Tom Lüdemanns Getränkekasse fleißig geübt. Er geht an solchen Vormittagen schlendern und schaut mal beim Nachbarn durch den Zaun. Da steht das unaufgeräumte Frühstücksgeschirr auf der Terrasse und wahrhaftig, eine Armbanduhr liegt da auch! Der kleine Köter des Nachbarn schlägt ein wütendes Gekläff an und dann jault er, als er getreten wird. Man läuft herbei, aber wer dort die Straße hinunterläuft, ist nicht mehr auszumachen. Dass der alte Haspelsager gerufen wird, um den Fall zu Protokoll zu nehmen, erfüllt Smartje mit stiller Freude. Kaum ist dieser nämlich in seiner Amtsstube zurück, sieht er sich einem alerten Smartje gegenüber, der eine abenteuerliche Geschichte erzählt, wie er den Einbrecher verfolgt und ihm die Armbanduhr entrissen hat. Haspelsager glaubt ihm kein Wort, aber - da liegt schließlich die Armbanduhr auf dem Tisch, und der Polizist begreift, in welch angenehmem Licht ihn die so überaus rasche Aufklärung des Falles erscheinen lässt. Er nimmt ein Protokoll auf, darin steht auch, dass der Brinkmann dafür, dass er seine Haut riskiert hat, um das Eigentum des Nachbarn zu retten, eine gewisse Anerkennung erwartet. Die er schließlich auch erhält.

Smartje ist sechzehn

Maia Vondung, genannt «Lolita», ist ein kleines Biest. Auf dem Pausenhof macht sie dem Brinkmann "klimpernde Wimpern" und wenn er sie fangen will, verbirgt sie sich kichernd in einem Pulk von Mitschülerinnen. Smartje, sechzehn und von seiner Unwiderstehlichkeit überzeugt, passt sie auf dem Heimweg ab und drückt sie in einen Hausflur. Natürlich verlässt er auch diesen Schauplatz als Sieger. Maias Eltern haben eine Gemüsehandel am Jöbkesweg, sie sind strikt gegen diesen Umgang. Smartje besorgt sich am Samstag unauffällig einen Strauß Margeriten aus der Vondung'schen Straßenauslage vor dem Laden. Am Sonntag nach dem Hauptgottesdienst steht er proper gekleidet auf der Kirchentreppe und wartet auf die Vondung-Familie. Die Margeriten überreicht er mit einer artigen Verbeugung - Maias Mutter. Die findet den Filou "ganz allerliebst" und vergisst nicht, mit einem Seitenblick auf Vater Vondung, zu erwähnen, dass sie schon jahrelang keine Blumen mehr geschenkt bekommen hat. Smartje hat freien Zugang zum Vondung'schen Gemüseladen und darf auch schon mal nachmittags, wenn wenig Kunden kommen, gemeinsam mit Maia auf die Kasse aufpassen. In günstigen Momenten entnimmt er sich daraus den für diese Mühe fälligen Lohn und erspart so den Vondungs, ihm einen solchen anbieten zu müssen.

Versetzung gefährdet, und das zum zweiten Mal. Der Erziehungsberechtigte soll den Inhalt des Briefes durch seine Unterschrift bestätigen. Smartje weiß, dass Mutter Elsa anderes im Kopf hat, als seine Schulprobleme. Voller Mitleid will er ihr die Wahrheit ersparen, und schließlich - den Namen "Elsa Brinkmann" schreibt er so schön wie sie selbst.
Dieses Mal hat Smartje es mit dem Rektor zu tun. Dr. Bramsche ist weißhaarig, hager, magenkrank und von einem neurotischen Misstrauen erfüllt. Smartje verliert sein erstes Match. Elsa Brinkmann wird zum Rektor bestellt und mit dem "Blauen" konfrontiert. Ahnungslos bestätigt sie, dass sie das Papier zum ersten Mal sieht.
Consilium abeundi. Smartje macht eine verächtliche Schippe. Scheißschule, wozu? Sein Weizen blüht woanders, das weiß er.

Der Weg nach oben

Smartje kehrt Gronau mit seinen kleinbürgerlichen Endemikern den Rücken, um sein Glück in der Großstadt zu versuchen. In die westfälische Metropole Münster zieht es ihn, wo ein Likörlieferant und Bekannter von Tom Lüdemann einen Großhandel hat. Oskar Lauenberger, der mit seiner "Inex", Import-Export-Gesellschaft, nicht nur mit Spirituosen handelt, sondern mit allem, was nicht größer ist, als dass es ein einzelner Mensch eiligen Schrittes davontragen kann, schätzt den Wirt vom "Tom Groten Fatt" in Gronau als guten Kunden (manche behaupten, auch als Zubringer in mancherlei Hehlergeschäften), und er tut ihm den Gefallen, seinen Ziehsohn als Lehrling und Commis einzustellen. Jetzt muss Smartje Lagerbestände inventarisieren, Preislisten abschreiben und Palettenlieferungen zusammenstellen. Derweil pulsiert das urbane Leben draußen, dort, wo Smartje leider nicht sein kann. Oskar Lauenberger beobachtet seinen Adlaten aus den Augenwinkeln, aber der ist brav und stets beschäftigt und so lässt er ihn mit der Zeit gewähren. Und Smartje hat ein Ziel: Jetzt will er erstmal Buchhalter werden und danach noch sehr viel mehr. Denn Buchhaltung ist der Schlüssen zu fast allem.

Der Buchhalter Werner Biebrich ist ein lammfrommer Mensch, sein Humor erschöpft sich darin, dass er kichernd die Hände zur Abwehr hebt, wenn Smartje Zoten erzählt. Smartje kennt viele Zoten, von der Art, wie sie im "Tom Groten Fatt" beim Skat die Runde machen, und Biebrich ist gierig danach. Er verlagert seine Tätigkeit häufig ins Spirituosenlager, um der Quelle der prickelnden Verruchtheiten möglichst nahe zu sein. Dabei ist der Mann über Fünfzig, untadelig verheiratet und Vater von drei Kindern. Dass Smartje jünger ist, als Biebrichs Kinder, stört sie beide in keiner Weise. Smartje bringt auch mal Pornohefte mit, und Werner kriecht damit hinter die Fässer mit gutem westfälischem Kartoffelschnaps. Smartje passt auf, dass der Lauenberger nicht unverhofft hereinkommt und studiert dabei voll Interesse Biebrichs Bilanzen, während der sich hinter den Fässern wollüstig wälzt. In der Lieferantenkartei wird sorgfältig vermerkt, wer was geliefert hat, welche Rechnung noch oder offen schon bezahlt ist.

Da hat zum Beispiel Walter Dreher aus Euskirchen eine Rolle Folien geliefert, wie sie für die Schrumpfverpackung von palettierten Sendungen gebraucht wird. Die Rechnung ist längst bezahlt und Smartje übt sich spielerisch, den Eintrag in Biebrichs Handschrift zu wiederholen, allerdings ohne den Vermerk "bezahlt". Sein Instinkt sagt ihm, dass er jetzt einen verlockenden Köder an der Angel hat und dass Geduld des Anglers Tugend ist. Fünf Tage später findet sich hinter dem simulierten Eintrag der Vermerk "bezahlt". Biebrich hatte die Rechnung noch nicht archiviert gehabt und sie prompt ein zweites Mal aus dem Bearbeitungsstapel gezogen. Sich selber angesichts seines neuen Hobbies eine Schusseligkeit zutrauend, war die Anweisung ein zweites Mal erstellt und von Lauenberger abgezeichnet worden. Eine Woche darauf macht Smartje ein paar Tage Urlaub. Er fährt nach Euskirchen, dort ist er mit Walter Dreher verabredet.

Walter Dreher ist gerade Dreißig, nur zehn Jahre älter als das Jungtalent Smartje. Ungewöhnlich für einen Fabrikanten. Die Erklärung liegt nicht auf der Hand und ist dennoch einfach: Er hat dem früheren Inhaber der Folien- und Plastikartikelfabrik "PVDC", Luchterding, als Rechnungsprüfer dabei geholfen, einen blitzsauberen Bankrott hinzulegen. Nachdem allen Gläubigern eröffnet worden war, dass sie nichts mehr zu erwarten hätten, wurde von einem gut informierten Insider Anzeige wegen betrügerischen Bankrottes erstattet, beweisende Dokumente lagen der Anzeige als Photokopien bei. Luchterding kam hinter Schloss und Riegel, die Folienfabrik wurde versteigert und ging für einen geringen Bankkredit an Walter Dreher.

Zweifellos ist Smartje mit seinem Plan ein nicht geringes Risiko eingegangen, aber sein Instinkt hat ihn punktgenau zu einer Goldader geführt. Die Verständigung zwischen den beiden kongenialen Partisanen klappt auf Anhieb. Dreher sieht ein, dass die kommentarlose Vereinnahmung der doppelten Überweisung im Fall des Bekanntwerdens zu einem geschäftsschädigenden Verlust seines ohnehin schon anrüchigen Leumundes führen würde und ist bereit zu einer Vereinbarung. Die Vereinbarung, durch einen Händedruck zweier nach Erfolg strebender Geschäftsleute besiegelt, besagt, dass der zweite Rechnungsbetrag diesmal noch zurückgegeben wird und dass weitere Kontakte in gleicher Sache vorgesehen sind.

Smartje hat mit Lauenberger ein Gespräch unter vier Augen. Er übergibt ihm den von Dreher erstatteten Rechnungsbetrag und weist in Biebrichs Büchern auf die Zeile des Anstoßes. Werner Biebrich wird fristlos entlassen, Smartje Brinkmann wird Chefbuchhalter der Firma Inex und erhält Vollmacht. Als Biebrich vor Gericht steht, bringt er es nicht fertig, die Hintergründe des Vorfalles offen darzustellen. Dass ein Ehrenmann seines Alters sich von einem Zwanzigjährigen mit Pornoliteratur füttern lässt und dabei Fehler in seinem Job begeht … man findet Werner Biebrich in seiner Wohnung, an einem Hosenriemen aufgehängt. Gibt es ein eindeutigeres Schuldgeständnis?

Mit Walter Dreher verbindet Smartje inzwischen eine innige Freundschaft. Gemeinsam haben sie mit der Zeit ein rundes Dutzend Kleinunternehmer ausfindig gemacht, die in der Lage waren, bei der doppelten Überweisung eines Rechnungsbetrages ihre Überraschung zu zügeln und ohne Aufsehen zu kassieren. Was diese Geschäftsleute nicht wissen können: die zweite Überweisung kommt nicht aus der Kasse von Inex oder PVDC, sondern aus einer Privatschatulle, die Smartje und Walter zu diesem Zweck eingerichtet haben. Der anschließende Besuch von Smartje oder Walter macht ihnen die Verwerflichkeit ihres Tuns dann klar und sie sehen ein, dass eine Veröffentlichung dieser Sache viel schädlicher wäre als die Zahlung einer angemessenen Provision auf alle Rechnungsanweisungen von Inex an die beiden wohlmeinenden Ratgeber.

Lauenberger hat Vertrauen zu seinem Prokuristen Brinkmann, er überträgt ihm die gesamte Finanzverwaltung einschließlich der Betriebskalkulation und des Personalrechnungswesens. Viel Verantwortung für einen jungen Mann, der noch keine dreißig ist! Smartje führt einige Neuerungen ein. In der Betriebskalkulation, in der die Preise ermittelt werden, arbeitet er mit einer variablen Marge, die so aufgebaut ist, dass zahlungsschwache Kunden Rabatte erhalten können, wenn sie bereit sind, Smartje eine Provision zu zahlen, die dieser dann stets persönlich abholt. Im Personalrechnungswesen wird älteren Mitarbeitern die freiwillige Firmenzulage gestrichen, da diese Personen ohnehin nicht mehr auf der Höhe ihrer Leistungsfähigkeit sind. In Ausnahmefällen kann sie ihnen jedoch weiter gewährt werden, wenn sie bereit sind, Smartje, der diese Wohltat vermittelt, eine Anerkennungsbeitrag zu stiften natürlich regelmäßig und pünktlich!

Herma

Herma Petersen, Lauenbergers neue Sekretärin, ist keine Schönheit, aber hellwach und misstrauisch. Dass der Prokurist einen italienischen Sportwagen fährt, der mehr Geld gekostet hat, als die Nobelkarosse des Chefs, kann sie sich nicht erklären. Will sie sich aber erklären können. Und da sind diese verstohlenen Gesten der Arbeiter, diese kurzen Blicke, wenn der Finanzdirektor Brinkmann vorbeigeht. Smartje testet Herma, wie er jedermann in seiner Umgebung testet: Blick in die Augen, engelhaftes Lächeln, bist du Freund oder Feind? Er spürt die Reserve, ahnt die mögliche Gefahr, reagiert instinktiv. Seine Avancen sind dezent, aber nachdrücklich. Herma ist verheiratet und hat eigentlich keine Lust, auch wenn der Bursche blendend aussieht. Sie will aber ganz dringend wissen, wo dieser Spielkamerad Luzifers seinen Pferdefuß hat. Also flirtet sie zurück und es wird erstmal ein Abendessen in der Datscha, einem feinen Gourmetrestaurant im Zentrum von Münster, daraus. Armes Weibchen Herma: Wer mit dem Teufel essen geht, der muss wissen, was er tut. Es wird ein launiger Abend, rundum zwischen Michaelisplatz und Syndikatsplatz, zwischen Salzstraße und Aegidimarkt, hat Luzifer seine kleinen Lusthöllen. Ein wunderbares Menü, danach ein wenig Körperkontakt im Diskokeller, Sekt und Scharfes in einer Altstadtbar mit hervorragend schlechter Beleuchtung.

Herma erwacht im Morgengrauen in einer ihr fremden Umgebung. Ein Hotelzimmer ist das, und ein Blick aus dem Fenster zeigt die etwas verregnete Fußgängerzone im Zentrum Münsters. Ganz langsam kommt die Erinnerung an die Ereignisse der letzten Nacht. Sie hatte versucht, Smartje Brinkmann zum Reden zu animieren, hatte gehofft, ihn beim Tanzen hinreißen zu können, schließlich geglaubt, dass der Alkohol seine Zunge lösen würde. Am Ende war sie voller Trotz und Entschlossenheit bereit gewesen, auch das letzte Mittel einzusetzen. Als ihr Smartje den Rock von der Hüfte zieht, seine Zunge an der Innenseite des Oberschenkels langsam nach oben wandert, da hat Herma das Duell verloren. Das Blut schießt ihr ins Gesicht vor Scham. Er hatte sie nicht gewaltsam genommen. Sie hatte darauf gewartet, mit sich selber uneins wie ein Trinker mit seiner Absinthflasche. Jetzt ist sie allein in diesem Raum, der Verführer ist längst gegangen. Die hilflose Herma heult wie ein Kind bei dem Gedanken an die bevorstehenden Probleme. Was soll sie ihrem Mann erzählen, wie dem verdammten Mistkerl Smartje entgegentreten. Aber ihre Lage ist noch viel schlimmer, als sie ahnt: Als sie ihren Arbeitsplatz in Lauenbergers Vorzimmer betritt, steht dort ein schlankes Väschen mit einer roten Rose, daneben liegt ein Polaroidphoto. Das Photo zeigt eine halbentkleidete Herma, von einem splitternackten gut gebauten Blondschopf in lustvoller Umarmung umfangen. Auf der Rückseite eine Widmung: "Vielen Dank für den einzigartigen Abend, außer diesem Photo gibt es noch sieben weitere. Küsschen, S.B." Als sie an diesem Abend schließlich heimgeht und noch immer nicht weiß, wie sie ihrem Mann entgegentreten soll, da löst sich dieser Knoten anders als gehofft: Heinz Petersen erwartet seine Frau wortlos und hält ein Polaroidphoto in der Hand, das mit der Nachmittagspost kam.

Heinz hält ihr das Photo unter die Nase.

„Nun, mein Täubchen, ich warte auf deine Erklärung"

„Mein Liebster, es ist nicht so, wie du denkst…"

„Ach nein, wie ist es dann?"

„Ich hatte den Verdacht, dass er ungesetzliche Geschäfte macht und wollte ihn aushorchen…"

„Und dafür ist es notwendig, mit jemandem nackt ins Bett zu gehen? Die Story kannst du deiner Großmutter erzählen oder wenn du willst, deinem Psychiater. Für mich ist das Ehebruch."

„Heinz, mein liebster Heinz, verzeih mir, bitte! Ich habe nie geglaubt, dass so etwas passieren könnte. Ich glaube, er hat mir KO-Tropfen in den Kömen getan, ich wurde willenlos."

„Weshalb musst du Kömen trinken in einem Schnapslokal und überhaupt mit einem Mann dahin gehen, der den übelsten Ruf als Frauenaufreißer hat? Nein mein Schätzchen. Unsere Ehe ist hiermit beendet. Ich gehe und den Rest hörst du von meinem Anwalt."

Herma weint noch bis Mitternacht, dann versiegen die Tränen.

„Warte, Smartje Brinkmann, du Teufel in Menschengestalt, dir gebe ich keine ruhige Minute mehr. Deine krummen Geschäftstouren werde ich ans Licht bringen, der Staatsanwalt wird dir dein Hotelzimmer anweisen. Da gibt's keine Frauen zum Verführen, da gibt's eine Holzpritsche zum Schlafen und ein Klo ohne Deckel – das richtige Ambiente für dich.

Wer sich mit einem Sieger duellieren will, muss eiserne Nerven haben oder mit dem Rücken am Abgrund stehen. Für Herma Petersen gilt beides. Nachdem Lauenberger sie von seinem Vorzimmer in die Lagerkartei versetzt hat und nachdem Heinz ausgezogen ist und die Scheidung betreibt, ist ihr Entschluss gereift: Sie klingelt abends an Smartjes Wohnungstür und sagt einfach: "So, hier bin ich. Nachdem du mein bisheriges Leben sorgfältig zerschlagen hast, wirst du mir jetzt helfen, ein neues aufzubauen." Smartje ist amüsiert. "Wenn ich dich hinauswerfe?" - "Dann bleibt mir nur die Zuflucht bei meinem letzten Bekannten. Der ist übrigens Staatsanwalt und untersucht gerade den mysteriösen Einbruch in der Edelbrand-Distillerie." Smartje kontert mit Engelslächeln und zwei Longdrinks. "Aber Schatz - doch nicht zwischen uns beiden ..." Als er das Licht ausmacht und ihre Brüste umfasst, ist sie wieder da, diese schizophrene Mischung zwischen Hass und Gier, diese lodernde Flamme von allen Leidenschaften zugleich. Aber Smartje, der Mann, siegt über Smartje, den Feind. Herma beschließt, erst einmal die eine Leidenschaft zu befriedigen und dann desto konzentrierter der anderen nachzugehen.

Smartje kommt geradezu ins Grübeln. Eine Frau im Haus - das ist nicht nach seinem Geschmack. Herma Petersen im Haus - das riecht wie Weihwasser in der Nase des Teufels. Dass sie ihm offensichtlich verfallen ist, das schmeichelt ihm natürlich.

Sven Ravenstein

Smartje liebt es, am Wochenende kurze Ausflüge nach Bad Pyrmont oder Bad Salzufflen zu machen. Das nahegelegene Salzufflen oder das etwas entferntere heimliche Nest Pyrmont interessieren ihn nicht wegen des Kurbetriebs oder der obligaten Residenzen verblichener Duodezfürsten, sondern ausschließlich wegen der Spielbanken. Smartje, der Spieler, der keine Leidenschaft kennt, setzt mäßig beim Roulette und bilanziert seine Verluste und Gewinne. Beim Kartenspiel sind seine Einsätze höher und seine Gewinne immer wieder verblüffend. Kartenspiel befriedigt ihn, weil es seinen Kindheitstraum lustvoll realisiert: Spieler mit vor Leidenschaft verzerrten Gesichtern, ein lächelnder Smartje dazwischen, der unauffällig zu zinken versteht und um Mitternacht mit geschwollener Brieftasche in die Kellerbar hinuntersteigt.

Mit der Zeit findet Smartje Kartenspiel nicht mehr so interessant. Es ist zu leicht zu berechnen. Insbesondere, wenn man gezinkte Karten verwendet, gewinnt man praktisch immer – aber immer lächerlich kleine Beträge.

Smartje befindet, dass Bad Pyrmont ein ziemlich langweiliges Nest wäre, gäbe es da nicht wenigstens das Spielkasino mit seinem bekannten Roulette, das angeblich schon soviel Tote hervorgebracht haben soll wie das andere bekannte Roulette; das russische Roulette. Das Roulette ist die Drehscheibe, wo es spannend wird, wo man hohe und höchste Risiken gehen kann, wo man interessanten Typen begegnen kann.

Vielleicht der spielsüchtigen Ehefrau, die alles verloren hat und bereit ist, sich den Verlust zwischen Mitternacht und fünf Uhr morgens im Rahmen eines Sonderangebotes wieder zurück zu holen (aber natürlich nur mit ausgiebigem Vorspiel, sonst wird die Hure hinaus geworfen).

Vielleicht dem gescheiterten Hidalgo, dem Smartje mit sicherem Blick ansieht, dass er nur noch aus Fassade und leerer Brieftasche besteht und der für einen geschenkten Blauen bereit ist, jeden Auftrag auszuführen.

Vielleicht dem Tycoon, der kaum genau weiß, wie hoch sein Bankkonto ist und mit dessen Hilfe man fette Beute machen kann (sofern man Smartje ist und weiß, wie).

Smartje schlendert um den Roulettetisch herum und steht dann vor einem interessanten Typen, der ihm bisher noch nicht aufgefallen ist. Der Mann überragt sogar den recht großen Smartje um einen halben Kopf, scheint kaum älter zu sein und trägt eine glitzernde Militärjacke, mit Epauletten, Goldkordeln und Affenschaukeln.

„Guten Abend, Sie sind offenbar gerade erst eingetroffen, hab' Sie noch nicht gesehen. Setzen Sie beim Roulette?"

Der Angesprochene macht ein abweisendes Gesicht und mustert Smartje von oben bis unten, dann von unten bis oben.

„Warum interessiert Sie das, wollen Sie mich anpumpen?"

„Ich pumpe niemanden an, ich spiele immer autonom. Aber ich interessiere mich dafür, ob jemand eine Strategie hat. Immer hört man, dass es Gewinnstrategien geben soll, hab' aber noch nie einen getroffen, der sowas konnte."

„Strategie? Kein Problem! Aber: mit Strategie - kleines Risiko, kleiner Gewinn; ohne Strategie – großes Risiko, großer Gewinn. Woran sind Sie interessiert?"

„An kleinem Risiko mit großem Gewinn natürlich – Sie doch wohl auch, oder?"

Nun lachen zwei junge Nerds und hauen sich auf die Schultern.

„Ich darf mich vorstellen: Smartje Brinkmann, Finanzvorstand bei Lauenberger Inex GmbH."

„Angenehm, Sven Ravenstein, Oberleutnant der Reserve, Reitlehrer und und Geschäftsführer der Holtmannshof – Reitschule GmbH."

„Offizier und Reitlehrer? Das finde ich unglaublich interessant. Sie sind doch sicher der Top-Favorit der Damenwelt von Münster."

Erneut dröhnendes Lachen und Schulterhiebe. Da haben sich zwei kongeniale Typen gefunden, als hätten sie sich gesucht. Zehn Minuten später stehen sie vor der riesigen Schüssel des Roulettes.

„Sven, du musst mir unbedingt zeigen, was du vorhin mit deiner Strategie gemeint hast."

„Gut, fangen wir mit dem keinen Risiko an. Nicht auf Nummern setzen, sondern auf die Farbe! Kleiner Starteinsatz."

„Ich setzte ROUGE."

„Dann setze ich NOIR. Einer wird sofort gewinnen, der Andere geht erstmal leer aus."

Die Kugel rollt, bleibt auf einem schwarzen Feld stehen.

„Sorry, Smartje, das war jetzt für mich. Ich steige aus, das macht man grundsätzlich, wenn man den Gewinn realisieren will. Gewinn ist doppelte Quote minus Einsatz, also Höhe eines Einsatzes. Wer verloren hat, macht weiter und verdoppelt den Einsatz."

Smartje setzt erneut, verdoppelt den Einsatz. Es kommt wieder NOIR.

„Jetzt nicht aufhören, Smartje! Weitermachen, verdoppeln!"

Wieder kommt NOIR.

„Weiter machen verdoppeln!"

„Da: ROUGE!"

„Jetzt abbrechen. Rechne aus: Du hast 15 Beträge gesetzt und 16 ausgezahlt bekommen, hast somit am Ende mit Ausdauer den gleichen Gewinn wie ich zu Beginn mit Glück. Das ist die Strategie: Ausdauer schlägt Glück, wenn man weiß, wie."

„Funktioniert das auch mit den Zahlen?"

„Im Prinzip schon, nur ist dort der Multiplikator nicht zwei, sondern dreißig. Du solltest mindesten vorher zur Bank gehen und dir einen Verfügungskredit in unbegrenzter Höhe einräumen lassen. Um eine Serie von vier Fehlversuchen zu überleben, brauchst du 810000 Ersteinsätze. Und vier Runden sind natürlich viel zu wenig, das Minimum wären dreißig, besser wären sechzig. Außerdem musst du dir auch eine Pistole in die Tasche stecken."

„Warum das denn?"

„Du willst sicher nicht den Rest deines Leben hinter Gittern verbringen. Für dreißig Fehlversuche, die äußerst wahrscheinlich sind, würdest du mehr als zehn Milliarden Ersteinsätze benötigen. Falls du dann doch gewinnst, bleibt dir genau der gleiche Gewinn,wie beim „ROUGE ET NOIR": Ein Ersteinsatz. Wenn du nicht gewinnst, bleibt nur die Pistole. Das Zahlenroulette ist etwas für Protzer, Dumme oder Lebensmüde."

„Phantastisch, Kamerad, du bist wirklich ein Ass. Jetzt hat jeder wenigsten einen Einsatz gewonnen. Für die Verwendung meines Teils schlage ich vor, dass wir eine Flasche Kömen besorgen und Brüderschaft trinken, einverstanden?"

Edda von Kamphausen

Sonntag auf dem Holtmannshof. Smartje hat Reitunterricht. Nicht weil er Reiten sportlich oder Pferde schön fände, einfach weil er sich ein Image zulegen will, bei dem es dazu gehört und hoffentlich seine Unwiderstehlichkeit noch weiter steigern wird. Wenn man sieht, wie Sven in rasantem Galopp daher geprescht kommt ... gebt acht, ihr Weiber, der Feuerreiter Smartje Brinkmann kommt!

Aber mierda, heute kann er sich gar nicht konzentrieren. Ein Mühlrad dreht sich in seinem Kopf. Smartje ist auf einem Wasserrad gefesselt, durch dessen Drehung er immer wieder untergetaucht wird. Wenn er auftaucht, sieht er das gefährlich lüsterne Lächeln von Herma Petersen, das gierige Grinsen von Walter Dreher, das abgrundtiefe Erschrecken von Werner Biebrich. Naht ihr euch wieder, schwankende Gestalten?

„Hallo, Smartje, was ist los mit dir, du passt ja gar nicht auf. Ich hab' dir doch erklärt, dass du nicht von hinten an den Gaul heran gehen darfst. Wenn er dich nicht sieht, schlägt er aus und bricht dir die Knochen."

„Ja Sven, ich bin heute wirklich nicht bei der Sache. Ich geb's auf und geh' lieber einen Kaffee trinken. Edda ist zum Glück nicht so schlagkräftig, wie deine Pferde."

„Schönen Gruß an Edda, ich komme auch in Kürze rein. Noch eine Runde auf dem Rappen."
Die Reiterlounge auf dem Holtmannshof ist edel möbliert. Mächtige Lederfauteuils , schwarze
Marmortische, glitzernde Intarsienfenster, deren Bilder Geschichten von Reitern und Jägern
erzählen. Ein Ambiente, dass unerhörten Reichtum ahnen lässt. Der Besitzer des
Holtmannhofs, Wolf von Kamphausen, ist einer der größten westfälischen Pferdezüchter und
Sponsor zahlreicher Wettkampfserien. Seine Springer, Galopper, Traber und Dressurpferde
erzielen bei Auktionen astronomische Preise. Smartje stellt resigniert fest, dass er sich zwar
ziemlich viele Pferde in seinem Sportboliden leisten kann, aber kein einziges von
Kamphausens Reitpferden, nicht einmal ein Pony. Kamphausens Reiter, von denen er eine
ganze Kompanie beschäftigt, bringen jedes Jahr Berge von Preisgeldern heim. Smartje erkennt,
dass er hier eine Welt betritt, von deren Existenz er bisher nicht mal eine flüchtige Ahnung
hatte. Seine Sehnsucht, einmal ganz oben zu stehen, begegnet hier ein ganz neuen, riesigen
Herausforderung.

Edda von Kamphausen, Tochter und einziges Kind des Gestütsbesitzers Kamphausen, gilt in
der westfälischen Pferdearistokratie als hochkarätiger Rohdiamant. Da sie dermaleinst ihren
Vater beerben wird und noch unverheiratet ist, wird es einen geben, der sich einen Ring mit
funkelndem Brillanten an den Finger stecken kann. Viele wollen natürlich dieser eine sein. Zu
denen ab heute auch Smartje Brinkmann gehört. Aber Smartje weiß auch, dass seine
Voraussetzungen derzeit noch völlig ungenügend sind und seine Chancen bei Null liegen. Aber
soll das ein Grund sein, es nicht zu versuchen? Klar – ein gut behütetes und von einer großen
Meute von Verehrern bewachtes Burgfräulein kann man nicht so einfach im Vorbeigehen
mitnehmen, wie ein sechsundzwanziger Rad auf der Straße vor der Werkstatt... Aber Smartje
ist Smartje: Mit den Schwierigkeiten wächst seine Entschlossenheit.

Edda hat blondes Haar, eine kurz geschnittene kesse Frisur, typisch für eine Reiterin, ein
schönes ebenmäßiges Gesicht und eine leider etwas zu betont hervortretende Nase. Smartje
empfindet das als Zeichen eines sehr selbstsicheren, gar bestimmenden Charakters. Diese
Wesen wird sich nichts vormachen lassen, was ihr nicht gefällt, wird konsequent beiseite
geschoben. Obwohl sie im heiratsfähigen Alter ist, gilt ihre Liebe derzeit noch den Pferden,
weniger den Männern.

Sie kredenzt Smartje einen Kaffee.

„Da bring' ich Ihnen was zur Aufmunterung, Herr Brinkmann. Sie schauen drein wie einer
dessen Gaul gerade ein Hufeisen verloren hat. Das war wohl nichts heute?"

„In der Tat, ein Tag zum Vergessen. In meinem Terminkalender trenne ich solche Tage heraus
und werfe die Seite in den Müll."

„Im Ernst, machen Sie das wirklich?"

Wenn Edda lacht, hat ihre Stimme den Klang eines tiefen Alt.

„Vielleicht nur symbolisch. Mach es wie die Sonnenuhr, zähl die heiteren Stunden nur.
Übrigens ich heiße ich für meine Freunde „Smartje", Brinkmann gilt nur für solche
Zeitgenossen, die auf Abstand gehalten werden müssen."

„So – und wie ist das bei mir?"

„Bei dir, liebe Edda, wünschte ich mir den Abstand Null. Du verstehst, was ich meine?"

„Halt halt, lieber Smartje, nicht gar so schnell. Gut Ding will Weile haben."

„Selbstverständlich, das respektiere ich. Aber ich sag's wie es ist, ist es nicht schrecklich, wenn man immer nur die Wahrheit sagen kann?"

Edda verschlägt es die Sprache. Sie lacht mit ihrer schönsten Altstimme.

„Du bist offenbar ein Meister der lockeren Sprüche und wohl auch der nicht ganz ernst gemeinten Komplimente."

„Aber nein, Edda. Einer schönen Frau mache ich niemals Komplimente, ihr sage ich nur die Wahrheit. Komplimente mache ich denen, die sie brauchen."

Smartje sieht ihr nun tief in die Augen und Edda, die Standfeste, weicht keinen Millimeter aus. In diesen Augen sieht der Verführer Reserviertheit, aber auch Wohlwollen. Das wird noch ein langer Weg!

Ophelia

Oskar Lauenberger traut seinen Ohren nicht. Was Herma Petersen da vorträgt, ist nichts Geringeres, als dass sein Prokurist Anteile von Personalzulagen in die eigene Tasche umleitet. Herma will das beweisen können, sie hat zwei Arbeitern beim vertraulichen Gespräch zugehört. Als Smartje zum Rapport bestellt wird, ist er bestens vorbereitet. Er präsentiert Lauenberger eine Namensliste von Mitarbeitern, die auf kriminelle Art versucht haben sollen, sich gegen die leider unumgängliche Streichung der freiwilligen Firmenzulage zur Wehr zu setzen, indem sie behaupteten, dass:

- erstens, eine Sendung "Sauerländer Edelbrand", die vor einigen Wochen hereinkam, aus einem Einbruch in die Edelbrand-Distillerie in Ennigerloh stammen sollte und

- zweitens, der Prokurist für dieses Hehlergeschäft verantwortlich sein soll und auf Geheiß des Firmeninhabers auch noch den Preis gedrückt hat und

- drittens, der Prokurist sowieso ein Halsabschneider ist, der sich die Gewährung der Zulage durch eine Art Provision vergelten ließe.

Als Lauenberger die unverzügliche Vorführung der Benannten verlangt, wehrt Smartje ab und gibt zu bedenken, dass insbesondere die Behauptung zu Punkt eins, wenn sie weiter verbreitet würde, unkalkulierbare Folgen haben könne, zum Beispiel das Erwachen des zuständigen Staatsanwaltes. Da sei es wohl besser, den Leuten durch eine gewisse Großzügigkeit den Wind aus den Segeln zu nehmen und sie zugleich fester an die Firma zu binden.

Bei der Erwähnung eines möglichen Untersuchungsverfahrens wegen Verdacht der Hehlerei bekommt Lauenberger eine weiße Nasenspitze. Alles, nur Das nicht! Seine weiße Weste als untadeliger Geschäftsmann darf nicht befleckt werden, geschweige denn kann er eine Polizeirazzia in seiner Buchhaltung gebrauchen. Also bekommt Smartje eine massive Strafpredigt wegen der undurchsichtigen Zulagenaffaire und gleich darauf ein Lob für seine Umsicht in Sachen Hehlereiverdacht. Der Sekretärin, die auf undurchsichtige Weise in die Sache verwickelt scheint, vertraut er nun nicht mehr. Sie muss weg aus seiner unmittelbaren Umgebung und bekommt einen Arbeitsplatz in der Registratur. Hinter dem Spirituosenlager, Schnapskeller genannt, ist noch ein fensterloser Raum, da werden ebenfalls Alkoholika gelagert, zum Beispiel zur Zeit eine Kiste Sauerländer Edelbrand – ohne Absender, ohne Lieferschein. Herma bekommt einen schönen Mahagoni – Schreibtisch und die Aufgabe, hier eine Registratur einzurichten und die Vorräte zu inventarisieren.

 Lauenberger ahnt nicht, wie sehr Smartje sich als Sieger fühlt: Für das Abkassieren nicht mehr als markige Worte? Und ein leichenblasser Lauenberger bei der Erwähnung des Vorfalles in der Edelbrand-Distillerie? Er ist sicher, dass er Oskar Lauenberger vor der Flinte hat.

Unten im Keller, im fensterlosen Verlies mit allerlei Karteikarten und alten Registraturbänden, entwickelt Herma Bienenemsigkeit. Der Commis, ein gutherziger Junge, läuft und läuft und bringt ihr die alten Bücher, in die seit Jahren niemand mehr einen Blick geworfen hat. Herma ist elektrisiert. Da gab es vor ihrer Zeit einen Buchhalter Werner Biebrich, der wegen Unregelmäßigkeiten mit Lieferantenrechnugen gefeuert und dann auch noch vor Gericht gestellt wurde. Nachfolger des entlassenen Biebrich wurde damals Smartje Brinkmann. Herma will unbedingt Zugang zum Hauptarchiv um an die alten Geschäftsbücher heranzukommen. Der Weg dazu führt über Smartje.

Ein paar Nächte lang hat Smartje ein Kuscheltäubchen im Bett und er fragt sich, welche Rechnung ihm dafür wohl präsentiert wird. Wenn Herma neben ihm liegt, wird ihre Stimme zu einem lauten Flüstern, mit einem leichten Kratzton. Ich bin hier und doch nicht hier.

Dann ist es heraus - sie will wieder heraus aus der Kellerhöhle, in sein Vorzimmer will sie. Also gut, Faktum ist ihm egal, aber er will wissen, was dahintersteckt. Der Commis bekommt einen kleinen Braunen zugesteckt und passt auf, was die neue Sekretärin des Prokuristen so alles an Unterlagen anfordert. Passt auf und notiert es auf einem Zettel, den er dann in einen Spalt im Schreibtisch des Prokuristen schiebt. Die Mausefalle ist aufgestellt.

Smartje ahnt, warum Herma sich für die Affaire um Biebrich interessiert. Er ahnt an diesem Abend auch, was sie vor hat.

In ihrer nachmittäglichen Lektüre eines Jahrganges Lieferantenrechnungen mit Biebrichs Handschrift stößt sie auf einen Namen, den sie in der Firma noch nie gehört hat, den sie aber aus beiläufigen Bemerkungen Smartjes kennt: Walter Dreher, den Smartje seinen Freund nennt. Und sie findet auch die Zeile, die am Anfang dieser Freundschaft steht: Die zweite , unberechtigte Anweisung von Drehers Rechnung.

Als Smartje heimkommt, ist Herma reserviert. Als er sie ins Bett zieht und ihr mit der Hand zwischen die Beine fährt, wehrt sie sich in aufkommendem Hass. Ihre Gefühle haben nicht gelernt, zu lügen. Smartjes Gehirn arbeitet wie ein Seismograph, die Stunde ist da. Am Wochenende wird mal so richtig ausgespannt, mit einem Essen draußen im Jagdhaus in Amelsbüren, vielleicht einem romantischen nächtlichen Spaziergang durch die Heidelandschaft am Dortmund-Ems-Kanal und einer Tour durch die Münsteraner Altstadt.

Am nächsten Morgen geht Smartje zum Telefon und wählt die Eins-Eins-Null. Seine Lebensgefährtin ist in dieser Nacht nicht nach Hause gekommen und er macht sich Sorgen. Der Streifenwagen kommt vorbei und man nimmt ein Protokoll auf. Darin schildert Smartje die verzweifelten Versuche Hermas, von ihrem Mann, der sie verlassen hat, loszukommen. Von der Verabredung zu einer letzten Aussprache, letzte Nacht, in der Amelsbürener Heide. Und da hat Smartje auch einen verschlossenen an sich gerichteten Brief auf dem Sekretär gefunden - Hermas Handschrift. Im Beisein der Polizisten öffnet er den Brief und liest vor:

"Mein Geliebter! Du weißt, dass Heinz mich noch immer verfolgt und mich wegen unserer Beziehung zur Rede stellen will. Ich habe schließlich einer letztem klärenden Aussprache zugestimmt. Heute abend, wenn wir im Jagdhaus sind, wird Heinz draußen auf mich warten. Ich werde allein hinausgehen und ihm sagen, dass er endlich aus meinen Leben verschwinden soll, denn für mich gibt es nur noch Dich. Ich habe Angst, Liebster, denn Heinz ist manchmal gewalttätig. Aber ich will und werde das durchstehen, uns zuliebe. Sollte mir etwas zustoßen, dann übergib diesen Brief meinen Freund, dem Staatsanwalt, Du weißt, wen ich meine. In Liebe, Herma."

Herma wird als eine stille Ophelia im Dortmund-Ems-Kanal gefunden, ein Stauwehr hat den treibenden Körper zum Ufer abgedrängt. Am Sonntag alarmieren Spaziergänger das Polizeirevier. Der Staatsanwalt lässt Heinz Petersen verhaften, aber der hat ein nicht zu erschütterndes Alibi: zur fraglichen Zeit war er mit drei Zechbrüdern in der Destille, im Zentrum Münsters, zehn Kilometer vom Tatort entfernt. Also Selbstmord? Der Abschiedsbrief scheint das auf kryptische Weise anzudeuten, es bleibt unklar. So unklar wie die Aussage Smartjes, der auch bei seiner dritten Vernehmung dabei bleibt, dass Herma allein zum Treffpunkt mit dem Unbekannten gegangen ist. Es bleibt überhaupt alles unklar in diesem Fall und es kommt der Tag, an dem der Staatsanwalt die Akte Herma Petersen schließt und sie ins Archiv der ungeklärten Fälle stellt.

Sylt

Sven Ravenstein genießt bei Kamphausen ein ganz besonderes Privileg. Weil er letztes Jahr die höchsten Preisgelder im Springreiten geholt hat und zudem als einziger unter den Reitern einen Flugschein hat, darf er mit Kamphausens Cessna fliegen. Als es Ende Juni selbst in der fälischen Tiefebene unerträglich schwül wird, sagt er trocken zu Smartje:

„Wohlauf, die Luft geht frisch und rein… nicht hier, aber auf Sylt. Kommst du mit, Kumpel?"

Smartje muss nur eine Sekunde überlegen.

„Das wäre Eddas Privileg. Wenn sie mitkommt und noch ein dritter Passagier in die Cessna passt, bin ich gerne dabei."

Sven sieht Smartje prüfend an:

„Was ist da los, läuft etwas zwischen dir und Edda?"   „"

Aufgepasst, Smartje, das kann eine Fußangel sein!

„Ach wo denkst du hin! Edda interessiert sich für Pferde, für Geld interessiert sie sich gar nicht. Wenn sie überhaupt einen Mann wollte, dann müsste es eher ein Reiter sein als ein Finanzjongleur."

Sven Ravenstein schüttelt den Kopf.

„Ihr Interesse an Reitern ist auch ziemlich unterentwickelt, kannst du mir glauben."

„Hört sich so an, als hätte sie dir das schon mal ins Gesicht gesagt."

„Kommentiere ich nicht. Ich frage Edda jetzt, ob sie mit will, Samstag früh geht es los."

„Holla", reflektiert Smartje das Gespräch, „in seine Fußangel bin ich nicht getreten, er aber in mein Fuchseisen. Man sehen ob die schöne Edda mir was verrät. Angenommen, sie hat ihn schon mal zurückgewiesen, fliegt aber jetzt mit, wer ist dann ihr Favorit?"

Sven Ravenstein ist auch als Pilot ein schneller Reiter. Fünf Minuten nach dem Start deutet er nach rechts.

„Da kommt Osnabrück in Sicht, unsere erste Wegmarke. Das wird heute ein erstklassiger Flug, fast wolkenlos."

Nach einer halben Stunde deutet er wieder nach rechts:

„Seht ihr das ? Oldenburg, Unsere kleine Schnurrkatze macht hervorragend Speed, so etwa bei 220 kmh, kaum Gegenwind."

Nach einer weiteren halben Stunde verändert sich der Ausblick. Der grüne Rasen voraus wird zu einer grauen Suppe, der Horizont scheint abzustürzen.

„Wilhelmshafen. Wir kommen nun übers Wasser. Wenn unser Kätzchen jetzt abstürzt, müssen wir die restlichen hundert Kilometer schwimmen."

„Na, danke, Sven," sagt Edda amüsiert, „das hättest du vorher ankündigen sollen, ich hab keine Schwimmweste dabei."

Als die Cessna über Westerland kreist und Sven die Landebahn sucht, sind alle drei in bester Feierlaune. Sven stimmt ein Seemannschanty an und Edda hat nichts gegen Smartjes Hand, die ihren Haarschopf und ihren Nacken streichelt, es war der richtige Augenblick dafür.

„Wo nächtigen wir ?"

„Immer im Fährhaus in Rantum, das ist unser „Stammsitz" wenn wir hier sind. Berücksichtige aber, dass wir Ende Juni haben. Die Sonne geht abends um halb elf unter und morgens um halb vier wieder auf. Da wird das Nächtigen zur Nebensache. Den Sonnenaufgang darfst du nicht versäumen. Unsere Zimmer schauen nach Osten auf das Watt, da erlebst du einen Sonnenaufgang, wie du ihn vielleicht noch nie gesehen hast."

„Klingt vielversprechend, und heute abend?"

„Schlage für heute abend das Etablissement „Evita Pro" vor, Bier und Sekt erstklassig und ab Mitternacht Tanz mit Stripshow."

Edda zieht die Augenbraue hoch.

„Aber hallo, Sven, Evita pro? Willst du unseren Freund Smartje hier testen, ob er moralisch gefestigt ist?"

„Die Wahrheit ist, dass ich in der Kürze der Zeit nichts Anderes bekommen habe. Die Insel ist mal wieder vollgestopft mit Heinrich und Kuno. Besucher in Halbseide, Schausteller in Halbseide. Das ist Ende Juni öfter so. Dafür hat Evita den besten Sekt. Letztes Jahr hat so ein Potlatschindianer wahrhaftig 20 Riesen für eine Flasche Schampus auf den Tresen gelegt. Der war mit einem Lamborghini vorgefahren und wurde von der Polizei in der grünen Minna abtransportiert. Er konnte weder Evita die Rechnung zahlen, noch die Leihgebühr für den Lamborghini."

Bevor es los geht, will Edda sich noch schick machen. In den Sylter Nachtclubs kleidet man sich nach dem „angesagten Schick der Saison". Smartje klopf artig an ihrer Tür.

„Darf ich rein kommen, Edda?"

„Du kommst gerade recht. Du kannst mir das Bustier auf dem Rücken zuknöpfen."

„Freude schöner Götterfunken, was für ein wunderschöner Rücken! Ist die Vorderseite auch so betörend?"

„Nimm dich in Acht! Die Vorderseite hat Krallen und die hast du ganz schnell im Gesicht!"

Smartje lacht und haucht einen zarten Kuss auf Eddas Rücken bevor er das Bustier zuknöpft. Dranbleiben Smartje, steter Tropfen höhlt den Stein! In dieser Disziplin ist er routiniert.

„Darf ich dir mal eine ganz persönliche Frage stellen, Edda?"

„Um was geht es?"

„Wen magst du lieber, Sven oder mich? Also - ist Sven mein Konkurrent?"

„Überflüssige Frage, hast du noch nicht bemerkt, dass Sven schöne Jungen lieber mag als schöne Mädchen?"

„Nein, wahrhaftig, ist das so? Dann wäre nicht Sven mein Konkurrent, sondern du wärest Svens Konkurrentin?"

„Das ist mir zu hypothetisch, komm lass uns gehen."

„Edda, ich möchte dir ein Angebot machen: Laß' uns heute Abend nah beieinander bleiben. Wer weiß, wohin es uns verschlägt im Laufe der Nacht und du könntest einen Beschützer gebrauchen."

„Das ist lieb von dir. Normalerweise kann ich mich schon selbst beschützen, aber ich nehme gerne an. Nur bilde dir bloß nicht ein, dass das Konsequenzen hat. Meine Entscheidungen treffe ich immer selbst."

Evita ist eine leicht übergewichtige Venus mit einem langen geflochtenen Zopf auf dem Rücken. Ihr Alter ist unmöglich zu schätzen, weil sie dickes Make up aufgetragen hat und wohl auch Botulinus reichlich verwendet. Smartje, das Adlerauge, entdeckt auf dem Scheitel einen grauen Haarwurzelansatz: Ihre besten Tage hat sie hinter sich. Sie begrüßt alle Gäste persönlich und führt sie zu den reservierten Tischen. Dort steht zur Begrüßung ein Kir Royale. Der später allerdings auf der Rechnung erscheinen wird.

Auf dem Tisch liegt das aktuelle Programm.

„Heute Abend Verkostung verschiedener Champagner der Sorten Chardonnay , Moët & Chandon und Reichsrat von Buhl. Wer eine Sorte am Geschmack erkennt, erhält eine Flasche davon als Preis. Während der gesamten Verkostung können mit den Animateurinnen Termine in den Nebenzimmern vereinbart werden. Ab zwölf Uhr Auftritt der beliebten Strip – Diseuse Mira Tarnkopf, heute mit Liedern von Edit Piaf. Evita wünscht euch allen viel Spaß."

„Dunnerlüttchen!" Sagt Smartje und schüttelt ungläubig den Kopf. „Die hat's drauf, die Evita. Bietet so gut wie nichts und hat den Laden zum Bersten voll, mit ein bisschen Reklame, ein bisschen Animation und ein bisschen persönlicher Ansprache."

„Ein bisschen Animation?" Sven schüttelt sich vor Lachen. „Was da in den Nebenräumen abgeht, das wird von der Gewerbeaufsicht ganz offiziell als „Bordell" geführt. Wie es heißt, soll Evita sich sogar selbst dieses Prädikat gewünscht haben und seither ist es hier jeden Abend so voll. Sie ist nicht mehr die jüngste, denkt ans Aufhören und will nochmal ordentlich Kasse machen."

„Man kann immer noch was dazu lernen" denkt Smartje, das sagt er aber nicht laut, was würde denn Edda von ihm denken?

Nach der ersten Flasche Moët & Chandon bittet Smartje Edda formvollendet zum Tanz. Er hat begriffen, dass er bei ihr erstklassige Etikette zeigen muss. Während sie tanzen, hat Sven mit zwei jungen Männern am Nebentisch Kontakt aufgenommen, heftiges Palaver. Gut so, denkt Smartje, der ist für den Rest des Abends beschäftigt.

„Magst du mit nach draußen gehen, Edda, ein wenig die Nachtluft und die frische Brise genießen?

Edda mag und Smartje geht aus Ganze.

„Ich muss dir etwas gestehen, Edda."

„So, was?"

„Ich bin schrecklich verliebt in dich, ich kann fast an nicht anderes mehr denken als an dich."

„Charmanter Lügner! Ein Mann der verliebt ist, schaut nur noch das Objekt seines Begehrens an. Aber du hast deine Augen überall, wie ein Raubvogel, der nach Beute späht."

„Ja, du hast recht. Aber ich habe zwei Seelen in meiner Brust. Die eine ist die Seele des Geschäftsmannes Brinkmann und die hat tatsächlich etwas von einem Habicht, der immer nach Beute schaut. Die andere Seele ist die des Mannes Smartje, und die ist dir haltlos verfallen. Noch nie habe ich eine Frau so sehr begehrt."

„Ja, also – nun, was bedeutet das jetzt, ach jetzt hast du mich ganz durcheinander gebracht, du unbezwingbarer Siegertyp…"

Siegertyp, hat sie wirklich Siegertyp gesagt? Smartje ist elektrisiert. Edda ist zum ersten Mal vom Pferd gestiegen. Er schließt sie in seine Arme, der Nachtwind kräuselt ihr Haar und es wird ein langer Kuss. Sie befreit sich aus seiner Umarmung.

„Langsam, du Stürmer. Habe ich dir nicht gesagt, dass ich meine Entscheidungen selber treffe? Und ich bin noch keineswegs die Deine. Ich werde Vieles überdenken müssen, bevor ich weiß, ob ich das will."

„Habe ich denn Chancen bei dir?"

„Ja, mein Ritter, die hast du. Da ich aber als Frau die Schwächere bin, wird es nur zu meinen Bedingungen sein, ist das klar?"

„Es ist klar, Frau von Kamphausen, und ich werde Geduld haben."

„Na so förmlich muss es nun auch wieder nicht sein. Wenn du nur nicht so ein unwiderstehlicher Draufgänger wärst."

Der Nachtwind wird Zeuge ihres zweiten langen Kusses. Es ist Mitternacht und drinnen scharen sie sich schon um die Bühne um das verruchte Weib Mira Tarnkopf zu erleben.

Mira ist so dünn wie ein Stecken und mit einem Meter achtundsiebzig für eine Frau geradezu „baumlang". Das nachtschwarz gefärbte Haar hängt über Schultern und Busen herunter bis zur Hüfte. Die Burschen, die Mira kennen, johlen und trampeln mit den Füßen vor Begeisterung, als sie die Bühne betritt. Smartje findet sie als Frau so interessant wie einen abgelutschten Lolly. Nun ist er auf die Stimme gespannt. Die Stimme der Piaf ist das nicht. Vom rauchigen Timbre der Chanteuse Lichtjahre entfernt, wirkt das „ non, je ne regrette rien" wie das krächzen eines Raben und das berühmte „la vie en rose", das die Piaf einst berühmt gemacht hat klingt bei Mira, als würde man rostige Nägel in einer Schüssel mit Wasser umrühren. Auch die „hymne à l'amour" gehört klanglich in den Mülleimer. Miras Fans ficht das nicht an, sie johlen und klatschen, zumal Mira nach jedem überstandenen Titel ein Kleidungsstück zu Boden sinken lässt. Am Ende der Show steht Mira mit genau einem Feigenblatt an der Stelle, wo es hingehört, vor ihren jubelnden Anhängern.

„Was für ein Aufruhr um einen Hungerhaken" meint Smartje kopfschüttelnd. „Erotische Ausstrahlung einer Bohnenstange. Dafür von den Zehen bis zum Scheitel doppelt so lang wie der Spatz von Paris."
„Du bist zu anspruchsvoll, Smartje. Außerdem sind diese Figuren heute angesagt. Kein Modelabel verzichtet mehr auf dem Laufsteg auf sie."
Jetzt kommt Bewegung in die Szene. Mira im Bademantel, umringt von Adoranten, kommt zu den Tischen. Als sie Edda sieht, fuchtelt sie mit den Armen.
„Ist es denn wahr, Edda, hast du wieder mal zu uns gefunden, nach langer Zeit?"
Mira lässt sich ohne Umschweife auf den freien Stuhl neben Smartje fallen. Hinter ihr nimmt ein Cerberus Aufstellung, offenbar ihr Bodyguard.
„Und noch dazu mit so einem tollen Kavalier an der Seite! Wir dachten schon, na ja, Edda wird jetzt verheiratet sein und ihr neuer Vorgesetzter verbietet ihr den Besuch bei der anrüchigen Evita."
„Also hör' mal Mira! Wäre ich jetzt wirklich verheiratet, dann nicht mit meinem Vorgesetzten. Ich würde wie immer genau das machen, was ich für richtig halte."
„Aber letztes Jahr warst du doch hier aufgekreuzt mit einem seriösen Gentleman der mächtig Gas gegeben hat, mehrere Lokalrunden von Evitas bestem Champagner und eine Flasche Kömen. Evitas Laden ist fast explodiert. Alle dachten wir: seht mal die Edda, was die sich geangelt hat!"
„Weißt du, wer das war, Mira? Der Mann heißt Wolf von Kamphausen und ist mein Vater. Ein seriöser Gentleman ist mein Papa in der Tat. Aber er hat nur selten Zeit für solche Ausflüge. Mittlerweile schon gar nicht mehr."
„Und wer ist dieser schöne Jüngling hier, dein neuer Begleiter? oh Verzeihung mein Herr, das ist mir jetzt so rausgerutscht."

Smartje hat ein hintergründiges Lächel im Gesicht, ein bisschen undurchsichtig.

„Also, Mira: Ich heiße Smartje Brinkmann und bin Finanzberater. Mit Edda verbindet mich eine reiterliche Freundschaft. Und heute Abend führt sie mich in die Sylter Unterwelt ein, bin sehr beeindruckt. Wollen Sie dem Herrn hinter Ihnen nicht sagen, dass er sich setzen möge?"

„Gewiss, Jan, hier ist noch ein Stuhl, der Herr möchte mit dir reden. Das ist Jan Towarisch, mein Bodyguard."

„Braucht man als Diseuse einen Bodyguard?"

„Als Diseuse nicht, als Stripperin schon. Sie glauben nicht, was alles passieren kann, wenn die Burschen heißlaufen."

„Kann ich mir denken. Ist das ein gefährlicher Job, Jan?"

„Nicht gefährlich, wenn man aufpasst und alles im Blick hat. Ist das da draußen Ihr Lamborghini?"

„Nein, Jan, das ist nicht mein Lamborghini. Hier auf der Insel gibt es überhaupt nur ein Exemplar. Das gehört einem Autohändler in Keitum. Weil er einen Boliden für drei Millionen nicht verkaufen kann, vermietet er ihn an kleine Jungs, die gerne mal groß sein möchten. Der Autohändler hätte mich fragen sollen, ich hätte ihm etwas anderes geraten."

„Und was, bitte, hätten Sie geraten?"

„Für drei Millionen hätte er das besten Springpferd aus der Zucht von Kamphausen bekommen können. Der derzeit beste Hengst Kamphausens bringt pro Jahr über sechzigtausend an Preisgeldern, eine gute Verzinsung. Allerdings brauchen Sie natürlich einen erstklassigen Reiter. Ach, wo steckt eigentlich Sven?"

Mira schickt Jan los um Sven zu suchen. „Frag Evita, die weiß immer, wo ihre Gäste gerade sind."

Evita kommt an den Tisch."Der Sven fehlt euch? Der ist mit zwei Jungen beim Dart. Was es damit auf sich hat? Manche der jungen Männer wollen gern unter sich bleiben, dann gehen sie Dart spielen. Dafür gibt es einen eigenen Raum. Wenn sie den Raum von innen abschließen, spielen sie „Dart Strip". Wie das genau geht, weiß ich auch nicht. Es hat damit zu tun, dass nach jeder Runde der Verlierer ein Kleidungsstück ablegen muss. Alles klar?"

„Ich kenne die Bubis", meint Jan, „wahrscheinlich sind die mit dem Lamborghini gekommen." Und mit dem Blick über den Tisch: "Flasche leer. Neue Flasche bringen?"

„Nein, Jan, schau wie müde Edda ist, das war ein langer Tag heute, und die Nacht ist bald zu ende. Wir gehen jetzt."

„Was machen wir mit Sven?"

„Kein Sorge, der kann schon für sich selbst sorgen. Und ist in interessanter Gesellschaft."

Auf der Ostseite der Insel, in Keitum, hört man das Gurgeln der Flut, die ins Watt fließt. Edda fröstelt in der frischen Morgenbrise. Smartje hängt ihr seine Jacke über die Schultern.

„Magst du noch einen kleinen Spaziergang machen, Edda, hinunter zum Watt? Es ist schon nach drei Uhr und in Kürze wird drüben die Sonne aufgehen. Das sollten wir uns nicht entgehen lassen."

„Gerne, Romantiker, zum Schlafen ist immer noch Zeit."

Sie sitzen auf einer Bank und schauen in die schwarze Flut die langsam steigt. Smartje umfasst Eddas Schultern, sie neigt den Kopf auf seine Brust – und ist eingeschlafen. Nach einer Weile erscheint drüben im Osten urplötzlich ein heller Lichtstrahl, als würde ein Feuerwerk gezündet, dann steigt etwas glühend Rotes auf.

„Hallo, Kätzchen, wach auf, die Show beginnt!"

„Was ist das? Ach ja, wir sind ja hier wegen des Sonnenaufgangs. War ich denn eingeschlafen?"

Smartje haucht einen flüchtigen Kuss auf ihre Wange.

„Jetzt bist du jedenfalls wach und schau: eine glühende Feuerkugel, das Zweitschönste, das man hier im Moment betrachten kann."

„Und was ist das Schönste?"

„Das bist natürlich du, mein Engel, du übertriffst noch die Morgenröte."

„Raspel doch keine Sprüche. Neulich hast du gesagt, dass du keine Komplimente machst. Sonnenaufgang ist schön, aber ich will jetzt schlafen gehen."

„Wie Sie wünschen, Frau Morgenröte, Ihr ergebener Diener bringt Sie gern ins Bettchen."

„Nix da, ins Bett geh' ich allein. Du bringst mich in mein Zimmer und machst die Tür dann von draußen zu, klar?"

Edda hat eiserne Prinzipien, aber Smartje gibt niemals auf. Beutegreifer können warten.

Als die Sonne über das Wattenmeer klettert, erhebt sich vor dem Eingang zum Fährhaus ein ohrenbetäubender Krach. Die Hotelgäste schauen aus den Fenstern. Was ist los?

Unten auf der Straße steht Sven Ravenstein in prunkvoller Offiziersjacke mit einer riesigen Harley-Davidson-Sidecar „Anarchy", dem größten Motorrad, das je gebaut wurde. Ein kurzer Dreh am Gas-Handgriff erzeugt einen Lärm, der einen startenden viermotorigen Jet übertrumpft. Sven sieht Smartje am Fenster und brüllt in den Lärm hinein:

„Auf auf, Langschläfer, Frühstück gibts heute an Buhne 16, Beeilung bitte!"

Smartje hat jetzt das Fenster geöffnet.

„Buhne 16, was ist das bitte?"

„Frag Edda, die kann dir Stories erzählen. Aber Edda soll bitte unbedingt einen Motorrad – Overall über ihre elegante Modekleidung streifen. Wenn ich den Gashahn der Anarchy ein wenig streichle, gibt das sofort einen gewaltigen Fahrtwind, zuviel für die schmächtigen Fummel aus der Boutique. Solch einen Overall kann der Hotelcourier ihr in ein paar Minuten besorgen – warte, ich kann das gleich hier erledigen, mit dem Mobile."

Edda hat die gebrüllte Unterhaltung mitgehört Jetzt hat sie auch das Fenster geöffnet.

„Wo hast du denn diese Höllenmaschine her, Sven?" „Vom Autoverleiher. Das ist derselbe, der auch den Lamborghini laufen hat. Der Aufmerksamkeitsfaktor ist derselbe, aber die Jungs machen sich in die Hose, wenn sie das „Ding aus einer anderen Welt" sehen.

„Smartje klopft an Eddas Tür.

„Lässt du mich rein, Edda?"

„Du darfst rein, aber bitte nichts anrühren, ja?"

Einen Moment später versteht er, warum er nichts anrühren soll. Edda hat sich schnell in einen Morgenmantel gehüllt und Smartje sieht sogleich, das unter dem Kleidungsstück nichts als duftende weibliche Haut ist.

„Was für ein wundervoller Anblick und man darf nichts anrühren! Warum denn nicht?"

„Weil es eine konventionelle Reihenfolge gibt und das Anrühren noch nicht an der Reihe ist. Du würdest mich total konfus machen, du gottverdammter Verführer, nix gibt's! Und raus hier jetzt. Ich will mich anziehen und in zehn Minuten unten sein."

„Kann ich dir nicht beim Anziehen helfen, ich meine – damit es schneller geht?"

„Es würde nicht schneller gehen, im Gegenteil. Du kannst mir den Overall bringen, wenn Sven ihn hat."

Smartje weiß, dass es Situationen gibt, in denen ein Mann Hartnäckigkeit zu demonstrieren und am Ende den Besiegten zu geben hat. Das lässt Frauenherzen höher schlagen. Du willst mich und ich sage NEIN! Aber du kommst immer wieder zurück, du bist mir verfallen! Es sind weibliche Illusionen und ein Verführungsprofi spielt damit.

Bei allem was sich schneller bewegt als ein Mensch auf der Flucht ist Sven Ravenstein der ultimative Experte. Für alles hat er Lizenzen, Fahrerlaubnisse, Führerscheine. Die Harley hat er natürlich gechartert um den Jungs mit dem Lamborghini noch eins auf die Mütze zu geben.

Die Herren sind schon aufgesessen, als Edda erscheint. Im schwarzen Overall sieht sie aus wie ein Autoschlosser. Ihre Stimmung ist dementsprechend.

„Hey Sven, was ist los, ich muss in einem öligen Lumpen rumlaufen und du machst dich schick wie zur Hochzeit."

„Bitte, Edda, sei lieb. Du wirst gleich sehen, was die Harley kann. Wenn dir der Wind um die Nase braust, wirst du froh sein über diesen „öligen Lumpen". Und sobald wir ins Lokal gehen, bist du wieder „Grande Dame"."

Edda klettert in den Beiwagen, Sven gibt Gas. Der Krach ist ohrenbetäubend, Unterhaltung ist nicht möglich. So erfährt Smartje vorerst nicht, was es mit der Buhne 16 auf sich hat. Schon nach wenigen Minuten lärmt die Harley durch Wenningstedt. Sven knattert einen Sandweg hinunter zum Weststrand, zieht die Maschine nah ans Wasser und nimmt Fahrtrichtung Nord.

Für Smartje ist das alles neu und rätselhaft.

„Kann mit einer erklären, was wir hier machen?"

„Auf der Autostraße kommen wir nicht zur Buhne 16, da müssten wir laufen. Über den Strand kommen wir natürlich hin, aber wir müssen vor dem Kliff nach unten, dahinter gibts keine Straßen mehr. Und Sven will mit der Maschine dort aufkreuzen um möglichst viel Aufsehen zu machen, das gehört bei der Buhne 16 dazu."

„Darf man denn mit Motorrädern über den Strand fahren?"

„Nein, darf man nicht. Deshalb erregt es auch soviel Aufsehen. Für die Harley gibt es vermutlich Ausnahmen, der Verleiher hat einen guten Draht zur Strandaufsicht."

Bei der Ankunft an dem angesagtesten Lokal der Insel stehen die schon vorhandenen Gäste von ihren Plätzen auf und drängen sich auf der Westseite der Terrasse. Als die drei Rider vorbei defilieren, stehen sie wie Terrakottafiguren. Es gehört allerdings zum Ritual, sie erstmal nicht zu beachten und im Lokal zu verschwinden. An der Theke stehen bereits kleine Gläschen mit scharfem Willkommen.

„Was gibt's heute bei euch?"

„Wie immer: erstens Fisch, zweitens frischen Fisch, drittens gegrillen Fisch. Auf dem Grill liegen heute ein paar Seezungen, ein Ausnahmegenuss."

Smartje macht große Augen.

„Was macht ihr, wenn jemand keinen Fisch will?"

„Der kann natürlich auch Wiener mit Kartoffelsalat bekommen. Wir empfehlen das nicht. Wer keine Seezunge mag, der sollte am Besten rübergehen zum Kliff, da ist ein Kiosk wo es Hamburger mit Pommes gibt."

Dieser Aussage folgt ein homerisches Gelächter. Die Claims sind abgesteckt, heute also gegrillte Seezunge. Und das zum Frühstück!

„Was meint ihr", fragt Smartje, „wird sich das zum Mittagessen hin noch steigern?"

„Muss dich leider enttäuschen, mein Lieber, Mittagessen werden wir nicht mehr. Wir haben nachher noch eine Stunde Zeit, uns im Strandhafer in die Sonne zu legen, dann geht's auf den Heimweg. Wie es aussieht, Smartje, bist du auf dem Wege, süchtig zu werden nach Sylter Flair. Sylt ist eine Droge, die man mit Vorsicht genießen muss."

Smartje ist auf dem Heimflug wortkarg und sinniert. Das sind also die Vergnügungen derer, die glauben, oben angekommen zu sein. Ein bisschen Sex, ein bisschen Fressen und Saufen, großmäulige Auftritte in der Öffentlichkeit. Ein Leben wie ein luftgefüllter Rettungsring, der vor dem Untergehen schützen soll. Was, wenn einer in diesen Rettungsring hineinsticht? Obwohl es ihn anwidert, ist Smartje nicht immun gegen die Jet-set Mentalität. Süchtig nach Sylter Flair? Ja absolut, das hat Sven richtig erkannt. Er ahnt indessen, dass er noch viele Wege gehen muss, um dort anzukommen, wo Sven und Edda sich offenbar zu Hause fühlen.

Genius der Finanzen

Seit einer guten Stunde sitzt Smarte seinem Arbeitgeber gegenüber. Auf dessen Schreibtisch liegt ein aufgeschlagener Ordner mit der Rückenaufschrift «Rücklagenkonto». Smartje hat den Ordner hinüber geschoben, so dass Lauenberger ihn einsehen kann.

„Wir haben eine prall gefüllte Kasse, Chef. Aber momentan leider rückläufige Umsätze. Wir machen zu wenig Dampf."

„Was schlagen Sie vor, Herr Brinkmann?"

„Mit unserer Jagdkasse können wir interessantes Wild ins Visier nehmen. Übernahme, Investition, Diversifikation, alles ist möglich, am besten in genau dieser Reihenfolge."

„Haben Sie ein Objekt im Visier?"

„Die Edelbrand Distillerie Pfeiffer & Durowski in Ennigerloh soll, wie man hört, finanziell klamm sein. Um nicht Konkurs anmelden zu müssen, suchen sie einen weißen Ritter."

„Pfeiffer und Durowski? Das ist doch mein Hauptlieferant, zwei Drittel unseres Sortiments kommen von da. Gab's da nicht mal vor einiger Zeit einen Raubüberfall oder so etwas?"

„Einen Einbruch, eine wahrscheinlich größere Bande hat ihnen den Laden ausgeräumt. Seltsamerweise sind einige der gestohlenen Flaschen damals hier bei uns aufgetaucht. Wir waren sehr entsetzt."

„Ja, das weiß ich noch. Und nun brauchen sie einen weißen Ritter? Das heißt, einen Geldgeber, der als stiller Teilhaber Geld einschießt und sich dann hinsetzt und zuschaut, was die damit machen?"

„So wäre es, aber das ist natürlich Blödsinn. Wer unbedingt Geld verbrennen will, geht auf die Spielbank. Ich schlage vor, dass wir mit ihnen Kontakt aufnehmen und einen Deal vorschlagen: Sie liquidieren die OHG, melden eine neu gegründete GmbH an und Inex steigt mit ausreichender Menge Knete ein, um die Produktion zu vergrößern und abzusichern. Das wäre für uns ein überfälliger Schritt, weil wir bisher nur ein reines Handelshaus sind. Ohne Produktion würden wir in der Luft hängen, wenn der Konsum über längere Zeit rückläufig ist."

„Ihrer Idee kann ich was abgewinnen, aber warum dafür eine GmbH gründen? Die OHG hat doch viel mehr Freiheiten."

„Ist aber eine Personengesellschaft mit voller Haftung. Sie müssten als Person Oskar Lauenberger eintreten und dann könnten die Ihnen womöglich Ihr ganzes Privatvermögen aus dem Safe holen."

„OK Brinkmann, ich sehe Sie haben sich schon intensive Gedanken gemacht. Marschieren Sie los, Sie haben Vollmacht."

Smartje hat jetzt häufig in Ennigerloh zu tun. Die Kleinstadt gefällt ihm und er stellt sich vor, er könnte da wohnen und den Lamborghini vor den Lokalen in der Altstadt im Parkverbot parken. Schöne Vision, aber da fehlt noch was: der heiße Italiener. Ob das mal wahr wird?

Edelbrand – Distillerie

Smartje ist mit Durowski verabredet und hört gleich zu Beginn der Unterhaltung dessen Lebens- Misserfolgs- und Erfolgsgeschichte, die sprudelt aus ihm heraus wie Bier aus einen Hahn.

Miroslaw Durowski, der früher eine Bierschwemme in Gelsenkirchen hatte, dort wo die Bergleute mit Kohlenstaub unter den Fingernägeln an der Theke sitzen und Bier und Kömen gleichzeitig trinken, indem sie die zwei Gläser mit den Fingern einer Hand so balancieren, dass der Kömen ins Bier fließt und das Bier in den Mund, der zuvor selber Bergmann gewesen war, und davor Schnapsbrenner, er sollte nun Smartjes Steigbügelhalter werden bei seinem endgültigen Aufstieg zum Finanztycoon.

„Als die Zechen still gelegt waren und die Kneipe nichts mehr hergab, schloss ich meine Kaschemme von außen ab, warf den Schlüssel in die Emscher und fuhr in meinem klapprigen alten Ford davon, ins Blaue hinein. Nach Ennigerloh verschlug es mich durch Zufall. Dort lernte ich Johann Pfeiffer kennen, Kneipenwirt wie ich noch vor kurzem auch gewesen war. In Pfeiffers «Distille» war ich der einzige Gast. Wir hatten ein klärendes Gespräch: Bist du der Wirt? So brechend voll wie hier war es bei mir am Ende auch gewesen. Jetzt werde ich wohl bald auf der Straße leben. Wie es aussieht, geht es dir ähnlich. Hast du Lust, mit mir gemeinsam als Tippelbruder über Land zu ziehen?"

„Soll das eine Anspielung sein? Dann verpiss dich, bevor ich meinen Hund aus der Küche reinhole."

„Halt halt, Bruder, das hab' ich anders gemeint. Vereint sind auch die Schwachen mächtig."

„Der Starke ist am mächtigsten allein."

„Toll, du kannst ja auch Schiller!"

„ Ich wollte dir einen Vorschlag machen: Wir machen zusammen etwas, mit dem dein trüber Laden hier wieder zur Goldgrube werden kann. Ich habe eine Lizenz als Schnapsbrenner und ich habe eine Technik erfunden, bei der mit jedem Liter verzollbarem Alkohol auch ein Liter unverzollbarer als Abfallprodukt entsteht. Man benötigt für die Entsorgung dieses Abfalls eine Kneipe mit Stammgästen, die sich nicht um die Sperrstunde scheren und gerne noch ein bisschen länger bleiben. Mehr nicht. Die Gäste helfen dann freiwillig bei der Vernichtung des Abfalls. Alles klar?

Johann Pfeiffer ist gelernter Einzelhandelskaufmann. Mit Gastronomie kannte er sich nicht aus, als er die „Distillerie" übernahm, dafür mit dem ewigen Kampf um Geld und Rechnungen. Ein Kunde, der bei ihm in der Kreide stand und nicht zahlen konnte, bot ihm die Kneipe als „Naturalwährung" an. Um überhaupt etwas zu retten, griff er zu. Eigentlich ein schlechter Deal, aber vielleicht besser als gar keiner. Er wurde Kneipenwirt und so haben wir uns kennen gelernt. Wir fanden, dass wir zusammen genügend Grips haben sollten, um den Plan zu realisieren, der mir vorschwebte. Das Problem war natürlich die Finanzierung der notwendigen Investitionen. Johann besaß ein Grundstück in Schalke, direkt an der Emscher, Bauerwartungsland und wegen der Kloake Emscher wertlos. Dann wurde publik, dass die Emscher renaturiert werden und kein Abwasser mehr führen sollte. Schlagartig kletterten dort die Preise für Bauerwartungsland in den Himmel. Das konnten die Banken als Absicherung für Investitionskredite akzeptieren. Wir mieteten eine Lagerhalle an und bauten drei große Destillierkolonnen auf. Aber es wurde noch ein weiter Weg bis zum Erfolg und ich musste zeitweise fast zu hundert Prozent nicht verzollbaren Alkohol erzeugen um das Geschäft zu stabilisieren. In dieser Zeit kam unsere „Distille " in den Ruf, eine Fuselkneipe zu sein. Manche behaupteten sogar, wir würden Methanol ausschenken! Aber wir hielten die Preise niedrig und der Umsatz stimmte."

„Und das Zollamt war einverstanden?"

„Sie machten tausend Kontrollen, konnten uns aber nicht nachweisen, dass wir die „Branntweinsteuer" in betrügerischer Absicht umgehen würden."

„Nun, Herr Durowski, Ihre Geschichte ist interessant. Die Geschichte zweier Männer, die wissen, dass Erfolg auch Wagnis verlangt, die auch nicht zimperlich sind, wenn eine krumme Tour gerade gebogen werden muss. Dennoch haben Sie zur Zeit Probleme oder sagen wir frei heraus: Existenzsorgen. Das Boot ist auf eine Sandbank aufgelaufen und jetzt brauchen Sie einen weißen Ritter, der Sie wieder flott macht."

„Nun ja, das ist wohl die Lage. Aber Sie müssen nicht denken, dass wir am Ende sind. Es geht um die Insolvenzanmeldung, die wir unbedingt vermeiden müssen. Es gibt da einen Dominoeffekt: Sobald das Wort Insolvenz im Raum steht, streichen die Banken die Verfügungskredite, die Rohstofflieferanten drehen den Hahn zu und die Kunden zahlen nichts mehr. Damit wird die Insolvenz überhaupt erst gemacht. Wenn du Pech hast, verkauft dir noch nicht mal jemand einen Strick. Wir brauchen eine Finanzspritze um dieses Szenario zu vermeiden, wenn der Laden wieder läuft, zahlen wir zurück."

„Finden Sie denn jemanden, der bereit ist, sein Portemonnaie in Ihre Hosentasche zu entleeren?"

„Ganz so ist es nicht. Wir sind eine OHG und der „weiße Ritter" wird Gesellschafter, mit allen Rechten."

„Und allen Pflichten. Zum Beispiel das bodenlose Geldfass des Unternehmens immer wieder aufzufüllen, ad infinitum, auch unter Einsatz seiner Privatschatulle. In der OHG ist jeder Gesellschafter Privatfinanzier, solange bis er am Baum hängt. Ich glaube nicht, dass Sie für dieses Konzept jemand finden werden. Zumindest wird Oskar Lauenberger abwinken."

„Was schlagen Sie vor?"

„Sie müssen die insolvente OHG vollständig abwickeln, bis kein Krümel mehr übrig ist. Dann starten Sie mit einer neu gegründeten GmbH. Da kann Lauenberger mit seiner Firma INEX Teile des Gesellschaftskapitals einbringen und - bei Erfolg - auch weiter erhöhen. Das ist, was er Ihnen durch mich anbieten lässt."

„Als GmbH brauchen wir einen Geschäftsführer, den muss die Gesellschafterversammlung aussuchen. Wer soll das sein?"

„Er sitzt Ihnen gegenüber."

„Hoppla, was ist mit der Gesellschafterversammlung?"

„Die machen wir jetzt in diesem Augenblick. Sie vertreten die Gesellschafter Durowski und per Vollmacht Pfeiffer. Ich vertrete per Vollmacht INEX. Die Vorgabe lautet: INEX wird den Deal nur machen, wenn ihr Finanzvorstand Smartje Brinkmann Geschäftsführer bei der neuen „Edelbrand – Distillerie GmbH " wird. Besprechen Sie das jetzt bitte mit Ihrem Partner Johann Pfeiffer und lassen Sie uns wissen, ob Sie das zu unseren Bedingungen machen wollen. Aber entscheiden Sie bitte zügig, Lauenberger hat noch verschiedene Projekte an der Angel, und er ist ein ungeduldiger Mensch."

Nach dieser Unterredung weiß Smartje nicht, ob er sich nun als Löwe fühlen soll oder als Pfau. Er entscheidet sich für den Pfau und stakst breitbeinig durch die Einkaufsmeile in der Innenstadt.

Elvira

Smartje steht vor der Auslage eines Schuhgeschäftes. Hier scheint es eine Klasse von Modefreaks zu geben, die Ennigerloh mit Bologna oder Paris verwechseln. Das betrifft nicht unbedingt die Qualität der Pflastertreter, sondern deren Preise. Während er durch die Scheibe nach drinnen schaut, bemerkt er, dass jemand durch die Scheibe nach draußen schaut. Eine adrette kleine Schuhverkäuferin lächelt ihn an. Dunkelblonde ins rötliche schimmernde Locken bis zu den Schultern, tiefblaue Augen, ein faltenloses Mädchengesicht. Eine schlanke Figur, ein Busen des Typs „Männertraum". Der Anblick lockt ihn an, wie der Honigtopf einen Bären.

„Was für ein tolle Auslage haben Sie da im Fenster. Für mich Einblick, für Sie ein Ausblick." Die Kleine lächelt dezent, Ovationen dieser Art ist sie gewohnt.

„Was kann ich Ihnen anbieten, mein Herr?"

„Am liebsten eine Stunde Ihrer Freizeit. Bis Sie freihaben können wir ja Schuhe anprobieren. Insbesondere elegante Italiener."

„Italiener gerne, Freizeit – warum nicht?"

Smartje staunt über soviel Offenheit. Hat er sich nicht verhört, hat sie wirklich zu einem ihr unbekannten Mann gesagt „Freizeit – warum nicht?"

Ausnahmsweise ist es nun Smartje, der versucht, die Etikette zu wahren.

„Darf ich mich vorstellen: Smartje Brinkmann, Finanzberater."

„Sehr nett, dass Sie sich vorstellen, das tun die Wenigsten. Und ich bin Elvira Brecht und ich verkaufe Schuhe an Männer die Gentlemen sind oder manchmal auch nicht. Ich hole mal ein paar Italiener und dann sagen Sie mir, ob ich Ihren Geschmack richtig eingeschätzt habe. Eine Stunde später hat Smartje ein Paar unglaublich teure braune Berluti – Sneaker an den Füßen, mit Kalligrafien als Dekor auf der Außenseite, wo sie besonders auffallen. Es sind die mit Abstand teuersten Treter, die im ganzen Laden zu finden waren. Der Boss ist so erfreut, dass er sich beeilt, dem verehrten Herrn Kunden seine aufrichtige Dankbarkeit und Ergebenheit zu versichern. Und der Herr Kunde möchte Elvira zum Kaffee einladen? Aber selbstverständlich gern, immer zu Diensten und hoffentlich sehen wir den Herrn bald wieder hier, wenn die neue Kollektion eingetroffen ist. Smartje ist hoch zufrieden, das ist doch wahrlich eine nette kleine Stadt, wo man auch ohne Lamborghini hofiert wird. Da kommt Elvira aus dem Personalraum angetänzelt, sie hat frisches Makeup aufgelegt und die Lippen sind kirschrot.

„Taxiere, das ich heute spät nach Hause kommen werde" denkt er sich.

„Elvira, Sie sollten jetzt ansagen, wo wir hingehen können. Ich kenne mich nicht gut aus in ihrer schönen Stadt, also wo gibt's den besten Kaffee und süße Stückchen?"

„Ich wohne in Oelde und da geht man in den „Vier Jahreszeiten Park". Da sitzt man am Wasser in der Sonne, sehr romantisch."

„Und wie kommen wir nach Oelde?"

„Ach herrjeh, ich fahre immer mit dem Rad, aber es gibt auch einen Bus."

„Radfahren ist zwar eine Leidenschaft von mir, aber ich mag es weniger, wenn meine Begleiterin vor mir auf der Rahmenstange sitzen muss. Ich ruf' mal ein Taxi."

Elvira staunt, Taxi ist sie in ihrem Leben noch nie gefahren. Dann sitzen sie am Teich im Park, Die Kellnerin bringt Kaffee mit irischem Whisky, zwei Gläser Kir Royal, eine schwarzwälder Torte mit Sahne, einen Teller mit Croissants, eine Schale mit Macadamnüssen.

„Das kann nicht wahr sein, was lassen Sie da alles aufmarschieren, Herr Brinkmann, womit habe ich das denn verdient?"

„Zunächst: ich heiße nicht Herr Brinkmann, sondern Smartje und meine Freunde sagen „du" zu mir. Womit die kleine Elvira das verdient hat? Weil sie so hübsch und adrett ist und mir die schönsten Schuhe verkauft hat."

„Smartje, du bist ein Supermann, mir wird ganz schwindlig."

„Supermann und kleine Super-Elvira passen gut zusammen, nicht wahr? Aber das „du" muss mit einem Kuss besiegelt werden, klar?"

„Klar, Supermann!"

Eigentlich hatte Smartje nur einen kurzen Einkaufsbummel machen wollen. Mit der Akquisition eines größeren Objektes hatte er nicht gerechnet. Aber Smartje ist Opportunist, er feiert die Feste wie sie fallen, dass die Kleine ein leichtes Mädchen zu sein scheint, na und ?

Nach ausgiebigem Spaziergang durch die Freizeitanlage und ausgiebigem Betasten seines neuen Fangs denkt Smartje an die Reihenfolge der Prozeduren, die nun folgen.

„Schätzchen, kleine Elvi, es wird langsam dämmrig und wir müssen überlegen, wo wir zu Abend essen. Sag an, wo wir hingehen können und was du am besten findest."

„Ach herrjeh, ich gehe fast nie in Speiselokale. Aber von Leuten, die viel Geld haben, höre ich manchmal, dass sie gerne zum Zelic gehen. Der hat gute Menüs und außerdem eine Kellerbar und erfüllt alle Wünsche die man haben kann und ohgottohgott mein Fahrrad steht doch in Ennigerloh, was machen wir jetzt?"

„Wir gehen Essen, Elvi, und danach beschließen wir den Abend an der Bar."

„Aber mein Fahrrad – was machen wir denn damit?"

„Keine Sorge, mein Auto steht auch noch dort. Ich bring' dich morgen früh mit dem Taxi dahin, einverstanden?"

Elvira denkt einen Moment nach, dann schaut sie Smartje von der Seite an.

„Smartje, was bedeutet das?"

„Ja genau, so ist es. Du wirst mich doch nicht auf der Straße schlafen lassen?"

Sie hakt sich bei ihm ein und macht ein Kussmäulchen. Das heißt, sie ist einverstanden. Smartje ist zufrieden, das war leichter als Forellen angeln. Ihren Kuss bekommt sie natürlich, das kleine Leichtgewicht.

Der Großwesir

Smartje verwaltet die Finanzen seines Herrn. Oskar Lauenberger ist sehr zufrieden mit seinem Großwesir. Seitdem er ihn hat, haben sich die Gerüchte um unseriöse Geschäfte von INEX aufgelöst. Offenbar kann Smartje nicht nur Geld, er kann auch Fassadenreinigung. So lehnt er sich zurück und der Adlatus hat Freigang. Aber der weiß genau, wann er den Chef mal wieder beiholen muss.

„Der Durowski hatte Schwierigkeiten mit der Idee, seine OHG in eine GmbH umzuwandeln. Natürlich war ihm sofort klar, dass wir ihn für einen Fuchs halten, der gerne mal ein Gänschen stiehlt und wenn's nicht anders geht, auch aus der Firmenkasse. Am schwersten zu schlucken war für ihn, dass ein Smartje Brinkmann Geschäftsführer der GmbH sein soll. Ich habe ihn unter Druck gesetzt, er möge das mit Pfeiffer besprechen und möglichst rasch Bescheid geben, unser Angebot habe ein kurzes Verfalldatum. Ich glaube, die machen das, sie haben kein anderes Angebot, der Pfeiffer ist Kaufmann und sieht die Lage nüchtern."

„Hallo, warum sollte Smartje Brinkmann Geschäftsführer werden?"

„Wir müssen den Daumen drauf halten, damit sie uns nicht ausplündern. Aber schön, wenn Sie mich für nicht geeignet halten, Herr Lauenberger, dann können Sie natürlich auch gerne selbst den Job machen."

„Na na, die Frage muss ich stellen. Geschäftsführer einer Schnapsfabrik mit angehängter Kneipe, wo haben Sie die Qualifikation dafür?"

„Durch Ausbildung in der Familie. Sie kennen meinen Ziehvater Tom Lüdemann, einer Ihrer ganz treuen Kunden. Er hat mich, das wissen Sie sicher noch, hierher gebracht zu Ihnen, damit ich was Ordentliches lerne. Nun ja – ich hatte schon im Haus von Lüdemann Gelegenheit, «was Ordentliches» zu lernen; wir man mit Kneipengästen umgeht, wie man Rechnungen stellt und darauf achtet, dass man nicht zu viel Steuern zahlen muss. Meine Mutter war Bedienung bei Lüdemann und hat mir noch den Feinschliff gegeben. Sie hat von keinem Gast jemals Trinkgeld genommen, das war implizit immer schon auf der Rechnung. Reicht das?"

Lauenberger lässt ein dröhnendes Gelächter hören.

„Es reicht Smartje, es reicht! Du wirst den Job ordentlich machen bin ich sicher."

„Danke, Herr Lauenberger. Nur noch eine Frage: Bin ich Brinkmann oder Smartje?"

„Hab' ich mich versprochen? Na gut, soll's dabei bleiben. Ich heiße Oskar. Aber Chef bin ich trotzdem weiterhin, klar?"

„Zu Befehl, Oskar."

Smartje ist sehr zufrieden mit dem Lauf der Dinge. Er träumt vom unaufhaltsamen Aufstieg des Smartje Brinkmann ins gesellschaftliche Oberhaus. Und dem Lamborghini ist er auch wieder ein Stück näher.

Die neue Sekretärin, Linda Roth, ist noch unsicher in Bezug auf die Bräuche bei INEX.

„Da sind zwei Bittsteller die den Chef sprechen wollen. Soll ich sie nun zu Herrn Lauenberger oder zu Herrn Brinkmann schicken?"

Smartje schaut durch den Spion an der Tür des Besucherzimmers.

„Die wollen auf jeden Fall zu Lauenberger. Sagen Sie ihm, dass die Herren von der Distillerie da sind. Ich halte ich erstmal raus, bin aber bei Fuß wenn nötig."

„Na, das ist aber schnell gegangen. Nur vierundzwanzig Stunden haben sie gebraucht! Das kann nur bedeuten, dass ihnen schon der Gerichtsvollzieher auf den Fersen ist. Ich muss Oskar signalisieren, dass er den Preis höher schrauben soll"

Da sie schon in seinem Büro sind, bekommt die Sekretärin einen Zettel, den sie hineinbringen und ihm direkt in die Hand drücken soll.

„Oskar, die beiden pfeifen vermutlich auf dem letzten Loch. Nimm keinesfalls an, wenn sie dir eine Beteiligung unter fünfundzwanzig Prozent anbieten. Minimum sechsundzwanzig und vertraglich gesicherte Option auf weitere Erhöhung. Auf jeden Fall muss ein Insolvenzverwalter bestellt werden, der den Restwert auf den Pfennig genau ausrechnet. Wenn du mich brauchst, schick mir die Roth, ich bin sofort parat."

Smartje legt großen Wert darauf, seine Unentbehrlichkeit gebührend zu demonstrieren. Zudem hat er Zweifel, ob Lauenberger genügend Schläue für solche Deals aufbringt. Der Oskar liebt seriöses Auftreten. Sowas wie der Einbruch damals in der Distillerie, das will er nicht hören und er hat garantiert nichts damit zu tun. Wahrscheinlich haben sie das selbst inszeniert. Sagt er. Das ein Teil der Einbruchware bei INEX auftauchte – na, pure Dummheit. Wessen Dummheit?

Eine Stunde später erscheint Lauenberger im Büro von Smartje.

„Das sind Halunken. Die wollen nur eine Minderheitsbeteiligung unter fünfundzwanzig zugestehen. Ich hab sie abblitzen lassen, und was jetzt?"

„Abwarten, Oskar, die kommen zurück. Wenn sie nicht einen arglosen Rentner finden, der ihnen seine Ersparnisse gibt."

Zwei Wochen später erscheint unvermittelt Johann Pfeiffer und will dringend den „lieben Herrn Lauenberger" sprechen. Smartje leitet ihn einfach um.

„Herr Lauenberger hat gerade viel zu tun, Sie können auch mit dem Finanzvorstand von INEX sprechen, mit mir. Wenn Sie allerdings bei Ihrem Angebot von „unter fünfundzwanzig" bleiben, haben wir nichts zu besprechen."

„Ich kann ihnen einen Deal vorschlagen, aber ich rede nur unter vier Augen."

„Frau Roth, bitte informieren Sie Herrn Lauenberger über den Besuch und dann machen Sie Kaffeepause bis ich Sie rufe."

„Also: mir liegt einiges daran, den Durowski loszuwerden. Der hat unseren Laden an die Wand gefahren und jetzt bremst er alles aus, was noch zur Rettung möglich ist. Er scheint darauf zu spekulieren, dass er sich aus der Konkursmasse alles Brauchbare einverleiben kann um damit einen eigenen Laden aufzumachen. Mein Vorschlag: Sie steigen mit fünfundzwanzig Prozent ein und wir machen einen Optionsvertrag, nach dem nach der Etablierung der neuen GmbH sofort eine kräftige Kapitalerhöhung eingespeist wird für die notwendigen Investitionen. Die Erhöhung wird ein Betrag, den keiner von und beiden verfügbar hat. Inzwischen leiht mir INEX den Betrag der Kapitalerhöhung gegen

Schuldverschreibung. So kann ich bei der Erhöhung mitziehen, Durowski aber nicht. Er muss aufgeben und wir teilen uns die GmbH zu zweit. Ist das ein Deal?"

„Dunnerlüttchen, das muss nun wirklich Lauenberger entscheiden. Empfehlen kann ich ihm das aber nur, wenn Sie komplett in Insolvenz gehen und einen Insolvenzverwalter bestellen. Die Vermögenswerte müssen exakt ermittelt werden."

Vier Wochen später: Die Münstersche Zeitung berichtet, das die bekannte „Edelbrand – Distillerie" Konkurs angemeldet hat, dieser aber wegen Mangel an Masse abgelehnt wurde. Überraschend präsentierte darauf einer der Inhaber, Johann Pfeiffer, einen gedeckten Bankscheck in Höhe der geschätzten Verfahrenskosten. Das Verfahren wurde eröffnet, zugleich wurde gegen beide Inhaber, Pfeiffer und Durowski, Anklage wegen Insolvenzverschleppung erhoben. Die Insolvenz betrifft neben der bekannten Wirtschaft im Zentrum Münsters auch den Produktionsbetrieb in Ennigerloh.

Weitere vier Wochen später: Über die Insolvenz der Edelbrand – Distillerie wird bekannt, dass das Verschleppungsverfahren gegen einen der Inhaber, Pfeiffer, niedergeschlagen wurde, gegen den anderen, Durowski, aber aufrecht erhalten wird. Als Begründung werden die Eigentumsverhältnisse genannt. Danach ist die Zahlungsunfähigkeit wesentlich im Produktionsbereich entstanden, der mehrheitlich Durowski zugeordnet wird. Die OHG „Edelbrand – Distillerie" wird aus dem Handelsregister gelöscht. Die bekannten Schnapsmarken „Edelbrand", „Halskratzer", „Grüner Escortiner" und noch einige andere sind aber weiter durch das Spirituosen – Handelshaus INEX zu erhalten. Dazu Geschäftseigner Lauenberger von INEX:

„Wir können alles liefern solange der Vorrat reicht. Wir hoffen, das die geplante Neugründung einer „Edelbrand GmbH" rechtzeitig kommt, bevor der Stoff knapp wird." Gerüchten zufolge wird INEX an der Neugründung beteiligt sein.

Weitere sechs Monate später: Im Stadtblatt wird verkündet, dass sich eine GmbH mit dem Namen „Edelbrand – Distillerie Pfeiffer und INEX GmbH & Co KG" etabliert hat. Pfeiffer und INEX halten je fünfzig Prozent des Stammkapitals. Das bekannte Lokal im Zentrum wird umgehend wiedereröffnet, die ersten zwanzig Gäste können kostenlos trinken, soviel sie wollen. Der Destillierbetrieb in Ennigerloh beschäftigt weiterhin den ausgewiesenen Fachmann Miroslaw Durowski als Herstellungsleiter, der jedoch nicht mehr am Stammkapital beteiligt ist. Als Geschäftsführer wurde Herr Smartje Brinkmann bestellt, bisher und weiterhin auch Finanzvorstand bei INEX.

Smartje hat nun häufig in Ennigerloh zu tun. Am späten Nachmittag fährt er dann zumeist bei der Schuh – Boutique „Le Trotteur" vor und eine kleine dunkellockige Schuhverkäuferin schlüpft rasch zu ihm in den Mustang. Den Vorgang kennt fast jeder und man weiß auch, dass er mit der Kleinen gen Oelde davonbraust. Aber was die dort machen? Keine Ahnung. Smartje weiß es, selbstverständlich, und es beginnt schon, ihn zu langweilen. Wenn er mit Elvira unter der Decke liegt, sieht er die Gestalt Eddas vor Augen. Blondes Haar, hellwache Augen, sportliche vom Reiten gestählte Figur und die Aura der Unnahbarkeit – was für ein Ziel, Smartje ist dein Ehrgeiz schon erkaltet?

Nein der Ehrgeiz brennt noch. So kommt der Abend, an dem er, nachdem er mit Elvira fertig ist, den Mustang gen Warendorf richtet. Auf dem Holtmannshof tritt er unauffällig auf, geht erstmal ins Sekretariat.

„Ich möchte meinen Reitunterricht bei Sven Ravenstein fortsetzen."

„Das geht im Moment leider nicht mein Herr, Herr Ravenstein ist zur Zeit als Reservist bei einem Manöver der Heereskavallerie, in zwei Wochen ist er wieder hier. Aber da sehe ich gerade, sein Terminkalender ist voll, für die ersten vierzehn Tage ausgebucht. Akzeptieren Sie auch andere Reitlehrer? Wir hätten noch etwas frei bei Frau von Kamphausen, allerdings nur zweimal in der Woche. Der nächste Termin wäre Samstag Nachmittag."

Jetzt muss Smartje sich zusammen reißen, dass er nicht einen Freudenschrei ausstößt.

„Sehr gerne, sehr gerne! Sagen Sie Edda bitte einen Gruß von Smartje Brinkmann, ich freu' mich sehr über ein Wiedersehen."

„Brinkmann? Ach ja, das weiß ich noch. Sie waren mit Herrn Ravenstein und Frau von Kamphausen auf Sylt, nicht wahr? Ich habe die Reise für Sie organisiert. Dann waren Sie auf einmal verschollen, Frau von Kamphausen war darüber ein paar Tage lang sehr traurig, muss wohl ein schöner Urlaub gewesen sein."

Smartje hört den lauernden Ton in den letzten Worten und die Neugier - ‚habt ihr was miteinander?' Aber eine Sekretärin muss nicht alles wissen.

Schon von Weitem winkt Smartje und wirft Edda eine Kusshand zu.

„Edda, meine liebste Edda, wie freue ich mich, dich wiederzusehen. Es war so trist in all der Zeit ohne dich. Aber jetzt, jetzt gehe ich nicht mehr vor deiner Seite."

„Du stellst ja einen Honigtopf auf mein Lieber. Du willst mich anlocken, aber erkläre bitte erst einmal, wo du gesteckt hast und warum du unsichtbar warst."

„Wo ich gesteckt habe: Tief in der Arbeit.Wenn du als Bergsteiger auf den Gipfel willst, darfst du nicht nach hinten schauen. Warum ich unsichtbar war: Die Welt der Gipfel ist eine andere als die Welt der Pferde. Ich war in einer anderen Welt. Hast du die Münstersche Zeitung oder das Stadtblatt gelesen? Wenn nicht, kurze Zusammenfassung: Wir, das sind Oskar Lauenberger und Smartje Brinkmann, haben ein neues Unternehmen aus der Taufe gehoben. Jetzt sind wir Schnapsbrenner und werden uns mit Hilfe trunksüchtiger Mitbürger einen goldenen Schreibtisch verdienen. Smartje hat jetzt sogar zwei Schreibtische und die sind erstmal aus billigen Mahagoni. Es bleibt also noch viel zu tun. Vielleicht ahnst du, was ich für einen Marathonlauf hinter mir habe. Wie schön ist es doch hier bei dir, und wie schön ist meinen süße Edda! Ich kann nicht mit Worten ausdrücken, wie sehr ich dich liebe."

„Lass die Sprüche mal im Futteral. Ich kenne meinen Smartje gut genug um zu unterscheiden, was echt ist und was Süßholz."

„Du bist so erstaunlich cool, Liebste. In einer Sekunde entlarvst du meine große Schwäche: Ich kann keine Liebeserklärungen machen. Ich bin dabei immer so aufgeregt, dass ich nicht mehr weiß, was ich sagen wollte."

Edda muss laut über diese Ansage lachen.

„Ausgerechnet Smartje Brinkmann ist bei einer Liebeserklärung aufgeregt! Smartje der Weltmeister in dieser Disziplin! Wievielen Frauen hast du solch eine Erklärung schon gegeben? Ehrliche Antwort!"

„Ehrliche Antwort? Genau Einer und sonst keiner, es ist die Wahrheit!"

Jetzt ist Edda neben ihm und schaut sehr ernst , gar ein bisschen traurig, in seine Augen.

„Du hast so viel Charme, aber hast du auch Subtanz?"

„Ich kann nichts dafür, dass ich auf Frauen wirke wie ein Magnet. Meine Mutter meint, das wäre ein Erbe meines Vaters. Dem ist sie auch erlegen."

„Ja, ein Magnet bist du. Und ich werde in deiner Nähe zum Schrotthaufen. Du ziehst mich an, aber bist du auch stark genug, mich fest zu halten? Ach wir sollten das Thema wechseln. Jetzt ist Reitstunde und da hat mein Kavalier große Defizite. In den Sattel, allez!"

„Ist es wahr, Edda, dass ihr in eurer Aufzuchtstation einen neue Rasse Springpferde habt, die deutlich leistungsstärker sind?"

„Woher hast du denn diese Nachricht? Es stimmt, dass wir einen neuen Hengst haben, der letztes Jahr fast alle internationalen Hürdenrennen gewonnen und Preisgelder in Millionenhöhe gebracht hat. Es ist der berühmte französische Schimmel „Silbersee". Wir haben natürlich die Hoffnung, dass seine Nachkommen auch so stark sein werden, aber man muss immer berücksichtigen, dass oben auf dem Gaul noch ein Reiter sitzt, auf den es auch ankommt. Bei uns war das Sven Ravenstein, und der ist ja auch Extraklasse, als Reiter meine ich."

„Hör zu, Edda, coole Schönheit des Nordens, ich mach' dir einen Vorschlag: Da ich nun schon reiten lerne, werde ich sicher auch des öfteren zum Turf gehen. Wenn ihr einverstanden seit, kann der Finanzberater Brinkmann dort die Werbetrommel rühren für die neue Springpferderasse des Holtmannshofs. Ich weiß, wie man Leute antörnt, bis sie nicht mehr ‚nein' sagen können."

„Hallo, Smartje! Was versprichst du dir davon? Willst du Geld?"

„Um Gottes Willen, Edda, Geld hole ich mir von da, wo es rumliegt, zum Beispiel von der Schnapstheke. Ich möchte dir zeigen, dass ich der Mann bin, den du brauchst, auch wenn ich nicht viel von Pferden verstehe. Ich habe begriffen, dass Liebe und Zuneigung nur eine notwendige, aber nicht ausreichende Voraussetzung für dich sind, für die Lebensentscheidung, die du einmal treffen musst. Du siehst in mir einen Magneten - und ich werde stark genug sein, dich festzuhalten!"

Ein armenischer Lamborghini

Smartje besucht jetzt Pferderennen. Die Hindernisrennen der Springpferde findet er besonders interessant. Aber beim Galoprennen gibt es bei den Wetten höhere Einsätze und da lernt er Leute kennen, die gern hohe Risiken gehen. Die für ihn eine interessante Klientel darstellen. Solche wie die Groznians. Jozip und Vera Groznian sind gebürtige Armenier, Sie nennen sich „Exporteure für Landmaschinen", aber es ist ein offenes Geheimnis, dass sie auch gestohlene Autos in den Libanon verschieben und, besonders pikant, Waffen, besonders Handfeuer-Waffen aus Russland, in den deutschen und europäischen Schwarzmarkt einschleusen. Wenn sie für größere Aufträge rasch einen ebenso großen Berg Geld brauchen, kriegen sie den ohne Umstände vom Gebrauchtwagenhändler und Pfandleiher Rollinger. Danilo und Ruth Rollinger sind die zwielichtigsten Figuren, die beim Turf herumlaufen. Sie beleihen hochwertige Autos gegen zwanzig Prozent Zinsen pro Monat. Den Lamborghini der Groznians haben sie schon ein Dutzend Mal beliehen. Die astronomischen Zinsforderungen von Rollinger sind denen egal, ihre Marge bei dem Geschäft ist noch viel höher. So haben sie alle einen erfreulichen Gewinn und entsprechend dicke Bankkonten. Diese Gesellschaft übt auf Smartje eine magische Anziehungskraft aus. Als Jozip Groznian einen hohen Betrag auf sein Lieblingspferd setzt, spricht Smartje ihn an.

„Sind Sie sicher, dass das Pferd diesen Einsatz wert ist?"

„Na hören Sie mal, mein Herr, was erlauben Sie sich? Ich weiß genau, dass Hexode zu den schnellsten Galoppern gehört, er hat mir schon hunderte eingebracht!"

„Na schön, dann sind Sie fein raus. Aber nicht mehr lange!"

„Wie soll,ich das verstehen?"

„Ja, haben Sie denn noch nichts gehört von der sagenhaften neuen Rasse, die auf dem Holtmannshof gezüchtet wird? Das sind Pferde, die eine um dreißig Prozent höhere Leistung haben als jede andere Rasse. Die neuen Junghengste sind jetzt fünf Jahre alt und man beginnt mit dem Zureiten. Die Trainingsdaten sind geradezu sensationell. In zwei Jahren kommen sie auf den Turf, dann können Sie Ihren Hexode zum Schlachthof bringen."

„Woher wissen Sie das denn?"

„Weil ich mit der Besitzerfamilie befreundet bin. Und weil ich selbst schon mal auf so einem Joungster sitzen durfte. Die marschieren ab, wie Lamborghinis, ein geiles Feeling! Ich sage: wer jetzt so einen Junghengst kauft, der macht in zwei bis drei Jahren das Geschäft seines Lebens."

„Und Sie selbst? Haben Sie schon so ein Zauberpferd? Oder trauen Sie sich nicht?"

„Hab' ich nicht nötig. Wenn ich mal eines reiten will, brauche ich nur zu der jungen Frau von Kamphausen zu sagen. «Komm Edda, wir reiten mal ein wenig». Und Geld spielt für mich schon gar keine Rolle. Außerdem reizt mich zur Zeit eher ein Lamborghini als ein Reitpferd."

Mit Vergnügen nimmt Smartje wahr, dass Groznian ihn mit aufgerissenen Augen erstaunt ansieht. Der ist dabei, den Köder zu schlucken!

„Ein Lamborghini reizt Sie? Ich könnte Ihnen einen liefern, aber ist Ihnen klar, was der kostet?"

„Genau, deshalb reizt er mich ja. Ich weiß, jeder hier weiß, dass sie so ein Gerät in der Garage haben. Ist aber nicht mehr neu und überdies ein Unfallwagen. Sie brauchen nicht zu fragen, woher ich das weiß. Wenn ich Ihnen das Ding abkaufe, zahle ich den Schrottwert. Es sei denn, Sie lassen ihn auf Hochglanz restaurieren. Wenn er aussieht wie neu, na ja wenn…"

„Hallo, mein Herr, wie war doch Ihr Name - ach ja, Herr Brinkmann, wir können alles machen! In Armenien gibt es zahlreiche Werkstätten, die auf die Restaurierung hochwertiger Fahrzeuge spezialisiert sind. Sie wissen doch: die Käufer im Libanon wollen nur 1A Qualität.

Also kriegen sie 1A. Ich kenne da einen, der hat schon mehrfach Lamborghinis aufgemöbelt. Die sind von neuen nicht zu unterscheiden."

Für Smartje ist die Sache klar: Vorvertrag für einen neuwertig aussehenden Lamborghini in 1A Qualität, signifikante Preisreduktion als Gegenleistung für Empfehlung neuer Hochleistungsrennpferde aus dem Gestüt Kamphausen, einschließlich einer Bonitäts-empfehlung zugunsten des Käufers. Schon am nächsten Tag schaukelt der Groznian'sche Lamborghini in einem Transportcontainer gen Osten.

Smartje steht kurz vor dem siebenten Himmel. Den will er am nächsten Sonntag erstürmen. Sonntagsstille liegt wie die Ahnung kommender Feierlichkeiten über den Wiesen mit grasenden Rennpferden. „Oh ihr Wundervollen, euch verdanke ich mein größtes Glück!" sinniert Smartje vor sich hin. Als er in die Hofeinfahrt einbiegt, kommt ihm jemand entgegen und winkt. So hat Edda ihn noch nie empfangen.

„Smartje, du Tausendsassa, wie hast du das denn gemacht?"

„Hallo liebe Edda, erklär' mir, was los ist?"

„Da sind diese beiden Turf – Spekulanten, Groznian und Rollinger, hier aufgetreten und jeder wollte so ein Zauberpferd haben, von der Sorte, wie es der Herr Brinkmann beschrieben hat. Denen musste ich erklären, das die Hengste fünf Jahre alt und noch nicht trainiert sind. Das war ihnen völlig egal, sie wollten anderen Interessenten zuvorkommen. Jetzt haben zwei von unseren Jünglingen neue Besitzer. Dass sie beide nicht reiten können, stört sie nicht, sie wollen öfter mal reinschauen, wie es ihrem Eigentum geht und es auch mal streicheln. Vielleicht verwechseln sie die Hengste mit Dukateneseln. Aber, lieber Smartje, sag mir jetzt - um alles in der Welt – wie schaffst du es, uns solch entschlossene Kunden zu schicken, und überhaupt: was hast du davon?"

„Zu Frage 1: der Groznian darf mir einen Lamborghini verkaufen. Das reicht natürlich nicht für den Junghengst, macht ihm die Entscheidung aber leichter. Und Rollinger, der Autoschieber und Pfandleiher – der will und muss alles haben, was sein Spezi Groznian hat. Das sind zwei Spitzbuben, die daheim ganze Säcke voll Geld liegen haben. Wenn man ihre Gier weckt, kaufen sie alles, was sich bewegt und Räder oder Beine hat.

Zu Frage zwei: was habe ich davon? Geliebte Edda, du weist es doch. Und ich habe verstanden, dass Liebe für dich eine notwendige, aber nicht ausreichende Bedingung ist für die Lebensentscheidung, die du treffen musst. Die junge Frau Edda will Liebe, die Geschäftsfrau und designierte Erbin das Holtmannshofs Frau von Kamphausen braucht die Unterstützung eines fähigen Geschäftsmannes um ihr Erbe zu wahren und zu mehren. Smartje Brinkmann erlöst dich aus dem Konflikt. Meine Liebe hast du sicher, und nun entscheide, ob ich auch als Geschäftsmann der geeignet Partner bin. Edda, liebste Edda, willst du mich heiraten?"

Edda schaut Smartje ins Gesicht, in die Augen, prüft jede Regung, prüft, ob er stand hält, prüft, ob der Mann, der sich um sie bewirbt, Vertrauen ausstrahlt. Sie lässt die Arme sinken wie jemand, der den Widerstand aufgibt.

„Ja, Smartje, du unwiderstehlicher, ich will dich, nimm mich."

Smartje nimmt sie, er umschließt ihre Schultern, es wird ein langer langer Verlobungskuss. Und Smartje hat ein Kätzchen in den Armen, das sich ankuschelt und zum ersten Mal zeigt, dass es sich nach Geborgenheit sehnt.

Andrea

Gute Nachrichten am laufenden Band für Smartje. In vierzehn Tagen will Seniorchef von Kamphausen das Verlobungsfest seiner Tochter feiern. Was Rang und Namen hat, ist eingeladen. Dann ruft der Broznian an, ein hochglänzender Lamborghini steht abholbereit bei ihm auf dem Hof. Schließlich meldet auch noch Johann Pfeiffer, das die Edelbrand – Distillerie im laufenden Quartal endgültig aus den roten Zahlen heraus ist, die Kasse klingelt wieder. Geschäftsführer Brinkmann ordnet an, das sogleich zweihundertfünfzig Flaschen „Grüner Escortiner" auf seine Rechnung an den Holtmannshof geschickt werden, für die bevorstehende Feier. Und er plant einen pompösen Auftritt. Der Lamborghini kommt im langsamen Schritttempo die Hofeinfahrt herunter, hält vor der Treppe, wo Besucher und Personal Spalier stehen. Dem Traumfahrzeug entsteigt ein unglaublicher Beau in einem purpurroten Seidensmoking. Dann hängt Edda, seine Edda, an seinem Hals und er trägt sie auf den Armen die Treppe hinauf wo der hocherfreute Senior beide in die Arme schließt.

Smartje stellt sich vor den Spiegel. „Also so sehen Sieger aus. Dann steigt meine Edda zu mir in den Lamborghini und wir fahren in den Himmel – in einen wundervollen Liebesurlaub nach Sylt."

Schon am Freitag hängt das Aufgebot vor dem Standesamt in Münster. Das Standesamt gibt bekannt, dass Frau Edda von Kamphausen und Herr Smartje Brinkmann die Ehe eingehen wollen. Personen, welche Gründe kennen um dieser Verbindung zu widersprechen, möchten sich umgehend beim Standesamt melden.

Smartje ist Sieger bis zum Mittwoch der folgenden Woche . Ein unscheinbarer klein gewachsenen Mann im grauen Tweed verlangt von der Sekretärin, unbedingt mit Herrn Brinkmann sprechen zu wollen. Der Grund ist privat und geheim. Smartje, immer noch in Hochstimmung: „Also gut, lassen Sie ihn rein."

„Rechtsanwalt Schmitz von der Kanzlei Schmitz und Althaus. Unsere Mandantin Elvira Brecht aus Oelde macht geltend, dass Herr Brinkmann Vater ihrer Tochter Andrea ist und ihr die Ehe versprochen hat. Bisher wurde weder das Eheversprechen eingelöst noch Unterhalt gezahlt."

Eine mächtige Druckluftbombe ist in Smartjes Kartenhaus gekracht und hat es wie Haferspreu auseinander geblasen.

Ein kreidebleicher Smartje erhebt sich langsam und schwankend von seinem Stuhl. Dem grauen Tweed streckt er abwehrend beide Hände entgegen.

„Das kann nicht wahr sein, niemals kann das wahr sein! Diese kleine Hexe gönnt mir mein Glück nicht. Sie hat eine Tochter? Nichts, gar nichts habe ich davon gewusst. Und die soll von mir sein? Elvira ist ein leichtes Mädchen, sie hat viele Freier, da kommen noch andere Väter in Frage. Ich jedenfalls – ich komme nicht in Frage. Die Affaire, die ich mit ihr hatte, liegt schon lange zurück."

„Hier ist eine Urkunde des städtischen Notariats. Der Notar bestätigt, dass Frau Elvira Brecht vor ihm und seiner Sekretärin als Zeugen eine eidesstattliche Erklärung abgegeben hat, wonach sie ausschließlich mit Ihnen Verkehr hatte. Sollten Sie widersprechen, so verlangt unsere Mandantin eine genetische Vaterschaftsanalyse."

„Was will sie denn überhaupt? Will sie Geld?"

„Frau Brecht verlangt primär, dass Sie das Heiratsversprechen einlösen, denn nur auf Grund dieses Versprechens hat sie sich mit Ihnen eingelassen. Sollten Sie dazu nicht bereit sein, ist die Minimalforderung eine Unterhaltszahlung für das Kind und sie selbst, da sie auf absehbare Zeit ihren Lebensunterhalt nicht mehr allein wird aufbringen können. Was wollen Sie ihr antworten?"

„Vaterschaftsanalyse."

„Wie Sie wollen, wir leiten das in die Wege. Rechnen Sie mit einem Ergebnis in ca. vierzehn Tagen. Ich darf mich verabschieden, auf wiedersehen Herr Brinkmann."

Am nächsten Sonntag rollt der Lamborghini, als sei nichts besonderes vorgefallen, den Schotterweg in der Einfahrt des Holtmannshofes hinauf. Smartje ist noch nicht ausgestiegen, da erscheint Edda oben auf der Treppe.

„Hallo Eddaschatz, wie lieb, dass du mir entgegenkommst, heute Nachmittag ist unsere Feier, ich hab' etwas mitgebracht dafür."

„Smartje!!! Kannst du mir erklären, was das hier ist?" Edda hält ein Papier in die Luft, er erkennt das Amtssiegel des Standesamtes darauf.

„Nein, was ist es denn?"

„Nachricht vom Standesamt Münster, anliegend eine notarielle Urkunde zu einer eidesstattliche Erklärung einer Frau Elvira Brecht. Du solltest diese Papiere kennen. Ich gratuliere dir zur Geburt deiner Tochter. Unsere Verlobung findet jetzt natürlich nicht statt, du machst auf dem Absatz kehrt und lässt dich so lange nicht mehr hier blicken, bis du beweisen kannst, dass das alles eine Fata Morgana ist. Nur: auch wenn du das beweisen könntest, kann es zwischen uns nicht mehr sein, wie es war, das Porzellan ist zerschlagen. Geh mir aus den Augen, geh weg aus meinem Leben, Smartje Brinkmann!"

Smartje hat verstanden, dass er den Rückzug antreten muss. Brav wie ein Dackel macht er kehrt, genau wie Edda es verlangt. Sein Gehirn arbeitet auf Hochtouren an einer möglichen Strategie um die Katastrophe abzuwenden. Aber da ist kein Gedanke, keine Eingebung, nur unsagbare Leere. Der Vaterschaftstest? Eins gegen zehn, dass das die zugefallene Tür sich auch nicht wieder öffnen wird, und nur dieser erschreckende Gedanke kommt hervor, verfestigt sich und ergreift Besitz von ihm: Elvira hat recht und sie hat es listig angefangen. Sie hat ihn gelinkt, er ist darauf reingefallen. Teure Schuhe!

Herma Petersen fällt ihm ein und wie sie so friedlich als Ophelia im Dortmund-Ems-Kanal schwamm. Nein, das lässt sich nicht wiederholen. Heiraten will sie ihn? Wie anmaßend! Ein Smartje Brinkmann heiratet keine Schuhverkäuferin. Aber jetzt – jetzt kommt die Idee:

„Wenn ich sie als Haushälterin zu mir nähme? Sie wäre versorgt ohne das es mich viel kostet, für das Baby wird eine Tagesmutter engagiert und Elvira geht wieder Schuhe verkaufen. Ja!

Das ist die Winwin Strategie! Elvira wird gehorchen und mitmachen. Ihre Vorstellung wird zu achtzig Prozent erfüllt, jeder Richter wird das als ausreichend ansehen. Zumal ich ja auch noch versichern kann, das ich mich um die Erziehung des Kinds zu einhundert Prozent kümmern will! Smartje, du bist ein Genie, ich kniee nieder vor dir!"

Im Vorzimmer der Kanzlei Schmitz & Althaus in Oelde sitzen sich Smartje Brinkmann und Elvira Brecht an einem kleinen Besuchertisch gegenüber. Die Sekretärin, die über diesen Bereich herrscht, hat sich zurückgezogen und sitzt nun mit Anwalt Schmitz in dessen Arbeitszimmer vor dem Videospion. Eine kleine versteckte Kamera, die das Vorzimmer übersieht, blickt auf die Besucher, Bild und Ton liegen auf einem Monitor, den Schmitz „sein wichtigstes Arbeitsgerät" nennt. Es steigert den Wahrheitsgehalt von Mandantenaussagen und das Einkommen.

„Höre, Elvira – dass du wütend bist auf mich, das kann ich voll und ganz verstehen. Und ich füge hinzu, ob du es mir nun glauben willst oder nicht, dass es mir leid tut. Ja, wirklich! Ich hatte große Pläne, hätte ich sie verwirklichen können, dann wäre auch für dich und die kleine Andrea eine ganz andere Lebensperspektive möglich geworden. Aber leider hast du mir den größtmöglichen Knüppel zwischen die Beine geworfen, ich bin darüber gestürzt und die Perspektive ist die Emscher hinab geflossen. Ich mache dir aber keinen Vorwurf daraus, es war mein Fehler, das alles nicht offen mit dir zu kommunizieren. Ich dachte, du würdest es nicht akzeptieren und dein Recht einfordern. Aber schauen wir mal auf die rechtliche Situation: Du hast das Recht, von mit Unterhalt für deine Tochter zu fordern, auf ein vielleicht von mir in der Verliebtheit geäußertes Eheversprechen hast du kein Anrecht. Du hättest verstehen müssen, das ich einer Ehe mit einer Frau aus den höchsten gesellschaftlichen und finanziellen Kreisen auch für dich und Andrea ein komfortables Leben hätte errichten können, es hätte euch an nichts gemangelt. Ich war mir sicher, dass du es nicht verstanden hättest, du wolltest keine Versorgung sondern eine Lebenspartner. Und als solche sind wir beide - so schwer es auszusprechen ist – für einander nicht geeignet. Akzeptierst du dies als Tatsache: Ich werde dich nicht heiraten, aber ich will für dich und deine Tochter sorgen wie ein Familienvater, ja, dann liebe Elvi, dann kann ich unser Problem lösen. Sag ja und du wirst glücklich sein."

„Wozu soll ich ja sagen, Smartje? Und was kann ich dir überhaupt noch glauben?"

„So wahr dein Anwalt im Zimmer nebenan alles sieht und hört, was wir hier verhandeln, so wahr ist mein Versprechen: Ich lasse dich nicht allein. Ich bringe dir dein früheres Leben zurück und dein Kind wird versorgt sein!"

„Was muss ich dazu tun?"

„Elvira Brecht wird Haushälterin bei Smartje Brinkmann und wohnt bei ihm als Untermieterin, kostenlos. Elviras Baby bekommt eine Tagesmutter, so kann sie wieder in ihrem Beruf als Schuhverkäuferin arbeiten. In der Gestaltung ihres Privatlebens ist sie frei und Smartje Brinkmann keine Rechenschaft schuldig. Also?"

„Und wo ist der Pferdefuß?"

„Es gibt keinen. Oder höchsten diesen: Sollte Smartje Brinkmann aus beruflichen Gründen Münster verlassen, so wird Elvira Brecht mit ihm gehen, wohin auch immer. Tut sie es nicht, ist der Vertrag erloschen."

„Warum redest du in der dritten Person? Du sagst „Smartje Brinkmann wird ...", du sagst nicht, „ich werde..." kann ich dir trauen?"

„Das kannst du unbedingt, liebe Elvi. Ich rede so, weil Anwalt Schmitz und die Sekretärin mithören. Die Sekretärin wird den Text unmittelbar aufschreiben wie diktiert. Wir werden es unterschreiben, dann haben wir einen Vertrag und keine Probleme, OK?"

Die Sekretärin streckt den Kopf aus dem Türspalt.

„Schon erledigt, Herr Brinkmann, Sie können unterschreiben. Allerdings muss ich Sie darauf aufmerksam machen, dass es sich hier nicht um einen Vertrag im juristische Sinne handelt, sondern um eine Vereinbarung privaten Inhalts. Ein Verstoß dagegen hat keine rechtlichen Konsequenzen."

„Das ist gut so. Auch eine private Vereinbarung hat bei Verstoß eine Konsequenz, nämlich das Ende der Vereinbarung. Solange die Partner aber Vorteile davon haben, werden sie eine Beendigung vermeiden. Ist dir das klar, kleine Elvi? Dann unterschreibe und gib mir ein Küsschen. Ich habe den Vorhang weggezogen, der uns die Sonne verdunkelt hat. Nun strahlt die Sonne wieder und meine Elvi strahlt auch, wie ich sehe."

In Smartjes Junggesellenappartement geht es recht ungemütlich zu. Überall liegen Windeln herum und es riecht penetrant nach allem, was ein Baby so von sich geben kann. Karina, die Tagesmutter, ist eine füllige junge Frau, die ihre beachtliche Oberweite durch ein Stützkorsett optimal zur Geltung bringt. Sie ist überall gleichzeitig und Smartje sieht darin, wohl zu recht, eine unverhohlene Aufforderung. Abends bespricht es das mit Elvira.

„Das kann so nicht bleiben, meinst du nicht auch, Elvi? Wir müssen uns etwas größeres suchen. Das heißt dann aber nicht nur „mehr Komfort", es heißt auch „mehr Arbeit für die Haushälterin". Wenn es dir zu viel wird, müsstest du deine berufliche Arbeitszeit verringern."

„Das werde ich nicht. Ich werde versuchen, beides zu stemmen. Komfortabler zu wohnen,ist ein Ziel und Andrea wird ja auch bald größer und anspruchsvoller werden."

„Respekt! Meine kleine Elvi ist eine willensstarke Frau geworden. Du sollst es nicht bereuen, dich auf mich eingelassen zu haben, und deine neue Stärke ist unser erstes gemeinsames Kapital. Lets go!"

Smartje und der Produktionsleiter Durowski verstehen sich blendend. Smartje bewundert die Abgeklärtheit, mit der Durowski ohne erkennbare Regung seinen Rauswurf aus der Kapitalgesellschaft hingenommen hat. Er weiß, dass der natürlich Rachegedanken hat, aber das macht ihm zur Zeit keine Sorgen, er hat ihn ja im Blick. Sie sehen sich beide als kongeniale Macher, die wenig Skrupel haben und in einer Zusammenarbeit den Erfolg suchen und finden werden.

„Miroslaw, du bist doch hier in Ennigerloh gut vernetzt, kennst du vielleicht auch jemanden, der eine komfortable vier bis fünf Zimmer – Wohnung zu vermieten hat?"

„Was willst du mit so einer großen Wohnung, Smartje? Bist du Moslem geworden und hast dir eine Harem zugelegt?"

„Falsch gezielt, aber richtige Richtung. Ich hab' jetzt eine Familie, Frau und Kind, die brauchen Platz."

„Na sowas, da hat der von heute auf morgen eine Familie! Nun: Ich kenne so ein paar Gastwirte, die beim Mettwurstmarkt und auf der Kirmes unsere Schnäpse verkaufen. Einige von ihnen haben alte Häuser, im Musikerviertel oder am Teich. Da ist Bauverbot und sie können nichts renovieren. Alte Bude, keine Mieter. Aber alles großzügig mit viel Platz. Wenn du da hinziehen willst, kann ich dir die Adressen geben."

Smartje will, seine Sekretärin bei der „Distillerie GmbH" hängt ein paar Tage lang am Telefon. Schließlich Erfolgsmeldung. Im Musikerviertel südlich der Oelder Straße wird ihm eine Doppelhaushälfte angeboten. Fünf Zimmer, Terrasse, Garten mit Teich. Sehr romantisch, Miete gesalzen.

„Das ist eine Riesensache, liebe Elvi. Platz wie ein Fußballfeld und für Andrea ein Garten und sogar ein Teich mit Fischen drin. Für dich viel Arbeit. Machst du es?"

„Ich mache es. Du kannst dir nicht vorstellen, was das für mich bedeutet, die ihr Leben lang immer in drangvolle Enge eingepfercht war. Für mich ein Aufstieg, für dich ein Abstieg?"

„Nein, kein Abstieg. Als Kind hatte ich es auch nicht besser als du, aber ich habe geschworen, raus zu kommen aus der Enge, und ich kam raus. Und wie schön: nun können wir beide zu Fuß zur Arbeit gehen! Für mich gilt das, wenn ich für die Distillerie unterwegs bin. Nach Münster, zu INEX – ich hab' doch ein schnelles Auto!"

Die Macht des Schicksals oder die Konsequenz des Handelns

Nach dem Absturz von Sturm auf den Gipfel hat Smartje sich auf der halben Fallhöhe festgekrallt. Ein bürgerliches Leben das er zuvor verachtete, ein niedrigeres Plateau, aber ausreichende Sicherheit. Das Arrangement bietet die Basis für neue Höhenflüge. Könnte er etwas unternehmen, womit Edda sich umstimmen ließe? Einen neuen Einspruch gegen das Aufgebot kann er jetzt ausschließen. Aber Edda fühlt sich natürlich verraten und bloßgestellt, das ist tödlich in ihrer Welt und sie verachtet ihn jetzt. Was muss er tun, welche Idee muss er haben - ein Königreich für eine Idee!

An einem späten Freitag Nachmittag klingelt ein Besucher an der Haustür. Schon wieder so ein Abgesandter Justitias im grauen Tweed?

„Guten Abend, ich bin Hauptkommissar Goldmann vom Betrugsdezernat. Sind Sie Herr Brinkmann? Besitzen Sie einen Lamborghini? Keine Sorge, wir führen Routineermittlungen durch und stellen jedem Besitzer eines Lamborghini einige Fragen. Darf ich hereinkommen?"

In der Diele sitzt Smartje nun dem grauen Tweed gegenüber.

„Es ist ganz einfach. Da es nur sehr wenige Besitzer von Lamborghinis gibt, stellen wir allen die gleichen Fragen, die ausdrücklich keine Verdächtigung bedeuten. Also; zu 1:haben Sie den Lamborghini neu oder gebraucht erworben? Aha, gebraucht, dann zu 2: Können Sie den Namen des Gebrauchtwagenhändlers nennen? Groznian, ja den kennen wir, das ist dieser Armenier. Mit dem hatten wir schon ein paar mal Probleme, weil er Autos verkaufte, die als gestohlen gemeldet waren. Er behauptete jedesmal, das nicht gewusst zu haben und verwies uns auf die Vorbesitzer. Diese konnten dann immer belegen, dass sie ihre Autos rechtmäßig erworben hatten. Ein Lamborghini war allerdings noch nie darunter. Ist Ihnen bei dem Kauf etwas Besonderes aufgefallen, das Sie uns mitteilen sollten?"

„Ich mache dazu eine klare Aussage, Herr Kommissar. Der Lamborghini war ein Unfallwagen und stand bei Groznian in der Schrottecke. Ich bot ihm einen Schrottpreis an und er machte mir einen Gegenvorschlag: Er habe Kontakte zu spezialisierten Werkstätten in Armenien, die aus jedem noch so verwüsteten Lamborghini ein neu aussehendes Gerät machen könnten. Ich ging auf den Deal ein und bekam nach einigen Wochen ein fantastisch neuwertig aussehendes Fahrzeug geliefert. Wenn Sie wollen, können Sie ihn in der Garage besichtigen."

„Gern, aber vorerst noch eine weitere Frage: Haben Sie daran gedacht, dass der Schrottwagen, der „nach Armenien" abtransportiert wurde und der Neuwagen, der ihnen geliefert wurde, vielleicht nicht ein und dasselbe Fahrzeug sein könnten? Bei sehr teuren oder sehr seltenen Objekten kennen wir diesen Trick, mit dem Diebesgut in den regulären Handel eingeschleust wird."

„Um Himmels Willen, Herr Kommissar, das wird doch hoffentlich nicht so sein. Gibt es denn eine Möglichkeit, die Identität eines Fahrzeugs fest zu stellen?"

„Es gibt mehrere. Als erstes der KFZ-Brief. Haben Sie diesen?"

„Nein. Groznian erklärte, er habe den Wagen nach dem Unfall von der Autobahn abgeholt, da war der Fahrer schon im Krankenhaus, wo er verstarb. Auf die Frage der Verkehrspolizisten ob man den KFZ-Brief aus seinem Nachlass holen sollte, lehnte er ab, weil er „das Ding ohnehin verschrotten wolle". Mich beruhigte er mit der Versicherung, dass der Brief bei so einem Unfallwagen ohnehin keine Bedeutung mehr habe."

„Das hört sich ziemlich fragwürdig an, ist Ihnen das nicht aufgefallen?"

„Ja schon, aber ich wollte doch den Lamborghini unbedingt haben, was auch immer es koste."

„Nun Möglichkeit 2: Fahrgestellnummer oder Motornummer. Haben Sie diese überprüft?"

„Nein, ich wüsste gar nicht wie man an diese Nummern herankommt."

„Die Motornummer ist leicht zu finden, für die Fahrgestellnummer muss man in eine Werkstatt. Wir sollten jetzt das Fahrzeug besichtigen, ich zeige Ihnen die Motornummer."

In der Garage und unter der Motorhaube ist es schummrig, aber der Kommissar hat eine Taschenlampe dabei. An der Stelle, wo die Motornummer sitzen soll, findet sich nur ein blank gescheuertes Nichts.

„Was sagen Sie dazu – man hat die ID herausgeschliffen! Allein das ist schon eine kriminelle Handlung. Ich muss das Fahrzeug leider beschlagnahmen und in einer Werkstatt genauer untersuchen lassen.Tut mir leid, Herr Brinkmann, dass ich Ihnen jetzt Unannehmlichkeiten

mache. Aber wenn Sie mit einem Hehlergeschäft nichts zu tun haben, werden Sie natürlich auch nicht beschuldigt oder angeklagt. Richten Sie sich darauf ein, dass man für Ihre Unschuld aussagekräftige Beweismittel verlangen wird. Ich schicke Ihnen noch heute Abend den Abschleppdienst. Vielen Dank für Ihre Kooperationsbereitschaft und gute Nacht."
Smartje telefoniert mit Groznian. Aber der ist die Unschuld in Person.
„Die Motornummer herausgeschliffen? Das muss die armenische Werkstatt gemacht haben, solche Gauner! Vielleicht haben sie einen Austauschmotor eingesetzt und es sollte nicht auffallen."
„Also wissen Sie eigentlich, Herr Groznian, wie unglaubwürdig das alles ist? Warum sollte die Werkstatt den Einbau eines Austauschmotors verheimlichen? Das Gegenteil wäre richtig, sie könnten dadurch zusätzlich kassieren. Ich versichere Ihnen: Wenn Sie mir heimlich Hehlerware untergeschoben haben sollten, sehen wir uns vor Gericht. Over."
Smartje ist wütend wie noch nie. Am liebsten würde er losstürmen und dem verdammten Gauner einen Hammer über den Schädel dreschen. Das Gewimmer von Baby Andrea schreckt ihn auf. Karina steht mit verführerischen Lächeln vor ihm, hält ihm das kleine menschliche Bündel entgegen und drückt ihre Oberweite an ihn, so dass er ihren Geruch wahrnehmen kann.
„Nein, Karina, nicht jetzt. Ich bin nicht in der Stimmung. Ich muss mit einem Betrüger abrechnen, der mich gewaltig gelinkt hat und mich, wenn ich Pech habe, auch noch hinter Gitter bringen könnte."
Karina macht einen Schmollmund und verzieht sich mit ihrem Bündel in einen anderen Bereich. Was muss man noch alles anstellen, bis die Herren Männer endlich an die Angel gehen. Und es hatte anfangs doch so leicht ausgesehen.
Eine Woche später ruft Kommissar Goldmann an
„Hallo, Herr Brinkmann! Das Untersuchungsergebnis Ihres Fahrzeugs liegt nun vor. Wie erwartet ist auch die Fahrgestellnummer herausgeschliffen worden, eindeutiges Indiz für Diebstahl. Habe aber trotzdem eine positive Nachricht für Sie: Unsere Techniker haben mit einer Röntgenstrahlsonde die abgeschliffene Nummer sichtbar gemacht. Resultat: Der Wagen war schon vor einem Jahr als gestohlen gemeldet worden. Der Besitzer ist mitnichten verstorben. Zwar hatte er bei dem Unfall erhebliche Blessuren davon getragen, aber nichts lebensgefährliches. Es handelt sich um einen Geschäftsmann aus Mailand und er geht davon aus, dass er Opfer eine Raubüberfalls geworden ist. Die Fahndung nach den Tätern war bisher ergebnislos, aber jetzt haben wir eine Spur. Für Sie bedeutet das eine Entlastung, Herr Brinkmann, Sie sind nicht Objekt der Fahndung. Allerdings sind Sie Ihren Lamborghini damit los, der wird als Hehlerware konfisziert und nach Abschluss der Ermittlungen dem Besitzer zurückgegeben.

Nein, eine Entschädigung ist nicht vorgesehen. Ich kann Ihnen aber einen Deal vorschlagen: Wenn Sie uns helfen, den Gebrauchtwagenhändler Groznian der Hehlerei zu überführen und vor Gericht zu stellen, können wir dem Richter vorschlagen, im Urteil festzulegen, dass er

Ihnen den Kaufpreis zurück erstatten muss. Aber es ist natürlich nicht sicher, ob der dann wirklich zahlt."

Smartje willigt ein und bedankt sich. Was sollte er auch sonst tun? Im Hinterkopf hat er schon eine andere Idee: Einen Deal mit Groznian. Keine Einzelheiten über die Umstände des Kaufs, die den Tatbestand der Hehlerei erhärten würden an die Polizei, dafür Lieferung eines neuen Lamborghini kostenlos oder für einen sehr niedrigen Preis. Der Lamborghini in der Garage ist mehr wert als der Groznian im Knast.

Der schöne Plan scheitert an der Sturheit des Armeniers. Kaum hat er vernommen, was sich zusammenbraut, beginnt er, wild ins Telefon zu schreien:

„Eure verdammte nazistische Polizei! Die sind so ausländerfeindlich! Wenn etwas ungesetzliches passiert können es nur die Ausländer gewesen sein!"

In seiner Erregung bemerkt er nicht, dass ihm Smartje eigentlich ein Angebot gemacht hat, genau solchen „Verdächtigungen" zu entkommen.

„So ein dummer Ochse" brummt Smartje vor sich hin, da hat der schon den Telefonhörer weggelegt.

Aber da ist ja noch Schmitz der Rechtsanwalt! Der kann auf diesen armenischen Gauner angesetzt werden – wird er sicher gerne übernehmen; Betrug, Hehlerei und mehr, was für ein interessanter Fall. Schmitz hört sich die Sache an und zeigt sein süffisantes Lächeln.

„Ich kann Sie gerne vertreten, Herr Brinkmann. Wir reichen eine Klage ein wegen Betrugs, das ist, wenn schon Ermittlungen wegen Hehlerei laufen, sicher aussichtsreich."

Sechs Wochen später meldet sich Schmitz am Telefon.

„Haben Sie die neueste Entwicklung um unseren Freund Groznian mitbekommen, Herr Brinkmann? Nein? Also: Er hat Konkurs angemeldet, totale Zahlungsunfähigkeit. Dem sind die Fahnder natürlich aufs Dach gestiegen, haben seine Geschäftsbücher Blatt für Blatt durchforstet. Resultat: Er besitzt tatsächlich nicht soviel wie der Pfarrer im Klingelbeutel hat. Wie ist das möglich? Er hat seiner Ehefrau sein gesamtes Vermögen überschrieben. Die ist zwar Mitinhaberin seiner GmbH, hat aber niemals Verkaufsverträge unterschrieben. Bei getrennter Vermögensverwaltung heißt das, dass sie für seine Geschäfte keinen Schadensersatz leisten muss. Da werden wir wahrscheinlich nichts holen können. Wirklich ein gerissenen Gauner!"

Smartje hat keinen Lamborghini. Ein anderes Auto will er nicht. Wenn ihm dieser Groznian über den Weg laufen sollte, wird er ihn sicher erwürgen. Nun läuft er morgens zu Fuß zur Distillerie. Wenn er nach Münster zur INEX fahren muss, nimmt er den Bus. Sehr ungewohnt ist das, und der Bus ist rappelvoll. Es wird gerempelt, gehustet und genießt. Prekariat! Sozialdisplastiker! Underdogs! Aber innere Beschimpfungen beenden den Stress nicht. Im November herrscht tagelang ein eisiger Westorkan und wirft Schaufeln von Eisregen auf Bus und Passagiere.Auf dem Heimweg bemerkt Smartje, dass er ein Fieber bekommt. Es wird eine ausgewachsene Grippe daraus, zum ersten Mal im Leben muss er im Bett bleiben. Oskar Lauenberger klingt am Telefon so, als ob er das für eine Ausrede hält. Damit reicht es Smartje endgültig. Fünf Tage im Bett und noch dazu allein! Etwas mühsam wankt er zum Gebrauchtwagenhändler. Natürlich nicht zu diesem Armenier. Zu einem Händler, der seine Firma programmatisch „Gebrauchtes gut und billig" nennt.

Elvira, die spät abends erschöpft vom Schuhverkaufen heimkommt, wundert sich über einen kleinen japanischen Minisportwagen vor der Haustür.

"Hey Smartje, hast du dir etwa einen Kleinwagen gekauft?"

„Habe ich tatsächlich, Elvi. Das ist ein Junges. Wenn man ihm die Flasche gibt, wird es groß."

„Das ist ein Job für die Karina."

Dabei schaut Elvi ihm ein wenig traurig ins Gesicht. Hat sie etwa bemerkt, dass er im Begriff ist, mit der Tagesmutter ein Verhältnis anzufangen? Wenn schon, sie sind schließlich nicht verheiratet und was er mit Weibern hat, geht die Haushälterin nichts an. Aber er bleibt vorsichtig.

„Eifersüchtig? Nein ganz unnötig, liebste Elvi, die Karina passt nicht auf den Beifahrersitz. Von ihr hast du nichts zu fürchten."

Elvira weiß, dass sie von Smartje auf diesem Feld keine Aufrichtigkeit erwarten kann. In dein Auto passt sie nicht hinein, aber in dein Bett? Beim morgendlichen Betten machen kam es ihr schon so vor … unvermittelt bekommt sie einen Weinkrampf, rennt davon, versteckt sich in ihrem Zimmer und als Smartje hinein will, ist die Tür abgeschlossen.

„Bitte, Elvi, sei vernünftig, es ist nicht so wie du denkst. Lass mich rein und wir reden miteinander wie vernünftige Leute. Du wirst sehen, dass da wirklich nichts ist, jedenfalls von meiner Seite. Die Karina – na ja, ich weiß nicht was die will. Bitte Elvi!"

Eine Weile Stille, dann dreht sich der Schüssel. Smartje tritt ein, macht die Tür hinter sich zu und dreht den Schlüssel wieder um. Es wird eine Versöhnung nach Smartje – Art. Er löst seine Probleme eben so, wie er es am besten kann.

Es wird Weihnachten, Heiligabend. Die Tagesmutter bringt Andrea herein, die tatsächlich schon an ihrer Hand ein Stückchen laufen kann. Karina hat in Smartjes Auftrag ein Minikleidchen besorgt, ein Traum in dunkelrot mit weißen Paspeln. Und ihr eine rote Schleife ins rotblonde Haar gebunden.

„Schau, Elvi, unsere Tochter! Was für eine süße Puppe!"

Er ist echt begeistert, Elvira ist zutiefst gerührt und empfindet zum ersten Mal Dankbarkeit für den Macho, der doch ein gefühlvoller Vater zu sein scheint. Ob die Stimmung den Heiligen Abend überdauern wird? Ihr gefällt es gar nicht, dass die Karina auch dabei sein darf, ist Weihnachten nicht das Fest der Familie? Aber: wer ist denn hier die Familie?

Geschäftsmann Smartje

Smartje war einst ins Leben gestartet mit dem festen Vorsatz, zu gewinnen, immer zu gewinnen. Seinen Ziehvater Tom Lüdemann hatte er gefragt, wie das geht, immer gewinnen, ob das was mit den Kennzeichen auf den Rückseiten der Spielkarten zu tun hat. Der hatte ihm das Wesen des Spiels so erklärt:

„Willst du verlieren, oder lieber betrügen um nicht zu verlieren? Wer nicht betrügt, verliert. Und es geht manchmal um sehr hohe Einsätze - Geld oder Leben, Freiheit oder Knast, Sein oder Nichtsein. Wenn du im Vernichtungskampf stehst, kann Betrug die letzte Rettung sein. Ich sage, dass das dann kein Betrug ist sondern Selbstverteidigung. Weil es so viele Selbstverteidiger gibt, gibt so viel Betrug. Jeder erfolgreiche Geschäftsmann hat mindestens einmal einen Betrug begangen. Du musst es natürlich so anfangen, dass es niemand merkt, oder keiner es dir nachweisen kann, oder am Besten: niemanden interessiert. Jeder erfolgreiche Geschäftsmann hat mindestens einmal ein wasserdichtes Alibi gehabt, zur rechten Zeit am rechten Ort. Es ist das Geheimnis des Erfolges."

„Dunnerlüttchen!" sagte Smartje, damals in Gronau. Das ist inzwischen seine Beschwörungsformel,
„Dunnerlüttchen!" Aufschrei eines Schamanen, der in Trance den Weg in ein weißes Paradies zu sehen glaubt. Den er gehen wird zur Abwehr von Verlust, Mehrung von Gewinn oder wenn immer er mit Schwierigkeiten zu kämpfen hat. Den Weg nach oben, ganz nach oben.
„Dunnerlüttchen! Erst kommt das Fressen und dann kommt die Moral. Jetzt bist du im Selbstverteidigungsmodus! Die Moral kommt erstmal in die Besenkammer".
„Dunnerlüttchen!" Es ist wie eine Droge: Mit der Zeit steigt die Dosis und die Hemmschwelle wird niedriger. Aber die Gedanken werden auch zerfahren und unscharf, das Risiko, Fehler zu machen steigt.
Bisher hat Smartje nicht viele Fehler gemacht,die wenigen waren indes gravierend. In einer luziden Eingebung sieht er: Wohl erkennt man den erfolgreichen Geschäftsmann an seinen konsequent amoralischen Handlungen, aber irgendwann wird jeder fallen. Auch Smartje Brinkmann? Sven Ravensteins Strategie beim Roulette fällt ihm ein. Also, es geht doch! Dunnerlüttchen. Man kann den Erfolg erzwingen, mit einer konsequenten Strategie.
Strategie ist die Bauanleitung für Erfolg.
Man benötigt dafür genügend Rohstoff und Leute, die mitgehen. Rohstoff ist für Smartje derzeit der Schnaps aus Durowskis Destillierkolonnen. Von den zwei Qualitäten, die Durowski produziert, ist die unverzollte natürlich bei Weitem gewinnbringender, man muss lediglich das Vergällungsmittel, das der Zoll hineintut, wieder heraustun, wie einfach! Durowski hebt die Arme auf Schulterhöhe und dreht die leeren Handflächen nach vorn.
„Was du unbedarfter Mensch als „einfach" bezeichnest, daran arbeiten hunderte, wenn nicht tausende Fälschergenies seit Jahren wenn nicht Jahrzehnten. Bisher habe ich noch von keinem Erfolg gehört."
„Natürlich nicht, Miro. Wenn du die Lösung hättest, würdest du sie publizieren?"
„Auf keinen Fall, ich will doch nicht freiwillig in den Knast. Du kannst allerdings recht haben, Smartje. Vielleicht gibt es schon Lösungen. Wie kommt man in Kontakt mit unsichtbaren Erfindern?"

„Auf der „Grünen Woche". Da laufen sie rum, die unsichtbaren Einhörner, nächsten Januar wieder in Berlin".

„Wie willst das machen: Mit einem Unsichtbaren Kontakt aufnehmen?"

„Mit Angelhaken und einem stark riechende Köder dran. Laß uns das gründlich planen, dann machen wir eine sehr akribische Besuchstour durch die ganze Branche, finden das Einhorn und kommen als Millionäre zurück."

„Januar? Das ist ja noch ein halbes Jahr hin. So lange soll ich warten, bis ich endlich Millionär bin?"

Smartje staunt. „Mann, Miro, du bist ein echter Zampano. Aber das halbe Jahr wirst du dingend brauchen."

„Wofür?"

„Für die Entwicklung eines Entgällungsverfahrens. Das muss plausibel aussehen. Aber es wird natürlich nicht funktionieren. Mit dem Entwurf zu einem Patent dafür reisen wir nach Berlin. Das ist unser Angelhaken, kapiert? Wir bringen es zufällig ins Gespräch und erwähnen beiläufig, das nur noch ein kleines Problem ungelöst ist. Hierfür würden wir auch gerne einen genialen Erfinder als Geschäftspartner mit ins Boot nehmen. Damit es schneller geht. Wer eine Adresse vermitteln kann, bekommt von der Distillerie GmbH dauerhafte Sonderkonditionen auf alle Produkte. Und gegebenenfalls auch eine Beteiligung am Umsatz, solange das Patent läuft".

„Jetzt bekomme ich Bauchweh, Smartje. Wie willst du auf ein ungesetzliches Verfahren ein Patent anmelden?"

„Das Verfahren ist nicht ungesetzlich. Es ist ein Trennverfahren, wie es in der Chemie tausende gibt. Ungesetzlich kann nur eine verbotene Anwendung sein. Und die haben wir natürlich nicht vor! Wir sind doch Ehrenmänner!"

Miroslaw Durowski hat wohl noch nie so verblüfft und sprachlos dagestanden.

„Dunnerlüttchen!" Und das sagt dieses Mal Miroslaw Durowski zu Smarte Brinkmann! „Ich muss dir ein Geständnis machen, Smartje: Als du Geschäftsführer wurdest und ich aus der GmbH geworfen wurde, da hatte ich Rachegedanken. Jetzt sehe ich, was für ein Glücksgriff das gewesen ist. Den verdanken wir offenbar der Sturheit von Oskar Lauenberger."

„Du verdankst es der Sturheit von Smartje Brinkmann, der den Oskar weichgeknetet hat. Leider ist der Oskar inzwischen ein saturierter Geldsack geworden, er bewegt nicht mehr viel. Aber mich hat er auf die Schiene gesetzt, ihm verdanke ich alles, was ich bin. Und ich werde genau darauf achten, dass alles, was wir uns ausdenken, vom ihm abgesegnet wird. So haben wir die Freiheit und er die Verantwortung. Los, an die Arbeit, Mann!"

Smartje will unbedingt die geheime Wissenschaft der Schnapsdestillation kennen lernen. Je mehr man über Schrauben weiß, desto besser kann man sie drehen. Oder so ähnlich. Es nervt ihn, wenn Miro Durowski behauptet, Schnapsbrennen sei weder geheim noch eine Wissenschaft

„Dass es eine elende Panscherei sei, kannst du gerne intern so sagen, aber bitte nicht öffentlich. Warum nimmst du eigentlich so viele Vorläufe ab, von denen du dann die Hälfte in den Rinnstein kippst?"

„Geschmacksprobe. Der Fusel muss raus, sonst kannst du das Zeug nicht verkaufen. Ich schmecke jeden Vorlauf und die mit Sicherheit nicht mehr nach Fusel riechen, kommen wieder rein."

„Kann man mit dem Fusel nicht irgend etwas anfangen?"

„Haarwasser. Aber es bringt nichts ein. Die Kosmetiker zahlen soviel wie nix, weil sie es auch noch aromatisieren und in Flakons abfüllen müssen."

„Mann, Miro – abfüllen in kleine Flaschen, das ist doch das Hauptgeschäft von INEX! Der Oskar Lauenberger ist damit groß geworden. Er hat nur immer gejammert, dass die Glasbläser ihm den ganzen Gewinn aus der Tasche ziehen. Aber jetzt kommt Smartje: Wir brauchen eine Glasfabrik, die Flakons für unsere Abfülllinie herstellt, in die Flakons kommt der Fusel und wir haben das billigste Armeleute – Haarwasser kreiert, das verkaufen wir auf den Wochenmärkten Wow! Aber bitte, Miro: Deine Arbeit am Entgällungsverfahren geht natürlich weiter, klar?"

Oskar Lauenberger staunt.

„Smartje? Du willst eine Glasfabrik kaufen, wozu?"

„Du hast doch immer gesagt, dass dir die Glasbläser den Gewinn aus der Tasche ziehen. Was wir brauchen, ist eine integrierte Produktion über mehrere Stufen. Alles was man selber macht, bringt Geld."

„Und woher kriegst du eine Glasfabrik? Die stehen doch nicht zur Selbstbedienung herum".

„Das machen wir so: Wir zahlen mal eine Weile deren Rechnungen nicht. Dann fangen sie an, zu protestieren. Die zuerst und am lautesten schreien, haben die größten Finanzprobleme. Da kommen wir dann als weißer Ritter. Genau so wie es mit der Distillerie gelaufen ist. Das hat sich doch gelohnt?"

„Also gut, versuch's. Aber wenn du einen an der Angel hast, will ich erst eine exakte Finanzanalyse, bevor ich mein Geld riskiere."

Smartje braucht nicht lange um fündig zu werden.

„Stell dir das mal vor, Oskar: Du hast gesagt, eine Glasfabrik steht doch nicht zur Selbstbedienung herum. Aber genau das habe ich entdeckt. Auf halbem Weg zwischen Eschweiler und Aachen, etwas abseits der B4, versteckt in einem Waldstück. Eine Glasbläserei, die noch überwiegend Handarbeit macht. Sie verarbeiten hauptsächlich Braunglas zu kosmetischen und pharmazeutischen Produkten, haben aber auch uns schon kleine Flachmänner für den „Halsbrand" geliefert. Eigentümer ist der Glashersteller Kristallunie Maastricht, bekannt für handgearbeitete hochwertige Glaskunstwerke. Das denen die alte Holzbude in Eschweiler keinen Spaß mehr macht, hatte ich richtig getippt. Sie würden verkaufen, aber natürlich nur, wenn der Preis stimmt."

„Und ich würde kaufen, aber natürlich nur, wenn der Preis stimmt. Wo gäbe es ein Geschäft, wo das nicht so wäre?"

Rechtzeitig zum Beginn des Weihnachtsgeschäftes bringt INEX seine neue Kreation in die Weihnachtsmärkte: „Halsbrand 60%, für gestandene Männer und Unerschrockene. Der braune Hundert Milliliter – Flachmann passt unauffällig in jede Hosentasche." Was die „gestandenen" Hosentaschensäufer nicht ahnen können: Zwanzig von den sechzig Prozent stammen aus fusishaltigen Vorläufen. Aber, Sehstörungen sind bei dieser Art Genuss ja ohnehin einkalkuliert.

Nach Neujahr nimmt Smartje den Miroslaw mit in Klausur. Zwei Tage lang sind sie unsichtbar. Lauenberger weiß, wo sie stecken: Im berüchtigten Schnapslager. Da unten im verschlossenen Keller, zwischen Fässern von Trestern, Melasse und Destillaten wird der Miro in die Zwickmühle genommen. Man kann auch sagen „in den Schwitzkasten".

„Pack aus, Miro, jetzt gilt's."

„Also zunächst mal die Analyse. Das Vergällungsmittel, das der Zoll verwendet, besteht aus folgenden Komponenten:

1. Methylisobutylketon, „MIBK". Es hat einen widerlichen Geruch, ist schwach giftig und geht aufgrund seines hohen Siedepunktes [116°] nicht in den Vorlauf. Man kann es los werden, indem man am Schluss der Destillation noch Nachläufe abtrennt. Das ist teuer und verringert die Ausbeute.

2. Methylethylketon, „MEK". Es bildet mit Wasser ein azeotropes Gemisch, das bei 73° siedet und wahrscheinlich erhebliche Menge Alkohol mitnimmt. Es ist kaum giftig und riecht angenehm nach Bananen. Noch sehr geringe Spuren sind im Produkt nachweisbar. Um es loszuwerden, müsste man den Alkohol erstmal wasserfrei machen. Das geht mit gebranntem Kalk. Danach ist sein Siedepunkt [79,3°] nur ein Grad höher als der von Alkohol [78,3°]. Zur Trennung bei so nahe liegenden Siedepunkten brauch man eine Hochleistungskolonne, die wir zur Zeit nicht haben. Machbar, aber aufwändig und sehr teuer.

3. Isopropylalkohol, „IPA". Bildet mit Wasser ein Azeotrop, das bei 80,4° siedet. Gleiches Problem wie bei MEK.

4. Denatoniumbenzoat. Der eigentliche Hammer Es ist keine Flüssigkeit, sondern ein Salz. Und es ist die bitterste Substanz, die jemals entdeckt wurde. Schon die allergeringste Spur macht den Schnaps ungenießbar. Wie wird man das los? Keine Ahnung. Oder vielleicht doch?

„Dunnerlüttchen, Miro, so kompliziert hätte ich mir das nicht vorgestellt. Woher weißt du das eigentlich alles?"

„Der Zoll gibt Listen heraus, in denen er seine Vergällungsmittel publiziert. Das schreckt schon zwei Drittel potentieller Fälscher von der Tat ab. Und die Eigenschaften der Einzelstoffe stehen in jedem Chemielehrbuch für Anfänger. Das eigentliche Problem ist die Analytik, die du brauchst um zu prüfen, ob die Stoffe tatsächlich vollständig weg sind. Das ist extrem aufwendig und nur wenige haben das Equipment dazu. Die, die es haben, bekommen häufig unangemeldeten Besuch vom Zollamt – vae victis! - wehe den Ertappten!

Aber tun wir mal so, als hätten wir das gelöst, dann brauchen wir etwas, das einer Patentschrift täuschend ähnlich sieht. Zu der ganzen Geschichte habe ich mir ein paar krasse Formulierungen ausgedacht, die den Eindruck erwecken, dass man hier irgend etwas patentieren könnte. Ich behaupte zum Beispiel, dass die Absolutierung statt mit gebranntem Kalk viel besser geht mit Phosphorpentoxid. Das ist zwar Unsinn, aber eine Alternative ist es schon. Sowas kann man an verschiedenen Stellen machen, dann sieht das schon fast wie ein Patent aus. Und Denatonium? Da habe ich ein paar Ideen, die sich auch mit Wissenschaftlern diskutieren lassen. Die schreibe ich natürlich nicht hinein, das wird unser Angelhaken. Im Übrigen gilt, dass das ein hochkomplexer, sehr teurer Prozess wird, der die Wirtschaftlichkeit vernichtet. Um Zollgebühren von zehn Dollar zu umgehen, müssen wir vielleicht zwanzig Dollar für diesen Extraprozess aufwenden, hinzu kämen enorme Investitionen. Die Japaner nennen sowas „harakiri". Willst du den Unfug nicht lieber abblasen, Smartje?"

„Nein, Miro, deinen Sinneswandel will ich mir im Moment noch nicht zu eigen machen. Ich will das Ding jetzt durchziehen bis zum geplanten Ende. Dann setzen wir uns mit Lauenberger und Pfeiffer zusammen und entscheiden. Die Herren Kapitaleigner haben das letzte Wort."

Smartje lässt sich nicht anmerken, dass er nicht nur enttäuscht, sondern auch wütend ist. Seine Wut richtet sich gegen eine imaginäre Macht, die sich ihm immer wieder entgegen zu stellen scheint, ihm Staub ins Gesicht bläst, ihn zu Boden wirft. Die sein „dunnerlüttchen" als lächerliches „dummerlüttchen" erscheinen lässt. Aber er ist entschlossen, zu kämpfen. Auch gegen einen unsichtbaren Gegner namens „Schicksal" und erst recht gegen das Zollamt.

„Schicksal, ich fordere dich heraus!"

An einem frostigen Januartag stapfen Smartje Brinkmann und Miroslaw Durowski durch die eisgekühlten Hallen der grünen Woche. In einer Ecke sind die Schnapsbrenner aufgereiht. Da hat man gleich alle Ansprechpartner am Stück. Allerdings kriegen die Besucher keinen Scharfen angeboten, sondern heißen alkoholfreien Punsch, was manche zu der Äußerung verleitet, dass man die grüne Woche doch besser in den Sommern verlegen sollte. Auch die Edelbrand – Distillerie GmbH hat einen kleinen Stand. Man präsentiert „Halsbrand 60%, für gestandene Männer und Unerschrockene im braunen Hundert Milliliter – Flachmann". Nominal wird der nur an Besucher ausgeschenkt, die nachweisen könne, dass sie Kneipenwirte sind und Kaufinteresse haben; faktisch reicht die mündliche Beteuerung und dann hängen abends immer mal ein paar abgesackte Typen in der Ecke, die vom Ordnungsdienst auf Schubkarren entfernt werden.

Smartje hat gar keine Zeit für einen „hallo, wie läuft's denn" – Besuch, er muss in zwei Tagen mit allen gesprochen haben.

Die Strategie ist, dass Miro Durowski mit den Produktionsverantwortlichen der Aussteller eine Fachsimpelei anfängt, in der er Fragen stellt nach verfügbarer Technik und erreichbarer Qualität; Kolonnen und Zahl der theoretischen Böden, Trennschärfe bei den Vorläufen, Rückführung feiner fraktionierter Vorläufe zur Steigerung der Qualität, Möglichkeiten durch Feinfraktionierung das Vergällungsmittel abzutrennen. Miro hat sich in den letzten Wochen vollgesogen mit allem, was Lexika und Chemielehrbücher dazu hergeben. Er muss einen hoch kompetenten Eindruck erwecken, bis schließlich quasi unverhofft das Stichwort „Vergällungsmittel" gefallen ist. Die zu erwartende Skepsis der Gesprächspartner wird gekontert mit dem Hinweis auf die Gespräche, die sein Partner Brinkmann gerade mit den Kaufleuten über Kosten und Preise führt.

Smartjes Aufgabe ist zunächst eine eher hypothetische Diskussion:

Die Preise sind viel zu hoch, weil die Hersteller zu hohe Produktionskosten haben. INEX als Großhändler kann aber die Preise nicht akzeptieren, weil ihre Kunden, hauptsächlich kleine Kneipen im ganzen Land, dann keine Marge mehr hätten und nichts mehr bestellen.

Natürlich kann man die Qualität erhöhen und die Preise damit rechtfertigen. Aber das kommt bei den Schnapstrinkern im tiefen ländlichen Raum gar nicht gut rüber. Bevor sie einen Cent mehr bezahlen müssen, trinken sie lieber einen „Rattegigl", wie sie ein Gebräu nennen, das nach Fusel stinkt. Die Frage, um wieviel die Produktionskosten denn sinken müssten, liefert eine merkwürdige Antwort: Etwa um den Betrag, den die Verzollung kostet. Dunnerlüttchen! Die Frage nach Sinn und Chancen einer Entgällung liegt damit auf dem Tisch. Hier wird von allen Angesprochenen der gleiche Einwand gebracht:

„Das ist doch ungesetzlich, Entgällung ist eine Straftat! Und wegen eurer Rattegigl – Trinker werden wir nicht ins Gefängnis gehen."

Es ist das Stichwort, auf das Smartje gewartet hat. Jetzt kann er seinen Teil, den er wie Miro in den letzten Wochen fleißig studiert hat, präsentieren. Nun doziert er vor den verblüfften Schnapshändlern:

„Entgällung, meine Herren, ist ein Trennverfahren, wie es in der Industrie jeden Tag zu Tausenden angewendet und jedes Jahr zu Hunderten neu erfunden wird. Daran ist nichts ungesetzliches, solange die Produkte nicht unter ungesetzlichen Voraussetzungen in den Handel gelangen. Nicht einmal dann, wenn die Produkte giftig oder explosiv oder sonstwie gefährlich sind, hat das Zollamt das geringste Interesse daran. Der Zoll hat ausschließlich Interesse, dass für Branntwein in Lebensmittelqualität die Branntweinsteuer entrichtet wird, Ende der Durchsage."

„Und wenn gefragt wird, wofür der entgällte Schnaps nun eingesetzt wird?"

„Antwort: Für Forschungszwecke, für die pharmazeutische Industrie und für die Lebensmittelindustrie in Prozessen, in denen der Alkohol nicht im Produkt bleibt oder als Reserve für noch zu erfindende Anwendungen, da können Sie das ganze Universum reinpacken."

„Und was passiert, wenn die unser Produktlager inspizieren und finden da ein Fass mit entgälltem Alkohol, was sagen wir?"

„Die Lagerung ist nicht verboten, erst durch die Anwendung kann Illegalität entstehen."

„Aber die werden doch sagen: dann nehmt den legal unverzollten Schnaps und deklariert eure Anwendungen entsprechend."

„Darauf lassen die sich in der Regel nicht ein. Nur wenn der Käufer seinerseits eine zulässige Verwendung nachweist. Damit würdet ihr euren Umsatz an den Goodwill eures Kunden koppeln. Ahnt ihr, was euch das kostet? Und den Gedanken, doch noch mal ein ganz kleines Schnäpschen damit zu brauen, könnt ihr vollends vergessen."

An dieser Stelle schlägt Smartje vor, die weiteren Gespräche mit der Produktionsgruppe gemeinsam zu führen, weil Chancen und Risiken zum guten Teil im technischen Bereich liegen. Es kommt zu zähen Diskussionen, die Produktionsleute würden ja gerne, aber die Kaufleute haben Mores. Smartje vermutet, dass viele von ihnen schon mal vergitterten Urlaub gemacht haben könnten. Natürlich, die gebrannten Kinder des gebrannten Schnapses …

Angetan ist man indes von den Unterlagen, die der Erfinder, Herr Durowski, dabei hat. Ein fast fertiges Patent, damit wäre die Gruppe INEX & Distillerie an dem Punkt, vom man selber noch meilenweit entfernt ist!

„Wenn die das Ding durchziehen, können wir dicht machen", sagen die Produktionsleute.

„Wenn euch das nachgewiesen wird, seit ihr in Staatspension", sagen die Kaufleute.

Smartje Brinkmann und Miroslaw Durowski sind am Ende des Tages geschafft und frustriert.

„Nicht einer von diesen Halunken hat zugegeben, dass er auch an dem Thema dran ist", sinniert Durowski.

„Sie werden sich wahrscheinlich im Laufe der Nacht gegenseitig die Haare ausreißen und morgen mit einem Angebot – oder einer Finte – rüberkommen. Hoffentlich.

Am nächsten Morgen sind sie früh unterwegs.

„Los, Miro, beeil dich, der frühe Vogel fängt den Wurm."

„Klar", antwortet der, „es würde mich wurmen, wenn die Vögel schon ausgeflogen wären."

Kaum hat die Halle geöffnet, tauchen sie schon in der Ecke der Schnapsbrenner auf. Und die – sind auch auf der Lauer! Einer von den Produktionsleuten, mit dem Miro sich gestern lange Debatten geliefert hat, winkt von Ferne und macht einladende Gesten.

„Das ist Bernd Hohensiel, er ist für Fa. Silbernagel, Likörfabrik Ennepe, tätig. Ein etwas undurchsichtiger Typ und nicht seht gesprächig. Kennt sich offenbar besser aus, als er zugibt".

„Sehr freundlich, aber wir sind im Moment mit Destillationstechnik Mettmann verabredet, die warten schon."

Der angesprochene denkt gar nicht daran, seine Opfer so schnell wieder los zu lassen.

„Bitte, meine Herren, kommen Sie für einen kurzen Moment herein, Sie werden gleich sehen, wie wichtig es ist, nach unserem gestrigen Gespräch."

Dann senkt er die Stimme zum Flüsterton, als fürchte er, abgehört zu werden.

„Ich habe mit Silbernagel die halbe Nacht durch diskutiert und nun ist er dabei. Er will „Nägel mit Köpfen machen", Sie verstehen, was er damit meint. Wir können gleich hineingehen zu ihm, er wartet schon."

Der Inhaber von „Feindestillation Silbernagel OHG" hat schon ein paar Tässchen Espresso auf den Tisch stellen lassen, er war sich offenbar sehr sicher, die Vögelchen abfangen zu können.

„Schön, sie hier zu haben, meine Herren. Mein Freund und Mitarbeiter Bernd Hohensiel war sicher, dass Sie an einer Fortsetzung unseres Gesprächs interessiert sein würden. Für das komplexe Problem der Entgällung ist er der richtige Mann. Bernd, du kannst die Herren mal einweihen.

„Gerne. Ich bin Chemiker und bei der Saline in Lüneburg angestellt. Meine Arbeit für die Saline besteht darin, aus dem Salz, das die Saline fördert, die wertvollen Spurenelemente heraus zu holen. Im Speisesalz wirken diese Stoffe wie eine Vergällung, sie verderben den Geschmack und sind überdies gesundheitsschädlich. Es geht zunächst hauptsächlich um Brom und Jod. Isoliert man sie, lassen sich daraus hochwertige Produkte für die Autoindustrie und die Pharmaindustrie herstellen. Daneben gibt es im Salzstock Bereiche mit schwacher Radioaktivität, die enthalten Actinium und dazu das ganze Spektrum der Lanthaniden und seltenen Erden. Auf dieses Zeug stürzen sich hundert durchgeknallte Erfinder mit tausend skurrilen Ideen, einer von denen bin ich selbst. Eine meiner Patentschriften mit dem Titel „Verfahren zur Entgällung nativen Natriumchlorids zu Speisezwecken" hat mich mit Ludwig Silbernagel zusammengeführt. Raten Sie mal, was wir vorhaben."

„Hat Sie unser Patententwurf „Entgällung des Rohalkohols durch Feinfraktionierung" doch überzeugt?"

„Überhaupt nicht. Entschuldigen Sie, aber das ist doch Larifari. Feinfraktionierung durch Destillation ist in der chemischen Industrie seit hundert Jahren ein alter Hut, das was Sie da aufgeschrieben haben, ist weniger als die Prüfungsarbeit eines Chemielaboranten. Nein, uns interessiert ein anderer Aspekt: Könnte man technischen Alkohol vollständig entgällen, bekäme man ein Produkt, das mit Getränkealkohol vollidentisch ist, außer, dass es nicht verzollt ist. Stellt man daraus ein Getränk her und bringt dieses in den Handel, hat man eine Straftat begangen. Im Vordergrund steht also nicht ein technisches Verfahren, sondern ein Geschäftsmodell, ein illegales. Ich habe nichts gegen illegale Geschäfte, solange mein Name nicht mit ihnen verknüpft wird. Ein Verfahren zur Entgällung von technischem Ethanol zu entwickeln, ist keine Straftat. Wenn ich einen Interessenten finde, der mir das bezahlt, mache ich es. Was der Anwender dann damit macht, interessiert mich nicht weiter."

„Illegales Geschäftsmodell? Wie kommen Sie darauf, dass wir so etwas machen?"

„Hypothese. Was Sie mit Ihrem entgällten Alkohol machen, ist allein Ihre Sache. Sollten Sie ihn illegal als Getränk in den Handel bringen, so bleibt meine Weste dennoch sauber, klar? Um nochmal den aktuellen Stand zu resümieren: Das Problem „Denatonium" ist ungelöst. Eine Lösung zu finden, halte ich für möglich, aber nicht todsicher. Der Anwender muss natürlich die Entwicklungskosten zahlen. Damit wird die Entscheidung als betriebswirtschaftliche Kalkulation getroffen, und die hängt wieder hauptsächlich von der Umsatzerwartung ab. Je größer die Hoffnung, desto wahrscheinlicher illegal."

Linda Roth, die Sekretärin, wundert sich. Was macht der Brinkmann schon seit über einer Stunde da drin bei Lauenberger? Die müssen von ihrer Berlinreise offenbar einen ganzen Sack voll Neuigkeiten mitgebracht haben. Damit liegt die Linda durchaus richtig, was aber tatsächlich läuft, kann sie nicht ahnen.

„Also, Smartje, zur endgültigen Klarstellung: Mein Name darf in Zusammenhang mit diesem Geschäft niemals niemals! auftauchen. Sollte das passieren, werde ich es öffentlich als eine vor dir ausgestreute Verleumdung darstellen! Ansonsten bin ich damit einverstanden, sofern es dir gelingt, ein genügend großes Kartell zusammen zu bringen, das die hohen Anlaufkosten übernimmt. Und du wirst Firmeninhaber, ist das klar?"

„Ich werde Inhaber? Oskar, wie meinst du das im Klartext?"

„Im Klartext heißt das, das INEX und Lauenberger nur als Kapitalgeber für deine OHG auftreten, mit der operativen Tätigkeit haben sie nichts zu tun. Unser internes Verhältnis regeln wir in einem Privatvertrag, der geheim gehalten wird."

Smartje glaubt, dass er auf der Stelle ohnmächtig werden müsse. Eigene Firma, wenn auch nur als Strohmann, Bankkonto, Lamborghini, Edda. Edda! Edda von Kamphausen! Per aspera ad astra. Weil der Lauenberger die Hosen voll hat, kommt der Brinkmann an die Sahne!

„Keine Sorge, Oskar, das Kartell zusammennageln, das ist einfach. An die Krippe will jeder und wenn es teuer wird, dann geht's auch mal mit Vergnügen an den Sautrog. Kopfzerbrechen macht mir eher der Hohensiel. Diese Wissenschaftler geben dir doch für nichts eine Erfolgsgarantie. Wen er patzt, ist es zerronnen – es sein denn – ich muss noch mal mit dem Durowski reden. Er hat sich gebrüstet, dass er es auch allein kann. Da werden wir den Pfeiffer drauf ansetzen. Dem hat Kumpel Durowski schon einmal die Suppe in den Rinnstein geleert, das lässt er sich kein zweites Mal gefallen."

„Geh ans Werk, Smartje. Und berichte mir nicht mehr, ich will erst wieder von der Sache hören, wenn alles in trockenen Tüchern ist."

„Aye aye Sir, dein Wunsch ist mir Gesetz. Wir sehen uns bald."

Also der hat ja Verhaltensweisen drauf wie der Vogel Strauss. Was ich nicht weiß macht mich nicht heiß.

Die Sekretärin hat schon wieder Grund, sich zu wundern.

„So aufgeräumt, Herr Brinkmann? Das war wohl eine schöne Audienz, sind Sie befördert worden?"

„Und wie! Er hat mir einen ganzen Kometenschwarm goldener Sterne an die Brust geheftet. Das hat von ihm noch keiner bekommen."

„Goldene Sterne? Ich sehe aber keinen."

„Geheim, Linda, keiner darf es wissen, nur meine liebsten Freunde. Und zu denen zählen Sie doch auch, wussten Sie das nicht?"

Die Frau Roth läuft im Gesicht ein wenig rot an.

„Aber Herr Brinkmann, wie soll ich das verstehen?"

„Ganz natürlich. Sie verstehen es schon richtig."

Dann ist er weg, der Charmeur, und Linda Roth läuft den ganzen Nachmittag wie im Trance umher. Sie träumt, sie läge auf einer Blumenwiese und der Brinkmann schaut sie von oben herab an. Aber ihr Chef, der Lauenberger, hat das Träumen überhaupt nicht gern, drum wird sie getadelt und geht mit einer Träne im Auge heim.

Zu den Sternen und nie mehr im Dunkeln

„Und die einen steh'n im Dunkeln, und die Andren steh'n im Licht. Und man sieht nur die im Licht sind, die Im Dunkeln sieht man nicht".

Smartje versucht, die etwas schräge Melodik der Drei-Groschen-Oper zu intonieren, während er im Badezimmer vor dem Spiegel steht.

„Was singst du denn, Smartje?" Elvira steht dicht neben ihm und fährt ihm mit der Hand in den Haarschopf. „Hast du wieder man ein Abenteuer vor?"

„Genau so ist es, Elvi. Aber nicht, wie du jetzt denkst. Es ist ein Geschäft und vielleicht wird es das beste Geschäft meines Lebens, auf jeden Fall aber das größte Abenteuer."

„Kann es schief gehen? Smartje, bitte sag mir, ob es schief gehen kann, kann dir was passieren dabei?"

Wenn Smartje nicht Smartje wäre, könnte er mit diesem Wesen, das sich so um ihn sorgt, ein glückliches Leben führen. Aber genau das will er nicht. Er will zu den Sternen, will im Licht stehen. Will es all denen zeigen, die ihn verachtet haben, - ich, Smartje Brinkmann, werde da oben ankommen, wo nicht einmal eure Gedanken hinreichen!

„Nein, Elvi, mir kann nichts passieren. Aber ich bin kein Hasenfuß, ich nehme mir, was andere mir nicht gönnen, auch wenn es mal ein Risiko ist. Ich verachte die Wohlanständigen, die vor dem Gesetz in die Knie gehen. In der Drei-Groschen-Oper zeigt uns Brecht, was wir tun müssen, um ans Licht zu gelangen. Wer das Risiko scheut, wird niemals gewinnen. Wer das Risiko annimmt, gewinnt – manchmal. Mein Ziehvater Tom Lüdemann hat es mir so beigebracht:

„Willst du verlieren, oder lieber betrügen um nicht zu verlieren? Wer nicht betrügt, verliert. Und es geht manchmal um sehr hohe Einsätze - Geld oder Leben, Freiheit oder Knast, Sein oder Nichtsein".

Betrug ist das Risiko, dem wir alle ausgesetzt sind, jeden Tag. Es ist legitim, sich dagegen zu wehren. Wie? Durch Gegenbetrug. Da hast du die Grundlage, nach der das Geschäftsleben abläuft."

Die Lösung eines Problems

Warum lässt der Durowski nichts von sich hören, was ist da los?
Mail an miroslaw.durowski@distillerie-ennigerloh.de:
„Lieber Miroslaw, Herr über virtuelle Trennverfahren und fiktive Patentschriften, du brauchst – mit Verlaub – zu viel Zeit um dich auf deinen Stuhl zu setzen. Deshalb habe ich mal definitiv gehandelt und im Atlantic-Hotel den kleinen Konferenzsaal gemietet, für Sonntag in vier Wochen. Ich gehe davon aus, dass wir bis dahin genügend Interessenten an

der Leine haben, schließlich handelt es sich ja um ein illegales Geschäft, da wollen viele mitmachen. Einverstanden?"

Mail an smartje.brinkmann@inex.org

„Lieber Smartje, du hast – mit Verlaub - einen viel zu nervösen Hintern. Diese Fummelei mit dem Rausdestillieren von einem halben Dutzend Vergällungsmitteln so hin zu kriegen, dass nicht nur der Prozess, sondern vor allem auch die Investitionen bezahlbar bleiben, ist die Quadratur des Kreises. Komm doch mal wieder rein und schau dir an, was hier läuft."

In seiner Halle hat Durowski ein Dutzend Destillierkolonnen unterschiedlicher Größe aufgebaut, manche davon in Reihe geschaltet, mancher allein stehend, es riecht wie in einem explodierten Drogenladen in dem gerade Waschtag ist.

„Weißt du, was ich mir schon überlegt habe, Smartje – diese ganze Destilliererei ist doch für die Katz. Das kann jeder machen, der Lust drauf hat und nichts besseres zu tun. Warum müssen wir uns das an die Wade nähen? Wir haben davon keinen Vorteil und können die Kosten in den Schornstein schreiben."

„Was schlägst du vor, du hast doch was im Ärmel?"

„Wenn wir nur das Denatonium raus bringen könnten, hätten wir gewonnen. Wenn wir einen schwach vergällten Alkohol anbieten, der garantiert denatoniumfrei ist, reißen sie uns das Zeug aus den Händen, Ein bisschen destillieren kann jeder selbst."

„Angenommen, du schaffst das, wie kannst du es analytisch verifizieren, so das der Kunde es dir auch glaubt?"

„Mit dem unschlagbarsten, wirksamsten, überzeugendsten und billigsten Analyseverfahren, das es überhaupt gibt. Der menschlichen Zunge. Geschmacksprobe. OK ist, was nicht mehr bitter schmeckt. Kapiert?"

„Und wie willst du es weg kriegen, wenn es, wie wir gehört haben, ein Salz ist und nicht destillierbar?"

„Dieser Chemiker Hohensiel, den wir bei Silbernagel kennen gelernt haben, hat mir – wahrscheinlich unbeabsichtigt – das Stichwort geflüstert. Du erinnerst dich? Bernd Hohensiel ist Chemiker bei der Saline Lüneburg. Die können ihr Salz nicht ungereinigt verkaufen, weil es Spurenelemente enthält, die den Geschmack verderben. Um Salze aus Salz zu entfernen, braucht man komplizierte Trennverfahren. Bei denen haben die Feststofftrennungen gleiche Bedeutung und ähnliche Probleme wie bei uns die Destillation. Aber wir wollen kein Salz verkaufen, wir wollen Salz aus unserer Flüssigkeit abtrennen. Dafür gibt es mehrere gut etablierte und seit Ewigkeiten praxiserprobte Verfahren. Die bekanntesten sind die Umkehrosmose und der Ionenaustausch. Kannst du mir folgen, Smartje?"

„Bisher noch, aber wenn du einen Habilitationsvortrag halten willst gehe ich lieber."

„Lieber Smartje, das ist ja gerade der Clou, das es hier überhaupt nicht um hehre Wissenschaft geht, sondern um etwas stink-alltägliches. Ionenaustauscher gibt es in allen denkbaren Größen, von kleinen Haushaltsgeräten bis zu überdimensionalen Riesenanlagen für Industrie und Landwirtschaft. Also, das ist erstmal die Theorie, wie sie im Buche steht. Jetzt kommt die spannende Frage, ob das auf unser Problem anwendbar ist. Wenn ja, dann würde ich gerne mal wissen, was die ganzen Möchtegern – Entgäller im Hirn haben. Oder sie wissen es längst und beißen die Zähne aufeinander."

„Wie kriegen wir das heraus?"

„Kleine Ionenaustauscher gibt es in jedem Haushaltswarenshop. Wir stellen einen hin, gießen oben vergällten Alkohol rein und testen mit der Zunge, wie das schmeckt, was unten rausläuft. Wenn es der Teufel will, habe ich mich geirrt und eine Seifenblase produziert. Das ist zwar ‚mierda', aber es hat nichts gekostet. Wenn es aber doch funktioniert: Vorteil Durowski und Brinkmann ca. 1 Million € im Jahr, oder noch viel mehr."

„Wow, Miro, Bruder des Teufels! Vorteil Brinkmann: ein Lamborghini und noch viel mehr – Edda von Kamphausen, Reitstall, Cessna, Sylt !!! Ich werde wahnsinnig. Mach, Miro, mach! Hol so ein Ding, beeil' dich doch. Was steckt eigentlich für ein Prinzip da drin, kann es explodieren oder abbrennen?"

„Weder noch, die Leute stellen sich das in den Garten oder den Keller, bombensicher. Die Substanz ist ein Kunstharz, «Zeolith» genannt. Das kann in den Hohlräumen seiner Kristallstruktur alle Arten von Kationen speichern. Die Säurefunktionen, die die Kationen festhalten, sind im Polymer fest eingebunden. Wenn die angrenzende flüssige Phase andere Kationen enthält, wird getauscht. Standardmäßig gibt man zum Start Kochsalz auf den Zeolith, er liegt dann in der Natriumform vor und das Natrium ersetzt das andere Kation in der Flüssigkeit. Soll Wasser enthärtet werden, ist der Tauschpartner das Calcium, das Wasser hart macht. Nach dem Tausch enthält der Wasser etwas Natriumcarbonat, nun hat man weiches Wasser. In unserem Prozess geht es darum, das Salz ‚Denatonium – Benzoat' los zu werden.Wenn es richtig funktioniert, wird das Kation ‚Denatonium' gegen Natrium getauscht, unser Alkohol enthielte danach eine kleine Menge Natriumbenzoat. Das ist eine harmlose geschmacks- und geruchlose Substanz, die auch als Konservierungsstoff in Lebensmitteln und pharmazeutischen Artikeln verwendet wird. Aus Vergällung wird Konservierung, das ist doch ein Gimmik! Die Mengenverhältnisse sind annähernd diese:

Mit einem Kilo Natriumchlorid kann man ca. acht Kilo Denatonium binden. Bei einem Gehalt des Alkohols von 0,1 Prozent sind das achttausend Kilo oder zehntausend Liter absoluter Alkohol oder ca. achtzehntausend Liter fünfzigprozentiger Kömen. Kapiert?"

„Mir wird schwindlig, Miro. Ein Kilo Kochsalz kostet fünfzig Cent. Ich habe schon gehört, dass manche Leute behaupten, sie könnten aus Kacke Diamanten machen. Aber du machst Diamanten aus nichts. Ich gehe jetzt sofort in die Kirche und bete, dass dir kein Denkfehler unterlaufen ist. Danach gehe in in die Drogerie, kaufe eine Tüte Zeolith, den bringe ich dir, die Tüte füllst du mir bitte mit Diamanten."

Die beiden Laboranten, die gerade eine Kolonne reinigen, wundern sich , dass die beiden Bosse mit urigem Gebrüll um einander tanzen und sich dabei heftig auf die Schultern dreschen.

Der Kater kommt nach dem Rausch. Kennzeichen meist ein heftiges Kratzen am Ohr.

„Also der Termin im Atlantic steht. Ist das klar, Miro,wir haben einen kleinen Konferenzraum und die Einladungen sind unterwegs. Hast du dein Austausch – Experiment bis dahin abgesichert?"

„Um Himmelswillen, ich bin doch kein Prophet. Hoffnung ja, aber Gewissheit?"

„Brauchst du mehr Personal?"

„Das bringt's nicht, ich brauche einfach den Volltreffer und den gleich beim ersten Schuss. Wahrscheinlichkeit vierzig bis achtzig Prozent."

„Wen du gleich startest, reicht es noch für einen zweiten Schuss. Bitte, Miro …"

Smartje wird in den nächsten Tagen immer nervöser. Die Sekretärin wundert sich.

„Was ist los, Herr Brinkmann, Sie sind doch sonst die Ruhe selbst. Haben wir vielleicht undichte Schnapsfässer im Keller?"

„Ach Linda, Kätzchen, es sieht aus als bekämen wir schlechtes Wetter, insbesondere einen kalten Schauer."

Jetzt steht sie dicht vor ihm und nestelt an seiner Krawatte.

„War Ihr Ehrgeiz zu groß? Smartje Brinkmann hat immer zu hohe Erwartungen."

„Mag sein, auch bei Linda Roth waren meine Erwartungen hoch und die Resonanz bisher gering."

„Das kann sich ändern. Als verheiratete Frau hat man Hemmungen. Die Hände gleiten von der Krawatte nach oben und umschlingen den Hals.

„Aber Linda, wer ist hier jetzt der Verführer?"

„Der, welcher weiß was er will."

An diesem Nachmittag rücken Smartjes Sorgen weit weit weg.

Es ist schon Nacht, als Smartje Brinkmann und Linda Roth den INEX-Bau verlassen.

„Du hast mich doch gar nicht gewollt, Smartje. Einer wie du und eine wie ich, das geht nicht zusammen."

"Carpe diem, genieße den Tag, Linda. Wenn du in der Mühsal der Tage unverhofft den Duft einer Rose wahrnimmst, solltest du hingehen und sie küssen! Rosen sind leicht gekränkt wenn sie nicht beachtet werden."

„So bin ich eine Rose für dich? Ich bin eine verheiratete Frau und es kränkt mich, wenn einer dies missachtet."

„Ich habe großen Respekt vor der Ehe. Aber in des anderen Weib tut der Teufel einen Löffel Honig."

„Ein Verführer, der Rosenduft und Honig mag? Ein Lügner bist du, aber ein charmanter. Linda Roth als nach Rosen duftendes Honigtöpfchen – so schön bin ich noch nie angelogen worden. Ich verzeihe dir, aber lass mich zukünftig bitte in Ruhe."

Auf dem Heimweg kommt Smartje ins Grübeln. Verstehe einer die Frauen! Was wollte sie wirklich? Sie hatte doch angefangen. Vielleicht wollte sie keinen Rosenkavalier sondern einen zu allem entschlossenen Krieger. Das könnte heißen, dass ihre Ehe nicht so gut läuft. Spät in der Nacht erwacht Smartje durch einen unruhigen Traum. Ein rosenfarbener Krake hat seine Tentakel nach ihm ausgestreckt und ihm eine Schlinge um den Hals gelegt. Elvira schläft entspannt und ruhig atmend neben ihm. Nein Elvi, das bist du nicht. Du bist ein lieber anspruchsloser Engel, vielleicht sollte ich dich wirklich heiraten? Die Morgensonne vertreibt die Geister der Nacht. Dass er im Halbschlaf beinahe seiner Elvi einen Heiratsantrag gemacht hätte, davon weiß er nichts mehr.

Das Telefon klingelt Sturm. Ein völlig aufgelöster Miroslaw brüllt in den Hörer:
„Mierda, mierda! Es hat nicht funktioniert, das verdammte Denatonium ist zu achtzig Prozent drin geblieben! Komm bitte so schnell wie du kannst, Smartje, wir brauchen jetzt einen Krisenstrategie."
Smartje steht einem zerrauften Miro gegenüber, wirre Frisur, irrer Blick. Dann spitzt er den Mund, als ob er pfeifen wollte.
„Als ich hier auf dich gewartet habe, hat es ‚klick' gemacht und mir ist ein Groschen auf den Boden gefallen. Als ich nach ihm sah, wurde er zur Goldmünze."

„Du hast die Lösung? Spucks aus, Miro."
„das Denatoniummolekül ist zu groß. Es hat mindestens den fünffachen Durchmesser eines Calciumions und geht nicht durch Maschen. Deshalb sind Hohensiel und die anderen nicht weiter gekommen. Jetzt belauern sie uns."

„Mach doch, erzähl, was dir dazu eingefallen ist."
„Gewalt anwenden. Bist du nicht willig, so brauch ich Gewalt. Unter hohem Druck lassen sich auch Moleküle zusammenpressen. Und das Denatonium ist schön weich und flexibel, das können wir mit Druck so zusammenfalten, dass es flutscht."
„Realität oder Fiktion?"
„Das Prinzip ist Realität. Denk an die Druckfiltration, wo Moleküle durch Filterporen gehen, die kleiner sind als sie selbst. Die Realität muss sich im Test erweisen."
„Wie?"
„Wir brauchen einen Druckreaktor oder schlimmstenfalls einen Autoklaven. Dann machen wir so lange Druck, bis das fucking Denatonium in den fucking Zeolithen hineingeht. Schau mal, was ich hier heute morgen schon vorbereitet habe: Eine leere Pressluftflasche, idealer Druckreaktor bis zweihundert bar. Ventil abschrauben , vergällten Zeolith und Schnaps -ähh ich meine Zeolith und vergällten Schnaps einfüllen – Mann bin ich jetzt nervös – Ventil wieder drauf, mit dem Kompressor Druck machen."
„Wieviel Druck?"
„Weiß nicht, man sieht ja nichts. Die Bombe hält bis zweihundert. Wenn das nicht reicht, gehe ich mit dem Klingelbeutel sammeln in der Kirche."
„Warum das?"
„Fundraising. Ein Autoklav ist eine teure Investition. Damit kann man dann aber auch Diamanten machen. Komm heute Abend nochmal her, vielleicht ist es dann schon entschieden."
Nasskaltes Schmuddelwetter, der Wind bläst Smartje ein paar Graupeln in den Kragen und der Miro hängt wie leblos zur Seite gesunken, mit einer leeren Bierflasche in der Hand, an seinem Schreibtisch.

„Miro?"
„Komm rein, ich bin am Rechnen. Also, so lief das jetzt: Wir haben den Druck sehr langsam hochgefahren und gelauscht wie die Luchse. Bei hundertzwanzig bar knistert es deutlich, danach macht das Manometer einen kleinen Abstecher um zehn bar nach unten. Danach wieder linear nach oben. Wir brechen ab, holen die Chose raus, Photometer sagt → fünfzig

Prozent Denatonium sind weg. Warum fünfzig, warum nicht alles? Jetzt muss der große Versuchsleiter Durowski sich mit der flachen Hand an die Stirn schlagen. Klar – Denatonium ist doch viel größer als Calcium, da ist der Zeolith eher voll. Legt man die Null bar Parameter zugrunde, wären zwanzig Prozent schon ein Erfolg. Smartje, wir haben's! Und ohne Klingelbeutel. Wo bleibt die Leistungsprämie für das Genie Miroslaw Durowski?"
„Warte ein Jahr. Eine Million für dich, eine für mich. Aber lieber Miro, wie gut ist das jetzt alles abgesichert? Ich möchte ungern auf eine Tretmine laufen, wen ich mich jetzt zum Fenster hinaus lehne und die Schalmei erklingen lasse. Als ich rein kam, warst du vom Rechnen total erschöpft. Was gab's da noch?"
„Nichts Grundsätzliches. Bei der Stöchiometrie schlingert's noch. Denatonium hat eine sehr viel höhere Masse als Natrium und Calcium. Bedeutet: Die Menge, die gebunden werden kann, muss entsprechend höher sein. Aber das ist wie mit den Sitzplätzen im Theater – ein Mann von siebzig Kilo überlässt seinen Platz einem der hundertvierzig kg wiegt. Für die Nachbarn wird's eng. Wenn noch ein siebziger für einen hundertvierziger Platz macht, muss mindestens ein Platz in dieser Reihe leer bleiben, auch dann, wenn die fetten Kerle schwabblige Bäuche haben. Das theoretische Ergebnis, dass zehn Kilo Na_Zeolith knapp drei Kilo Denatonium binden können, wird wegen sterischer Hinderung deutlich niedriger ausfallen. Ich rechne mit der Hälfte. Aber bitte, Smartje: das ist kein prinzipielles Problem, es ist wahrscheinlich überhaupt keins. Wir müssen wissen, wieviel Zeolith wir brauchen, aber der Zeolith ist Katalysator und kann tausend mal wieder verwendet werden."

Eine Genossenschaft für den Vertrieb hochwertiger Weinbrandprodukte

Wie schmiedet man ein Kartell?

Offene Suche: „Hey Kollege, ich gründe gerade ´ne Firma für illegale Geschäfte, machste mit?"
wird nur sehr begrenzten Zulauf haben.

Verschwörungstheorem: „schon gehört, dass die Regierung die Prohibition ausrufen will? Schnapsverkauf wird verboten. Also machen wir halt Verbotenes, wir lassen uns doch nicht unsere Existenzgrundlage wegnehmen!" dürfte vor allem den kriminellen Teil der Branche ansprechen. Was sucht ein gesetzestreuer Smartje unter Kriminellen? Na ja – mit den gesetzestreuen Mächten ist kein ewiger Bund zu flechten, die Kartelle kommen schnell.

Immerhin eine Möglichkeit, als Geschäftsidee für kriminelle Kaufleute, also für viele.

Das rosa Einhorn: «Versorge das Einhorn mit allem was es verlangt, auch wenn das manchmal ein wenig ungesetzlich zu sein scheint. Es wird dir dankbar sein und dich reich und glücklich machen. Hast du erstmal deine Villa im Tessin, kannst du dem Zollamt die blanke Kehrseite zeigen»
ist vielleicht der Einstieg für Karrierebewusste, wie Smartje, jedenfalls einen Versuch wert.

Die Genossenschaft: Sie riecht nach dem Odeur einer winterlichen Wärmestube für Obdachlose. Illegale Geschäfte? Aber nicht doch. Genossen haben immer einen blank geputzten Heiligenschein.

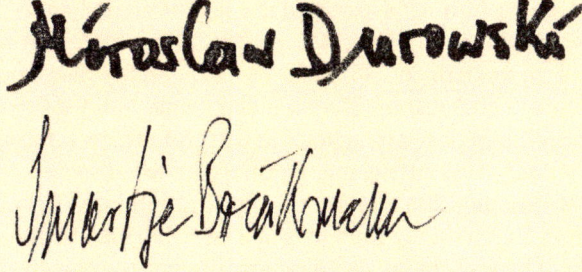

Einladung zur Gründung einer Genossenschaft für den Vertrieb hochwertiger Weinbrandprodukte

Wir, das Konsortium der Weinbrandhersteller Distillerie GmbH in Ennigerloh und Brinkmann Edelbrände OHG mit Stammsitz in Münster eröffnen eine Genossenschaft für die Versorgung der Bevölkerung mit hochwertigen und zugleich preiswerten Weinbrandprodukten. Die Rechtsform unserer Genossenschaft ist die OHG, jeder angemeldete Fachbetrieb kann beitreten, die Mindesteinlage zum Stammkapital beträgt 20 000 Mark. Dividendenausschüttung erfolgt halbjährlich, die Rendite ist ergebnisabhängig. Aktuell rechnen wir mit einem Ergebnis nach Steuern nicht unter fünfzehn Prozent. Das Zeitfenster für den Beitritt ist vier Wochen offen und beginnt heute.

Entscheidet euch rasch, Kollegen, so ein Angebot kommt so bald nicht wieder.

Miroslav Durowski

Smartje Brinkmann

Linda Roth hat einen ganzen Vormittag zu tun um den Stapel Post fertig zu machen.

Oskar Lauenberger ist stinksauer, aber Smartje bekommt von Linda einen betörenden Augenaufschlag.

„Smartje, du brauchst eine eigene Sekretärin."

„Zu zahlen aus der leeren Hosentasche. Im Ernst, Oskar, sowas kommt höchstens einmal im Jahr vor. Vorschlag: das nächste Mal mit einer Leasingkraft, einverstanden?

Dann ist da noch eine Kleinigkeit, für die du bitte deine Portokasse aufschließen solltest, Oskar: Ich muss dringend für ein paar Tage verreisen. Nach Italien, genauer gesagt nach Bergamo."

„Was machst du in Bergamo, Smartje? Willst du dir deinen Lamborghini zurück holen?"

„Nicht direkt, nur wenn's funktioniert, könnte mal ein Lamborghini draus werden. Ich will da einen italienischen Geschäftsmann besuchen. Ein Grandseigneur mit dem klangvollen Namen Caesar Caravaggio. Der ist so reich, dass er es nicht nötig hat, noch zu irgendwelchen Kongressen oder Geschäftseinladungen zu gehen. Er hat sein Vermögen mit Produktion und Verkauf von Grappa gemacht. Davon produziert er über hundert Sorten, von hochedel und superteuer bis zu „Tippelbruders Rattegigl". Niemand kriegt ihn je zu Gesicht, ein unsichtbares rosa Einhorn. Dafür gibt es triftige Gründe. Nun gibt er dem ebenfalls unsichtbaren Finanzgenie Smartje Brinkmann ein Interview. Wie ich das geschafft habe? Signore Caravaggio hat in Meerbusch ein Handelsunternehmen „Grappa und Weinbrand en gros und en detail" . Die Buben dort haben auf meine Anfrage, ob sie sich an der Produktion von entgälltem Alkohol beteiligen möchten, mit einem Aufschrei reagiert, als wäre gerade das Erschießungskommando eingerückt.

Also: solche Hochrisikoentscheidungen trifft im Hause Caravaggio nur Signore Caravaggio. Allein und ohne Ratgeber. Man hat ihm meine Modellkalkulation übermittelt, und da hatte ich den Termin für eine Audienz. Oskar, wenn der einsteigt, wirst du zum Verstecken der Gewinne eine zusätzliche Bank brauchen."

Bergamo.
Smartje erreicht die Märchenstadt von Westen, von Mailand her. Er hat den Oskar beschwatzt, ihm eines seiner Firmenfahrzeuge dafür heraus zu rücken. Wer mit dem Teufel zu Abend speisen will, sollte einen möglichst sehr großen Löffel vorzeigen können. Nun kommt nicht Smartje Brinkmann, sondern der Gesandte von INEX nach Bergamo. Die Stadt wirkt aus dieser Richtung wie ein gebrauchtes Kondom und keiner will's gewesen sein. Dann das plötzliche Erstaunen: Steil ragt der Fels, scheint in den Himmel zu reichen. Da kommt man nur mit der Seilbahn hinauf. Also aussteigen, INEX irgendwo abstellen, in die Schlange einreihen, die hinauf will in die Citta alta. Da oben im rotglühenden Schein der Abendsonne versteht Smartje, warum Bergamo die Märchenstadt ist. Die Hohe Stadt ist eine auf den Fels aufgesetzte Ritterburg. Abends scheint sie höher im Himmel zu sein, als die Sonne. So etwas, das sich zwölfjährige Buben zu Weihnachten wünschen. Es gibt keine Autos hier, nur Pferde. Die Illusion vom Mittelalter ist komplett. In den engen Gassen reihen sich die Schnapsläden, mittelalterliche Häuser, Torbögen, Plätze. Smartje geht aufs Geratewohl in einen Laden.

„Bitte sehr, der Herr? Grappa? Welche Sorte? Also, wir haben überhaupt nur Caravaggio. Wer hier etwas anderes verkauft, lebt gefährlich. Noch nichts von der Mafia gehört?

- Aha, einen lieblich duftenden, vollmundigen. Oberstes Preissegment, das sind die da drüben in den Kugelflakons . Die billigeren sind da unten, in den flachen Flakons. Flache Flaschen für flache Geldbeutel. Ja, ich weiß, ihr Tedescos füllt alles in eure geliebten Flachmänner. Für einen Italiener wirken die wie mildtätige Gaben für Obdachlose.

Die mit den Bemalungen, das sind die ganz teuren. Und das hier, mit einer roten Rose bemalt, ist er teuerste von allen. Märchenhafter Duft, unvergleichliches Aroma. Hundert Milliliter für hundert Euro. Wieviele wollen Sie?

Warum das so ist, schön bemalte Kugelflakons und astronomische Preise wie Parfümkreationen von Coco Chanel? Denken Sie mal nach, Senior Tedesco. Das Liebliche, der Duft, die Aufmachung zielt eindeutig auf Frauen als Kundinnen. Haben Sie schon mal erlebt, dass eine Frau in einen Schnapsladen gegangen wäre für einen Seelentröster? Frauen kaufen ihren Grappa natürlich nicht selbst, sie bekommen ihn geschenkt, von ihren Adoranten. Und womit kann der Adorant Eindruck machen? Mit der teuersten und duftendsten Kugel, die auch noch den höchsten Gaumengenuss verspricht. Alles klar?"

„Ich nehme zwei davon."

Auf der Gasse holt Smartje erstmal Luft. Wer hätte gedacht, in dieser Höhenlage noch einen Wasserfall anzutreffen.? Der Oskar wird hoffentlich die Spesenrechnung nicht so genau durchforsten. Wenn doch: Verdeckte Stichprobe für analytische Zwecke! Man muss doch wissen, wie der große Caesar seinen Rattegigl veredelt.

Smartje wartet seit einer Stunde im kleinen Konferenzzimmer des großen Caravaggio. Smartje kennt diese Faxen, so versucht man, Besucher weich zu kochen damit man sie besser genießen kann. Er nutzt die Zeit, um seine Strategie minutiös zu durchdenken. Noch die kleinsten Signale des Gegenübers können entscheiden. Die Tür wird aufgerissen, es erscheint ein Sekretär mit Mappe und weißen Ärmelschonern. Dahinter wuselt ein kleiner pyknischer Fettwanst herein, etwa so groß wie ein Pygmäe. Mit mächtiger Stirnglatze bis zum Hinterkopf. Signore Caravaggio verzichtet auf Begrüßungsformalien, er macht eine Handbewegung zum Sekretär von der Art „wisch das mal weg". Aber dann schneidet er gleich seinem Heloten das Wort ab und redet selbst.

„Sind Sie dieser Brinkmann? Also Ihre Idee hat das Format zu einem klassischen Maffiadeal. Aber Ihre Renditeberechnung muss von Alpha Centauri stammen. Wie kommen Sie auf diese fünfzehn Prozent Kapitalrendite? Sie kennen doch die Höhe des Kapitals noch gar nicht, auch können Sie nicht wissen, wie hoch Caravaggio reingeht, wissen müssen Sie aber, dass ich grundsätzlich einundfünfzig Prozent halte oder gar nichts."

„Hochinteressant, Signore Caravaggio, danke für die Klarstellung. Ich darf Sie daran erinnern, dass wir keine Kapitalgesellschaft gründen wollen, sondern eine Genossenschaft. Deren Geschäfte werden nicht durch die Brieftasche diktiert sondern durch die Bedürfnisse der Gesellschafter, die man hier Genossen nennt. Vereinbarungen über Geschäfte, Geld und seine Verwendung werden von der Versammlung der Gesellschafter getroffen in einem demokratischen Abstimmungsprozess, also „one man one vote". Das demokratische Prinzip ist sakrosankt, es muss auch in einer Satzung festgeschrieben sein, diese muss durch eine Aufsichtsbehörde genehmigt werden."

„Sie wollen mich belehren, wie man Geschäfte macht, Sie junger Fatzke? Kalkulation haben Sie nicht gelernt, Ihre Strategie hört sich an, wie das Vaterunser in der Kirche. Was haben Sie überhaupt gelernt?"

„Ich habe gelernt, dass man voran gehen muss, wenn man nicht zurück bleiben will. Heute wissen gut informierte Geschäftsleute, dass die Genossenschaft eine Zauberformel sein kann. Richtig angewendet, zaubert sie Probleme weg und Gewinne herbei. Wenn Sie Schwierigkeiten damit haben, Signore Caravaggio, dann empfehle ich Ihnen: überlassen Sie das doch einfach ihren Mitarbeitern in Meerbusch. Die habe ich kennen gelernt als eine topfitte internationale Crew, mit allen Wölfen gejagt. Die können mit der Genossenschaft was anfangen. Wenn die den Einstieg für Sie machen, dann können Sie für das Esszimmer in Ihrem Chateau schon mal einen Satz goldenes Besteck ordern.

Nun muss ich Sie leider bitten, unser interessantes Gespräch zu beenden. Meine Zeit ist äußerst knapp, und wenn der nächste Kunde mich auch eine Stunde warten lässt, wird es nach Mitternacht, bis ich heim komme."

Wenn ein Pygmäe mit Stirnglatze sprachlos ist, sieht er aus wie ein Opossum. Beim Abgang löst dieser skurrile Gedanke bei Smartje unverhohlene Heiterkeit aus. Das Opossum macht eine versteinerte Miene, aber Smartje ist sicher, gewonnen zu haben. War gar nicht schwer.

Eine Gesellschaft, die keine ist

Im kleinsten Besprechungsraum des Atlantic Hotels, in dem meist nicht gesprochen, sondern geflüstert wird, trifft Smartje eine Ansammlung von Zweibeinern mit großem Schnabel, stolzierendem Gang und dem Blick ausgehungerter Geier.

„Miro, wer hat denn diese Raubvögel eingeladen?"

„Das musst du gewesen sein, Smartje, ich fühle mich unschuldig."

„Schön, unsere Tische sind reichlich bestückt. Kaffee, Sekt, Megabrezeln.
Willst du zum Hirn, befriedige den Magen. Und sprich salbungsvoll."

„Verehrte Kollegen, liebe Freunde! Es ist mir eine große Freude, euch hier begrüßen zu dürfen zu einem Event, mit dem wir Geschichte schreiben werden und mit Sicherheit klingende Münze verdienen können. Eine Genossenschaft gilt unter Geschäftsleuten meist als wenig attraktiv, indessen werdet ihr im Laufe der Session erfahren, welche Vorteile sie bietet.
Damit wir uns kennen lernen, lese ich die Anwesenheitsliste vor.

    1. INEX-Konsortium, Zusammenschluss der Unternehmen
    - INEX, Handelsgesellschaft Oskar Lauenberger, Münster
    - Brinkmann OHG Edelbrände, Smartje Brinkmann, Münster
    - Distillerie Pfeiffer & Durowski Ennigerloh

vertreten durch Herren Smartje Brinkmann, kaufmännische Leitung
und Miroslaw Durowski, Leitung Produktion und Technik.
Das Konsortium stellt auch einen Justitiar für die Gestaltung von Verträgen, Streitschlichtung und Kontrolle der Buchführung, Rechtsanwalt Schmitz von der Kanzlei Schmitz und Althaus.

2. Caravaggio Grappa und Weinbrand en gros und en detail, Meerbusch, Handelshaus der Caravaggio AG in Bergamo,
vertreten durch Herren Robert Proust, Vertriebsleiter, Marcel de Lamark, Herstellungsleiter, Pedro Cavallini, Produktentwicklung.
Über die Anwesenheit der Kollegen von Caravaggio AG bin ich besonders erfreut. Gerade eben hatte ich Gelegenheit, bei einem Trip nach Bergamo Ihre Zentrale und auch Herrn Caesar Caravaggio persönlich kennen zu lernen. Signore Caravaggio war begeistert von der Idee einer Genossenschaft und versprach mir, sie kräftig zu unterstützen.

3. Karsten Oldendorf KG, Liköre und Weinbrände, Leer/Ostfriesland
vertreten durch Herrn Karsten Oldendorf, Inhaber.

4. Destillationstechnik Jan Petersen OHG, Krefeld, Vertreten durch Herrn Jan Petersen, Inhaber und Herrn Pitter van Dörp, Leiter Produktion und Technik.

5. Likörfabrik Hopfensack GmbH, Aachen, vertreten durch Herren Baltus Hopfensack, Inhaber, Wolodimir Druschba, Leiter Produktion, Konstantin Lobenfeld, Abteilungsleiter Destillation.

Meine Herren, ich begrüße Sie herzlich und möchte Sie zunächst ermuntern, die Qualität unseres Kaffees und unserer Brezeln zu überprüfen. Die Brezeln kommen, wie man leicht erkennt, von einem populären Brezelmacher namens Riese.

Nun zum heutigen Thema.
Eine Genossenschaft ist keine Kapitalgesellschaft, wissen wir doch alle, oder? Kapital ist nicht alles, aber ohne Kapital ist alles nichts. Auch eine Genossenschaft kommt nicht ohne Kapital aus. Damit werden wir uns gleich noch befassen.
Wichtig: nicht jedes Männerbündnis darf sich gleich „Genossenschaft" nennen. Ndrangeta, Freimaurer, die Mönche im Katharinenkloster auf dem Sinai und die Verschwörer, die den Präsidenten ermorden wollen – warum sind das keine Genossenschaften? Weil sie keine Satzung haben. Satzung nennt man eine Geschäftsordnung mit amtlichem Stempel einer Aufsichtsbehörde. Die Satzung ist der Ersatz für den Gesellschaftsvertrag einer Kapitalgesellschaft. Man kann auch sagen, sie ist eine Tarnkappe die sich die Genossen aufsetzen um wie eine fromme Betbruderschaft auszusehen. Ihre Geschäfte sind selbstverständlich seriös, mit amtlichem Stempel!

Hat jemand noch nicht verstanden, wo der Vorteil liegt? Beispiel:
Wenn ein Geier sich an einem toten Schaf zu schaffen macht, ist das verbotene
Leichenfledderei. Wenn drei Geier kommen und sagen „wir sind eine Genossenschaft", dann
dürfen sie.
Jetzt kommen wir zur Sache.
In unserem Fall besteht das genossenschaftliche Interesse darin, aus vergälltem Alkohol das
Vergällungsmittel Denatoniumbenzoat zu entfernen. Genau dieses und nichts anderes wird
die genossenschaftliche Aktivität sein, ob sich dabei die Knete der Genossen vermehrt, spielt
keine Rolle. Ihr ahnt es: „Genossenschaft" ist eine Sicherheitsmauer gegen anstürmende
Zöllner, zu dritt darf man manches, was einer allein nicht darf.
Brinkmann OHG und Distillerie Pfeiffer & Durowski besitzen ein Verfahren, mit dem
Denatoniumbenzoat vollständig und ohne jeden Rest aus einem achtzig bis hundert
prozentigen Alkohol entfernt werden kann. Das Verfahren ist geheim und wird nicht
patentiert noch publiziert. Das Procedere läuft so ab: Der Genosse bringt uns seinen vergällten
Alkohol, wir entfernen das Denatonium, der Genosse bekommt seine Alkohol zurück und
entrichtet dafür ein Honorar. Der bearbeitete Alkohol ist – nota bene! - immer noch ein
vergällter Alkohol! Nur ohne Denatonium eben. Ich erwähne das jetzt so nachdrücklich um zu
vermeiden, dass wir uns später in nutzlose juristische Debatten verhaken.
Unser künftiger Justitiar, Herr Schmitz, wird jetzt etwas zur Gestaltung der Satzung sagen.
Seien Sie bitte nett zu Herrn Schmitz. Er spricht leider nur juristisch, aber er versteht, was
recht ist!"

„Sehr geehrte Herren,
die Satzung der Genossenschaft ist das Pendant zum Gesellschaftsvertrag einer
Handelsgesellschaft. Während in einer Handelsgesellschaft auch juristische Personen, also
Unternehmen, Mitglieder sein können, besteht die Genossenschaft ausschließlich aus
natürlichen Personen. Die oft gehörte Meinung, das sei keine Gesellschaft, sondern ein
Verein, spielt keine Rolle. Vereinsmitglieder zahlen in der Regel Beiträge, zum Beispiel
jährlich. Genossen können auch zur Zahlung von Beiträgen verpflichtet sein, wenn das für die
Durchführung der Tätigkeit erforderlich ist. In unserem Fall werden für den Start
Investitionen benötigt, um eine Anlage mit der gewünschten Kapazität erbauen zu können.
Die so gebaute Anlage gehört dann selbstverständlich der Genossenschaft. Wer sich mit
wieviel Kapital beteiligen soll, dazu wird Ihnen Herr Brinkmann gleich Vorschläge machen.
Wir werden die Einzahlungen der Genossen in unserer Satzung auflisten und werden sie mit
der Höhe der gewünschten Leistung koppeln. So bestimmt jeder selbst die Höhe seines
Engagements. Gewinn oder Verlust entsteht hierbei nicht, da der Genosse einen äquivalenten
Teil des Anlagewertes gutgeschrieben bekommt. Für die Geschäftätigkeit können die
Genossen untereinander Aufwandsrechnungen stellen. Eine Tätigkeit für Außenstehende ist
nicht vorgesehen. Mit so einer amtlich genehmigten Satzung halten wir uns die Zollfahndung
vom Leib."
Wenn Sie Fragen haben zur geplanten Geschäftätigkeit, sollten wir das jetzt diskutieren,
bevor wir uns wegen der Finanzen in die Wolle kommen.

„Karsten Oldendorf, Liköre und Weinbrände, Leer/Ostfriesland:
Kann mir einer erklären, was ich mit einem Alkohol machen soll, der wohl kein Denatonium
enthält, aber trotzdem vergällt ist?"

„Das ist natürlich die wichtigste Frage überhaupt. Stellen Sie sich vor, lieber Kollege
Oldendorf, Sie kommen heute abend heim und da steht eine Blondine mit üppiger Vorweite
vor Ihrer Tür. Das Blondchen weint und erklärt, dass ihr Mann sie rausgeworfen hat, weil er
mit ihren vielen Liebhabern nicht einverstanden ist. Nun sucht sie einen toleranten Mann, der
ihren Lebenswandel nicht grundsätzlich ablehnt und trotzdem gerne mit ihr kuscheln möchte.
Und sie versichert, dass sie die Hälfte von dem Geld, das sie verdient, bestimmt an Sie
abgeben wird, Als Entgelt für Quartier und Schutz.
Wie reagieren Sie? Als ehrenwerter Privatmann, oder als erfolgsorientierter Geschäftsmann?
Nein, bitte, Herr Oldendorf, Sie müssen das jetzt nicht beantworten. Wir haben alle
verstanden, worum es geht. Bertolt Brecht hat dafür die unnachahmliche Formulierung
gefunden „erst kommt das Fressen, dann kommt die Moral."
Sie Herr Oldendorf, wie auch alle anderen Kollegen hier, sind Experten in der Technologie
des Destillierens und verfügen auch über die Technik dazu. Und jeder hat genügend
Phantasie, sich etwas Hübsches auszudenken, das er mit unvergälltem nicht verzolltem
Weinbrand so machen kann. Selbstverständlich streng im gesetzlichen Rahmen! Auch das
Honorar, das eine HWG – Person zahlt, wenn sie Bett und Bude mit dir teilen darf, ist seriös
verdient.
Mein Freund und Partner Durowski möchte hierzu noch etwas sagen."
„Miroslaw Durowski, Leitung Produktion und Technik des INEX Konsortiums, Münster:
Wir hatten in letzter Zeit wegen stark gestiegener Produktion ein Lagerproblem. Die
Qualitäten „unvergällter Alkohol, verzollt" und „unvergällter Alkohol, unverzollt" lagerten in
gleich aussehenden Fässern mit abtrennbaren Etiketten. Um nicht in Schwierigkeiten zu
kommen, baten wir den Zoll um eine Inspektion vor Ort. Resultat: wir haben jetzt vom Zoll
die Vorschrift, die Fässer farbig zu markieren. Roter Kreis für unverzollt, blauer Kreis für
verzollt. So machen wir das jetzt. Die Zahl der rot markierten Fässer ist seither auf ein
Minimum zurückgegangen, wir haben fast kaum noch unverzollten Alkohol auf Lager. Wir
bedanken und bei Bertolt Brecht."

„Robert Proust, Vertriebsleiter Caravaggio AG in Meerbusch, eine Frage an den Juristen:
Kann der Besitz von unvergälltem unverzolltem Alkohol von der Zollfahndung zum Anlass
genommen werden für eine vertiefte Betriebsprüfung, sprich „unangemeldete Razzia"?

„Nein, Herr Proust, kann es nicht. Unangemeldete Fahndungen bedürfen einer richterlichen
Genehmigung. Diese wird nur erteilt, wenn Gefahr im Verzuge ist. Der Besitz von
unvergälltem unverzolltem Alkohol ist das in keinem Fall. Ein wenig anders ist die Lage,
wenn Sie diesen Alkohol in den Handel bringen. Dann müssen Sie nachweisen, dass Ihr
Kunde ihn nicht als Getränk verkauft. Wenn Ihr Kunde ein Schankwirt oder
Schnapsverkäufer ist, könnten Sie Ihr Schicksal in dessen Wohlwollen gelegt haben, da

denken wir sogleich wieder an Bertolt Brecht. Sie sollten mit Ihrem Kunden eine wasserdichte Vereinbarung getroffen haben, die bewirkt, dass er, wenn er Ihnen ein Bein stellen will, selber stolpert. Wenn Sie so etwas noch nie gemacht haben, kommen Sie zu uns. Wir haben das Know-How.

„Werte Gäste, liebe Kollegen,es wird Zeit, dass wir zur Gründung der Genossenschaft schreiten. Das ist ganz einfach: Wir legen am Ausgang eine Liste aus, in die jeder Interessent sich namentlich eintragen kann. Die Bedingung ist: wir brauchen von Ihnen eine Investitionseinlage von zwei Euro vierzig Cent je Liter Produkt im ersten Jahr. Die Mindest-Bestellmenge beträgt zehntausend Liter, somit vierundzwanzigtausend Euro Investition. Wenn sich mehrere Mitglieder einer Firma als Genossen anmelden, gelten die Mengen natürlich für die Firmen. Damit Sie Gelegenheit haben, in Ihren Unternehmen noch Rücksprachen zu führen und gegebenenfalls noch Änderungswünsche anzumelden, machen wir erst heute in vier Wochen die Anmeldung bei der Aufsichtsbehörde. Danach ist Ihre Entscheidung für ein Jahr fix.
Alle einverstanden? Meine Herren, ich beglückwünsche Sie zu einer mutigen Entscheidung".

Ein potentieller Maulwurf?

Smartje ist etwas ratlos. Bei Durchsicht der Eintragungen in der Anmeldeliste bestätigt sich, was ihm schon während des Treffens aufgefallen war.
„Miro, hast du die Anmeldeliste schon gesehen, ist dir etwas aufgefallen?"
„Hatte noch keine Zeit, hier ist die Mappe. Stimmt was nicht?"
„Schau sie dir genau an."

Name, Firma	Gewünschte Produktionsmenge, Hektoliter	Investitionseinlage €
Johann Pfeiffer Miroslaw Durowski Smartje Brinkmann INEX Konsortium	1500	360.000
Robert Proust Marcel de Lamark Pedro Cavallini Caravaggio AG	2300	552.000
Karsten Oldendorf Karsten Oldendorf KG	50	12.000

Name, Firma	Gewünschte Produktionsmenge, Hektoliter	Investitionseinlage €

Jan Petersen
Pitter van Dörp
    Destillationstechnik
    Jan Petersen OHG
	200	48.000

Baltus Hopfensack
Wolodimir Druschba
Konstantin Lobenfeld
    Likörfabrik Hopfensack
    GmbH
	500	120.000

Produktionshöhe und Investitionen gesamt	4552	1.092.000

„Tatsächlich, da fehlt einer, Silbernagel! Likörfabrik Ennepe GmbH & Co KG. Hattest du ihn eingeladen, Smartje?"

„Aber ja, gerade Silbernagel und sein Chemiker Hohensiel. Die waren so etwas wie Initialzünder dieser Idee. Jetzt halten sie sich raus. Das heißt nicht Gutes."

„Die denken vielleicht, wir hätte die Lösung gar nicht und bluffen. Jetzt beobachten sie, ob wir durchkommen oder verrecken. Dann kommen sie nächstes Jahr und wollen mitmachen."

„Miro, ich fürchte, die haben noch ganz anderes im Sinn. Sie können versuchen, uns hochgehen zu lassen und unseren Laden als Konkursmasse zu übernehmen. Wir sollten ihnen einen freundlichen Brief schreiben und davor warnen, dieses zu versuchen."

„Ja, Smartje, und dann schreibst du noch, dass eines unserer Mitglieder mit der Mafia verbandelt ist, und die lässt sich nicht in die Suppe spucken."

Smartje ist euphorisch gestimmt. Gerade hat Anwalt Schmitz die neue Genossenschaft beim Amtsgericht und bei der Gewerbeaufsicht angemeldet. Es ist alles glatt gegangen. Der angemeldete Zweck der Genossenschaft „Herstellung von vergälltem Alkohol, denatoniumfrei", die beabsichtigte Jahresproduktion von 4550 Hektolitern und die Investitionseinlagen von 1.092.000 €, alles ohne Aufregung genehmigt. Aber Johann Pfeiffer macht mit den Händen eine abwehrende Geste.

„Was ist los, Johann, ist dir eine Fliege ins Schnapsglas geraten?"

„Allerdings. Was hattet ihr denn im Kopf, dass ihr die Namensliste eurer Gründungskonferenz ungeprüft veröffentlicht habt?"

„Hast du Bedenken, dass eine faule Kartoffel darunter sein könnte?"

„Es hätte überprüft werden müssen. Trau nie dem Fuchs in grüner Heid', Schnapsbrennern nicht bei ihrem Eid."

„Können wir schnell nachholen. Stehen doch alle im Gewerberegister. Die Sekretärin von Schmitz und Althaus macht das an einem Nachmittag.

Als hätte Pfeiffer eine Ahnung gehabt!
„Hallo Herr Brinkmann, hier ist das Sekretariat Schmitz und Althaus. Ich habe eine merkwürdige Unstimmigkeit entdeckt. Der in der Liste der Genossen aufgeführte Karsten Oldendorf ist nicht Inhaber der Karsten Oldendorf KG in Leer. Der hat seine Firma vor einem halben Jahr verkauft und ist da jetzt noch „geschäftsführender Betriebsleiter", offenbar ohne herausgehobene Vollmacht."
„Wer ist jetzt der Inhaber?"
„Sitzen Sie fest auf Ihrem Stuhl, Herr Brinkmann? Inhaber ist die „Likörfabrik Ennepe GmbH & Co KG", vormals Feindestillation Ludwig Silbernagel OHG. Als bevollmächtigter CEO zeichnet ein Herr Bernd Hohensiel."
„Verflucht sakramento, da haben wir unseren Maulwurf! Was führen die im Schild?"

In Pfeiffers Distille, im verschlossenen kleinen Gästeraum, sitzen Johann Pfeiffer, Miroslaw Durowski und Smartje Brinkmann im schummrigen Halbdunkel.

„Am liebsten würde ich die Kerle sofort zur Rede stellen. Und sie dann nacheinander in den Arsch treten."
„Ja und dann?" Pfeiffer schüttelt den Kopf. „Die haben hundert Gründe und tausend Ausreden, und deinen Wutausbruch werden sie ins Lächerliche ziehen. Miro, was denkst du?"
„Ich denke auch, Frontalangriffe werden meistens abgewehrt, schon weil damit gerechnet wurde. Wir sollten besser schweigen, dann können sie nicht unterscheiden, ob wir es vorher gewusst haben oder reingefallen sind. Und erkennen nicht so bald, was wir nun machen. Wir gewinnen Zeit und können sie beobachten."
„Du hast recht, Miro, das ist natürlich cleverer. Und dem Hohensiel heften wir einen Privatdetektiv an die Ferse. Vielleicht stellt er neue Mitarbeiter ein. Das passiert meistens bei einer Übernahme."
„Was mag der vorhaben, uns beim Zoll oder der Gewerbeaufsicht anschwärzen? Das wäre stupid, gerade wir haben eine weißere Weste als alle anderen, diese Schwarzbrenner."
„Ich vermute, der will unser Verfahren auskundschaften. Wenn er es weiß, meldet er ein Patent an, dann sitzen wir auf dem Trockenen oder müssen ihm Lizenz zahlen."

Smartje muss nun auf einmal lachen.
„Meint ihr wirklich, das es das ist? Das wäre einfach. Wir lassen Miros Labortagebücher mit rückwirkendem Datum von einer unabhängigen seriösen Person unterschreiben „gelesen, verstanden usw.". Dann haben wir die zeitliche Priorität und Hohensiel kann sein Patent in den Mülleimer werfen."
„Das wird anerkannt?"
„Ja, wenn die Person sachverständig ist und selbst keine kommerziellen Interessen hat."
„Du scheinst so jemand an der Hand zu haben?"
„Ein alter Freund, mit dem ich schon seit langem immer wieder mal interessante Geschäftsideen

realisiere. Er heißt Walter Dreher, aus Euskirchen, wo er den Folien- und Plastikartikelhandel "PVDC" betreibt. Zugegeben, vom Schnapsbrennen hat er keine Ahnung, aber vom Handel schon. Er liefert für INEX Transportfolien zum Einschweißen von Paletten und Mehrflaschen – Gebinden."
„Was verlangt er für seine Dienste?"
„Er wird sich wohl ein Vorrecht sichern, uns mit seinen Verpackungsmaterialien zu beliefern. Das geht in Ordnung, Oskar Lauenberger kennt ihn auch und ist mit ihm zufrieden, kein Beutelschneider."

Das Wiedersehen mit Walter Dreher wird eine orgiastische Nacht. Sie sitzen in Pfeiffers Hinterzimmer , schlürfen Bier und Kömen und erzählen sich ihre Erfolgsgeschichten. Walter ist beeindruckt von Smartjes denatoniumfreiem Alkohol, Smartje bewundert die Frechheit von Walter, der eine Abzockmasche aus der alten „Biebrich – Affäre" entwickelt hat. Dazu beschafft er sich die Adressen von Buchhaltern kleinerer Firmen. Denen schreibt er als „Detektiv Dracula" dass er im Auftrag der Kriminalpolizei entdeckt hat, dass sein Chef einige Fehlbuchungen als Diebstahl bezeichnet hat und ihn vor Gericht bringen will. Danach besucht ein seriöser Herr im schwarzen Anzug das Opfer. Eine große silberne Plakette am Revers „Interpol Eindhoven" macht Eindruck. Im schwarzen Zwirn steckt Walter Dreher, Detektiv Dracula. Sein dringender Rat: Der Inkriminierte solle den Betrag auf ein bestimmtes Treuhandkonto einzahlen, unbedingt noch vor dem Beginn des Prozesses. Das würde jeden Richter beeindrucken. Der verängstigte Mann zahlt und bekommt eine saubere Empfangsquittung. Der Name des Kontoinhabers „Graf Dracula" ist für ihn der Beweis, dass er nicht von einer Privatperson gelinkt wird.
„Mann, Walter, das funktioniert wirklich?"
„Im Durchschnitt jeder Dritte zahlt. Du glaubst nicht, wieviel Dummheit es gibt. Sie sitzen in kleinen Firmen, die schlecht bezahlen. Dumm sind nicht nur die Gartenzwerge, die mit einem niedrigen Gehalt zufrieden sein müssen, sondern auch deren Chefs, die meinen, Armut und Loyalität würden schon zueinander finden."
„Machst du mir den Job, von dem wir gesprochen haben?"
„Labortagebücher zertifizieren? Hört sich lustig an, hab' ich noch nie gemacht. Na klar, warum nicht?"
„Und was bekommt Graf Dracula dafür?"
„Hoflieferant. Du kennst meine Produkte, mit Lauenberger bin ich ja auch schon lange im Geschäft. Risikofreie Zone."

Himmel und Hölle

Smartje ist wieder in der Erfolgsspur. Die Genossen haben ihre Investitionen eingezahlt, auch Oldendorf, ohne Kommentar. Neben Miroslaws Produktionshalle steht jetzt ein druckgesicherter Anbau – zwei Meter tiefer gelegter Boden,vier fensterlose Betonwände und ein Segeltuchdach drüber. Zentrale Einrichtung ist ein Druckkessel mit einem Volumen von tausend Litern, für Betriebsdrücke bis hundertachtzig bar.Von oben wird abwechselnd vergällter Alkohol, danach wässrige Kochsalzlösung eindosiert. Dreimal am Tag erfolgt dieses Wechselspiel, danach stehen dreißig Fässer denatoniumfreier Alkohol auf Paletten zum Abtransport. Sobald der Genosse seine Ware abgeholt hat, klingelt bei Smartje die Kasse. Sein Anteil, dreißig Cent pro Liter, macht neunhundert Euro pro Tag. Bis zum Lamborghini ist es nicht mehr weit. Und etwas weiter hinten in der Zukunft taucht die Silhouette von Edda auf, traumhaft schön und verführerisch. Edda, du gehörst mir! Was wird aus Elvira? Soll ich mich um das Schicksal meiner Haushälterin kümmern? Sie kann selbst entscheiden, was sie will. Was wird aus Andrea? Ach ja, der süße Fratz kommt nächstes Jahr in die Schule. Sie wird es gut haben, so wie es mir ergangen ist, damals in Gronau, soll und wird es ihr nicht ergehen.

Smartje hat in der Kanzlei Schmitz, Akte Groznian, eine Telefonnummer gesehen und für den Fall der Fälle notiert. Es ist der Kontakt zu der armenischen KFZ-Werkstatt, die ihm damals aus einem Schrottmobil eine bildschönen Lamborghini gezaubert hat.

Mal kontaktieren, nur so, aus Spaß?

„Hallo, hier spricht Brinkmann, Deutschland. Sie haben doch vor längerer Zeit schon mal einen Lamborghini für mich aufbereitet, erinnern Sie sich? Leider war der gestohlen und musste zurück gegeben werden. Aber dafür können Sie natürlich nichts, das war dieser verdammte Groznian, der Betrüger! Haben Sie zufällig gerade einen Lamborghini am Lager ? Nein ? Macht nichts. Wenn Sie einen besorgen können, bin ich stark daran interessiert. Keine Hehlerware ! Und bitte keine schriftliche Kontaktaufnahme, nur Telefon. Übergabe gegen Bargeld? Na schön, wenn's sein muss, ich schicke jemand mit einem Transporter, der einen verschlossenen Safe bringt. Der Schlüssel kommt auf einem anderen Transportweg. Wie bitte ? Ich diskriminiere die ehrlichen Armenier ? Zwischen Deutschland und Armenien liegt eine Menge Partisanenland, da ist noch nie jemand beschenkt worden. Und ich kaufe nur, wenn das Objekt ordentliche Papiere hat und der Preis stimmt."

Das nächste Vorhaben ist weniger einfach. Smartje kauft edles Briefpapier, Bütten handgeschöpft und hadernhaltig . Dazu gehört ein prunkvoller Adressenstempel. Den lässt er sich von einem Grafikdesigner entwerfen. Sauteuer, aber hoffentlich wirksam!

Lange muss er warten. Monate gehen ins Land. Dann der erhoffte Anruf.

„Automobilbau Gulbenkian, Armawir Armenien. Sie wollen einen Lamborghini? Wir können einen besorgen. Kein Unfallwagen ! Besitzer ist ein libanesischer Geschäftsmann, Tarik Aschraf, der wegen Zahlungsunfähigkeit Privatbesitz verkauft. Wir würden das Fahrzeug aus dem Libanon abholen und in unserer Werkstatt überprüfen und restaurieren. Was das kostet? Sonderpreis für Sie als guten Kunden: 1,6 Mill. $, eins komma sechs Millionen Dollar.Was soll das heißen, Wucherpreis? Wollen Sie haben oder nicht? Dann eben nicht. Kriegen wir schnell verkauft, starker Nachfragemarkt."

„Hallo Herr Brinkmann, hier ist nochmal Gulbenkian. Haben wir vier Wochen lang den Aschraf bekniet, dass er zu teuer ist. Geht jetzt für neunhunderttausend. Wollen Sie? Ja natürlich dürfen Sie in Deutschland ein Sachverständigen – Gutachten. Sind wir seriöse Geschäftsleute. Sie schicken Geld, wir schicken Auto, Sie machen Gutachten und sind happy. Was soll heißen, fünfzig Prozent Anzahlung, Rest nach Gutachten? Meine Familie hungert schon und Sie wollen nur die Hälfte anzahlen? Aber was kann ich schon machen? Jesus sei Ihnen gnädig."

Smartje hätte fast laut Hurra! geschrien. Vierhundertfünfzigtausend sind immer noch ein dicker Brocken. Aber ein Lamborghini ist ein Lamborghini.

Wie wird Edda darauf reagieren?

Brinkmann OHG Edelbrände
Smartje Brinkmann Münster

Smartje Brinkmann

An Freifrau Edda von Kamphausen
Holtmannshof Ennigerloh

Geliebte Edda
bitte entschuldige, dass ich dir heute diesen Brief
schreibe, obwohl du mich von dir gewiesen hast. In all der
Zeit bin ich seither nicht zur Ruhe gekommen. Das Bild
meiner kühlen, selbstbewussten, wunderschönen geliebten Edda
lässt mich nicht los und treibt mich in den Wahnsinn. Wie
sehr habe ich für meinen Fehler gebüßt! All der
wirtschaftliche Erfolg, der mir zur Zeit in den Schoß fällt,
kann mir meine geliebte Edda nicht ersetzen. Ich bin nun ein
erfolgreicher Unternehmer, aber nichts kann mich darüber
trösten, dass ich durch meine Unbesonnenheit das große Glück
meines Lebens verloren habe.

Kannst du mir verzeihen? Kann es eine Wiedergeburt unserer
Liebe geben? Gerne würde ich mit dir die Orte wieder
aufsuchen, wo wir glücklich waren. Darf ich dich einladen zu
einem kleinen Urlaub auf Sylt, so wie es damals war?
Unsere Reise dahin eine Reise ins Glück werden.Aber
nicht mit Sven Ravenstein und der Cessna, sondern mit dem
Lamborghini und Smartje Brinkmann am Steuer. Ich verspreche
dir, dass ich dir nicht unerlaubt zu nahe treten werde. Es
soll so werden, wie du es damals gesagt hast:
"Ich bestimme selbst, was geschieht."

Ich akzeptiere deine Selbstbestimmung, möchte nur in deiner
Nähe sein.

Sei herzlich gegrüßt, mit einem virtuellen Kuss von Smartje.

Jan van der Warp
Geschäftsführender CEO
der Holtmannshof Pferdezucht AG
Holtmannshof Ennigerloh

Guten Tag Herr Brinkmann.
Die Besitzerin der Holtmannshof Pferdezucht AG,
Edda von Kampen van der Warp, meine Ehefrau, hat mir das an sie gerichtete
Schreiben zur Beantwortung übergeben.
Dass man Sie damals als Bewerber um die Hand von Edda von Kamphausen
abgewiesen hat, war durch Ihren unseriösen Lebenswandel begründet. Auch
wenn Edda heute nicht meine Frau wäre, hätte sie weiter kein Interesse an einem
Kontakt mit einer Person Ihres Schlages. Als verheiratete Frau steht sie für eine
Urlaubsreise mit einem fremden Mann nicht zur Verfügung. Mit einem
zweifelhaften Typ Ihrer Provenienz schon gar nicht.
Sie werden aufgefordert, jegliche Kontaktaufnahme zu unterlassen, anderenfalls
werden wir Sie wegen Hausfriedensbruch und Stalking vor Gericht bringen.
Verachtungsvoll, Jan van der Warp.

Die Empfindungen, die es auslöst, wenn man zurückgestoßen wird, sind Smartje wohl bekannt. Der heftige heftige KO – Schlag, der einem Boxer die Illusion nimmt, unbesiegbar zu sein, ist eine neue Erfahrung. Für einen Moment denkt er an den Dortmund-Ems-Kanal. Aber nicht doch, da liegt ja schon Herma. Ein Smartje steht wieder auf. Und zeigt es denen.

„Überhaupt: Was will ich eigentlich von hochtrabenden Weibern aus
hochfahrenden Gesellschaften mit höchsten Ansprüchen? In der strahlende Helligkeit von Eddas Sonne wäre ich der bleiche Mond, der sich tagsüber verbergen muss. Habe ich das wirklich gewollt? In der Dreigroschenoper von Bertolt Brecht ist Mackie Messer der strahlende Held. In seinen Ansprüchen an Frauen begnügt er sich mit einem einzigen Zweck. Den erfüllt mir schon Elvira. Also – auf geht's, Smartje, Mackie Messer auf Erden, nicht Mond im Himmel!"

Eine Woche später ruft ein Spediteur aus München bei Smartje an.

„Spedition, Schwer- und Sondertransporte Hannes Zelter, München. Wir haben für Sie einen Großraumtransport mitgebracht. Vollständig verpackt in einer Holzkiste, Aufschrift : Revuelto, Gulbenkian Automobile, Armavir Armenien. Frachtkosten trägt der Empfänger. Die Fracht beträgt eintausend zweihundert Euro bei Abholung ab München. Wenn Sie Zustellung bis zur Haustür wünschen, kommen nochmal vierhundert Euro Inlandsfracht hinzu."

„Ich wünsche keine Zustellung zur Haustür, sondern zunächst eine Beurteilung durch eine KFZ-Sachverständigen. Hersteller, Modell, Baujahr, Erhaltungszustand, Begleitpapiere, Seriennummern von Fahrgestell und Motor. Danach entscheide ich, ob ich akzeptiere oder zurück gehen lasse."

„Sind Sie Autohändler?"

„Nein, gebranntes Kind. Dass ich die Frachtkosten übernehmen soll, ist bereits eine Frechheit und war nicht vereinbart, Sie hätten mich vorher kontaktieren müssen."

„Na gut, wir lassen einen Gutachter drauf gucken, aber dann müssen Sie bezahlen."

„Ich zahle den Gutachter, die Fracht nur, wenn ich akzeptiere. Lehne ich ab, geht es auf Kosten des Lieferanten zurück. Für Sie eine doppelte Einnahme."

Hermann Heierding
Diplom Ingenieur, Automobilfachmann
staatlich geprüfter Gutachter

Bewertung eines importierten KFZ
Auftraggeber Spedition Zelter.

Begleitpapiere: Nach den Papieren soll es sich um einen Lamborghini Revuelto mit 1015 PS handeln, Neuwert 750 bis 1200 T€. Der Augenschein ergibt, dass es sich um einen Lamborghini Huracan handelt, Neuwert mit gesehener Ausstattung im Bereich 250 bis 350 T€. Das Baujahr kann nicht mehr festgestellt werden, da die entsprechend nummerierten Teile des Fahrgestells und Motors durch Noname-Teile ersetzt sind. Nach den Gebrauchsspuren kann das Alter zehn bis fünfzehn Jahre betragen. Somit ist die Deklaration „Revuelto" falsch, da dieser Typ erst jetzt in den Markt kommt.

Erhaltungszustand: Rostspuren an Radkästen und Chassis, nicht repariert, nicht reparabel. Der Motor ist eine Basisversion, die hauptsächlich im Modell „Urus" verbaut wurde. Vermutlich ein Austausch, Leistung im Bereich 300 bis 600 PS. Optische Vermessung der Vorderachse ergab Fluchtungsfehler, Folge eines nicht reparierten Auffahrunfalls.

Eine Schätzung des aktuellen Wertes ist nicht möglich und ist Verhandlungssache. Dem Käufer empfehlen wir, möglichst über eine Obergrenze von 400 T€ nicht hinaus zu gehen.

Hochachtungsvoll Hermann Heierding
Kosten: 185 €.

Mit einer Peanut von einhundertfünfundachtzig Euro ein Millionen – Desaster abgewehrt!
„Warum war ich so verrückt auf dieses Gangsterauto? Edda, Edda! Sie hat mir den Verstand vernebelt.

> *„Lilith ist das, sie hat die Kraft in ihren blonden Haaren*
> *wenn sie damit den jungen Mann erlangt*
> *dann lässt sie ihn sobald nicht wieder fahren"*

Smartje du Einfalt, kennst du einen wirklich großen Helden der Geschichte, der sich von den Weibern hätte vorführen lassen? Mein Vater, oder Tom Lüdemann waren nicht mal große Helden, die haben sich genommen was sie kriegen konnten, aber sie kannten die Grenze. Du, Smartje, hast gedacht, dein Potential sei grenzenlos. Aufgewacht?"

Smartje geht zum japanischen Autohändler.
„Hey, Harakiri! (der heißt zwar Karl Gottwald, aber Smartje japanisiert das) – das Baby, das Sie mir damals verkauft haben, ist mittlerweile zu klein, ich brauch was Größeres. Zeigen Sie mal was Sie haben."
„Haben Sie Familienzuwachs bekommen, Herr Brinkmann?"
„Bewahre, nur das nicht. Aber die Tochter wird größer und muss ab nächstem Jahr standesgemäß in die Schule gefahren werden."
„Wenn Sie vier Wochen Geduld haben, kann ich Ihnen einen brandneuen Typ vorführen, ein Renner, ein Traum! Sie nennen ihn „Z 370 Makoto""
„Daten?"
„3,5 Liter-Motor, 350 PS, head up Display, 280 kmh, vier Sitzplätze. Jede Menge elektronischen Schnickschnack, Auffahrassistent, Rückfahrassistent, Einparkassistent und und…"
„Komme ich damit in drei Stunden von Münster nach Sylt?"
„Sie meinen, wenn Sie zu stark beschleunigen, fährt er sich mit den Hinterrädern in die Vorderräder? Nein, das Auto hat eine erstklassige Straßenlage, ist kurvensicher und vom Bauvolumen so, dass Sie notfalls noch auf dem Seitenstreifen abflitzen können. Bei optimaler Verkehrslage schaffen Sie Sylt in drei Stunden, bin ich sicher."
„Preis?"
„Geschenkt. Wenn Sie volle Ausstattung buchen, ganze zweiundvierzig T-€."
„Vorteil gegen Lamborghini?"
„Natürlich der Preis."
„Nachteil gegen Lamborghini?"
„Keiner."
„Gebongt, her damit!"

Elvira hat eine Sorgenfalte auf der Stirn.
„Wo warst du denn, Smartje?"

„Beim Autohändler. Musst nicht immer gleich besorgt sein, manchmal mache ich auch normale Sachen."

„Hast du denn noch nicht genug von diesen Betrügern?"

„Harakiri ist seriös. Der Knubbel vor der Tür ist doch niedlich und sehr solide?"

„Smartje! Sag nur, du kaufst mal ein richtiges Auto?"

„So tief stapelt Smartje nun auch nicht. Aber eines, mit dem wir in drei Stunden in Sylt sein können."

„Smartje! Wer ist «wir»?"

„Smartje, Elvira und Andrea."

„Jetzt bin ich sprachlos. Bist du seriös geworden? Was wird aus dem Knubbel?"

„Mit dem fährt Elvi ihre Andrea nächstes Jahr in die Schule. Wir können die Kleine doch nicht alleine laufen lassen. Und bei deinem Schuhladen ist im Hof auch noch Platz für die Kartoffel."

Elvira hängt an Smartjes Hals und hat Tränen in den Augen.

„Du Hasardeur, du Glücksspieler,du moralisch verkommenes Individuum! Auf einmal bist du ein besorgter und sorgender Familienvater! Ich kann es nicht fassen."

Smartje kann es auch nicht fassen. Zufriedenheit mit der zweiten Wahl, ist das das Glück?

Und hat nun auch wieder Lust auf die kribbelnden Gesellschaftsspiele mit Walter.

„Schnapsverkäufer, besonders Spelunkenwirte, Kneipeneigner und Kioskverkäufer stehen unter Generalverdacht, aus Prinzip keine reine Weste zu haben. Wir brauchen einen Strohmann, der ihnen billigen Fusel anbietet. Wenn sie an die Angel gehen und das Zeug ausschenken, erscheint ein seriöser Geschäftsmann der von einem befreundeten Zollfahnder erfahren hat, dass eine Anzeige vorliegt und eine Razzia bevorsteht. Der seriöse erweist sich als weißer Ritter: Er bietet an, den Laden käuflich zu übernehmen, sofort, ohne Buchprüfung und gegen Barausauszahlung. Fünfzig Prozent des Kaufpreises werden angezahlt, den Rest gibt's nach Substanzprüfung."

Walter Dreher haut sich auf die Oberschenkel vor Vergnügen.

„Smartje, wir kriegen in kurzer Zeit ein Schnapsimperium zusammen! Da können wir deine Edeldestillate gleich tonnenweise verkaufen. Aber was ist mit den Lizenzen?"

„Lizenz gehört zur Substanz und wird mit gekauft. Ohne läuft der Deal nicht. Was soll ein verarmter ehemaliger Kneipenwirt mit einer Schanklizenz? Manche der Individuen mögen vielleicht auch bleiben, als Pächter. Dunnerlüttchen: Da kann man doch sogar ein Franchising – System aufbauen! Franchising ist nicht gesetzlich geregelt. Der Franchise-Vertrag ist ein gemischter Vertrag aus Lizenzvertrag, Vertriebsvertrag und Know-how-Vertrag und was noch alles. Dann brauchen wir nur noch eine große Registrierkasse."

„Und ein Frühwarnsystem, falls die Steuerfahndung anrückt."

„Dafür findet sich auch ein Strohmann."

„Hast du einen?"

„Vielleicht. Zum Beispiel einen bankrotten Autohändler, der bei mir in der Kreide steht, weil er mit zu vielen PS gehandelt hat. Der hat einen so schlechten Ruf, dass ihm alles egal ist."

Aber im Ernst, Walter, wir haben uns jetzt eine vergnügliche Diskussion geleistet. Wir sollten an der Idee dran bleiben, unbedingt. Schnaps brennen und Fusel unter die Leute bringen ist keine risikofreie Zone und wir brauchen unbedingt eine Rückversicherung, „Plan B" nennt man das heute. Zwar ist mein Job bei Lauenberger gut dotiert, dennoch gehört der Oskar zu den schlecht gesicherten Aktivposten. Wenn wir mit dem denatoniumfreien Alkohol gegen die Wand fahren, wird er sich distanzieren, möglicherweise wird er mir sogar mein Führungszeugnis überreichen. In der Schule nannten sie das damals „consilium abeundi", das war nicht lustig."

Non scolae sed vitae discimus

An ihrem ersten Schultag hat Andrea die Zöpfchen zu Affenschaukeln gebunden. Die Schultüte ist fast so groß wie das zierliche Mädchen. Und am linken Handgelenk tragen Elvira und Andrea ein goldenes Armkettchen. Hat die Trostlosigkeit der eigenen Kindheit Smartje zum Nachdenken gebracht?
Eher die Gelegenheit, sich mit seiner „zweite-Wahl-Familie" als stolzer Gockel zu präsentieren. Keines der anderen Kinder hat so ein goldenes Kettchen. Golden? Smartje hat die beiden Kettchen günstig beim Pfandleiher erstanden. Es ist kein Gold, sondern – wie der Pfandleiher wortreich erläuterte, Nickel mit einer „vakuumgesputterten Titanoxidoberfläche", optisch von Gold nicht zu unterscheiden. Der gewünschte Effekt tritt umgehend ein. Die Blicke der anderen Kinder werden neidisch, die ihrer Eltern missgünstig. Smartje ist zufrieden, gelungener Einstand. Und Andrea hat die Chance, eine dominante Rolle einzunehmen, wie Smartje, damals.

Smartje beobachtet die Lernfortschritte seiner Tochter. Er achtet auf eine Balance zwischen dem Lehrstoff der Schule, den er zum Teil für überflüssig hält, und eigenen Lebenserfahrungen, die er für unverzichtbar hält. Im ganzheitlichen Schreibunterricht lernt Andrea ganze Wörter zu schreiben: Apfel, Geld, Auto. Smartje schüttelt darüber den Kopf. „Was fängt das Kind mit diesen Worten an? Komm Andrea, wir machen Sätze daraus. „ein Auto kostet mehr Geld, als ein Apfel." „Für einen Apfel kriegt man kein Auto." „Für ein Auto kriegt man viele Äpfel." Er malt Bilder auf ein Blatt. Einen Apfel, einen Pfeil auf ein Auto, das Auto ist durchgestrichen. Ein Auto, einen Pfeil auf viele Äpfel. Andrea ist begeistert.
„Pappi, kriegst du für deinen Makoto viele Äpfel?"
„Gewiss, sehr viele. Aber ich gebe ihn nicht her."
„Und für Mammis Auto, krieg ich dafür auch Äpfel?"
„Natürlich, aber weniger."
Elvira schüttelt den Kopf, „Smartje, was willst du dem Kind denn beibringen?"
„Die Lebenswirklichkeit. Die Schule lehrt nicht, dass alles im Leben seinen Preis hat, und dass manche Dinge deshalb unerreichbar sind. Später werde ich ihr zeigen, wie man in der Skala des Erreichbaren nach oben steigt."
„Pappi, wenn man mit dem Bus fährt, dann muss man doch auch bezahlen. Wofür, man kauft doch nichts im Bus?"
„Gut beobachtet. Man kann nicht nur Dinge kaufen, auch eine Fahrt mit dem Bus. Das nennt man Dienstleistung. Unsere Karina, die für dich sogt, ist eine Kinderpflegerin. Das ist auch eine Dienstleistung und sie wird dafür bezahlt."

Ein halbes Jahr später fällt Smartje auf, dass Andrea das Goldkettchen nicht mehr am Arm hat.

„Wo ist denn dein Kettchen, Andi?"

„Hab' ich verkauft."

„Wie bitte – du kannst doch nicht einfach dein Goldkettchen verkaufen!"

„Doch. In unsrer Klasse gibt es einen Jungen, der heißt Roland. Der ist groß und taff und alle haben Respekt vor ihm. Der Sascha – weißt du, der Dicke mit der Nickelbrille -- hat mich mal angepflaumt „stimmt das, dass dein Vater Schnapsverkäufer ist?" Da habe ich geweint und da ist er Roland gekommen und hat dem Sascha eine runtergehauen, das die Nase anfing zu bluten. Der ist schnell abgehauen und der Roland ist den ganzen Vormittag in meiner Nähe geblieben, damit der Sascha es nicht noch mal versucht. Ja und seitdem ist der Roland immer sehr nett zu mir. Ich hab' ihn gefragt, warum es das macht, da hat er gesagt „Ich beschütze dich." Was willst du denn von mir? Hab ich ihn gefragt, da sagte er „ach, nichts weiter, betrachte es als Dienstleistung." Aber Dienstleistungen müssen doch bezahlt werden! „Na ja, wenn du mich bezahlen willst, dann gib mir dein Goldkettchen".

Ich hab ihm das Kettchen gegeben. Seitdem ist er in der Pause immer in meiner Nähe. War das nicht recht, Pappi?"

„Also, Liebes, jetzt höre mir gut zu: Wenn du ein Geschäft machen willst, auch mit einer Dienstleistung, musst du immer zuerst nach dem Preis fragen und dann genau überlegen, ob er dir angemessen erscheint, oder ob es vielleicht billiger ginge. Im Falle deines Roland bist du auf das Wort „Dienstleistung" hereingefallen. Eher denn eine Dienstleistung ist das was er macht, eine persönliche Gefälligkeit. Die ist in der Regel kostenlos. Und ich bin sicher, dass dein Roland mit seinem Goldkettchen vor den anderen prahlt. Frage zukünftig immer erst deine Eltern um Rat."

„Aber der Roland ist doch so nett zu mir, die anderen Mädchen sind schon neidisch."

„Der wäre auch nett, wenn er dein Kettchen jetzt nicht hätte, vielleicht noch netter. Du wirst später verstehen, warum. Aber eines werden wir machen: sobald du flüssig lesen kannst, nehme ich dich mal mit in mein Büro bei INEX. Da zeige ich dir Geschäftsbücher, in denen du sehen kannst, wie hart man ringen muss, um den Preis einer Ware auszuhandeln. Das wird dir helfen, bei zukünftigen Rolands, die dir noch begegnen werden, vorsichtig zu sein."

Stoß, Parade, Riposte

Ein Jahr später: Andrea macht gute Fortschritte im Lesen. Nun sitzt sie in Smartjes Büro auf einem Stuhl neben ihm, mit zwei Kissen unter dem Po und schaut neugierig auf den Stapel Post. Da ist ein ziemlich dicker Brief nach dem Smartje zuerst greift

Anwaltskanzlei König und Merseburger, Ennepe
Fa. Inex GmbH & Co KG,
zu Händen Herrn Smartje Brinkmann

„Sehr geehrter Herr Brinkmann,
Sie erhalten dieses Schreiben im Auftrag unseres Mandanten „Likörfabrik Ennepe GmbH & Co

KG", vormals Feindestillation Ludwig Silbernagel OHG. Sie werden beschuldigt, ein Verfahren zur Entfernung von Denatoniumbenzoat aus vergälltem Alkohol zu benutzen und dadurch die Patentrechte von Silbernagel zu verletzen.
Sie werden gebeten, innerhalb von vierzehn Tagen zu diesem Vorwurf Stellung zu nehmen. Sollten Sie nicht in der Lage sein, den Vorwurf zu entkräften, haben Sie die Verwendung ab sofort einzustellen. Für die Vergangenheit wird ein noch festzustellender Schadensersatz fällig, zudem die Übergabe sämtlicher Produktionsprotokolle. Sollten Sie nicht kooperieren, wird Silbernagel nicht zögern, Sie gerichtlich zu verfolgen.
Hochachtungsvoll, Merseburger, RA."

Smartje liest Andrea den Brief vor.
„Pappi, was bedeutet das denn?"
„Da will einer unsere Existenz vernichten. Auf sowas habe ich schon länger gewartet."
„Existenz vernichten? Hört sich schrecklich an. Was machst du nun Pappi?"
„Stoß, Parade, Riposte. So sagt man beim Fechten. Der Gegner hat einen Stoß versucht, ich pariere und gehe zum Gegenangriff über. Du wirst später im Geschäftsleben oft solche Angriffe erleben. Hier kannst du lernen, wie man cool bleibt und pariert."
„Und wie parierst du?"
„Indem ich den Angriff als lächerliche Tatsachenverdrehung darstelle. Die Riposte muss ich mit meinen Geschäftskollegen sorgfältig diskutieren, damit sie bereit sind Risiken mit zu tragen. Grundsätzlich: ein Frontalangriff, auf den man schon gewartet hat, ist nie ein Problem. Das wissen die Gauner hinter diesem Schreiben auch, sie werden schon den nächsten Schritt vorbereitet haben."
„Und was dann?"
„Haben wir auch schon den nächsten Schritt vorbereitet. Den zweiten Stoß lassen wir ins Leere laufen, dann gehen wir zum Gegenangriff über."
„Oh je, Pappi, ist das Geschäftsleben schwierig! Ich glaube, das lerne ich nie."
„Natürlich wirst du es lernen, Schatz. Von mir lernst du mehr als in der Schule. Wenn du achtzehn bist, wirst du mehr über das Geschäftsleben wissen, als alle deine Mitschüler."
„Auch mehr als Roland?"
„Aber natürlich, Rolands Eltern haben doch gar kein Geschäft."

Überlebenskampf

Brinkmann Edelbrände OHG
CEO Smartje Brinkmann
Fa. Inex GmbH & Co KG,

An die
Anwaltskanzlei König und Merseburger, Ennepe

„Sehr geehrter Herr RA Merseburger
mit Befremden nehme ich zur Kenntnis, dass Sie sich für die Interessen eines Schurken

einspannen lassen.

Zunächst: Die Herren Silbernagel und Hohensiel sind mir bestens bekannt. Dass sie an einem Verfahren arbeiten, Denatonium aus vergällten Alkohol zu entfernen, weiß ich seit langem. Dass sie damit offensichtlich erfolglos sind, entnehme ich Ihrem Schreiben. Dass sie jetzt versuchen, mir meinen Erfolg in dieser Sache zu entreißen, ist grotesk und gibt mir die Berechtigung, sie wie oben als „Schurken" zu bezeichnen. Zwei Kollegen, mit denen ich vormals befreundet war!

Zur Sache: Mein Partner Durowski und ich haben das Verfahren in Rede in langer intensiver Forschungsarbeit entwickelt. Innovationen und bahnbrechende Ideen von Durowski führten zum Erfolg. Ohne die Durowski – Erfindungen kann das Verfahren nicht ausgeführt werden. Können Silbernagel und Hohensiel beweisen, dass sie dieselben Ideen ebenfalls hatten? In Ihrem Schreiben erwähnen Sie ein Patent der Likörfabrik Ennepe. Ich werde darauf bestehen, dass dieses „Patent" von neutralen Sachverständigen auf Realisierbarkeit geprüft wird. Warum haben wir kein Patent genommen? Weil wir vorausgesehen haben, dass es Schurken geben wird, die versuchen werden, es uns zu stehlen.

Von Belang ist auch die Datierung. Wann wurde das Silbernagel - Patent veröffentlicht? Vermutlich, als wir schon in der Produktion waren. Dann ist auch klar, wer hier wen plagiiert. Sollte Silbernagel mit einem denatoniumfreien Produkt in den Handel gehen, werden wir das gerichtlich unterbinden.

Freundliche Grüße aus Minden von Smartje Brinkmann, CEO Brinkmann Edelbrände OHG"

Oskar Lauenberger ist skeptisch.

„Was machst du, wenn er tatsächlich ein funktionierendes Patent hat?"

„Wir haben unsere Entwicklungstagebücher. Die sind erstens von meinem Freund Walter Dreher seitenweise datiert und gegengezeichnet. Das begründet mit hoher Wahrscheinlichkeit mindestens ein Vornutzungsrecht. Sie enthalten zweitens essentielle Details, die Silbernagel unmöglich wissen kann. Diese begründen eine abweichende Verfahrensweise, die nicht unter sein Patent fällt. Sollte er, extrem unwahrscheinlich, auch diese Ideen in seinem Patent haben, bleibt und immer noch das Recht auf eine Freilizenz."

„Und wenn er die ablehnt?"

"Bieten wir ihm Fusion an. Ein gewinnbringender Betrieb und eine Genossenschaft als Auftraggeber dahinter, das kann der hirnrissigste Idiot nicht ablehnen." Drei Monate vergehen. Die Ruhe kommt Smartje verdächtig vor. Haben die schon aufgegeben? Johann Pfeiffer glaubt, dass sie mit geänderter Strategie wieder kommen werden. Und er behält recht. Die Anwaltskanzlei König und Merseburger schreibt wieder. Silbernagel hat Einsicht in die Labortagebücher gefordert.

„Natürlich, da können sie dann in aller Ruhe unsere Erfindungen abschreiben und ihre eigenen Unterlagen korrigieren. Halten die uns für so doof?"

„Was willst du dagegen machen Smartje?"

„Sie kriegen Kopien unserer Tagebücher, wenn sie gleichzeitig uns ihre Unterlagen übergeben. Möchte wetten, dass sie darauf nicht eingehen und den Schwanz einziehen werden."

Ein halbes Jahr Ruhe, von Silbernagel nichts zu sehen.

„Was hältst du davon, Johann ?"

„Vielleicht fertigen sie jetzt Falsifikate ihrer Unterlagen an, in denen für sie wichtige Passagen geschwärzt sind."

„Kann uns egal sein. Wenn sie behaupten wollen, dass sie unsere Ideen vor uns gehabt haben, nützen Schwärzungen nichts. Allerdings kriegen sie Einsicht in unsere Sekrets und können sie heimlich unter der Hand benutzen.."

„Wie geht man damit um?"

„Wir dürfen sie auf keinen Fall in unsere Unterlagen schauen lassen. Idee: Unsere und deren Unterlagen werden einer vertrauenswürdige neutralen Person übergeben. Beispielsweise einem Anwalt, der keine der Seiten vertritt. Dieser vergleicht und berichtet. Sind die Unterlagen gleich oder verschieden? Kommen unsere Neuerungen auch bei Silbernagel vor? Wenn ja, wie ist die Zeitschiene, wer war früher? Mit unseren Datierungen haben wir dank Walter Dreher ein As im Ärmel."

Anwaltskanzlei König und Merseburger, Ennepe
Fa. Inex GmbH & Co KG,
zu Händen Herrn Smartje Brinkmann

„Sehr geehrter Herr Brinkmann,
„Likörfabrik Ennepe GmbH & Co KG", vormals Feindestillation Ludwig Silbernagel OHG,
erklärt sich mit Ihren Vorschlägen einverstanden, sofern der neutrale Sachverständige eine von
Silbernagel vorgeschlagene Person ist. Silbernagel benennt hierzu: Rechtsanwalt
Hammbacher, Ennepe. Sie werden aufgefordert, Ihr Einverständnis hiermit zu erklären und
ihre Unterlagen unverzüglich an RA Hammbacher zu übergeben."

Brinkmann Edelbrände OHG
CEO Smartje Brinkmann

An die
Anwaltskanzlei König und Merseburger, Ennepe

„Sehr geehrter Herr RA Merseburger,
eine dümmere Bauernfängerei konnte Herrn Silbernagel wahrlich nicht einfallen. Allein diese
Volte spricht schon dafür, dass man im Hause Silbernagel mit gezinkten Karten spielt. Was
bilden sich die Herren Silbernagel und Hohensiel eigentlich ein, mit wem sie es zu tun haben?
Wir sind keine Dilettanten. Wir haben und von der IHK die Adressen unabhängiger
Patentanwälte nennen lassen. Aus dieser Liste, die Sie selbst natürlich auch anfordern können,
Schlagen wir vor: Patentanwaltsbüro Roger Kramer, Düsseldorf. Kramer ist überregional
bekannt für seine Expertise und gilt als absolut unparteiisch. Sollte Silbernagel diesen
Vorschlag ablehnen, sehen wir darin den Versuch betrügerischer Machenschaften. Der Gang

zum Staatsanwalt würde damit unvermeidlich.
Freundliche Grüße aus Minden von Smartje Brinkmann,
CEO Brinkmann Edelbrände OHG und Finanzvorstand der INEX GmbH & Co KG"

„Na also, geht doch, hallodriho!" Smartje triumphiert. Aber?

Patentanwaltskanzlei Kramer
Essen – Baldeney

An die Konfliktparteien

Brinkmann Edelbrände OHG, Ennigerloh und Münster
Likörfabrik Ennepe GmbH & Co KG

„Vergleichende Beurteilung eingereichter Unterlagen.

Brinkmann Edelbrände:
Sechs Laborjournale, insgesamt dreihundert Seiten. Zahlreiche Details zur Entwicklung eines Destillationsverfahrens. Berechnungen und Einzelheiten zur Verfahrensausführung. Jede Seite datiert und von einem Sachverständigen, Herrn Walter Dreher, gegengezeichnet. Diverse Eintragungen besonders gekennzeichnet mit Randnotizen, wie „so geht's nicht. Aber jetzt. Ja das ist es, der Durchbruch!" Zu rot unterstrichenen Eintragungen liegt mir die Anweisung von Brinkmann Edelbrände vor, dass es sich um „Top Sekrets" handelt, die nicht veröffentlicht werden dürfen.

Likörfabrik Ennepe:
Zwei DIN A 4 Notizblöcke, zusammen sechzig Seiten. Beschreibungen von Destillationsverfahren, keine Berechnungen. Die von Edelbrände OHG als Top Sekret bezeichneten Details sind ebenfalls vorhanden und werden als „neuartige Technik, Erfindung, Patentgrundlage!" bezeichnet. Die Seiten sind datiert, jedoch nicht gegengezeichnet.

Beurteilung:
Beide Unterlagen sind inhaltlich gleichwertig. Bei Likörfabrik Ennepe deutlich weniger Entwicklungsschritte. Die Datierungen weisen aus, dass Brinkmann Edelbrände zeitlich früher liegen. Somit ist die Priorität Brinkmann zu zu ordnen.
Ob Teile der Unterlagen gefälscht sind, konnte nicht beurteilt werden.

Hochachtungsvoll Kramer , Patentanwalt."

Oskar Lauenberger, Smartje Brinkmann, Miroslaw Durowski und Johann Pfeiffer haben wieder mal eine nächtliche Krisensitzung im Schnapskeller von INEX.
„Wie sind die an diese Informationen gekommen? Da haben wir doch einen Maulwurf in unseren Reihen!"
„Wer kommt überhaupt in Frage? Der muss Zugang haben und Sachverstand. Es kann nur einer aus unserer Mannschaft sein. Haben die einen unserer Techniker gekauft?"

„Auf keinen Fall, Smartje"; Miroslaw wehrt ab, „Ich kenne meine Leute, für die verbürge ich mich. Adlerdings gibt es da einen Fall. Ein russischer Gastarbeiter, Wolodja, war unzufrieden und hat gekündigt. Der hat nicht in der Entwicklung gearbeitet, nur Hilfstätigkeiten. Zuhause in Russland hat er in einer Wodkafabrik gearbeitet, war dort sogar Vorarbeiter. Also einer mit Sachverstand."

„Warum hat er gekündigt?"

„Wollte keine Hilfstätigkeit machen, sondern was Besseres. Ich hatte nichts für ihn. Da ist er gegangen."

„Weißt du, was aus ihm geworden ist?"

„Heuerte bei Caravaggio in Meerbusch an. Weiß ich aus einer Anfrage von Marcel Proust, der sich nach den Qualifikationen des Mannes erkundigte."

„Caravaggio ist unser größter Auftraggeber. Unvorstellbar, dass die sich einen Maulwurf kaufen und das eigene Geschäft ruinieren. Aber: den Eigner, Caravaggio, diesen Glatzenzwerg in Bergamo, habe ich im Verdacht, mit der Maffia zu kungeln. Was kann das heißen?"

„Erst einmal, dass wir auf der Hut sein müssen. Silbernagel hat entweder Kontakt zu diesem Russen oder zu Caravaggio. Auf einem dieser Kanäle hat er die Botschaft erhalten – und er wird noch nicht aufgeben."

Smartje legt den Zeigefinger an die Stirn. „Denken wie die Sache mal vom Ende her - wer gewinnt, wenn Silbernagel uns platt macht?

Zuerst Silbernagel: sein Vorteil ist gar nicht so groß. Er gewinnt ein Produktionsverfahren, das nur unter bestimmten Bedingungen, mit der Genossenschaft als Auftraggeber, profitabel ist. Wenn er die nicht kriegt, hat er nur Spesen gehabt. Er muss dann selber verkaufen und geht hohes Risiko, ins Visier der Zollfahnder zu geraten.

Caravaggio: wird mit Silbernagel nicht billiger fahren als mit uns. Gewinnt aber, wenn er zwei Produzenten hat, die er gegeneinander ausspielen kann. Und sie könnten sehr wohl die Kenntnisse des Russen „zweckgebunden" weitergeleitet haben. Wenn die Maffia die Hände drin hat – solche Sachen sind genau deren Geschäft. Dann steht eines Tages ein italienischer Signore vor der Tür und erklärt, dass er gegen Schutzgeldzahlung in der Lage ist, die Konkurrenz abzuschalten.Hört sich das logisch an?"

„Smartje, was für einen Teufel malst du da an die Wand?"

„Einen realen. Wir tun gut daran, unsere Diversifikationspläne aus der Schublade zu holen."

„Übernahme von Kneipen mit semilegalen Mitteln und Expansion durch Franchising?"

„Na ja, semilegal ist auch mafiös, das willst du doch sagen? Aber lieber Oskar, du erinnerst dich noch an Tom Lüdemann, meinen Ziehvater? Der war überzeugt, dass man gegen Gauner nur als Gauner bestehen kann. Und wenn du gewinnen willst, dann gilt: «der größte Lump ist obenauf»."

„Du kennst unsere Abmachung, Smartje. Ich lasse dir freie Hand, aber wenn es schief geht, werde ich nicht für dich in den Knast gehen."

„Aye aye, Sir, das interpretiere ich als Marschbefehl. Auf auf, Miro und Johann, wir haben keine Zeit zu verlieren."

Naheliegende Idee von Johann Pfeiffer:

„Wir fragen mal die Genossen, ob einer von ihnen Kunden mit schlechter Zahlungsmoral hat, die gemahnt werden müssen."

Es dauert nicht lange, dann ruft Genosse Hopfensack aus Aachen an.

„So einen Vogel habe ich tatsächlich am Bändel. Ihr müsstet ihn eigentlich kennen, er sitzt nämlich in Münster, direkt vor eurer Nase. Er betreibt die Hafenkaschemme „Lütgenbacher Paradies" beim Hafen des Dortmund – Ems - Kanals. Der Mann heißt Pjotr Iwanowitsch Krasny und stammt aus Schitomir in Russland. Das Lokal ist eine Rotlichtkneipe und steht im Verdacht, dass es da auch einen Puff geben soll. Angemeldet ist der nicht. Krasny hat zuletzt für 30T€ entgällten Alkohol angefordert, für die winzige Kneipe ein riesiger Posten. Bezahlt hat er trotz Mahnung bisher nicht. Wäre schon gut, wenn ihr dem mal auf die Finger schauen würdet".

Johann Pfeiffer kennt die Kaschemme, ein verrufenes Lokal. Von einem russischen Besitzer war noch keine Rede. Nun geht er mit Schlips, Kragen und Aktentasche dahin, um Krasny „eine wichtige Botschaft" zu übermitteln. Der Russe schaut den Mann mit der Aktentasche mit äußerstem Misstrauen an.

„Was wollen von mir?"

„Nichts Schlimmes, im Gegenteil, ich will Sie warnen. Mein Schwager ist nämlich bei der Steuerfahndung, da habe ich Ihren Namen auf einer Liste gesehen, rot und blau unterstrichen."

„Was bedeutet rot und blau?"

„Rot bedeutet, dass es da eine unbezahlte Steuerschuld gibt und die Fahndung ermittelt. Blau bedeutet, dass die Staatsanwaltschaft auch ermittelt, weil sie vermutet, dass auch eine Straftat vorliegt. Und nicht zuletzt scheint der Zoll einen Verdacht zu haben, wegen Handel mit unverzolltem Branntwein. Ein bisschen viel auf einmal, Herr Krasny, wie?"

„Weiß ich von nix. Was ich soll machen?"

„Wenn das alles nicht stimmt, gar nichts. Wenn etwas davon stimmt, schleunigst verkaufen."

„Verkaufen an wen?"

„Ich bin Angestellter einer Finanzorganisation, FOM. Wir haben einen Großinvestor, der sanierungsbedürftige Kneipen und Gaststätten kauft. Die werden in Form gebracht, entschuldet und die ehemaligen Besitzer können in der Regel als Pächter drin bleiben."

„Hab ich mit gedacht, dass es in Deitschland auch Maffia gibt. Was passiert, wenn nicht verkaufe?"

„Dann sind Sie selber Schuld an allem, was danach passiert."

"Was passiert, wer droht?"

„Niemand bedroht Sie , Herr Krasny. Aber der deutsche Staat hat Gesetze und die setzt er durch. Ich mache Ihnen einen Vorschlag: In ein paar Tagen kommt unser Investor, Senior Brink et Mankoog, Hidalgo de Arranjouez, nach Minden. Er wird Ihnen ein Angebot machen. Das können Sie annehmen oder ablehnen."

„Wenn ablehne?"

„Senior Arranjouez macht sein Angebot immer nur einmal. Nach ihm kommt die Steuerfahndung."
Der Russe sieht Pfeiffer hasserfüllt an. Der hält es für geboten, jetzt das Weite zu suchen.

Ein paar Tage später erscheint in der Gaststube des Lütgenbacher Paradieses ein exotisch – vornehm gekleideter Herr. Weißes schwach rosa leuchtendes Seidenhemd, goldenes Kreuz als Amulett am Hals, gestreifte Stresemann – Hose, prachtvolle spanische Stierlederschuhe.
„Hidalgo Arranjouez, ich möchte Herrn Krasny sprechen, bin von meinem Mitarbeiter angemeldet."

Krasny blickt erstmal durchs Schlüsselloch. Wow! Was für ein Herr!
„Sie Herr Arranjou? Haben viele Namen, wie das?"
„Ich stamme aus dem deutschen Zweig einer holländischen Adelsfamilie spanischer Herkunft. Und bitte immer „Hidalgo Arranjouez" wenn Sie mich ansprechen. Mein Mitarbeiter hat Ihnen gesagt, weshalb ich komme. Ich interessiere mich für den Kauf Ihrer Wirtschaft. Wenn Sie mit Verhandlungen darüber einverstanden sind, möchte ich jetzt gerne Ihre Geschäftsbücher sehen. Selbstverständlich werde ich alles vertraulich behandeln, auch wenn wir uns nicht einigen."
„Warum Geschäftsbücher? Hier sehen Sie Geschäft, sehen alles. Können Preis machen."
„Um dann womöglich festzustellen sind, dass Sie Pleite sind und schon einen Anklage wegen Insolvenzverschleppung haben? Nein mein Lieber, die rasche Abzocke läuft bei mir nicht. Geschäftsbücher oder ich gehe wieder. Was dann aus Ihnen wird, ist mir egal."
„Na na, wird man noch was sagen dürfen. Gehen ins Büro, da sind alle Akten und können Sie gucken was Sie wollen. Alle legal, alles sauber. Wollen Tee? Lisa bringt."

Smartje staunt. Wasserstoffblond, hochtoupierte Frisur, Augenbrauen nachtblau, Fliegenbeinwimpern, Schmollmund, schlanke Figur neunzig sechzig neunzig. Genau Smartjes Traum.
„Sie sind Lisa? Welcher Gott hat Sie hierher geführt?"
„Ich bin Lisa Bialojana, Krasnys erste Serviererin. Der Chef will, dass ich so aussehe, damit die Gäste Spaß haben. Wenn Sie verstehen, was ich meine."
„Nun, ich glaube, auch Frauen möchten gerne so aussehen, wie ein Amsterdamer Diamantengeschäft. Ich kenne keine Frau, die sich das nicht wünscht, und keine, die es sich leisten kann."
„Was man sich leisten kann, hängt vom Einsatz ab, um den man spielt. Und dem Risiko das man wagt."
„Ich sehe, wir haben die gleiche Einstellung. Darf ich Sie näher kennen lernen, Lisa?"

Statt einer Antwort erhält Smartje ein betörendes Wimpernklimpern, dann rauscht sie ab. Der Frauenversteher weiß, wie diese Antwort zu interpretieren ist. Er vertieft sich in Krasnys Bücher.
„Also, Herr Krasny, das war für mich ein aufschlussreicher Nachmittag. Sie geben ja nur

vierzig T€ Jahresumsatz an, das ist zum Leben zu wenig und zum Sterben zu viel. Steckt da womöglich ein kleiner Steuerbetrug dahinter? allein dieses Jahr haben sie bei Likörfabrik Hopfensack für dreißig T€ unvergällten Alkohol gekauft, ja, wo ist denn der ganze Schnaps? Die Rechnung über zehn T€ haben Sie bei Hopfensack noch nicht bezahlt. Vom Finanzamt finde ich eine Mahnung über nicht bezahlte Einkommensteuer in Höhe von15 T€ , von der Zollfahndung liegt eine Rechnung vor, unbezahlt, dreizehn T€. Damit erreichen Ihre Verbindlichkeiten die Höhe eines Jahresumsatzes. Sie sind pleite, Herr Krasny, da droht jetzt ein Verfahren wegen Insolvenzverschleppung. Außerdem gibt es Gerüchte, wonach Sie hier ein illegales Bordell betreiben, da haben Sie bald den Staatsanwalt in der Bude."
„Genug genug Herr Hidalgo, will verkaufen. Geld nehmen und heim gehen nach Schitomir, wo besseres Leben ist."
„Da werden Sie nie ankommen, man wird Sie wegen Fluchtgefahr hinter Gitter setzen. Nun zum Kaufpreis: Üblich sind für gut gehende Wirtschaften drei Jahresumsätze. In Ihrem Fall können es wegen der Insolvenz nur zwei sein, das werden Sie verstehen. Davon sind noch abzuziehen die Kosten für die Entschuldung in Höhe von 38 T€, Kosten für Insolvenzverwaltung, geschätzt 28 T€, Unsere Versicherung gegen Verfolgung durch Behörden, geschätzt 15 T€ und unser Honorar für anfallende Arbeiten, Behördengänge und Neuakquisitionen, Zusammen 9 T€. Wenn Sie mitgerechnet haben, bleiben genau 30 T€. Das ist der Bruttokaufpreis für Kneipe und Verkaufsgeschäft. Ihren Puff können Sie behalten, solche Geschäfte machen wir nicht."
„Was bedeutet Bruttokaufpreis?"
Unsere Modalitäten: 1. Sie unterschreiben einen Vertrag als Pächter. 2. Sie erhalten 50% der Kaufsumme bei Vertragsabschluss, den Rest in zehn Jahresraten durch Abzug von der jährlichen Pacht. 3. Sie beziehen Ihre gesamte Palette an Alkoholgetränken exklusiv von Hopfensack. 4. Sie verpflichten sich, ein Franchising – Geschäft aufzubauen, indem Sie pro Jahr mindestens einen Lizenznehmer einstellen, der genau Ihre Produkte verkauft. Verstehen Sie, was Franchising heißt, Krasny?"
„Denke, Zwangsarbeit für euch."
„Sehr viel Arbeit, ja. Aber wenn Sie es gut machen, können Sie damit schnell reich werden. Das wollen Sie doch? Sie sehen, wir sind keine Maffia und keine Monster, wir lassen unseren Klienten alle Chancen."
Unterschreibe. Und wo ist Pachtvertrag?"
„Der muss ausgearbeitet werden. Sie werden Post bekommen von unserer Kanzlei Schmitz und Althaus. Das ist ein verkehrsüblicher Vertrag, mit einigen Anhängen.
So, da wir uns nun einig geworden sind, sollten wir das nach Urväter Sitte mit einem Handschlag besiegeln."

Die Hand von Krasny ist ziemlich feucht, aber er kann schon lächeln. Und der Hidalgo gibt eine Lokalrunde aus. Lisa bringt die Gläser und darf natürlich mittrinken. Krasny verschwindet und Smartje hat noch ein langes sehr privates Gespräch mit Lisa. Daheim in Ennigerloh erscheint er am frühen Morgen gegen vier Uhr. Elvi ist wach, sagt aber nur

„Gottseidank, du bist wieder da, ich hatte Angst um dich .War es schwer?"
„Es war langwierig. Aber das ist es immer, wenn man Erfolg haben will."

Und Smartje hatte Erfolg, dunnerlüttchen.

Johann Pfeiffer und Miro Durowski sind erstaunt.
„So schnell hat der aufgegeben? Dem brennt wahrscheinlich der Schuh."
„Das denke ich auch, der hat Panik vor der Steuerfahndung. Wenn die sehen, dass er da einen illegalen Puff betreibt, na ja. Den Puff habe ich natürlich nicht mitgekauft, werde mich hüten. Aber er hat wahrscheinlich aus diesem Betrieb eine Menge Kies gebunkert, damit wollte er abhauen nach Hause, nach Schitomir. Habe ihm klargemacht, dass der Vertrag nur gilt, wenn er dableibt und als Franchising – Subunternehmer für uns arbeitet. Oder einen Ersatzmann stellt. Sogar darauf ist er eingegangen und hat noch hingenommen dass der Franchising Vertrag noch gar nicht existiert. Vermutlich hat er noch andere Leichen im Schrank. Die für seine Größe irrsinnige Menge an unvergälltem Alkohol muss doch irgendwo geblieben sein. Die Schwimmbadschönheit Lisa Bialojana , die er seine „erste Serviererin" nennt, hat mir am späten Abend etwas geflüstert. Da kommen laufend diese sogenannten Seeleute rein, die eigentlich Kanalratten sind, bringen eine leere Flasche mit – die füllt er ihnen aus einem hundert Liter Fass, das im Keller steht. Da kommt man so schnell nicht drauf, aber die Lisa muss den Männern die Flaschen füllen. Und sie ist sicher, dass da noch Dutzende weitere Fässer stehen. Na, wenn das die Zollfahnder mitkriegen …"
„Und das erzähl die Serviererin dir einfach so?"
„Nicht einfach so. Ich hab sie in der Nacht ein bisschen verwöhnt, das hat ihr die Zunge gelöst."
„Gratuliere, Smartje, utile cum jucundo! Ist sie hübsch?"
„Verdammt hübsch und jede Sünde Wert. Vermute, dass sie die „patronesse de boudoir" ist und die anderen sieben Grazien kommandiert.

Nach Smartjes Erfolg ist die Stimmung euphorisch, sogar Oskar Lauenberger signalisiert Zustimmung. Johann hat den nächsten Fisch an der Angel. Das ist diesmal ein wirklich dicker Fisch: Ladislaw Zankowski in Ennepe. Seine Kneipe „ Polnische Wirtschaft " ist eine riesige Bierschwemme und Schnapsdestille in der Bergleute, Wanderarbeiter und jede Menge Gelichter verkehren. Zankowski stammt aus Torun in Polen. Seine Gäste erfreut er, indem er ab zehn Uhr abends einen polnischen Sängerchor auftreten lässt oder selber zur Gitarre greift und stimmungsvolle Lieder singt. Johann findet heraus, dass der Pole seine Getränke weitgehend bei Caravaggio kauft, und dass er dort seit einem halben Jahr keine Rechnung mehr bezahlt hat. Über den Privatdetektiv erfährt er, dass Zankowski häufig in vielen Spielkasinos zu Gast ist. Der Maserati, mit dem er da vorfährt, gehört tatsächlich ihm selbst. Er spielt bevorzugt Roulette und verliert regelmäßig größere Summen. In seiner Erscheinung ist er ein großer sportlich durchtrainierter Beau, er verlässt nie das Kasino ohne einen Schwarm von Damen, die er wie einen Kometenschweif hinter sich her zieht. Geschäftsschulden, Spielsucht, Frauen? Der müsste doch zu kriegen sein.

Zankowski, den „dicken Fisch", kriegt Smartje zunächst einmal nicht zu sehen. Statt dessen macht er die Bekanntschaft von Ulana, sie ist Polin und stammt wie Zankowski aus Torun. Er hat sie von dort mitgebracht. Sie ist seine rechte Hand, Serviererin, Barkeeperin, Küchenchefin und sogar Rausschmeißerin, wenn betrunkene Gäste abends nicht gehen wollen. Vermutlich auch sein Betthäschen, für den Fall das der Ladi mal kein Busenwunder abgeschleppt hat. Sie ist sehr zugänglich und lässt erkennen, dass Smartje durchaus ihr Typ ist. Smartje fällt dazu der Satz ein „per aspera ad astra" - den er mal recht frei so übersetzt: „über die Weiber an die Macker". Ulana ist mächtig beeindruckt davon, dass es sich bei diesem gut aussehenden Gast um einen wirklichen spanischen Hidalgo handelt. Unklar, ob sie weiß, was ein Hidalgo ist, aber sie vermutet, dass so einer reich und spendabel ist. Als nach Mitternacht die Kneipe schließt und Smartje immer noch da sitzt, betätigt sie sich als Rausschmeißer, indem sie ihn mit auf ihr Zimmer nimmt. Na und? Der Ladi macht ja auch was er will. Was Ulana will, ist klar. Eine romantische Nacht und am nächsten Morgen liegt ein Brilliant auf dem Nachttisch. Aber den Brillanten muss sie sich verdienen. Smartje handelt rasch den romantischen Teil ab und will dann alles über Zankowskis Geschäfte wissen. Erstmal staunt Ulana: Der weiß, dass Zankowski einen Berg an Schulden hat und spielsüchtig ist! Als Smartje durchblicken lässt, dass er über dessen finanziellen Verhältnisse informiert ist, da ist sie elektrisiert.

„Bist du so ein Kuckuck, der sich in fremde Nester setzt und die Inhaber hinausdrängt? Dazu werde ich dir keine Hilfestellung geben – es sei denn … na, ja – je nach dem."

„Was bedeutet „je nach dem" Ulana?"

„Es bedeutet, dass das Leben keine immer während Geburtstagsfeier ist und das Überleben manchmal kaum gesichert. Wer weiß, wo ich lande, wenn der Ladi alles verspielt? Ich bin nicht mehr jung und muss mich absichern. Also, das bedeutet es."

„Du bist eine faszinierende Frau, Ulana, und eine gute Geschäftsfrau scheinst du überdies zu sein. Ich hoffe, wir können in Kontakt bleiben, in beiden Aspekten. Utile cum jucundo."

Als Smartje im Morgengrauen einen zärtlichen Abschied zelebrieren will, schaut Ulana ihn versteinert an und entzieht sich seiner Berührung. Sein „auf wiedersehen" beantwortet sie nicht. Vor dem Haus bläst Smartje ein kalter rauer Herbstwind entgegen, er hat das Gefühl, dass der Wind nicht nur von vorn bläst, auch hinter ihm ist die Luft auf einmal eisig. Als er in Ennigerloh aus dem Makoto klettert, hat er verstanden. Er hat kein Geschenk auf dem Nachttisch hinterlassen!

„Verdammter strategischer Fehler! Aber nichts ist unkorrigierbar."

Im Blumenladen schauen sie etwas ungläubig auf den Kunden, der will fünf rote Rosen verschicken und an jeder soll ein hundert Euro Schein hängen. Dazu ein handschriftliches Kärtchen „liebste Ulana, ich danke dir für die zauberhafte Nacht und brenne darauf, dich wieder zu sehen".

Ein paar Tage später ist der eisige Wind plötzlich auch bei INEX angekommen. Als er sein Büro betritt, macht Lauenberger ostentativ die Tür hinter sich zu. Linda antwortet nicht auf seine Morgengruß und schaut verlegen nach unten.

„Was ist hier los? Ich hab' doch nicht die Krätze mitgebracht?"

„Da kam ein an Fa. INEX adressierter Brief. Da nicht erkennbar war, an wen er gerichtet ist, haben wir ihn geöffnet. Hier – lies."

Gasthof Polnische Wirtschaft
Ennepe
Inhaber Ladislaw Zankowski

An Firma INEX, Getränkehandel

Sehr geehrte Damen und Herren
gegen einen unerhörten Auftritt eines Ihrer Angestellten in unserem Geschäft legen wir
ausdrücklich Protest ein. Der Mann, der sich als Geschäftsmann Brink y Mankoog,
Hidalgo de Arranjouez, einführte und meine Angestellte Ulana Wastok als Stalker
bedrängte, heißt in Wahrheit Smartje Brinkmann und ist Angestellter Ihres Unternehmens.
Er wurde von einem zufällig anwesenden Verkäufer unseres Lieferanten Caravaggio, Herrn
Pedro Cavallini, erkannt und identifiziert. Wie Frau Wastok mir berichtet, hat er auch
versucht, meine wirtschaftlichen Verhältnisse auszuspähen.

Sollte der Mann in Ihrem Auftrag gehandelt haben, werden wir umgehend juristische
Schritte einleiten. Und diesem Herrn Brinkmann rate ich: Halte dich weg von Ulana, sonst
knallt's!"
  Ladislaw Zankowski

Smartje grübelt. Was knallt? Auf jeden Fall die Tür, die Zankowski gerade zugeschlagen hat. Und die Tür von Oskar? Nein, die knallt sicher noch nicht, zu groß sind Smartjes Verdienste um Oskars Bankkonto. Aber ein zweiter Fehler wie dieser darf nicht passieren. Die Illusion vom Franchise – Unternehmer? Knirscht, aber knallt noch nicht. Werde künftig vorsondieren, ob so eine blöde Enttarnung wieder passieren könnte.
Smartje schreibt einen Brief.

Brinkmann Edelbrände OHG
CEO Smartje Brinkmann
Fa. Inex GmbH & Co KG,

Sehr geehrter Herr Zankowski
ich bin untröstlich über das Missverständnis, das hier offensichtlich passiert ist. Mein zugegebenermaßen bühnenreifer Auftritt galt nicht Ihnen oder Ihrem Geschäft, sondern ausschließlich Ulana. Ich war von ihr fasziniert und machte ihr Avancen, das gebe ich freimütig zu. Aus ihrem Verhalten ging in keiner Weise hervor, dass sie anderweitig liiert sei. Auch bei dem, was in der Nacht geschah, konnte ich überzeugt sein, dass sie für mich zu haben sein würde. Wenn ein unverheirateter Mann und eine unverheiratete Frau sich begegnen und sympathisch sind, dann kann es schon mal „knallen". Dass Sie in einer Beziehung mit Ulana leben, hat sie mir nicht gesagt, ich wäre – als Ehrenmann – natürlich sofort von meinem Vorhaben zurückgetreten. Und ich bin kein Stalker! Das lasse ich mir nicht nachsagen.

Wie schade, dass diese Ulana eine durchtriebene und promiskuitive Person ist. Haben Sie das noch nie bemerkt?
Als Wiedergutmachung schicke ich Ihnen zwölf Flaschen Edelbrand aus meiner Destillerie.

Mit herzlichen Grüßen, Ihr Smartje Brinkmann.

Nachdem von Zankowski vier Wochen nichts zu hören war, atmet Smartje durch. Nochmal gut gegangen, den haben die zwölf Edelbrand wohl überzeugt. Dass seine Kebse fremd geht, mag ihm nicht neu sein, das machen sie untereinander aus und es wäre unklug, jetzt noch die große Glocke zu läuten.

An einem nasskalten und dunkelgrauen Novembervormittag reicht Linda ihm eine ziemlich großen grauen Brief herein. Absender:

Likörfabrik Ennepe GmbH & Co KG",
vormals Feindestillation Ludwig Silbernagel OHG
An die Firmen
Brinkmann Edelbrände OHG, CEO Smartje Brinkmann
Fa. Inex GmbH & Co KG, Herrn Oskar Lauenberger

Sehr geehrte Herren
wir haben das Gutachten der Patentanwaltskanzlei Kramer, Essen – Baldeney, zur
Kenntnis genommen. Wir akzeptieren die Aussagen von Herrn Kramer nicht
vollinhaltlich. Die Annahme, Sie hätten die zeitliche Priorität, beruht ausschließlich auf
der Zertifizierung durch einen gewissen Herrn Walter Dreher. Dieser ist uns als
Lieferant von Verpackungsmaterialien wohl bekannt. Wir haben früher solche
Materialien von Herrn Dreher bezogen. Die Geschäftsverbindung wurde abgebrochen,
nachdem einige der gelieferten Materialien qualitativ völlig unbrauchbar waren, die
Rechnungen dafür allerdings stark überhöht. Aus Kollegenkreisen erfuhren wir, dass
Herr Dreher bereits mehrere Male gerichtlich zu Zahlungen von Schadensersatz
verurteilt worden war. Ein Strafprozess wegen Betrugs war anhängig, wurde jedoch
jedoch niedergeschlagen, nachdem Dreher eine Spende an eine wohltätige Organisation
gezahlt hatte.

Sie haben uns in Ihrem Schreiben an unseren Anwalt „Schurken" genannt. Wir sehen
und berechtigt, unsererseits Ihren Herrn Dreher als Schurken zu bezeichnen. Wir sind
überzeugt, dass die Datierungen der von ihm abgezeichneten Laborjournale falsch sind
und keine Priorität beweisen.Es ist an Ihnen, den Beweis für die Richtigkeit zu liefern,
wie auch immer Sie das machen wollen. Wir geben Ihnen drei Monate Zeit, sollten Sie
die Information bis dahin nicht geliefert haben, gehen wir von erwiesenem Betrug aus.
Wir sehen und dann vor Gericht.

Likörfabrik Ennepe GmbH & Co KG"
Ludwig Silbernagel Inhaber,   pp Bernd Hohensiel Entwicklung

Krisensitzung in Ennigerloh im Büro von Miroslaw. Zwischen Miro, Smartje, Johann Pfeiffer
und Walter Dreher herrscht eine schlechte und durchaus aggressive Stimmung. Smartje versucht
als erster, die Lage zu klären.

„Walter, wie konntet du dich in eine solche Lage manövrieren und vor allem, warum hast du
uns das nicht gleich gesagt?"
„Mein lieber Smartje, ich darf dich daran erinnern, dass du mir mal erzählt hast, wie dein

Ziehvater Tom Lüdemann dir Geschäftspraktiken beigebracht hat. Wenn du nicht untergehen willst, musst du bereit sein, auch mal zu betrügen. War es nicht so? Ich stand mit meinem Betrieb in rauer See, das Boot war leck und der Untergang war greifbar. Da habe ich gemacht, was diese arroganten Pinkel ständig tun: Qualität runter, Preise rauf. Natürlich nicht die feine Art. Aber es ging ums Überleben. Die haben mich wer weiß wie oft mit Preisdrückereien gelinkt, nun durften sie meine Existenz absichern, ich habe das Geld zurückgeholt, das die mir zuvor gestohlen hatten. Und was heißt schon Betrug? Legal, illegal, scheißegal – so ist das Geschäftsleben.

Warum ich es dir nicht gesagt habe? Denke nach, ob das etwas geändert hätte. Hättest du von der Idee der «nachgelagerten» Zertifizierung Abstand genommen? Gewiss nicht."

„Na gut, ich glaube, wir reden über das falsche Thema. Vergangenheitsbewältigung ist nutzlos, Problemlösung ist angesagt. Was machen wir jetzt aus diesem Brief, wie könne wir den Silbernagel endlich abschütteln?"

„Jetzt hört mal, Smartje, Johann und Miroslaw, ihr Skeptiker. Ihr dürft mich nicht für so naiv halten, dass ich nicht vor einer Aktion die Konsequenzen durchdenke. Dieser Walter Dreher, den ihr offensichtlich unterschätzt, ist eine Katze, die bei jedem Sturz auf die Beine fällt. Ich habe mir natürlich eine Rückversicherung besorgt. Wie ? Das erkläre ich euch jetzt:

Ich habe einen Vetter, Maximilian Dreher, in Zwingenberg an der Bergstraße. Der hat ein ganz ähnliches Geschäft, wie ich, er stellt Edelholzpaneele für den Innenausbau her. Mit seinen Kunden hat er die gleichen Probleme, sie drücken auf die Preise bis das Blut kommt. Dann legt Max ihnen Zertifikate vor, wonach die Paneele und Intarsien aus hochwertigen und sehr seltenen tropischen Edelhölzern hergestellt sind. Teilweise sind das streng geschützte Bäume, deren Abholzung für die Lieferanten ein hohes Risiko birgt, wenn sie erwischt werden, landen sie hinter Gittern. Diese Risiko lassen sie sich natürlich teuer bezahlen. So kommen die hohen Preise zustande. Wer solche extravaganten Materialien nicht bezahlen kann, sollte die Finger davon lassen. Das Ergebnis ist dann immer, dass der Kunde aufbegehrt: „Sie glauben, dass ich mir das nicht leisten kann? Kleinigkeit! Aber ihren Zertifikaten glaube ich nicht, die sind doch sicher gefälscht und nachträglich geschrieben". Es wird dann eine labortechnische Prüfung vereinbart, bei der vor allem das genaue Alter der verwendeten Tinte eine Rolle spielt. Merkt ihr was? Max hat bisher noch jedesmal das Resultat erhalten: Die Tinte ist annähend so alt wie das Holz, die Urkunde ist also nicht nachträglich ausgestellt."

„Dunnerlüttchen, Walter, ich ahne was. Dein Vetter hat eine Methode, die Messung des Tintenalters zu beeinflussen? Das wäre für uns der Ausgang."

„Er selbst hat diese Methode nicht, das ist ziemlich kompliziert und braucht massive Fachkenntnisse. Um es rund heraus zu sagen: Max hat Kontakte zu einer Gruppe mit ziemlich unkonventionellen Rechtsvorstellungen. Sagen wir, es sind Gauner, die alle schon mal im Knast waren. Die bringen ihm bestimmte Dienstleistungen der Art „corrigée la fortune". Darunter ist auch ein Chemotechniker, der früher mal bei einer große Chemiefirma in Ludwigshafen tätig war. Da hat er an der Entwicklung von Kryptotinten gearbeitet, die im Spionagewesen eine Rolle spielen. Sie haben ihm nachgewiesen, dass er seine Tinten an Kollegen verkauft hat, die damit Laborjournale gefälscht haben. Als es raus kam, wurden der geschäftüchtige Techniker und seine Kunden allesamt fristlos entlassen. Einer drohenden Verurteilung entzog er sich, indem er in den Untergrund abtauchte. Da macht er jetzt glänzende Geschäfte und Max ist – nun ja – auch einer seiner Kunden. Ich habe mit Max gesprochen, er kann den Kontakt für uns vermitteln. Allerdings müssen wir die Unterlagen nach Zwingenberg bringen, in der Öffentlichkeit will der Mann nicht gesehen werden."

**Universität Düsseldorf
Institut für forensische Analytik**

Gutachten

Wir berichten über die Altersbestimmung eines eingereichten Dokumentes.

Gegenstand: Labortagebuch mit Eintragungen über eine chemische Verfahrensentwicklung.
Untersuchungsauftrag: Altersbestimmung der Protokolle sowie insbesondere der Zertifizierung . Es wurde explizit die Frage gestellt, ob die Unterschrift des Zertifikanten zu einem späteren Zeitpunkt nachgetragen wurde.

Angewandte Methode: Radiocarbon C^{14} Isotopenmessung
Durchführung und Resultate:
Es wurden Altersbestimmungen des Papiers, der handschriftlichen Laboreintragungen sowie der Zertifizierung mit Datum und Unterschrift ausgeführt.Das Alter des Papiers konnte auf den Zeitraum von vier bis acht Jahren eingegrenzt werden.
Das Alter der Tinte der Laboreintragungen konnte bei größeren stochastischen Schwankungen mit drei bis acht Jahren annähernd bestimmt werden.
Das Alter der Tinte der Datierung konnte mit zwei bis zehn Jahren nur sehr ungenau festgestellt werden, da offenbar ein inhomogenes Tintengemisch benutzt wurde.
Die Frage, ob die Zertifizierung nachträglich hinzugefügt wurde, kann anhand dieser Datenlage nicht eindeutig beantwortet werden. Wir weisen darauf hin, dass das Alter einer Tinte und das Alter einer damit gefertigten Eintragung nicht übereinstimmen müssen. Die Wahrscheinlichkeit einer nachträglichen Hinzufügung beträgt Null bis zwanzig Prozent.
Mit freundlichen Grüßen, Born, Abt. Radiocarbon

Walter und Smartje tanzen Walzer und singen ein Seemannschanty.
„Wir haben sie abgehängt! Gott sei's getrommelt und gepfiffen. So ein Teufelskerl, führt sogar die Wissenschaft an der Nase herum! Wie hat der das nur gemacht?"
„Das verrät er nicht. Aber von Max weiß ich, dass er ihm hin und wieder möglichst altes Holz besorgen soll. Am liebsten sowas von den abgestorbenen Bäumen aus einem Stausee, oder Holzstücke die gelegentlich im Braunkohletagebau herausgebaggert werden. Die macht er zu Holzkohle und aus dieser Tinte. Damit knockt er die C^{14} Messung out, oder so ähnlich.

Ein richtiges Fälschergenie. Die meisten Aufträge bekommt er allerdings von Kunden, die falsche Pässe haben wollen. Ich hab' mir von ihm auch schon einen marokkanische Pass machen lassen, als Rückversicherung bei einer gewagten Aktion, du verstehst…"

Johann Pfeiffer hat einen interessanten Fisch geortet. Einen ziemlich großen Fisch.Der Münsteraner Stadtanzeiger berichtet, dass die alteingesessene Wein- und Likörhandlung Kroll GmbH vom Amtsgericht aufgefordert wurde, Insolvenz anzumelden. Der Inhaber, Albert Kroll, weigert sich indes, einen Insolvenzverwalter zu akzeptieren. Zwar habe er momentan einen ziemlich hohen Schuldenstand, sei aber in der Lage, seinen Laden selbst wieder flott zu kriegen. Johann legt Smartje die Nachricht auf den Tisch.
„Das ist ein ziemlich dicker Brocken, Jahresumsatz zweihundert T€. Traust du dir das zu, Smartje?"
„Wer nicht wagt, der nicht gewinnt, und Jungfrauen kriegen manchmal auch Schwiegermütter. Allerdings: Direkt hier in Münster können wir nicht in Maskerade auftreten. Zudem: Albert Kroll ist ein guter Kunde von INEX, ich habe mit ihm auch schon Preisverhandlungen geführt. Wenn wir da einsteigen wollen, geht das nur mit offenem Visier. Vielleicht so, dass wir ihm anbieten, den weißen Ritter zu machen, das aber an die Bedingung knüpfen, dass wir einen Teil seines Ladens kaufen, er für diesen Teil als Pächter operiert, bestimmte Kontingente unseres denatoniumfreien Alkohols abnimmt und ein Franchising-Geschäft aufzieht.
Eine Menge Bedingungen - ob er dass wohl macht? Falls ja, können wir die Menge so hoch ansetzen, dass er sie ohne Anwerbung von Franchising – Unternehmern gar nicht verkaufen kann.
Auf jeden Fallwürde ich diesmal Oskar einbeziehen, er kennt den Kroll gut, vielleicht sind sie gar befreundet."

Smartje lässt sich offiziell von Linda Roth als Geschäftsbesuch bei Kroll anmelden. Zum Termin geht er in einem alten abgetragenen Anzug. Bloß nicht auffallen, und ich bin ja nur der Angestellte von INEX.
„Guten Tag, Herr Brinkmann, schön Sie zu sehen. Was verschafft mir das Vergnügen?"
„Nun, Herr Kroll, die Zeiten sind rau und der heftige Gegenwind kann einen manchmal ins Wanken bringen. Wir von INEX legen großen Wert darauf, dass unsere Kunden gute Geschäfte machen. Ihre Geschäfte sind unsere Geschäfte. Erinnern Sie sich noch an den Fall mit der Distillerie Pfeiffer? In Ennigerloh? Ein wichtiger Lieferant für uns, dessen Produkte auch bei Ihnen gut gelaufen sind. Auf einmal waren sie in Schwierigkeiten. Wir haben uns damals kurz entschlossen, ihnen den weißen Ritter zu geben. Sie haben ihre Firma umgebaut, wir haben sie entschuldet und haben mit ihnen ein Joint venture gebildet. Heute sind wir eine glückliche und erfolgreiche Familie. Finanziell sind wir jederzeit in der Lage, auch unseren Kunden eine solche Hilfe anzubieten."
„Sie sprechen über die Nachricht, die im Stadtanzeiger über mich gebracht wurde? Das ist völlig aus der Luft gegriffen. Jedes Geschäft hat auch mal Schulden. Kaufmannsgut hat Ebbe und Flut. Aber natürlich, Kooperationen sind immer gut. Gemeinsam ist man stärker. Was schwebt Ihnen denn vor?"

„Wir kaufen einen Teil Ihres Geschäftes. Wein interessiert und weniger, dafür Liköre und Destillate, das ist ja unser Kerngeschäft."

„Vertragsbedingungen?"

„Kaufpreis in Höhe der letzten drei Jahresumsätze. Für den von uns gekauften Teil werden Sie Pächter und entwickeln ein Franchising – System. Die Franchising – Subunternehmer müssen ihren Bedarf ausschließlich bei folgenden Herstellern einkaufen:

Brinkmann, Münster / Ennigerloh

Caravaggio, Meerbusch / Bergamo

Oldendorf, Leer

Petersen, Krefeld

Hopfensack, Aachen.

Die georderten Waren müssen immer zehn Prozent unseres denatoniumfreien unverzollten Alkohols mit enthalten.

Finanzielle Regelungen wie folgt:

Fünfzig Prozent des Kaufpreises bei Vertragsabschluss, Rest in zehn Jahren durch Minderung der Pacht. Wir entschulden Ihren Betrieb, Sie starten schuldenfrei. Wir erhalten von jedem Subunternehmer zehn Prozent seiner Marge."

„Geschäftsbedingungen des Franchising – Vertrages?"

„Sind noch nicht ausformuliert. Für erfahrene Insider wie Sie zum Teil Verhandlungssache."

„Hört sich nicht schlecht an, aber: ich werde nicht einsteigen. Seit vielen Generationen existiert unser Familienbetrieb. Ich sehe mich als vorübergehenden Eigner, der das Familienerbe an die Folgegenerationen weitergeben muss. Deshalb geht nichts über das eiserne Prinzip: Herr im eigenen Hause bleiben! Sorry, Herr Brinkmann."

„Ihr letztes Wort?"

„Definitiv, mein letztes."

„Vielleicht Ihr vorletztes? Denken Sie nach. Wenn eines Tages Gerichtsvollzieher, Steuerfahndung und Zollfahndung gleichzeitig anklopfen, ist es vorbei mit „Herr im Haus". Unsere Türen sind für Sie stets geöffnet, Herr Kroll."

Smartje lässt sich die Enttäuschung nicht anmerken. Oskar zuliebe hat er den Kroll mit Samthandschuhen angefasst, so ist es zerronnen. Johann und Miroslaw sehen allerdings auch bei Smartje einen Mangel:

„Smartje, du hast zu wenig diplomatisches Verhandlungsgeschick gezeigt. Immer glaubst du, dass andere nach deiner Pfeife tanzen müssen. Du bist kein Diplomat."

„Sonst noch was?"

„Ja, eine neue Adresse, wo du wahrscheinlich größere Erfolgschancen hast. Frieso Doorken, Gronau, Szenekneipe „Tom Swarten Fatt". Der Holländer Doorken steht im Ruf, Hehlerei- und Geldwäschegeschäfte zu machen. Vorstrafe auf Bewährung, jetzt ist er vermutlich pleite. Den angelst du doch zum Frühstück?"

Smartje glaubt, sein Herzschlag würde seine Brust sprengen.

„Sag das bitte nochmal, Johann, war für eine Kneipe ist das ?"

„Tom Swarten Fatt, in Gronau. Was ist los, hast du gerade ein Gespenst gesehen?"

„Ja, Johann, das habe ich. Tom Swarten Fatt war die Kneipe von Tom Lüdemann. Dort bin ich geboren und aufgewachsen. Tom Lüdemann war mein Ziehvater. Er hat mir seine Geschäftspraktiken beigebracht und mich gelehrt, mit gezinkten Karten zu spielen. Schließlich hat er mich zu Oskar Lauenberger gebracht. Ein Halunke, dem ich viel verdanke. Und jetzt ist da ein Holländer Frieso Doorken? Fehlt nur noch, dass das die Verwandtschaft meines unbekannten Vaters ist.
Natürlich werde ich den Frieso Doorken besuchen. Da wird es viel Privates zu reden geben. Wo sind sie geblieben, Tom und meine Mutter Elsa? Leben sie noch? Bitte entschuldigt, aber mich überkommt die Nostalgie. Mit Samthandschuhen werde ich diesen Doorken nicht anfassen, gewiss nicht. Wer weiß, was der noch für Leichen im Schrank hat".
„Fällt dir nicht auf, Smartje, dass dein Projekt „Franchising" bisher ziemlich mager ist? Mit einem Russen, der unsere Gesetze nicht kennt und mit Geld nicht umgehen kann, als einzigem Abonnenten haben wir noch keine Basis. Wären wir ein Fußballverein und du der Trainer … na ja."
„Wenn du dich für den besseren Trainer hältst, Johann, kannst du den Job gerne machen. Was soll denn die Anspielung?"
„Ich will nur aufmerksam machen, dass wir einen Erfolg dringend benötigen. Bitte nicht gleich einschnappen!"

Zum ersten Mal ist Smartje über seine seinen Geschäftspartner Johann Pfeiffer verärgert. Was bildet der sich ein? Sitzt mit Messer und Gabel am Tisch und wartet auf Bedienung. Gewiss, in Einem hat er recht: Könnte hinter dem Doorken ein Risiko stecken, so dass es wieder nicht wird? Ich muss mein Risikoniveau absenken, vorsichtiger agieren.

Heimkehr nach Gronau?

Am Stadtrand von Gronau bekommt Smartje einen Anfall von Depression. Was will ich hier eigentlich? Er erinnert sich, wie seine Mutter ihn gelehrt hat, mit solchen Situationen umzugehen: Geh' erstmal hinter den Busch zum Pinkeln, danach werden deine Gedanken klarer sein. Getan, und siehe – jetzt weiß er, wie er vorgehen muss. Am Gronauer Damm biegt er ab, nimmt die Richtung zu dem kleinen Naturschutzgebiet am Gorbach. Das erinnert ihn an sein erstes sechsundzwanziger Jugendfahrrad, mit dem er von hier heim geradelt ist. Dann kommt Tom Lüdemanns Kneipe in Sicht. Hier ist die Zeit stehen geblieben, es sieht alles noch so aus wie früher. Als könnten Tom oder Elsa gerade vor die Haustür treten. Er fährt im Schritttempo vorbei und prägt sich den Anblick ein. Dann gibt er Gas und fährt durch die Stadt, hinüber auf die Westseite, zum Jöbkesweg. Der heißt jetzt banal „Bauhofweg", da hat sich der städtische Recyclinghof angesiedelt. Dann findet er, was er sucht. Das Vondungsche Haus steht noch da, ist einen Stock höher geworden. Über der Tür steht in großen Lettern:

> **Vondungs Obst und Gemüsehandel**
> **Inhaberin Maia Seeger - Vondung**

Das reicht Smartje als vollständige Information. Hier gibt es keinen Eintritt für ihn. Er macht kehrt und fährt zurück ins Stadtzentrum. Am Alten Markt, ganz in der Nähe der Polizeiwache, findet er das Wohnhaus mit sechs Klingeln am Eingang. An einer steht lapidar „Haspelsager". Wo, wenn nicht hier, könnte er fündig werden?

Ein älterer weißhaariger Herr öffnet die Wohnungstür.
„Wer sind Sie denn und was führt Sie zu uns?"
„Guten Tag Herr Haspelsager, erkennen Sie mich nicht? Ich bin Smartje Brinkmann."
„Smartje! Ja, jetzt erkenne ich dich. Älter geworden aber immer noch der Smartje von ehedem! Komm rein und erzähle. Was machst du und was bringt dich zurück an den Ort deiner jugendlichen Schandtaten?"
„Vielleicht die Reue. Ich werde erzählen. Aber erstmal: Was macht der Dirk, wo steckt er und wie geht es ihm?"
„Der Dirk steckt in Düsseldorf, in der Hauptverwaltung der Kriminalpolizei. Nach dem Abitur hat er in Düsseldorf Jura und Polizeiwesen studiert. Nun ist er beamteter Staatsanwalt und hilft beim Schurkenjagen. Er würde sich sicher über eine Nachricht von dir freuen. Ich geb dir seine private Telefonnummer."
„Das ist lieb, das wird ein schönes Reuptake, altdeutsch „Wiedersehen". Aber hier in Gronau habe ich eine ernsthafte und sehr schwierige Mission. Deshalb komme ich zu Ihnen, in der Hoffnung, dass Sie mir helfen können."
„Worum geht es?"
„Tom Lüdemann und meine Mutter Elsa sind verschwunden. Wenn jemand eine Spur kennt, dann sicher Sie, Herr Haspelsager. Vielleicht wissen Sie auch etwas über diesen zwielichtigen Holländer Doorken, der sich in Toms Kneipe breitmacht und behauptet, sie würde ihm gehören."
„Und ob ich etwas darüber weiß! Der Fall hat ganz Gronau in Aufruhr versetzt und wir haben lange ermittelt. Ich war Mitglied des Sonderkommission „Poker". Wir haben sämtliche Besucher dieses Abends identifiziert. Nur von Tom Lüdemann und Elsa Brinkmann gibt es bis heute keine Spur. Wenn sie noch am Leben sind, dann sind sie möglicherweise in eine neue Identität geschlüpft. Allerdings nicht auf legalem Wege, das wüssten wir. Weil du ja früher ein Freund unserer Familie warst, Smartje, kann ich dir etwas zeigen, was eigentlich nicht erlaubt ist. Ich bin zwar im Ruhestand, habe aber noch Zugang zum Polizeicomputer und der zentralen Datenbank. Polizist bist du bis an dein Lebensende. Du musst mir versprechen, nicht darüber zu reden."
Haspelsager, der pensionierte Polizist, arbeitet immer noch für seine Dienststelle. Im Wohnzimmer hat er den Computer, auf dem er sich in aktuelle und archivierte Ermittlungen ein loggen kann.

„Schau her:
Sonderkommission Poker, Ermittlungsergebnisse.
Für Sonntag, ▓▓▓▓▓▓, (*Datum geschwärzt*), hatte der Pächter/ Inhaber Tom Lüdemann in der Region ein hochdotiertes Pokerturnier annonciert. Es erschienen zahlreiche Personen aus dem Bereich Gronau bis Enschede, alle polizeibekannt als vorbestrafte Kriminelle. Ferner noch einige unbescholtene Bürger aus Gronau und Umgebung.

Vorbestrafte Personen, „Zandmanbande" :
- Heino Zandman aus Enschede, bekannt als Boss einer Betrügerbande, als Glücksspieler, Trickbetrüger, Zuhälter, Gebrauchtwagenhändler und mit Schnapsschiebereien vorbestraft.
- Kalle Achterdiek aus Enschede, als Urkundenfälscher vorbestraft.
- Klaas van de Grant aus Antwerpen, Taschendieb und Trickbetrüger, vorbestraft.
- Mischa Sjewerski (Russe), angeblich aus Sewastopol, Taschendieb und Trickbetrüger, einschlägig vorbestraft.
- Francesco Corbari (Italiener), aus Neapel, bekannter Trickdieb. In Italien vorbestraft.
- Hermann Demel aus Ochtrup, wegen illegalem Zigarettenhandel vorbestraft. Demel ist ebenfalls Mitglied der Zandmanbande.
- Frieso Doorken, Enschede, Kneipenwirt und illegaler Schnapsbrenner, vorbestraft.
Die Liste liest sich wie das „who is who" der Unterwelt von Enschede.

Nicht vorbestrafte und unbescholtene Personen:
- Max Reilinger, Karlsruhe, Bahnschaffner. Hatte eine freien Tag und wollte mal „sein Glück probieren"
- Ansgar Pape, Gronau, Angestellter einer Supermarktkette. Dort als Ladendetektiv tätig, wichtigster Zeuge.
- Fritz Bentheim, Gronau. Tierpfleger im Tierpark Gronau. Wollte eigentlich „nur mal ein Bier trinken".

Der Zeuge Ansgar Pape, der durch seine Tätigkeit als Ladendetektiv trainiert ist, minutiös zu beobachten, gibt folgende Aussage zu Protokoll:

Am Abend des ▓▓▓▓▓▓, (*Datum geschwärzt*), *ging ich zum „Swarten Fatt" mit der vagen Vorstellung, dass da beim Pokern vielleicht etwas Ungewöhnliches zu sehen sein könnte. Als ich den Raum betrat saß Lüdemann am großen Spieltisch mit einer Horde von Typen, die ich alle noch nie gesehen hatte, die mich aber lebhaft an meine Geschäftskunden erinnerten. Es ging laut her, die Karten wurden dröhnend auf den Tisch geknallt. Ich sah, dass einige der Typen Bowie – Messer am Gürtel hatten. Sowas ist bei amerikanischen Cowboys üblich. Elsa brachte mir ein Bier und ich fragte sie, ob man da noch mitmachen könne. Sie legte den Finger an die Lippen und flüsterte „um Gottes Willen, das sind doch Banditen. Ich wollte, Tom hätte nicht mit ihnen angefangen" Dann ging plötzlich alles mit rasender Geschwindigkeit. Der große Blonde mit der Stirnglatze (Wie ich später erfuhr, war das Zandman, der Bandenchef aus Enschede) sprang auf, deutete mit dem linken Zeigefinger auf*

Lüdemann und schrie „du Betrüger, du spielst mit gezinkten Karten!" In der rechten Hand hatte er jetzt das Bowie – Knife. Zu seinen Kumpanen sagte er „greift ihn euch und führt in raus auf den Hof, damit er tanzen lernt!" Lüdemann reagierte blitzschnell, als habe er das schon kommen sehen. Er hob den Tisch, der vollgepackt war mit Karten und Geldscheinen, mit einem Ruck auf seiner Seite hoch und kippte ihn den Anderen auf die Bäuche, so dass sie halb darunter begraben waren. Dann sprang er auf, raste zur hinteren Tür, knallte sie hinter sich zu und drehte von außen den Schlüssel um. Dann hörte man, wie er die Stieg hinauf raste. Er rief Elsa einige Worte zu, die wegen des Lärms nicht zu verstehen waren. Mittlerweile hatten Zandman und seine Gesellen die Tür eingetreten. Man hört erneut das Trampeln, wenn jemand eine Stieg hinauffrast, dann ein Klirren, wie wenn jemand oben auf dem Dach über die Dachziegel läuft. Dann wurde es ruhig. Nach einigen Minuten kamen zwei zurück.

„Was ist passiert?" fragte ich und bemühte mich, einen uninteressierten Eindruck zu machen.

„Sie sind über die Feuerleiter in den Hof gesprungen und dann mit Vollgas abgehauen in die Richtung wo es dunkel ist."

„Das ist der Naturpark, da gibt es keine Beleuchtung und zwischen den Bäumen ist es stockfinster. Die werdet ihr sobald nicht wiederfinden. Was ist – sollte ich vielleicht die Polizei rufen?"

„Sakrament, hör auf! Das ist eine Privatfehde, dazu brauchen wir keine Polizei!""

„Das ist wirklich eine aufregende Geschichte, Herr Haspelsager. Ich habe mich all die Zeit um meine Herkunft nicht gekümmert, ich dachte – na ja, es wird schon laufen, sie gehen ihren Weg, ich meinen. Aber was der Zeuge da berichtet, verschlägt mir den Atem. Gibt es gar keine Möglichkeit, noch Spuren von ihnen zu finden?"

„Wir haben die Akte nicht geschlossen, wir ermitteln weiter. Anfangs hielten wir auch ein Kapitalverbrechen für möglich, wir habe alle Register gezogen. Die Suchhunde fanden ihre Spur im Wäldchen. Sie sind durch den Wald gelaufen zum Gorbach. Dort haben die Hunde die Witterung verloren, wahrscheinlich sind sie durch den Bach gelaufen auf die andere Seite. Wir haben bisher keine Leiche gefunden und keine Spuren eines Kampfes. Wahrscheinlich sind sie entkommen. Die Möglichkeiten, noch etwas heraus zu finden, werden immer geringer. Letzte Chance wäre, wenn sich ein Zeuge melden würde, der die beiden noch lebend gesehen hat. Ihre Photos hingen lange in unseren Dienststellen, vergeblich. Wenn sie noch leben, dann mit anderer Identität und weit weg."

„In Ihrer Liste habe ich gesehen, dass dieser Doorken auch dabei war. Würden Sie mir empfehlen, mal dahin zu gehen und ihn direkt zu befragen?"

„Auf keinen Fall, Smartje, auf gar keinen Fall! Wir wissen, dass er mit diesem Zandman zusammen arbeitet und wahrscheinlich für ihn auch als Geldwäscher tätig ist. Das riecht schon irgendwie nach Mafia. Du würdest dich wahrscheinlich in große Gefahr begeben."

„Ich bin Ihnen so dankbar für diese Information, Herr Haspelsager. Ich werde mir genau überlegen, was ich mache. Richten Sie bitte dem Dirk viele Grüße aus.Eines Tages werde ich ihn kontaktieren. Als Freund und womöglich auch als Staatsanwalt."

Smartje fühlt sich als habe er einen Hammerschlag auf den Hinterkopf bekommen, erstmal ist er unfähig eine Entscheidung zu treffen. Nein, heute wird das nichts mehr. Erstmal eine Nacht drüber schlafen, dann weiter sehen. Er erinnert sich, das es hier im Zentrum, ganz in der Nähe, ein Hotel gab, das sich wohl „der Alte Fritz" oder so ähnlich nannte. Er findet es auf Anhieb und bucht sich ein. Auf seinem Zimmer grübelt er stundenlang. Dann telefoniert er mit Johann Pfeiffer, erzählt ihm die Story. Pfeiffer gibt sich zugeknöpft.

„Entschuldige, Smartje, aber dein Privatleben interessiert mich nicht. Machst du jetzt den Deal oder ziehst du den Schwanz ein? Ich kann nicht täglich so eine Adresse aus dem Ärmel schütten."

„Danke für die Klarstellung, Johann. Ich werde das morgen entscheiden, und ob ich es überlebe, wirst du dann gewahr."

Smartje telefoniert mit Walter Dreher, erzählt ihm auch die Geschichte.

„Was macht man, Walter, wenn der Weizen nicht blühen will?"

„Anderen Acker suchen. Du hast mir oft von deinem Ziehvater Tom Lüdemann erzählt. Der hat es genau richtig gemacht. Dem läuft die Vergangenheit nun nicht mehr nach."

„Du meinst …"

„Ja, meine ich. Wenn der Karren festgefahren ist, musst du aussteigen."

„Danke, Walter, ich sehe klarer. Ich werde nicht riskieren, diesem Frieso Doorken und seinen Spießgesellen persönlich gegenüber zu treten. Und wenn meine lieben Geschäftsfreunde dafür kein Verständnis haben, werde ich sie darauf aufmerksam machen, dass ich nicht derjenige bin, der unverzollten Schnaps herstellt und in den Handel bringt. Und dass ich diese Personen, wenn Sie auffliegen, nicht mehr kennen werde. Oder: Dass ich für sie plötzlich unsichtbar geworden bin. So. Ich halte dich auf dem Laufenden."

In Ennigerloh geht Smartje stracks zu Johann Pfeiffer.

„Hast du schon mal was von der „Zandman – Gang" in Enschede gehört?"

„Interessiere mich nicht für holländische Gangs. Hast du den Deal mit diesem Doorken jetzt gemacht?"

„Von Enschede nach Gronau sind es nur wenige Autominuten. Der Gangsterboss Zandman hat sein Ambiente auf beiden Seiten der Grenze. Ich habe mit einem alten Kriminalpolizisten gesprochen, der die Vorgänge damals im „Swarten Fatt" so genau kennt, wie kein Anderer. Er hat keinen Zweifel, dass Doorken ein Handlanger von Zandman ist, der für ihn Geld wäscht, das aus dessen Prostitutionsbetrieben stammt. Außerdem verkauft er unverzollten Schnaps, den die Gang von Zandman in Holland herstellt. Die Gerüchte über bevorstehenden Konkurs sind bewusst gestreute Fakes, die Schnäppchenjäger anlocken sollen. Mein Bekannter hat mich eindringlich vor Kontaktaufnahme gewarnt, Lebensgefahr!

Und nun beantworte mir bitte meine Frage, Johann: Warum hast du mich dorthin geschickt? Wolltest du mich loswerden? Das hättest du auch direkter haben können."

„Um Himmelswillen, Smartje, was redest du! Das hab' ich doch alles nicht gewusst."

„Hättest du aber wissen sollen! Wenn du mich zu einer unbekannten Adresse schickst, muss man zuerst wissen, wieviel Hunde der im Hof hat. Ich bin mir noch nicht sicher, ob ich das sobald nochmal mache – auf der Grundlage deiner Informationen – wenn überhaupt, dann werde ich vorher eigene Recherchen anstellen. Du jedenfalls bis mir vorerst nicht mehr glaubwürdig genug."

Smartje wendet sich zur Tür. Johann springt auf.

„Smartje, Smartje! Du denkst doch nicht wirklich, dass ich dich aus dem Weg haben wollte! Ich war doch nur ein bisschen sauer, weil das Franchising nicht in Gang kommt. Bitte, bleib da, wir überlegen zusammen, was wir besser machen können."

„Morgen, Johann, morgen. Heute muss ich erstmal meine eigenen Gedanken ordnen."

Tarnkappen

Seine Gedanken ordnen und mit Johann abrechnen – das plant er, aber es wird niemals Realität. Am nächsten Morgen drückt ihm der Briefträger ein zitronengelbes Briefchen in die Hand, Er öffnet, liest und wird grau im Gesicht.

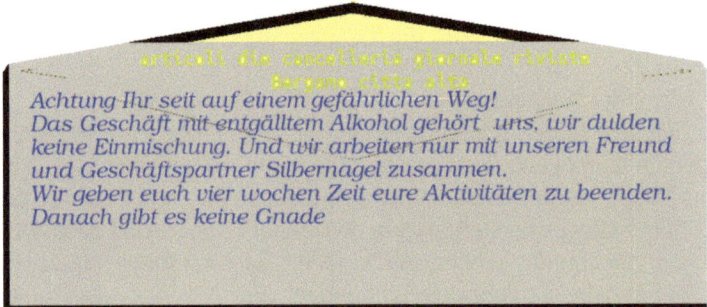

Smartje überlegt, woher der Brief kommen mag. Silbernagel? Das ist naheliegend, der wäre zu einer solchen anonymen Aktion fähig. Aber da ist noch etwas: Ein Wasserzeichen auf der Innenseite des Umschlags.

Bergamo! Caravaggio! Maffia! Wenn das Ding von Silbernagel stammt, dann hat sich der verdammt gut überlegt, wie uns in die Flucht jagen kann. Aber es kann auch von Caravaggio sein. Silbernagel arbeitet mit Caravaggio in Meerbusch zusammen. Der Zwielichtige

Cavallini ist nach Meerbusch entsandt um den Laden auf Kurs zu halten. Nun lassen sie die Masken fallen, zeigen offen, wer sie sind und müssen das noch nicht einmal schriftlich von sich geben. Das Wasserzeichen in einem Briefumschlag genügt.

Elvira hat einen zerfahrenen Smartje vor sich, so hat sie ihn noch nie gesehen.
„Was ist, Smartje, stimmt etwas nicht?"
„Das kann man wohl sagen" – er reicht ihr das graue Stück Papier.
„Was bedeutet das, Smartje, will dich da einer geschäftlich ruinieren?"
„Nicht nur das. Es könnte noch gefährlicher sein. Wenn sich der Silbernagel den Scherz ausgedacht, kriegt er von mir persönlich eins in die Fresse. Aber Silbernagel arbeitet mit Caravaggio, und der ist die Maffia von Bergamo. Wenn es von da kommt, liegt der Schwerpunkt auf dem letzten Satz: „keine Gnade".
„Ohgott Smartje, was kannst du tun?"
„Erstmal versuchen, den Silbernagel zu stellen. Abhängig wie er reagiert kann ich vielleicht erkennen, ob tatsächlich die Maffia hinter ihm steht."
„Und dann?"
„Gemach, liebste Elvi, wir haben ja noch vier Wochen Galgenfrist bis es uns an den Kragen geht. Genug Zeit eigentlich, eine Abwehrfestung aufzubauen. Sorge dich nicht zu sehr, ich werde schon lebend aus der Sache herauskommen."
„Smartje" – Elvira klammert sich an seine Schultern – „Was immer geschieht, du bist nicht allein. Zwar sind wir nicht verheiratet, aber dennoch bin ich deine Frau. Ich habe mein Leben nach dir ausgerichtet, nun kann und will ich nicht mehr weg. Und wir haben eine Tochter."
„Du bist großartig, kleine Elvi, mit dir wollte ich verheiratet sein. Vielleicht, eines Tages?"

Smartje sendet das gelbe Briefchen als eMail an Walter Dreher. Schreibt nur ein Wort dazu: „Kommentar ?"

Die Antwort von Walter kommt umgehend:
„Wir brauchen Tarnkappen, sofort. Mach' dich mit deinem Anhang reisefertig. Pack zusammen, was du bis morgen abend packen kannst. Aber bitte keinen LKW, mein Lieferwagen und eure asiatischen Flitzer geben das Volumen vor. Wohnung abschließen, ich hoffe, wir bekommen einen Kurier, der später noch Sachen rausholt.
Nach Einbruch der Dunkelheit bin ich bei euch, Walter.

Elvira macht große Augen, als er ihr die Message zeigt.
„Was hat er vor, wo will er mit uns hin?"
„Zwingenberg an der Bergstraße, zu seinem Vetter Maximilian. Dort können wir vorläufig untertauchen und bekommen Tarnkappen."
„Tarnkappen, was ist damit gemeint?"
„Neuer Pass, neuer Name, neue Identität. Ich kann dir das morgen auf der Fahrt ausführlich erklären. Aber, Elvi: Du solltest für dich und Andrea noch intensiv darüber nachdenken, ob du bereit bist so Hals über Kopf mit mir ins Exil zu gehen. Ich mache dir keine Vorschriften und werde deine Entscheidung respektieren. Wenn du hier bleiben möchtest, ist es in

Ordnung. Du kannst weiter in der Wohnung leben, Andrea weiter in ihre Schule gehen. Ich werde die Miete zahlen und Unterhalt für Andrea. Aber du wirst mich nie mehr wiedersehen. Die Tarnkappe ist dicht."

„Wollen wir nicht Andrea dazu befragen? Sie ist jetzt alt genug um zu verstehen, was das alles bedeutet."
„Ja, natürlich, sprechen wir mit ihr."

Andrea, kaum zehn Jahre alt, begreift sofort.

„Wenn einer meinen Pappi kaputt machen will und der Pappi muss sich verstecken, gehe ich mit ihm. Ich lasse mich nicht von ihm trennen."
Eine schluchzende Andrea hängt an Smartjes Hals. Und dann auch noch eine schluchzende Elvira.
„Wir gehen mit dir, was auch immer die Zukunft bringt."

Smartje, am Boden wie nie, begreift wie wichtig es ist, eine Familie zu haben. Er nimmt sich vor, Elvira zu heiraten, sobald sein Lebensboot wieder in ruhigem Gewässer fährt.

Teil 2 Der Süden

Nacht und Nebel

Ein kalter Herbstwind treibt braune Blätter vor sich her. Er kommt aus einer undurchsichtigen Dunkelheit, dieser Wind und Smartje grübelt, ob das wohl ein drohendes Omen seiner ungewissen Zukunft ist. Dann steht Walters Lieferwagen vor der Tür, unvermittelt aufgetaucht aus der Nacht, die nun alles umgibt und Verzweiflung mit sich bringt.

Was habe ich denn getan? Ich wollte doch nur heraus aus der Tristesse meiner Kindheit, wollte an der Sonne leben wie andere auch. Gerackert, gestrebt, gefallen, wieder aufgestanden - scheinbar erfolgreich. Wir werden weiter marschieren, wenn alles in Scherben fällt – was für ein sinnloses Lied, was für eine Hybris. Sie sind untergegangen an ihrem Größenwahn und sie haben die Nation und die Welt dafür zahlen lassen. Leide ich an Größenwahn? Ich leide an der Häme derer, die mich ausgrinsen wegen meiner Herkunft und meinen, sie könnten mich anspucken dafür. Ich wollte es ihnen zeigen, vorführen wollte ich sie. Nun haben sie mich verjagt vom gedeckten Tisch, treiben mich in die neblige kalte Nacht hinaus. Vielleicht, vielleicht kommt der Tag der Rache. Vielleicht vielleicht.

Walters Lieferwagen ist vollgestopft mit Hausrat.

„Hey, Walter, du wirst uns doch nicht auf einem Campingplatz abladen wollen?"
„Davon gibt es auf der Strecke nach Zwingenberg unzählige. Maximilian ist auf uns
vorbereitet, er hat ein Gartenhaus mit zwei Räumen, da könnt ihr euch zunächst einrichten.
Mit etwas Glück können wir etwas später, wenn ihr eine Wohnung gemietet habt, einen
Kurier mit Lieferwagen nach Münster schicken, der Hausrat abholt. Bisschen riskant, aber wir
sind ja in der Jahreszeit der langen Nächte."

Kurz vor Mitternacht fährt ein Konvoi durch die Außenbezirke in Richtung Autobahn.
Vorweg Walter in einem vollgepackten Lieferwagen, dahinter ein kleiner japanischer
„Knubbel" mit Elvira am Steuer, zum Schluss Smartjes Makoto, Smartje am Steuer, eine
todmüde Andrea neben ihm. Als der Konvoi Bergkamen hinter sich lässt, ist Andrea auf dem
Beifahrersitz eingeschlafen. Smartje ist besorgt, aber der Sicherheitsgurt sitzt ordentlich.

Smartje: „Hallo Walter, Andrea ist auf dem Beifahrersitz eingeschlafen. Ich mache mir ein
bisschen Sorgen."
Elvira: „Gibt es in der Nähe einen Rastplatz?"
Walter: „Der nächste kommt zwischen Schwerte und Hagen. Nicht mehr weit, da gehen wir
raus."
Der Platz hat ein kleines einfaches Versorgungsrestaurant. Smartje trägt eine schlafende
Puppe auf den Armen hinein. Sie wacht auf und ist desorientiert.
„Wo sind wir denn, Pappi?"
„In Sicherheit, Andi. Jetzt gibt's erstmal Kaffee für die Fahrer und für dich eine heiße
Milchschokolade."
„Ist es noch weit?"
„Walter?"
„80 km gefahren, knappe Stunde. Wir werden gegen vier ankommen. Wenn Andrea schlafen
will, kann ich bei mir den Rücksitz freimachen."
„Danke Walter, aber ich kann bei mir den Beifahrersitz zum Liegen umklappen."
Elvira: „Schätzchen, geht es dir wirklich gut? Du bist noch nie nachts Auto gefahren, nicht
wahr? Willst du mit Walter oder mit Pappi fahren?"
„Mit Pappi."

Die Herbstnacht ist noch dunkelgrau und windig, als sie in Zwingenberg in eine Hofeinfahrt
einbiegen. „Last die Autos einfach auf dem Hof stehen. Ich bring' euch direkt ins Gartenhaus,
da ist der Schlüssel. Für mich hat Maximilian ein Gästezimmer. Jetzt erstmal ausschlafen,
Morgen machen wir Pläne, wie es weitergeht."

Der Neue Tag beginnt grau und mit Regenschauern. Smartje, Elvira und Andrea sitzen im
ungeheizten Gartenhaus und sehen durch ein kleines Fenster, wie der Wind die
Kirschlorbeeren zaust. Zum Glück hat Elvira daran gedacht, dass warme Pullover zur
Notausrüstung gehören. „Was machen wir nun?" „Warten, bis Maximilian Kontakt zu seinem
kreativen Dokumentenhersteller hergestellt hat. Dafür sind wir hier und das muss als
Allererstes passieren. Danach geht's auf Wohnungssuche."

Im Vorzimmer von Oskar Lauenberger herrscht Ratlosigkeit.

„Sie haben ihn tatsächlich heute morgen noch nicht gesehen, Linda?"

„Ich habe sogar versucht, ihn telefonisch zu erreichen. Er antwortet nicht, weder am Netz noch mobil."

Gegen eins schiebt sich der Briefträger herein, mit einem großen braunen Briefumschlag.

„An die INEX – Geschäftsleitung. Kein Absender. Wer nimmt es entgegen?"

„Das ist für den Chef, geben Sie mir's."

„Sie müssen unterschreiben, weil es keinen Absender hat."

„Na sowas, geben Sie her."

„Herr Lauenberger, das ist von Smartje Brinkmann, sehen Sie sich das an!" Im Umschlag sind mehrere Komponenten. Ein kleiner gelber Brief, geöffnet, eine handschriftliche Notiz von Smartje, ein etwas dickeres Dokument. Das Dokument erweist sich als Smartjes Anstellungsvertrag. Die handschriftliche Notiz:

Lieber Oskar,

nun ist es leider so gekommen, wie wir insgeheim befürchtet aber doch nicht für möglich gehalten haben. Lies die Botschaft in dem gelben Couvert, dann verstehst du sofort. Man verlangt, dass wir unser Geschäft mit denatoniumfreiem Alkohol sofort aufgeben, mithin also dem Kollegen Silbernagel die Vorfahrt lassen sollen. Damit verbunden wird eine diffuse Drohung, die nicht missverstanden werden kann. Silbernagel arbeitet mit Caravaggio, der in Bergamo bekannt ist als lokaler Boss der dortigen Maffia. Ohne Zweifel bedeutet die Drohung für mich und meine Familie höchste Lebensgefahr.

Mir bleibt keine Wahl: Ich muss unsichtbar werden, und das für immer.
Du warst mein Lehrer, mein Vorgesetzter und mein Freund, ein Jammer dass es nun so endet.
Bitte informiere Johann Pfeiffer und Miroslaw Durowski. Sie waren nicht immer loyal, haben aber verdient, jetzt die Wahrheit zu erfahren.
Ich wünsche dir und INEX gute Zeiten, Smartje Brinkmann.

Oskar Lauenberger zerwühlt sich die Frisur mit dem Zeigefinger der linken Hand.
„Wo kriege ich jetzt einen so gewieften und mit allen Hunden gehetzten Finanzexperten her ? Seine Kreativität war endlos, seine Unmoral grenzenlos, seine Risikobereitschaft gnadenlos." Linda macht dazu einen Schmollmund.
„Fragen Sie doch mal Pfeiffer und Durowski. Die sitzen ja jetzt auf dem Trockenen. Von Smartje weiß ich, dass er Miroslaw Durowski mal als «blitzgescheiten Überlebenskünstler» bezeichnet hat, der auch bereit ist, jedes Risiko anzunehmen."

Ausbildung zum Fälschergenie

Maximilian fährt mit Smartje, Elvira und Andrea in seinem Porsche 911 in rasantem Tempo den Steilhang hinab. Viel zu eng ist das in einem Zweisitzer mit kaum benutzbarer Rückbank. Aber Elvi und Andrea sind beiden zierlich klein, mit Andrea auf dem Schoss zwängt sich Elvira schräg auf diesen Pseudositz.
„Tut mir leid, dass es so eng ist. Aber der Knut besteht darauf, dass er alle persönlich kennen lernt – aus Sicherheitsgründen. Und bitte: Fragt ihn auf keinen Fall nach seinem Namen. Er ist für seine Kunden der Knut und damit gut."
 Maximilian spurtet mit Vollgas die B3 hinunter.
„Was ist los, Max, werden wir verfolgt?"
„Gerade nicht, aber sicher ist sicher. Wenn euch gestern Nacht auf dem Rastplatz jemand erkannt hätte, wäre die Lage brenzlich. Da ist schon Bensheim. Achtung jetzt geht's bergauf. Schmale Achterbahn in eine traumhafte Landschaft. Jetzt können wir langsam machen und den Tag genießen.
„Wohin bringst du uns?"
„Nach Lautertal. Das ist eigentlich kein Ort, sondern eine Versammlung von kleinen Dörfern und Weilern. Wer sich hier nicht auskennt, landet in Wassertrudingen. Elmshausen – Reichenbach – Lautern – Gadernheim – Breitenwiesen – Schannenbach. Bitte alle aussteigen, den kurzen Rest gehen wir zu Fuß."
Andrea wundert sich.
„Wie schön es hier ist! Da ist ein kleiner See mit Gänsen. Sowas gibt es in Münster nicht. Wo sind wir denn überhaupt?"
„Das ist das Schannenbacher Moor, Naturschutzgebiet. Bitte bleibt auf dem geschotterten Weg, das Moor ist tückisch."
Hinter dem See beginnt ein Dickicht von Schleedornbüschen, Akazien und Wildkirschen. Sie stehen unvermittelt vor einem stattlichen Holzhaus.
„Das ehemalige Forsthaus von Schannenbach. Jetzt Wohnhaus und Werkstatt von Knut, der uns schon erwartet."
In der Eingangstür steht ein großer vierschrötig wirkender Mann.
„Hallo Max, das sind deine neuen Freunde?"
„Ich stelle dir vor: Smartje, Elvira und Tochter Andrea. Alle aus Münster und auf der Flucht vor der Maffia:"
„Was kann ich für euch tun?"

„Wir möchten Holländer werden. Ich selbst bin es schon durch Abstammung zu fünfzig Prozent. Wir brauchen neue Identitäten. Wenn es dich interessiert, kann ich dir die Geschichte gelegentlich mal erzählen."

„Max berichtet, dass die Maffia hinter euch her ist."

„So ist es. Wer in den Krieg zieht wird manchmal erschossen. Darauf habe ich keine Lust." Knut schaut seinen neuen Kunden prüfend in die Gesichter. Dann macht er eine einladende Geste. Kommt rein, heißt das, und da sind Knut und Smartje sich auf Anhieb sympathisch.

In der kommenden Zeit verbringt Smartje viel Zeit bei Knut in dessen Werkstatt. Er lässt sich die Prozesse erklären und assistiert dem Meister der Falsifikate so gut er kann. Knut hat reichlich Aufträge und kann einen Assistenten gebrauchen. Smartje staunt, wie einfach man original Karkassen für die Anfertigung von Reisepässen und Personalausweisen praktisch jeden Landes bekommen kann. Knut bestellt sie im Darknet wie normale Waren. Auf diesen phantastischen Versorgungskanal war er bei seinen bisherigen Geschäften noch nicht gekommen. Vielleicht wäre manches anders gelaufen...

Smartje lernt, wie man antike Tinte herstellen kann.

„Dafür brauchst du altes Holz? Das besorgt dir sicher Maximilian?"

„Natürlich, eine Hand wäscht die andere."

„Und was macht die andere Hand?"

„Der Max beschäftigt auf seinen Baustellen Arbeiter, die nicht legal hier sind – du verstehst? Ich mache ihnen schöne Pässe und der Max besorgt mir altes Bauholz von Häusern, die abgerissen werden. Mit etwas Glück können die Teile einige hundert Jahre alt sein."

Smartje lernt schnell und bald kann er Aufträge selbständig ausführen. Zwar gibt es von Knut kein Geld dafür, aber Smartje ist sicher, dass er das in Zukunft noch anwenden kann.

Maximilian nimmt Smartje mit zum Holzeinkauf. In Donaueschingen sitzt einer der größten Importeure von tropischen Edelhölzern. Alles zu horrenden Preisen und manches nur illegal zu beschaffen. Am teuersten und somit beim Jetset am beliebtesten sind verschiedene Arten des sogenannten „Eisenholzbaumes".

„Eisenholz ist der Lamborghini bei der Innenraumgestaltung. Paneele aus ihrem Holz sind von außerirdischer Schönheit, das gilt besonders für die geschützten Arten. Der Handel mit ihnen ist streng verboten, wer erwischt wird, geht in den Knast. Wer sei Haus mit solchen Materialien verschönert, gewinnt im Reich der Reichen eine Vormachtstellung." „Solche Hölzer willst du nun einkaufen? Ich kalkuliere mal: Der Markt ist minimal, die Preise astronomisch. Wie generierst du deine Marge, Maximilian?"

„Wenn wir heute Abend wieder zu Hause sind, wirst du dir diese Frage selbst beantworte können."

Im Holzkontor in Donaueschingen ist Maximilian Dreher gut bekannt.

„Wir haben wieder ein Highlight für Sie, Herr Dreher. Brasilianische Dalbergia, Königsholz. Möglicherweise die letzte lieferbare Fuhre. Es gibt Meldungen, dass die Brasilianer sie auf

die Schutzliste setzen wollen."
„Und danach gibt's nicht mehr davon?"
„Naja, Sie wissen doch: alles hat einen Preis. Für Arten auf der Schutzliste steigen die Preise auf das zehnfache an, wegen des Risikos. Jeder, der seine Finger drin hat, kann sich schnell hinter Gittern wiederfinden."

„Sieh dir das an Smartje: ist das nicht ein Traum? Stell dir vor, in deinem Haus haben die Wände diesen Look. Dann bist du wirklich König.

Ich nehme die Dalbergia, aber nur Mustermengen als Ansichtsmuster für die Kunden."

Mit einigen Paneelen im Kofferraum tritt Maximilian den Heimweg an.
„Also Max, das war doch sicher nicht alles? Tippe, du hast noch was im Ärmel."
„Richtig getippt.Wir schauen auf dem Heimweg bei einem Sägewerk in Waldmichelbach vorbei. Die handeln nur mit Hölzern, die vor der Haustür wachsen - gnadenlos seriös!"

In Waldmichelbach kennt man Maximilian Dreher ebenfalls bestens.

„Was dürfen wir Ihnen heute Gutes tun, Herr Dreher?"
„Kommen Sie mit, ich zeige Ihnen was. Da habe ich im Kofferraum ein paar wunderschöne Paneele, keine Ahnung, was das für Holz ist. Können Sie mir weiter helfen?"
„Sieht wie tropisches Eisenholz aus. Von unseren heimischen Arten kommt wahrscheinlich Zwetschge dem am nächsten. Allerdings müsste das Zwetschgenholz schon etwas gealtert sein und eine Patina haben. Wollen Sie Zwetschgenholz?"
„Soviel Sie liefern können, wenn's geht, zehn Festmeter."
„Hoppla hoppla, dafür müssten wir die ganze Bühler Höhe abholzen. Ich kann Ihnen zwei Festmeter besorgen. Wenn Sie damit dünne Furniere herstellen und die auf Buche aufkleben, können Sie ein komplettes Direktorenhaus damit dekorieren."
„Geht in Ordnung. Wenn Sie die Ware da haben, schicke ich einen Transporter."
„Wir haben noch nicht über den Preis gesprochen."
„Nebensache. Den zahlt eh der Kunde."

Smartje wundert sich.
„Verstehe ich recht, Max, du willst gealterte Zwetschgenholz als brasilianische Dalbergia verkaufen?"
„Falsch geraten, Smartje. Dem Kunden musst du immer reinen Wein einschenken, der muss wissen, was er kriegt. Er bekommt Zwetschge mit dem Look von Dalbergia, zum Spottpreis. Bisher hat noch jeder Kunde bei solchen „look like ..." zugestimmt. Warum auch nicht, wenn man eine Schönheit billig haben kann …"

Smartje fühlt sich, als sei er aus dem Schlaf erwacht.
„Ich Trottel habe meine Zeit mit dem Verkauf von Schnaps und Fusel vergeudet. So – also so – macht man Geschäfte!"

Smartje hat nun reichlich zu tun. Elvira jedoch nicht. Die Suche nach einer Anstellung kann erst beginnen, wenn die Pässe fertig sind. Und Andrea kann aus dem gleichen Grund nicht zur Schule gehen. Maximilian hat einen Vorschlag: Er hat zwei Söhne, Walter, 12, und Maximilian, 16 Jahre alt. Sie bewahren ihre Schulbücher aus allen Jahrgängen auf, als Wissensarchiv. Mit diesen Schulbüchern kann Elvira mit Andrea „Schule machen". Beide gehen mit Eifer dran. Auch Maximilian, der sechzehnjährige, bietet sich an, Andrea in einigen Fächern zu unterrichten. Er findet Andrea interessant, ein Mädchen auf dem Weg, eine attraktive junge Frau zu werden. Und sie ist nicht nur attraktiv – für einen sechzehnjährigen – sie hat den Charme ihres Vaters geerbt. Und schafft es offensichtlich schon, dem Burschen den Kopf zu verdrehen. Vormittags lernen und gelegentlich mit Maximilian durch den Garten spazieren, nachmittags aber begleitet sie ihren Pappi.

Smartje will unbedingt den Produktionsbetrieb von Maximilian kennen lernen. Das ist zunächst eine große Schreinerwerkstatt, wo gesägt, gehobelt und geleimt wird. Wie aus einer anderen Welt erscheinen zwei große Stahltüren im Hintergrund.

„Das sind Trockenschränke, wo wir unsere Holzverleimungen trocknen. Edelholz wird praktisch nie massiv verarbeitet, sondern als Furnierverleimung auf einem Träger." „Warum sind die Türen aus Stahl, so baut man doch Schränke für die Aufbewahrung von Risikomaterial?" „Hast du gut erkannt. In diesen Schränken machen wir die Alterung von Holz, das eine Patina haben soll. Das Verfahren beruht auf einem Patent, das ich vor langer Zeit einem heruntergekommenen Erfinder abgekauft habe. Dafür müssen die Schränke gasdicht verschlossen werden. Wir leiten dann eine bestimmte Menge Schwefeldioxid sowie Kohlendioxid ein und erhitzen auf sechzig Grad. Nach 48 Stunden ist der Prozess beendet, wir können den Ofen öffnen, nachdem die Gase durch Frischluft ausgeblasen sind. Das Ergebnis kannst du nachher sehen, wenn der eine Ofen geöffnet wird. Die chemische Alterung erreicht nach zwei Tagen eine Zustand, der bei natürlicher Verwitterung zwei Jahre braucht. In zwei Tagen mache ich aus Zwetschgenholz tropisches Königsholz. Was auch immer die Kunden für ausgefallene Wünsche haben, wir können alles."

Neustart, vorwärts, aufwärts!

Walter hat eine gute Nachricht für Smartje.

„Ein Kunde von mir, der Dämmstoffhersteller Thermax in Heidelberg, sucht einen erfahrenen Kontrolleur für die Überprüfung der Buchhaltung. Keine Anstellung. Ein Einmaljob, aber wiederholungsfähig." Elvira ist gleich begeistert. „Smartje, das ist der Silberstreifen, das musst du machen, unbedingt!"
Smartje macht es. Er fährt nach Heidelberg zu Thermax.

„Ich bin Finanzberater und berate Unternehmen vor allem in der Investitionssteuerung. Buchprüfung beherrsche ich selbstverständlich auch, das ist die Basis. Der Firmenchef, Anton Knopp, ist beeindruckt von dem selbstsicheren Auftreten des Herrn – wie war der Name? Ja, so: Herr Smartje Brink y Mankoog, Hidalgo de Arranjouez. Offenbar ein Spanier,und spricht sogar perfektes Deutsch! Auf einen Versuch kann man es mal ankommen lassen.
„Sind Sie Spanier, Herr Brink y Mankoog?"
„Ich bin Holländer mit spanischen Wurzeln, aber in Deutschland aufgewachsen. Mein Großvater war ein spanischer Grande, ein Hidalgo. Smartje und Anton Knopp sind sich sympathisch. Smartjes Charme gewinnt auch bei Männern. Es gibt keinen Vertrag, dafür ein

Smartje Brink y Mankoog, Hidalgo der Arranjouez
geb. in Enschede Holland

Elvira Gracht aus Enschede Holland
geb. in Heerenveen Holland

Andrea Gracht y Brink, Hidalga de Arranjouez
geb. in Enschede Holland

Vereinbarung über Vergütung nach Aufwand. Der gute Knopp wird sich wundern, wieviel Zeit die gründliche Durchprüfung seiner Geschäftsbücher benötigt. Daheim in Zwingenberg feiern Smartje, Walter und Maximilian die gelungene Wiedereingliederung Smartjes ins Erwerbsleben mit einer Flasche Veuve Clicquot.

Und dann kommt die Nachricht, dass Knut die Pässe fertig hat.

Smartje sitzt im Vorzimmer von Knopp an einem langen Warenübergabetisch auf einem Drehhocker, mit großen Stapeln Geschäftsbücher rechts und links. Die Sekretärin, Hanna Rottmann fühlt sich eingeengt und ist sauer.
„Ich weiß, dass es für Sie unangenehme ist, Schätzchen. Für mich ja auch. Aber Sie sehen: Was für Bücherstapel! Herr Knopp will ein Büro für mich frei machen. Das kann dauern. Vorschlag: Darf ich Sie, wenn der Stress vorbei ist, zur Wiedergutmachung ins Europa Hotel einladen? Mit Fünfgängemenü, Kerzenlicht und Veuve Clicquot?"
„Danke für das Angebot, Herr Brink, ich bin verheiratet und ich bin nicht Ihr Schätzchen."
„Verzeihung, da habe ich mich geirrt. Sie sind kein Schätzchen, Sie sind ein Kätzchen. Das gerade die Krallen ausfährt. Mich packt die panische Angst. Wenn ich doch nur in ein Mauseloch kriechen könnte!" Hanna ist erstmal sprachlos. Dann lacht sie.
„Schwerenöter! Man merkt Ihnen die spanische Herkunft an. Noch so ein Angebot und ich werde schwach."
Smartje weiß, dass diese Frau nicht schwach wird. Jetzt versucht sie, mit ihm zu spielen, wie er es mit ihr versucht hat. Smartje ist Lauerjäger und hat Geduld. Nun arbeitet er so vertieft, dass er Hanna gar nicht mehr wahrnimmt. Wirklich? Aus den Augenwinkeln sieht er, dass sie ihn beobachtet. Der rechte Moment wird kommen, mit der Zeit. Dann hat Hanna Feierabend, sie verschwindet grußlos. Zwei Stunden später kommt Knopp ins Vorzimmer.
„Noch da, Herr Brink? Es ist schon spät."
Ich möchte unbedingt dieses Buch mit Lieferantenrechnungen noch durchsehen. Haben Sie

eine Nachtwache im Haus?"

„Natürlich. Ich sage ihm Bescheid dass Sie Nachtschicht machen und dass er sich um Sie kümmern soll."

Am nächsten Morgen klemmt Smartje sich einen Folianten unter den Arm.

„Kätzchen, erklären Sie mir jetzt bitte, wo ich den Buchhalter Otto Hutzenlaub finden kann."

Das Kätzchen macht ein Schnute und erklärt den Weg.

„Sind Sie Herr Hutzenlaub? Schön, Sie kennen zu lernen. Dieses Buch hier enthält die Lieferantenrechnungen der letzten zwei Jahre. Sie haben es angelegt und geführt, nicht wahr?"

Otto Hutzenlaub ist etwas erschrocken.

„Stimmt was nicht?"

„Das wollte ich eben mit Ihnen besprechen. Sehen Sie her, auf dieser Seite der letzte Eintrag: Die Rechnung eines Lieferanten für Glaswolle wurde bezahlt. Auf der nächsten Seite, wieder unten, steht der gleiche Vorgang noch mal. Gleicher Lieferant, gleiche Rechnungsnummer, gleicher Betrag. Können Sie erklären, was das zu bedeuten hat?" Otto Hutzenlaub ist verunsichert und bekommt Angst.

„Sieht aus, als sei die Rechnung zweimal bezahlt worden. Aber das kann nicht sein. So ein Fehler ist mir noch nie unterlaufen. Das muss eine Fälschung sein."

„Sehen Sie sich die Handschrift an. Ist das Ihre Handschrift?"

„Sieht so aus. Um Gottes Willen, was ist da los?"

„Bitte beruhigen Sie sich. Ich bin nicht hier um Ihnen etwas vorzuwerfen. Aber ich muss die Sache mit Herrn Knopp besprechen. Smartje zeigt Knopp die beiden identischen Einträge.

„Was halten Sie davon? Der Buchhalter hat bestätigt, dass es seine Handschrift ist. Hat der Lieferant zweimal kassiert? Oder hat der Buchhalter den Betrag in der eigenen Tasche?"

„Der Hutzenlaub ist eigentlich seriös, aber wann kennt man jemanden wirklich? Was kann man tun?"

„Wir brauchen mehr Information. Lassen Sie einen Sachverständigen prüfen ob Provenienz und Alter der Tinte identisch sind. Vielleicht bekommen wir damit einen Hinweis."

„War sonst noch was in den Büchern?"

„Nichts gefunden bisher, alles korrekt. Ihre Buchhaltung ist in Ordnung und dieser eine Fall wird sicher aufgeklärt. Ich empfehle Ihnen das Institut für forensische Analytik der Universität Düsseldorf. Das sind erstklassige Meisterdetektive.

- Her Knopp,ich möchte gern noch etwas anderes ansprechen. Es gehört nicht zu meinem Auftrag, ergibt sich aber daraus."

„Um was handelt es sich? Meine Zeit ist leider knapp bemessen."

„Nur ein paar Minuten. Also: ich habe Ihre Buchhaltung der letzten zwei Jahre durchgesehen. Zwei Dinge sind mit aufgefallen. Erstens: Sie haben keinen Finanzkontrolleur. Ich nehme an, das machen Sie selbst. Bei all Ihren Aufgaben als Chef kommt die Finanzkontrolle etwas zu kurz. Sie brauchen einen hauptamtlichen Finanzverwalter.Das muss einer sein, der auch die Investitionssteuerung leisten kann. Denn, Zweitens: Ihre Marge der letzten zwei Jahre ist mit fünf Prozent zu niedrig. Für Erhaltungsinvestitionen steht nicht genug Geld zur Verfügung, für Innovationen und Neuentwicklungen gibt es gar keinen Etat.Ihr Marge müsste mindestens bei zehn Prozent liegen. Dann hätten Sie ausreichend Mittel für Instandhaltung und Innovationen."

„Sie sprechen einen Punkt an, der mir seit längerem zu schaffen macht.Sie haben richtig erkannt, dass wir allmählich unsere Substanz verlieren. Aber wo krieg ich einen Fachmann her, der das beherrscht?"

„Er sitzt Ihnen gegenüber, Herr Knopp:"

„Haben Sie Referenzen?"

„Nein. Es gibt Gründe, dass ich die Brücken hinter mir abbrechen musste."

„Wer sagt mir dann, ob Sie der sind, für den Sie sich ausgeben?"

„Sie selbst. Der erste Schritt ist ein Wagnis. Abhilfe: Drei Monate Probezeit, danach Vertrag als freier Mitarbeiter. Zunächst für ein Jahr. Anschließend Verlängerung um jeweils ein Jahr mit drei Monaten Kündigung möglich. Meine Bezahlung richtet sich nach Aufwand, ich stelle Rechnungen. Für neue Produktideen oder Patente, die ich einbringe, erhalte ich fünf Prozent der Nettomarge. Gefällt Ihnen das?"

„Ich bin beeindruckt. Wenn Sie meine Produkte so gut verkaufen, wie eben sich selbst, werden wir Erfolge feiern, Top, es gilt!"

Zwei Hände krachen gegeneinander, Smartje ist in seinem neuen Leben angekommen.

Elvira ist unzufrieden.

„Ist ja gut dass alles so gut klappt. Aber du bist jetzt den ganzen Tag nicht da, ich bin mit Andrea allein.Wir können nicht immer nur Schule machen. Da wir jetzt die Pässe haben, will ich Andi am Zwingenberger Gymnasium für die Sexta anmelden. Dann bin ich arbeitslos. Ich werde mal auf Stellensuche gehen."

"Warte, Elvi, das müssen wir klären. Also, Heidelberg hat sich als Erfolg erwiesen. Wenn wir jetzt – endlich - auf Wohnungssuche gehen, ist Zwingenberg nicht mehr optimal. Wir brauchen etwas in Heidelberg oder Umgebung. Das entscheidet auch über die Schule für Andi und den Umkreis für deine Beschäftigung"

Elvira ist einverstanden. Sie weiß, dass ihr Hidalgo sich sowieso nicht von seinen Plänen abbringen lässt. Andrea kann im Herbst mit dem neuen Schuljahr in die Sexta gehen. Sie verliert wohl ein Jahr, aber was macht's!

Smartje kommt fröhlich pfeifend auf's Gartenhaus gestürmt.

„Elvi, Andi! Stellt euch vor, wir kriegen eine Wohnung! Eine richtig große und geräumige Wohnung mit Terrasse. Nicht direkt in Heidelberg, sondern in Neckargemünd. Und dann: haltet euch fest – ich hab schon mal recherchiert, was da so los ist. Da gibt es keine Industrie, aber etliche Handelsunternehmen. Darunter auch einen Importeur und Großhändler für Schuhe! Elvi, Schuhe! Ich hab gleich mit denen telefoniert und gefragt, ob sie jemanden gebrauchen können, die Spezialistin für hochwertige italienische Designerschuhe ist. Was haben die geantwortet? Die Dame soll mal vorbeikommen und ihre Referenzen mitbringen. Dann werde man sehen."

„Oh Gott, Smartje! Referenzen! Ich kann doch nicht das Abschlusszeugnis meines

Arbeitgebers in Ennigerloh vorzeigen. Damit fliegt unsere Tarnung auf."
„Beruhige dich Elvi, jedes Loch kann man stopfen. Ein Loch im Anzug kann man kunststopfen."
„Was meinst du damit?"
„Ich werde meinen Freund Knut besuchen. Der kann kunststopfen. Deine Referenz wird genau so schön wie unsere Pässe."

Certifikato di formazione

Si certifica che la Signora Elvira Gracht ha partecipato ad un corso sul design della scarpa italiana. La Signora Gracht ha dimostrado uno straordinario interesse per il design italiano. La auguriamo tutto il meglio per la sua carriera professionale.
Scuola del Design di Bergamo

„Stell dir vor, Elvi, die stellen dich ein! Du bist keine Verkäuferin, du bist Modeberaterin! Du fährst nach Mailand und Bergamo, siehst dir Schuhmessen an, berätst reiche Fettsäcke welches der ultimative Schuh für sie ist. Und für Andrea gibt es in Neckargemünd sogar zwei Gymnasien zur Auswahl!"
„Sacht, sachte, Smartje. Du bist schon wieder Verkäufer. Aber lass dir aus der Erfahrung meines Leben sagen, dass die Kunden oft irrational reagieren. Du glaubtest, den deal gemacht zu haben und stehst auf einmal doch mit leeren Händen da."
„Weißt du was, Elvi, wenn wir dahin gehen, ziehe ich die Berluti-Sneaker an. Du erinnerst dich? Ennigerloh, vor zehn Jahren. Ein braunlockiger Wuschelkopf bietet einem blonden Kunden die teuersten Designerschuhe an, die das Geschäft auf Lager hat. Was für ein Instinkt. Sie spürt, dass sie dem Herrn gefällt, setzt auf Risiko und gewinnt. Gewinnt den deal, gewinnt den Mann. Ich werde denen die Schuhe zeigen und dazu eine Geschichte erzählen aus «Tausend-und-einer-Nacht» und wie ich meiner Frau zu Füßen lag wegen dieses wunderbaren Designs. Sie werden von dir begeistert sein."
„Na schön, wird sicher eine tolle Sache und das tollste daran ist, dass ich deine Frau bin."
„Oh Elvi, willst du so einen Albtraum und Schürzenjäger wie mich tatsächlich heiraten?"
„Ja, mein Gemahl, das will ich."
„Lass uns das Thema angehen, wenn wie in Neckargemünd wohnen."

Die Firma Thermax bekommt ein neues Kontrollgremium, «Finanzkontrolle und Investitionssteuerung». Vorsitz: Robert Kienzle, altgedienter Technikchef; Beirat: Heino Droste, Verkaufsleiter; externer Berater: Smartje Brink y Mankoog. Die drei Herren beäugen

sich misstrauisch. Nachdem Anton Knopp die Aufgabenstellung erläutert hat, sind Kienzle und Droste erstmal stumm. Smartje, der Stummheit nicht leiden kann, geht in die Initiative: „Auf gute Zusammenarbeit und maximalen Erfolg, meine Herren."
Das ist noch keine Verbrüderung.

Mit der neuen Wohnung sind alle drei zufrieden. Elvi ist entzückt, dass da eine große Küche mit angrenzendem Vorratsraum ist. Andrea schwärmt von dem Blick aus ihrem Fenster, wo sie den Wald und eine Lichtung sehen kann, vielleicht sind dort abends Rehe zu sehen? Smartje hat ein kleines Arbeitszimmer, ein wenig eng – aber er hat vor, den Raum mit Edelholzpaneelen von Maximilian Dreher auszukleiden, dunnerlüttchen!

Smartje im Aufwind. Die Treiber GmbH, Schuhgroßhandel, Import & Export, schickt einen Vorstellungstermin an Frau Elvira Gracht. Mitzubringen Referenzen und Lohnbescheinigungen des früheren Arbeitgebers. Elvira legt mit ihrem betörendsten Lächeln ein Zertifikat einer Designschule aus Bergamo vor.

„Mehr kann ich Ihnen leider nicht anbieten. Wir sind aus Holland. Wir mussten Holland verlassen, weil in Enschede eine kriminelle Bande, die berüchtigte Zandmanbande, uns bedrohte. Deshalb kann ich Ihnen leider keine Zeugnisse und Gehaltsabrechnungen meines früheren Arbeitgebers zeigen. Sobald Sie mit ihm Kontakt aufnehmen, bedeutet das für uns Lebensgefahr, die arbeiten mit der Mafia zusammen."
„Und woher sollen wir wissen, dass Sie die Expertin sind, für die Sie sich ausgeben? Wer bestätigt, dass Ihr „Certifikato di formazione" echt ist?"
Das ist der Moment für Smartje.
„Verzeihung, wenn ich mich ungefragt einmische. Den Nachweis, den Sie verlangen, habe ich hier. Sehen Sie mal -" Smartjes Schuhe glänzen im Licht der Neonlampen.
„ Berluti-Sneaker, original italienische Designerschuhe aus Bergamo. Vor zehn Jahren lernte ich in Enschede eine aufgeweckte und attraktive Schuhverkäuferin kennen. Sie taxierte mich als Typ und sagte spontan: „Sie brauchen etwas Besonderes, mein Herr. Nur haben wir das momentan gerade nicht auf Lager. In einer Woche bin ich in Bergamo auf der Schuhmesse, von da kann ich sie Ihnen mitbringen, die ultimativen Berlutti-scarpas. Sie werden sich in diese Schuhe verlieben." Ich habe mich verliebt, in die Schuhe und in die Verkäuferin. Beides Wunderwerke der Schöpfung."
„Also gut, gehen wir mal davon aus, dass das alles stimmt. Wären Sie bereit, Frau Gracht, bei uns drei Monate Probe zu arbeiten, wobei die Vergütung nachträglich erfolgt und von Ihren Ergebnissen abhängt?"
„Dazu wäre ich bereit, wenn Sie mir dann eine dauerhafte Beschäftigung anbieten. Anstellung oder freie Mitarbeit, egal."
Herr Treiber ist verblüfft. Soviel Selbstbewusstsein hat er noch nicht erlebt. Dass Frau Gracht und ihr Mann den Auftritt zuvor wie einen Bühnenauftritt geprobt haben, kann er nicht wissen.

Thermax

Smartje lässt sich von Hanna Rottmann einen Gesprächstermin bei Knopp reservieren. Natürlich hätte er den auch direkt vereinbaren können. Aber Sekretärinnen müssen manchmal hofiert werden. Zum Termin bringt er Hanna eine weiße Rose mit.

„Danke für das Arrangement, Kätzchen, Verzeihung, Frau Rottmann. Sie verwirren mich."
Hanna schüttelt missbilligend den Kopf.

„Ich habe keinen bedarf an Süßholz, Herr Brink."

„Aber das Blümchen stellen Sie doch bitte in eine Vase?" Das macht sie tatsächlich.

„Das Röschen ist unschuldig, Sie wohl eher nicht." Knopp erscheint.

„Gibt's was Wichtiges, Herr Brink?"

„Ich wollte mit Ihnen über ein Produkt sprechen. Sie produzieren Schalldämmungsmatten für Innenräume. Zielgruppe Unternehmen und zahlungskräftige Privatleute. Die Matten sollen wie Tapeten an die Wand gehängt werden. Ich habe die Umsätze geprüft und festgestellt, dass das Produkt kaum eine Marge generiert. Jeder andere Firmenberater würde Ihnen empfehlen, die Produktion einzustellen."

„Was empfehlen Sie?"

„Immer vorwärts. Ich habe noch nie jemandem geraten, den Rückwärtsgang einzulegen. Die Zielgruppe ist offenbar nicht zu begeistern, obwohl die schalldämpfende Wirkung beeindruckend ist. Das kann nur bedeuten, dass es ästhetisch nicht ankommt. Wer hängt sich schon gern eine weißlich graue Filzmatte an die Wand? Besprechungszimmer und private Wohnräume werden repräsentativ gestaltet, zum Beispiel mit moderner Malerei. Wenn Ihre Matten Kunstwerke wären, ließe sich das Interesse der Klientel wahrscheinlich erheblich steigern."

„Sind Sie sicher?"

„Nein, es wäre ein Versuch. Sie könnten sich einen neuen Markt erschließen. Kunstmarkt, hoch spekulativ, mit Risiko und hoher Gewinnerwartung."

„Das ist doch sauteuer. Wo kriegen wir die Kunstwerke her?"

„Dazu wollte ich Ihnen gerade einen Vorschlag machen. Wir vermeiden den Einkauf teurer Kunstwerke. Sie haben in Ihrer Firma wohl über zweihundert intelligente und motivierte Angestellte. Sie loben eine Wettbewerb aus, in dem jeder ein abstraktes Gemälde einreichen kann. Dafür gibt es zunächst eine Anerkennungsprämie, dann werden die Werke von einem Sachverständigen begutachtet. Die besten, sagen wir zwanzig oder dreißig, werden zu Siegern erklärt. Dafür gibt es eine Siegerprämie. Eine Druckerei bereitet die Bilder digital auf und druckt sie auf die Matten. Dann darf Ihre Vertriebsabteilung sich bemühen, die richtige Propaganda zu machen."

„Hört sich nicht schlecht an. Aber warum abstrakte Bilder?"

„Da sieht man nicht, dass die Künstler Amateure sind. Das Ganze kostet zu Beginn so viel wie einmal Hof kehren. Wenn es ein Erfolg wird, können auch echte Künstler unter Vertrag genommen werden. Da gibt's dann auch Landschaft oder Figuratives. Alles möglich und exklusiv nur bei Thermax."

„Werden sich die Künstler darauf einlassen?"

„Für junge Künstler ist das eine unglaubliche Chance. Über diesen Kanal bekommen sie direkten Kontakt mit den Mäzenen, den potentiellen Käufern."

„Wie kriegen Sie Kontakt mit den Künstlern?"

„Über die Kunstakademie in Karlsruhe. Ein großes Depot an jungen und unbekannten Malern, die auf eine Karrierechance lauern. Rund um die Akademie gibt es zahlreiche Galerien. Die Galeristen haben immer einen Tross von Jungspunden unter Vertrag, in der Hoffnung, dass einer mal tatsächlich Karriere macht. Hohes Risiko, hohe Gewinnerwartung, hohe Insolvenzrate. Auch die Galeristen wären begierig nach einem Angebot aus der Wirtschaft. Für Thermax könnte ja auch mal ein Lottogewinn dabei sein..."

Knopp ist einverstanden und Smartje macht einen Ausflug nach Karlsruhe. Er hat Andrea dabei. Sie soll lernen, wir man Verträge aushandelt. Er ist eigentlich nicht an Kunst interessiert, sondern am Kunstkommerz. Wie machen Galeristen Künstlerkarrieren?

Die Aussage fast jedes Galeristen: „Man muss die aktuelle Qualität erkennen und die weitere Entwicklung voraussehen!" hält er für schieren Blödsinn. Sind Galeristen Hellseher? Wer hat 1880 vorausgesehen, dass die wertlosen Malereien eines Vincent van Gogh hundert Jahre später dreistellige Millionenbeträge einbringen werden? Wenn es nicht die Qualität ist, dann ist das Ganze eine hocheffiziente Propagandamaschine! Wie die funktioniert, will Smartje wissen. Er denkt darüber nach, wie er auch so ein Kunstpromoter werden kann. Ein Bild verkaufen, das den Gegenwert von drei Lamborghini einbringt!

Edda!

Sie hätte ihn vielleicht nicht zurückgewiesen.

Etwas ängstlich streichelt Andrea seinen rechten Arm.

„Warum bist du auf einmal so schweigsam, Pappi?"

„Ich konzentriere mich auf die bevorstehenden Verhandlungen. Ein schwieriges und für mich auch noch ungewohntes Terrain. Wenn du in sowas hineingehst, darfst du dir keinen Fehler erlauben. Denke minutiös voraus, plane wie ein Schachspieler. Kleinste Unaufmerksamkeiten können zum Verlust der Partie führen."

„Meinst du Pappi, dass ich das jemals lerne?"

„Du bist meine Tochter, Andi. Du hast meinen Kopf und meinen Ehrgeiz, du wirst es lernen – früher als andere. Und dieses hier, das lernen wir jetzt gemeinsam."

Smartje hat Optionsverträge mit zwei Galeristen und einer Galeristin. Diana Frey ist eine attraktive Mittdreißigerin. Ihre Crew an Jungkünstlern besteht aus zwölf umwerfend schönen und durchtrainierten Recken, alle um die dreißig, jeder einzelne optisch ansehnlicher als noch das beste seiner Gemälde. Diana gehorcht ihrem Vornamen uns ist ständig auf der Hirschjagd. Smartje bemerkt sofort ihr Interesses an ihm. Hollah! Hier geht was! Utile cum jucundo. Diana ist einverstanden, die Elaborate seiner Amateurkünstler zu prämieren, wenn danach auch noch Arbeiten ihrer Adlaten auf diesem etwas seltsamen Wege publiziert werden. Nebenbei bemerkt sie, dass sie selbst auch malt. Am liebsten Landschaften auf Sylt. Nur schade, dass ein Urlaub dort so teuer ist. Ja, und so allein, ohne Begleitung auch nicht

besonders interessant. Aha! So also. Auf seine süffisante Bemerkung, dass sie sich aus ihren zwölf Scholaren doch eine aussuchen könne, antwortet sie trocken:
„Von denen hat doch keiner das nötige Kleingeld:"

Andi ist neugierig.
„Pappi, warum hast du mit Diana gleich zwei Verträge gemacht?" „Der erste Vertrag ist der offizielle Geschäftsvertrag zwischen Thermax und Galerie Diana Frey. Er regelt Liefer- und Zahlungsbedingungen. Dazu die Vergütung von Diana Frey für ihre Tätigkeit als Gutachterin. Der zweite Vertrag ist ein Privatvertrag zwischen Diana Frey und Smartje Brink y Mankoog. Darin garantiert Frau Frey Herrn Brink eine Beteiligung an ihren Einnahmen aus der Tätigkeit für Thermax. Diese beträgt zunächst 30% und kann jährlich neu ausgehandelt werden."
„Dann verdienst du ja an den Prämien, die Thermax an Frey zahlt? Und die Höhe der Prämien kannst du selbst bestimmen?"
„Dunnerlüttchen, Andi! Du hast den Blick eines Adlers für's Geschäftliche! Und bist erst zwölf! In dem Alter war ich noch lange nicht soweit. Man nennt solche Arrangements «Kickback-Verträge». Offiziell sind sie verboten und werden sogar mit Gefängnis bestraft. Aber können Vereinbarungen zwischen Privatpersonen überhaupt strafbar sein? Wenn ich dir verspreche, dass ich dir für gute Leistungen in der Schule in neues Rennrad kaufe, musst du nicht bestraft werden, wenn du es annimmst. Es ist eine Grauzone und muss strikt geheim bleiben. Du kannst daraus lernen, dass man im Geschäftsleben mutig sein muss und auch vor dem Gesetz keine Angst haben darf."
„Du hast mir noch gar kein Rennrad versprochen, Pappi. Machen wir einen Geheimvertrag dazu?"

Smartje hat Stress mit Heino Droste. Der hält Smartjes Kunstidee für einen Affenzirkus.
„Wie sollen wir sowas denn bei unserer Kundschaft bewerben, Brink? Kunst und Schalldämmung, wie geht das zusammen?"
„Wer von uns ist hier der Vertriebschef? Engagieren Sie einen Ghostwriter, einen «Werbetexter», wenn Sie es nicht selber können. Der das richtige Blabla drauf hat, «Aufwertung Ihrer Tagungsräume, höchstes Prestige durch aktuelle Kunst ...», Sie wissen doch, wie die das machen. Aus einem Pups wird ein Donnerschlag und auf dem Konto von Thermax kommt endlich mehr als Kleingeld an. Vielleicht sollten Sie auch mal einen Verkaufslehrgang besuchen." Droste schlägt die Tür krachend hinter sich zu. Smartje ist zufrieden, es läuft in seinem Sinne.

Die Kunstauktion kommt bei den Thermaxkunden gut an.
„Tolle Idee, prestigeträchtige Sache ..." Aber dann:
„Wer ist der Künstler, kann man von dem noch was anderes bekommen, wird der Wert der Bilder steigen?" Smartje packt den Stier bei den Hörnern, schreibt einen Infobrief an die «geehrte Kundschaft»:

Liebe Geschäftsfreunde Ihr Interesse an unserer Kunstauktion ist ermutigend. Lassen Sie mich klarstellen: Die erste Serie ist ein Test. Die Bilder sind von begabten Amateurmalern, die Sie kostenlos bekommen. Zukünftig werden wir professionelle Künstler unter Vertrag nehmen. In Zusammenarbeit mit einer Galerie werden junge Maler ausgewählt, denen Experten eine Karriere voraussagen. Von uns erhalten Sie einen Katalog, aus dem Sie auswählen können. Dort finden Sie auch die Adresse der Galerie, die Auskunft über die Maler gibt. Die Preise legen wir fest. Natürlich können Sie, so Sie das wollen, weiterhin unsere kostenlose Amateurserie beziehen. Ihren Geschäftspartnern oder persönlichen Freunden wird ein Qualitätsunterschied kaum auffallen. Mit freundlichem Gruß, Ihr Anton Knopp, Thermax GmbH

Knopp will unverzüglich mit Smartje sprechen.
„So, das soll ich unterschreiben, Brink? Erklären Sie mir das mal genauer."
„Es läuft besser an, als erwartet und viel besser, als Ihr Vertrieb glauben will. Die Reaktion der Kunden zeigt, dass wir sofort in Phase zwei gehen können, wo es ernst wird und etwas größere Geldscheine über den Tresen laufen."
„Also gut, ich lass mich mal darauf ein. Was haben Sie für eine Fehde mit Droste?"
„Droste weigert sich, meine Idee zu unterstützen. Er hält das Projekt für aussichtslos. In Wahrheit scheint er verhindern zu wollen, dass ich einen Erfolg habe."
„Könnt ihr eure Kabbeleien nicht unter euch ausmachen?"
„Können wohl, aber bedenken Sie, Herr Knopp: Wer meinen Erfolg verhindert, verhindert Ihren Erfolg. Vielleicht überlegen Sie mal, ob Droste noch der richtige Vertriebschef ist."
„Personalentscheidungen treffe ich, nicht Sie, Herr Brink. Natürlich haben Sie den Auftrag, das Ding wie geplant weiter zu führen. Das wird auch Droste zur Kenntnis nehmen."

Na prima, denkt Smartje, läuft doch!

Droste stellt sich Smartje in den Weg.
Was haben Sie mit dem Chef über mich geredet?"
„Nur die Wahrheit, lieber Droste, nur die Wahrheit!"
„Sie werden Thermax ruinieren mit Ihren abartigen Ideen!"
„Na na, was halten Sie von mir? Wenn es nach mir ginge, würde ich Thermax zu einer Gelddruckmaschine machen. Und Sie Droste, was würden Sie aus Thermax machen? Vielleicht eine alte Tante, der die Rente nicht zum Leben reicht?"
„Wenn es nach mir ginge, würde ich Propheten mit irrealen Zukunftsphantasien an die Luft setzen."
„Wie gut, dass es nicht nach Ihnen geht!"

Smartje lässt einen Hochglanzflyer drucken, für den Diana Frey Photos der besten Werke ihrer Schützlinge zur Verfügung stellt. Smartje weist darauf hin, dass es sich natürlich um digitale Reproduktionen handelt. Der Kunde kann bestimmen, ob er ein Unikat haben will, so dass keine weiteren Reproduktionen gedruckt werden, oder akzeptiert, dass sein Exemplar Teil einer kleinen Serie ist. Was natürlich einen erheblichen Preisunterschied macht. Schließlich das Sahnehäubchen für Kenner: Die Künstler sind bereit, direkt auf Schalldämmungsmatten zu malen. Der Kunde bekommt damit ein Original.

Und Smartje bekommt (was nicht im Flyer steht), eine Menge Kickback–Dukaten. Ist nun Thermax oder Smartje Brink y Mankoog die Gelddruckmaschine?

Als im Dezember der erste Schneematsch auf den Dächern liegt, läuft ein Aufreger durch Thermax: Der Vertriebschef Heino Droste verlässt das Unternehmen. Nachfolger wird Herr Smartje Brink y Mankoog, Hidalgo de Arranjouez. Otto Hutzenlaub bekommt eine gewaltigen Schrecken. Verstört läuft er umher, landet ungeplant bei Hanna Rottmann. Die kann Hutzenlaubs Erregung nachvollziehen.
„Martin Luther konnte wenigstens noch das Tintenfass nach ihm werfen. Aber wirf mal einen Computer an die Wand!"

Knopp will von Smartje wissen, wie er die langfristige Projektion seines Projektes einschätzt.

„Wir müssen realistisch bleiben, Herr Knopp. Im Moment haben wir einen Hype. Jeder will jeden übertrumpfen. Das kann so schnell vorbei sein, wie es kam. Jetzt müssen wir einsacken, was wir kriegen können. Es kostet uns zum Glück keine Investitionen, aber es ermöglicht Investitionen. Das ist der Zweck dieses verrückten Projektes. Wie schade, dass Heino Droste das nicht mehr miterleben kann!"

Die Macht des Schicksals

Der Vertriebschef Brink y Mankoog hat einen kräftezehrenden Job. Die Erwartungen des Firmenchefs sind hoch, die Motivation der Mitarbeiter ist gering, seine eigene Expertise in diesem Bereich ist ziemlich mäßig. Er begleitet jeden einzelnen Mitarbeiter zu den Kundengesprächen. Er will wissen, wie die Branche funktioniert und wo die Schalthebel sind. Die Mitarbeiter fühlen sich überwacht und sind nicht begeistert. Smartje bemerkt, dass einige Kunden nach einem erfolgversprechenden Gespräch am Ende doch nicht unterschreiben. Sei Instinkt sagt ihm, dass hier wahrscheinlich ein Konkurrent unsichtbar im Hintergrund steht, der am Ende des Tages den Reibach macht. Das will er genau wissen. Er spricht mit dem Leiter des Produktionsbetriebes, Lothar Eisenhart.
„Sind unsere Produkte qualitativ nicht konkurrenzfähig?"
Eisenhart ist ein erfahrener Ingenieur.
„Unsere Dämmstoffmatten sind so gut, wie der Konkurrenz. Das wissen wir genau, weil wir deren Produkte regelmäßig verdeckt kaufen und Qualitätsprüfungen durchführen. Die Anderen machen es mit uns genau so, am Ende kommt eine Pattsituation dabei heraus. Was Sie beobachten Herr Brink, muss einen anderen Grund haben, vielleicht Preisspionage."

Smartje hat einen Plan, den er mit Knopp bespricht.
„Wir müssen einen erfahrenen Mitarbeiter freistellen, der sich von der Konkurrenz anwerben lässt und uns dann deren Interna übermittelt. Die haben einen Dreh, uns mit Preisen oder Begleitkonditionen zu unterbieten."
„Industriespionage Herr Brink? Nicht mit mir. Was passiert, wenn unser Maulwurf enttarnt wird? Das gibt ein Riesenspektakel, wir können die Tür von draußen abschließen und den Schlüssel in den Neckar werfen."

Smartje hat keineswegs vor, aufzugeben. Er spricht mit Walter Dreher. Der hat eine Idee. „Schick mir ein Paar Materialproben von euren Dämmplatten. Dazu Adressen deiner Kunden, die zuletzt nicht gekauft haben. Denen schreib ich ein hübsches Briefchen, vielleicht schlucken sie den Haken.

Walter schreibt fünf Briefe. Er bekommt vier Antworten. Eine davon ist eine Sprengbombe.

Baumarkt Beit Mardoch GmbH & Co KG
Abt. Dämmstoffe

Sehr geehrter Herr Dreher
Sie annoncieren sich als Newcomer in unseren Geschäft und versprechen, die beiliegenden Materialien garantiert billiger zu liefern als jede Konkurrenz. Unsere Fachleute haben die Proben untersucht und festgestellt, dass sie von Thermax in Heidelberg stammen. Diesen Lieferanten haben wir aussortiert weil er zu teuer ist und keine Rabattkonditionen anbietet.
Wenn Sie Händler sind und die Produkte von Thermax so günstig anbieten können, wie Sie angeben, können wir ins Geschäft kommen. Ich erwarte gern Ihren Besuch zu Vertragsverhandlungen.

MfG   *Heino Droste*
       Beit Mardoch Abt. Dämmstoffe

Smartje sitzt mit Walter am Tresen einer Bierschwemme in der Heidelberger Altstadt.
„Ist dir was, Smartje? Dir ist gerade der Unterkiefer ausgerastet."
„Volltreffer, Walter, Volltreffer! Heino Droste! Dem ich mit ein wenig fortune den Posten bei Thermax abgeknöpft habe. Verdammt noch mal! Ich hab' nicht aufgepasst, ich hätte mir denken sollen, was der vorhat."
„Was machst du jetzt?"
„Dem Chef werde ich das noch nicht auf die Nase binden. Meine Spionageabteilung – sprich «Marktforschung» - wird Preise und Lieferkonditionen von Beit Mardoch besorgen. Dann konstruieren wir ein eigenes Preisgefüge mit Rabattkonditionen. Das präsentiere ich dem Anton Knopp. Damit liegt der Ball in seinem Feld, er muss entscheiden und verantworten, ich bin erstmal raus."

Die Rufanlage auf Smartjes Schreibtisch vibriert. Knopp ist dran.

„Was haben Sie mir da für ein Pamphlet auf den Schreibtisch legen lassen, Brink? Kommen Sie bitte gleich mal rüber. Also der Droste! Dem Sie den Stuhl abgesägt haben. Jetzt pinkelt er uns dafür ans Bein. Was wollen Sie dagegen tun?"

„Den Zweikampf annehmen, was sonst, Herr Knopp. Droste ist ein Stier mit Hörnern, ich bin Torero mit Florett."

„Gewinnen Sie?"

„Wenn Droste verliert, verliert er seinen Job bei Beit Mardoch. Wenn ich verliere, habe ich noch immer einen Wert für Thermax. Meine Chancen stehen bei achtzig Prozent."

Knopp ist mal wieder sprachlos. Was für ein Haudegen! Natürlich würde ich ihn nicht raus werfen. Wenn die Goldmünze sich als Silber herausstellt, wirft man sie nicht gleich auf den Mist.

Smartje hat nach diesem Gespräch ganz andere Gedanken.

„Den vorgespielten Haudegen hat er gekauft. Im Geschäftsleben ist doch fast alles Psychologie".

Smartje macht mit seinen Kunden Optionsverträge. Der aktuell niedrigste Preis ist Fixpreis, zu dem der Kunde die nächsten drei Orders aufgeben kann. Bestellt er häufiger als dreimal, gibt es Rabatt. Zunächst fünf Prozent, danach zehn Prozent. Solange der Optionsvertrag nicht storniert wird. Fast alle gehen darauf ein. Der Umsatz brummt. Aber Knopp ist unzufrieden.

„Ist das ein Ausverkauf, Brink? Alle muss raus, bis die Regale leer sind. Muss das sein?"

„Im Moment ja, wegen Droste. Dem müssen wir das Wasser abgraben."

„Schaffen Sie das?"

„Wir haben Erkundigungen eingezogen über die Eigentümer von Beit Mardoch. Irgendwelche Orientalen. Wollen möglichst schnell möglichst viel money machen. Wenn es nicht mehr läuft, liquidieren sie das Geschäft und machen ein neues auf. Wenn Droste uns nicht mehr unterbieten kann, lassen sie ihn über die Klinge springen. Wenn er klug ist, bringt er sich vorher in Sicherheit. Wir werden sehen. Wenn er weg ist, können wir abheben zum Höhenflug."

Knopp ist mit den Umsätzen im Dämmplattengeschäft erstmal zufrieden. Smartjes Optionsstrategie greift. Droste? Smartje stellt sich eine Balkenwaage mit zwei Waagschalen vor. Auf unserer Seite geht die Schale gerade nach unten, somit sitzt Droste auf einem Katapult. Vielleicht landet er auf einer Dachtraufe? Smartje empfindet Genugtuung. Keine Genugtuung gibt es beim Projekt «Kunst auf Flüstermatten». Nach anfänglichem Hoch ist die Stimmung eingetrübt. Smartje spricht mit Diana Frey. Diana meint, die Kunden glaubten nicht, dass sie Originaldrucke bekommen. Das Angebot müsste stärker personalisiert werden um die skeptischen Geschäftsleute zu überzeugen. Aber wie? Smartjes Idee: Interessenten bekommen eine Einladung zu einem Workshop in der Galerie Frey in Karlsruhe. Dort können mit jungen Künstlern Vereinbarungen über Auftragsarbeiten. getroffen werden. Die Künstler sind begeistert und Diana hat plötzlich dreißig Jungtalente unter Vertrag. Die Magnaten reagieren verhalten bis ablehnend. Eigens dafür nach Karlsruhe fahren? Geht das nicht anders? Hier hat nun Diana einen Geistesblitz: „Wir laden zum Workshop nach Sylt ein! Meinst du Smartje, das lehnen sie auch ab?"

„Das werden sie vermutlich gar nicht können. Wer eine Reise nach Sylt ablehnt, ist in ihren Kreisen nicht mehr satisfaktionsfähig. Die Idee hört sich gut an, nur: Wie kriegen wir deine dreißig hungrigen Jungstars dahin? Du sagtest, dass die das nicht bezahlen können. Und ich kann mir nicht vorstellen, dass der Firmenchef von Thermax sein Portemonnaie dafür öffnet."
„Kein Problem, Smartje. Deine Kunden lernen auf Sylt ein Malerin kennen, die sich auf Landschaften im expressionistischen Stil spezialisiert hat. Sowas liegt im Trend, Wertsteigerungen sind vorprogrammiert."

Smartje zögert. Das ist nun bald fünfzehn Jahre her. Viele werden nicht mehr da sein, wer noch da ist, wird ihm kaum über den Weg laufen. Wer ihm über den Weg läuft, wird ihn nicht mehr erkennen. Holtmannshof? Sven Ravenstein, oder gar Edda? Hör auf zu spinnen, Smartje. Du hast schon Probleme mit viel höherer Wahrscheinlichkeit überlebt. Diana ist eine verdammt attraktive Frau und er weiß, dass er ihr Typ ist. Wie komme ich dahin, ohne den gefährlichen Norden zu überqueren? Natürlich durch die Luft. In Mannheim gibt es einen kleinen Flughafen, da starten auch Hubschrauber. Die kann man mieten, samt Pilot. Knopp wird nicht begeistert sein und die Kosten bemäkeln. Was soll's, wenn das Ergebnis stimmt. Er legt den Termin auf den 24. Juni, Sommer – Sonnenwende. Auf Sylt scheint die Sonne fast zwanzig Stunden am Tag. Wenn sie denn scheint. Zehn Stunden Diana beim Malen assistieren, zehn Stunden Diana im Bikini am Strand bewundern. Das kann Herr Brink y Mankoog, Hidalgo Arranjouez, sich doch nicht entgehen lassen.

Er mietet ein kleines Ferienhaus in Kampen. Diese Art Unterkunft hat er früher belächelt. Jetzt ist sie eine Art Festung, Zutritt verboten. Diana kommt am Abend mit dem Autoshuttle, Smartje holt sie in Morsum ab. Sie trägt ein verwegenes Outfit, Marke „Wüstenscheich". Das Rouge auf den Lippen ist etwas zu knallig. Sie fährt einen uralten Ford – Transit, der hat sogar schon eine Zulassung als Oldtimer. Eine feuerrote Lackierung signalisiert, wer hier am Steuer sitzt. Vollgepackt mit einem kompletten Maleratelier. Smartje staunt.
„Wow, Diana, das ist ja ein kompletter Zigeunerwagen! Kannst du darin auch übernachten?"
„Im Prinzip ja, mach ich aber nicht ohne Schutzmann."
„Wir haben eine schnuckelige Wohnung. Aber dein Tramper wird zeigen müssen, ob er in den Dünen fahrtüchtig ist." Der «Tramper» faucht und klappert, als wolle er auseinander fallen.
„Keine Sorge, der hat schon immer geklappert – Markenzeichen." Von der Wohnung in Kampen ist Diana so begeistert, dass sie Smartje spontan um den Hals fällt. Das verspricht, eine heiße Dienstreise zu werden.

Am Wochenende erscheinen drei seriöse Herren, im füllig geschnittenen Seidenanzug. Diana hat vor dem Haus, rund um den Transit, ein Dutzend Bilder aufgestellt. Landschaften von Sylt und vom Wattenmeer. Einige romantisch, mit Möwen und Robbenbabys, andere expressionistisch, kühl und ausdrucksstark, große aktuelle Kunst. Smartje erklärt, dass die Künstlerin bereit sei, nach Auftrag jeden Geschmack zu bedienen. Außer nackten Meerjungfrauen malt sie alles, was gewünscht wird.

„Glauben Sie, dass Ihre Bilder in Zukunft im Wert steigen werden?"

„Ich bin selbst Galeristin und kenne die Trends. Die romantische Linie empfehle ich für den individuellen Geschmack. Sie sollen dem Besitzer Anerkennung und Freude bringen. Das finanzielle Potential ist begrenzt. Die expressionistische Linie, die stilistisch bis zur Abstraktion gehen kann, wir in Zukunft hochpreisig gehandelt."
Smartje erklärt den kommerziellen und technischen Prozess.
„Sie erwerben hier zunächst nicht das Original, sondern das Vorkaufsrecht für eine hochwertige digitale Reproduktion, die auf Schalldämmungsmatten gedruckt werden kann. Sie bestimmen die Höhe der Auflage, Sie können auch Unikat wählen. Wenn Sie eine größere Serie ab einhundert Stück akzeptieren, können Sie nach der Digitalisierung das Original erwerben. Das Honorar vereinbaren Sie dann mit der Künstlerin direkt. Wenn Sie Interesse haben, machen wir hier gleich einen Optionsvertrag."

Wer hätte das gedacht? Am Ende des Tages hat Smartje zwei Optionsverträge über je hundert künstlerisch gestaltete Schalldämmungsmatten in der Tasche. Diana hat zwei Originale verkauft zu Preisen, bei denen ihr – wie sie sagt – schwindlig wird.
„Hast du eine Ahnung, Smartje, was die mit hundert bedruckten Matten anfangen?"
„Sie legen sie in einen Brutschrank und warten, dass sie goldene Küken ausbrüten. Die Originale hängen sie ins Foyer ihres Verwaltungspalastes als Propaganda."

Danach gibt's bei Smartje und Diana ein lukullisches Festmahl, das ein renommierter Kateringdienst bringt. Auf das Festmahl folgt eine romantische Nacht. Die ist leider schon um halb vier Uhr zu ende, da schickt die aufgehende Sonne ihren ersten Strahlen ins Zimmer.

Knopp gibt sich etwas knurrig. „Optionen auf zweihundert Schalldämmer? Na schön, mehr als Spesen kommt dabei schon raus. Wo sind die Anschlussaufträge?" „Wir haben zwei Optionen. Ad eins: Bei den jetzt geschlossenen Verträgen brauchen wir Geduld. Sobald die Preise im Weiterverkauf anziehen, kann das einen Run auslösen. Das können wir triggern, mit verdeckten Aufkäufen. Ad zwei: Erweitertes Angebot. Wir stellen einen Katalog zusammen, in dem wir die Werke der Jungkünstler zeigen und gleichzeitig darauf hinweisen, dass die auch dezidierte Aufträge ausführen."

Smartje telefoniert mit Diana. Die ist seltsam wortkarg und zugeknöpft. Seine Vorschläge findet sie auf einmal gar nicht mehr gut.
„Ich habe den Eindruck, dass diese Finanzhaie uns als leichte Beute betrachten. Sie treten erschreckend anmaßend auf. Es ist etwas passiert, über das ich am Telefon nicht sprechen möchte. Komm nach Karlsruhe, dann erfährst du mehr. Wenn du mir einen Termin nennst, kann ich noch jemanden dazu holen".
"Smartje ist überrascht. In Dianas Galerie hat er eine Dame erwartet, es sind drei.
„Ich darf dir vorstellen:
Mariette Veit, examinierte Absolventin der Akademie und Gloria Herrenberg, die sich gerade für das Kunststudium eingeschrieben hat. Marietta ist achtundzwanzig und auf dem Sprung in die Selbständigkeit. Gloria ist mit ihren dreiundzwanzig das Küken unter meinen Schützlingen. Sie hat viel Talent und wird vielleicht einmal in der ersten Reihe stehen."

„Ich bin entzückt, so viele schöne und talentierte Frauen an einem Ort zu treffen. Was habt ihr für ein Problem?"

„Sie werden es dir mit ihren eigenen Worten selbst erzählen. Marietta?"

„Ich hatte bei Diana ein Dating mit einem Mäzen. Der Mann heißt Tobias Schmerlin, hat eine Brauerei und mehrere Kneipen im Schwarzwald. Mit Kunstwerken dekorierte Schalldämmungsmatten seien genau das, was er suche, als Ausstattung für seine Bierlokale, in denen es laut zugeht. Von meinen Bildern gab er sich sehr beeindruckt , «Mädel, deine Bilder werden in meinen Lokalen eine Sensation sein. Ich kaufe sie dir alle ab, unter einer Bedingung: Ich brauche auch ein Selbstbildnis von dir, lebensgroß, zwei Meter hoch.» Ich war etwas erschrocken über dieses Ansinnen.

„Warum brauchen Sie ein Selbstbildnis von mir?"

Nun kam der Hammer.

«Natürlich als Akt. Das wird ein Magnet, die Leute werden mir die Bude stürmen. Und ich werde erzählen, dass ich bei der Herstellung des Bildes täglich dabei war, um die Echtheit der Details zu kontrollieren.»

Ich war so entsetzt, dass ich einen Schrei nicht unterdrücken konnte. Was bilden Sie sich ein! Sie sagen, Sie seien an meinen Bildern interessiert, in Wahrheit soll ich einen sexistischen Lockvogel für Ihre Kundschaft abgeben! Merken Sie sich: Ich bin Künstlerin und keine Prostituierte! Wissen Sie, was der geantwortet hat?"

Marietta bedeckt ihr Gesicht mit den Händen und beginnt zu schluchzen.

„Das ist doch dasselbe! Das Geschmier auf der Leinwand ist nur der Angelhaken."

Diana sieht Smartje an.

„Hast du sowas schon mal erlebt?"

„Ich kenne einige solcher Typen. Aber das jetzt – das schlägt dem Fass die Krone ins Gesicht."

„Was machen wir, wenn der wieder kommt? Ich würde ihn am liebsten lateinisch begrüßen: Ich gehorche nur dem Gesetz der Kunst! Lex mihi ars!"

„Nun, Marietta, das würde natürlich deiner Psyche gut tun. Da der wohl kein Latein kann, wäre er auch bloßgestellt als ungebildeter Macho. So kannst du die Szene mit einem kleinen Triumph beenden. Nur: Du hast kein Geschäft gemacht. Geschäfte müssen wir aber machen, um zu leben, um zu überleben."

„Wie soll das gehen?"

„Du bietest ihm an, einen Akt als Auftrag zu malen. Das wird eine Sensation: Du malst eine Replik auf Leonardo da Vinci, die Mona Lisa als Akt! Eine unbekleidete Mona Lisa sollte für seine Kunden viel interessanter sein als eine unbekleidete unbekannte Malerin. Du bist felsenfest überzeugt, dass das Bild Karriere machen und irgendwann im Louvre neben Leonardos Original hängen wird. Der rechnet sofort: Wenn er zugreift, hat er die Chance auf einen zweistelligen Millionengewinn."

„Glaubst du wirklich, dass der die Story kaufen wird?"

„Wenn er soviel Kunstverständnis hat, wie du schilderst, wird er. Dazu kommt die Gier nach dem großen Gewinn, die wird ihn blenden."

„Um des Geldes Willen, ich wär' schon zu einem Versuch bereit. Wir haben an der Akademie

ein Model, das für diesen Job in Frage kommt, Lisa Podbielski. Ich bin mit ihr befreundet, sie wird das machen. Sie ist es gewohnt, dass Männer ihren Körper begaffen.
«Hauptsache der Bulver stimmt», sagt sie dann. Die Philosophie sollte ich mir auch aneignen."

„Was ist dein Problem, Gloria?"
„Scheint ein bisschen so ähnlich zu sein, wie Mariettas. Der Typ nennt sich «Felix von Oppau» - ob das sein richtiger Name ist? Der hatte bei Diana einige meiner Bilder gesehen und gehört, dass ich im Studium am Anfang stehe. Er wollte mich unbedingt persönlich kennen lernen. Ich traf einen smarten Nerd mit Seidenhemd und Amulett am Hals und natürlich einer Porsche – Medaille am Schlüsselbund, die sich auffällig in seiner Hand bewegte. Stellte sich vor als Werbekaufmann im Dienst eines Finanzmoguls. Den Namen seines Chefs dürfe er nicht nennen, aber so viel könne er ausplaudern: Der Typ ist so reich, dass er schon mal den Überblick über seinen Finanzstatus verliert. Ist einer der größten Fleischproduzenten. Hat eine schlossähnliche Villa in Starnberg. Jettet mit Privatflugzeug in Damenbegleitung durch die Welt. Lässt sich von einem Grafiker ein Logo erstellen mit dem Text ** *caro non impius* ** (Fleisch ist keine Sünde), der sein Markenzeichen werden soll. Felix von Oppau hat den Auftrag, für ihn eine «personal promotion» zu organisieren, ihn also bekannt zu machen. Inbegriffen ist ausdrücklich der Ankauf von Kunst für sein Chateau am Starnberger See. Bedingung: Die Künstler müssen jung sein und eine sichere Karriere vor sich haben. Dann fragte der doch unverhohlen, ob das bei mir der Fall sei!"
„Wie habt ihr reagiert?"
Diana:
„Ich habe dem Typen erklärt, dass man eine Künstlerkarriere überhaupt nicht vorhersagen könne. Damit ein Künstler bekannt wird, muss er schon Bilder verkaufen. Damit er Bilder verkaufen kann, muss er schon bekannt sein. Wer letztlich den Durchbruch schafft und später zu den Wholesellern gehört, das ist ein Roulettespiel. Wir Galeristen haben unsere Erfahrung, aber hundert Prozent gibt es nicht."
„Wie hat der reagiert, Gloria?"
„Mit einem Angebot, das erstmal interessant aussah. Seine Spezialität sei es, jemanden im Kreis potentieller Kunden bekannt zu machen, «personal promotion». Da er viele reiche Fabrikanten und Kaufleute kenne, sei das kein großes Problem. Dann die Bedingung, des Teufels Pferdehuf: Gloria müsse ihn auf seinen Reisen begleiten um sie den Kunden vorzustellen. Natürlich müsse sie für ihn auch privat uneingeschränkt zur Verfügung stehen. Wenn die Kunden besondere Wünsche hätten, müsse sie uneingeschränkt darauf eingehen. Sie könne dann auch verlangen, für ihre Dienste durch Ankauf ihrer Bilder entlohnt zu werden"
„Sakrament, war das vielleicht ein Zuhälter, Gloria?"
„Darauf bin ich – naives Dummerchen – nicht gleich gekommen. Ich habe ihn gefragt, ob meine Aufgabe so etwas sei, wie die einer Geisha in Japan. Da sagt der: «Geishas sind ein japanisches Modell. Bei uns nennt man das Escort. Genau das sollst du machen, dann wird es gar nicht mehr lange dauern, bis du groß im Geschäft bist.» Ich habe ihn angeschrien, was

erlauben Sie sich, soll ich für Sie als Escort arbeiten?
Der blieb ziemlich gelassen und und meinte, einen direkteren Weg zum Erfolg gäbe es nicht."
„Was hältst du davon, Smartje, meinst du, das ist ein Zuhälter, der Frischfleisch sucht?"
„Das kann man nicht ausschließen. Ist vielleicht aber einfach ein Angeber und Hochstapler.
Kann auch sein, dass er wirklich ein paar betuchte Herren kennt, denen er Frauen zuführt.
Chance für Gloria, Bilder zu verkaufen? Ja, theoretisch. Ist aber riskant und erfordert Mut und
Entschlossenheit."
Gloria hebt abwehrend die Hände.
„Wie soll ich das verstehen?"
„Biete ihm einen Vertrag an, dass du für ihn als Escort arbeiten könntest wenn er
unterschreibt, dass er dich nicht gegen deinen Willen zu irgendetwas zwingen wird.
Insbesondere sexuelle Handlungen sollen strikt untersagt sein, für ihn selbst wie für seine
Kunden oder Kontaktleute. Außer einvernehmlich, klar. Wenn du mit ihm gehst, hast du
Pfefferspray dabei und warnst ihn ausdrücklich, dass du abwehrbereit bist. Dazu gehört viel
Mut und Entschlossenheit. Das Risiko ist immer da. Empfehlen kann ich dir sowas nicht, du
musst selbst entscheiden, wie weit du gehen kannst und willst."
„Definitiv NEIN! Lieber verhungere ich, als dass ich mich einem solchen Typen aussetze.
Zum Glück bin ich noch nicht aufs Geld angewiesen. Ich habe ein Stipendium und die
Unterstützung meiner Eltern, vorerst noch."
„Dein Sicherheitsbedürfnis ist hoch, Sicherheit ist dir wichtiger als die vage Chance auf das
große Geld. Du triffst eine gute Entscheidung, Gloria. Du gehst auch nicht leer aus, das
Honorar von Thermax ist dir sicher. Waren außer diesen zwei Glücksrittern noch andere da,
Diana?"
„Keiner. Es macht den Eindruck, dass wir mit unserer Aktion nur die Geier aufgescheucht
haben."
„Die Geier sind immer am schnellsten. Wenn die Bilder erstmal in den Vorstandszimmern
hängen, wird sich das ändern."
Auf dem Heimweg kommt Smartje ins Nachdenken. Escort! Eine verlockende Idee. Die
Geilheit der Geldsäcke nutzen um sie anzuzapfen. Vielleicht eines Tages besser als der
mühselige Job bei Thermax.

Die Jahresbilanz von Thermax bleibt hinter allen Erwartungen zurück. Knopp ist in einer
Stimmung wie bei einem aufkommenden Gewitter. Smartje erlebt zum ersten Mal, dass er
angebrüllt wird. Ein solches Desaster habe es in Zeiten von Heino Droste nicht gegeben.
Smartje verzichtet auf eine Verteidigungsrede, sie wäre offensichtlich sinnlos. Statt dessen
besorgt er sich Zeitungen, in denen über den globalen Rückgang der Baukonjunktur berichtet
wird. Die Zeitungen legt er Knopp auf den Tisch. Knopp zitiert Smartje umgehend, wirft ihm
die Zeitungen vor die Füße.
„Ich habe Sie nicht als Schönwetter – Animateur eingestellt, Herr Brink. Sie haben mir
vorgemacht, dass Sie auch Katastrophe können. Beweisen Sie es jetzt!"
Smartje begreift, der steht mit dem Rücken an der Wand und braucht einen Sündenbock. Er
spürt, dass seine Zeit bei Thermax sich zu Ende neigt. Es ist Zeit, nochmal abzuräumen und

zu gehen. Die Buchhalterin Eva Zintl wundert sich.

„Herr Brink, diesen Vorgang soll ich als Einnahme verbuchen? Es ist noch kein Zahlungseingang gekommen."

„Tun Sie, was ich sage. Das Geschäft ist aufgrund des Optionsvertrages gültig, egal, wann die Zahlung kommt. Wir brauchen Haben-Buchungen, damit der Chef nicht durchdreht."

Smartje braucht die Haben-Buchung natürlich auch für seine Provision. Das geht die Evamaus nichts an. In der nächsten Zeit kommen noch zahlreiche solcher Luftbuchungen. Es kommen auch Zahlungseingänge, aber die Zuordnung ist in dem Gewirr schwer möglich. Erstaunlicher Weise funktioniert die Masche ziemlich reibungslos. Also weiter, solange es geht.

Kopfzerbrechen macht Smarte, dass er von Diana nicht mehr hört. Er fährt nach Karlsruhe. Betritt als unangemeldeter Besucher die Galerie Frey. Diana sitzt mit acht jungen Kunstschaffenden, darunter auch Mariette und Gloria, gerade beim Kaffee. Beim Eintritt dieses Kunden kann sie ihren Schrecken nicht verbergen.

„Smartje? So unvermittelt? Ist was passiert?"

„Diese Frage wollte ich dir stellen, Diana. Du hast lange nichts mehr hören lassen. Ist was passiert, gibt es keine neuen Bilder mehr?"

„Es gibt welche. Ich habe dir unter vier Augen etwas zu sagen. Unsere Besprechung ist gerade zu Ende, die Künstler gehen jetzt wieder an ihre Arbeit. Ach ja, hier darf ich dir vorstellen: Lisa Podbielski, unser Model. Wir sprachen über ihre nächsten Einsatzpläne, wir haben große Hoffnungen."

Smartje ist fasziniert. Eine glutäugige Schönheit mit einer üppigen Venusfigur. Ihr Blick auf Smartje ist eine eindeutige Aufforderung „tritt näher!"

„Erfreut, Sie kennen zu lernen, Frau Podbielski. Diana hat mit schon von Ihnen erzählt. Darf ich Sie mal in der Akademie besuchen, wenn Sie gerade als Model bei der Arbeit sind?"

„Warum nicht, ich habe oft Besucher. Manchmal stellen die sich als Mäzene oder Gönner vor, manchmal sind sie es auch. Kommen Sie, wann immer Sie wollen."

Dann sind nur noch Diana und Smartje im Raum. „Was ist passiert, Diana, was hast du mir mitzuteilen?"

„Der Reihe nach. Letztes Mal hast du gefragt, ob noch jemand gekommen sei. Ein paar Tage später kam einer. Das war kein alltäglicher Besuch. Ein Mann wie ein Beutegreifer auf der Jagd. Sein Name: Kuri Bazardai, aserbaidschanischer Geschäftsmann und Multiunternehmer. Hat tausend Interessen und Geschäfte in allen Teilen Europas und des vorderen Orients. Ist in Deutschland präsent mit Baumärkten, Miteigentümer von Beit Mardoch. Ahnst du was?"

„Beit Mardoch! Der Finanzier hinter Heino Droste! Droste hat unsere Geschäfte beobachtet und seinen Chef auf die Fährte gesetzt. Was wollte er?"

„Zunächst mal Bilder ansehen. Natürlich die obligate Frage nach der Wertsteigerung. In Baku, wo er zu Hause ist, wenn er zu Hause ist, hat er eine Ölraffinerie und , wie seltsam, ein privates Kunstmuseum. Das verwaltet die Schätze, die er von seinen Reisen um die Welt heimbringt. Da wäre noch viel Platz für hunderte von Bildern, hat er mit bedeutungsvoll erklärt. Er würde aber nur solche Bilder kaufen, bei denen eine Garantie für Wertsteigerung vorhanden ist.“

„Hat er was gekauft?“

„Erstmal nicht. Nachdem ich die übliche Erklärung abgegeben hatte, dass Wertsteigerungen in der Kunst nicht planbar seinen, ließ er die Katze aus dem Sack.

«Sie sind keine gute Geschäftsfrau, meine Liebe, Wertsteigerungen sind planbar, man muss sie managen. Am besten, indem man die Urinstinkte der Käufer anspricht. Geben Sie mir ein Aktgemälde, sowas in Stil von Modigliani etwa, das verkaufe ich ihnen zu jedem Preis, den Sie sich ausdenken»

. Also, jetzt weist du, was wir heute Nachmittag hier besprochen haben.“

„Aber das war doch nicht, was du mir unter vier Augen sagen wolltest?“

„Nein. Er kam wieder, jeden Tag. Brachte mir Geschenk und Blumen. Dann machte er mir einen Heiratsantrag. Einen Heiratsantrag, Smartje!“

„Was hast du gesagt?“

„Ich habe mir Bedenkzeit erbeten. Ein Ölmagnat und eine Galeristin, das passt zusammen wie Brennnessel und Butterblume. Er hat mit Photos von seinem Museum gezeigt. Eine traumhafte Sammlung, Bilder, Skulpturen, Installationen von erlesener Qualität. Und schwört, alles selbst ausgewählt zu haben. Auch Photos von seinem Privatleben, schlossartige Villa, exotischer Park, Lamborghini mit Chauffeur. Vorgestern kam er, um sich meine Antwort abzuholen. Bot mir einen Ehevertrag an, der mich für alle Eventualitäten königlich absichert.“

„Was verlangt er als Gegenleistung?“

„Dass ich sein Museum verwalte und seine Sammlung vergrößere. Und natürlich, die orientalische Bedingung: keine privaten Kontakte zu anderen Männern.“

„Wie hast du dich entschieden?“

„Ich habe zugesagt. Eine bessere Gelegenheit, meine Zukunft abzusichern, gibt es nicht. Wozu hättest du mir denn geraten?“

„Zusagen, selbstverständlich. Die Chance ist riesig. Aber bleibe wachsam, es nicht alles Gold, was glänzt. Was wird mit unseren Verabredungen?“

„In sechs Wochen schließe ich die Galerie und steige mit Kuri in den Flieger nach Baku. Ich weiß, das ist ein Schlag für dich. Aber die jungen Glücksritter, die du bei mir kennen gelernt hast, sind ja noch da, und Lisa. Wie ich dich kenne, wirst du etwas daraus machen.“

Nach dieser Wendung der Dinge scheint Heino Droste wohl ein hundertprozentiger Erfolg gelungen zu sein. Thermax darf das Geschäft mit Kunstdrucken auf Dämmplatten erneut aufbauen. Droste kennt seinen früheren Arbeitgeber. Das macht der kein zweites Mal und diesen Brink wird er wahrscheinlich in die Wüste schicken. Solche Gedanken gehen Smartje auf der Heimfahrt durch den Kopf. Aber warte, Droste, du hast dich zu früh gefreut. Ein Smartje Brinkmann geht nicht KO!

Andrea feiert ihren sechzehnten Geburtstag. Sie hat sich zu einer adretten und ziemlich raffinierten Jungfrau entwickelt. Entsprechend kommt eine große Crew ihrer Mitschüler zur Party, von denn jeder denkt, er sei die Nummer Eins. Aber auch Maximilian ist da, versenkt seinen Blick in die Augen von Andrea und weiß, wer Hahn im Korb ist. Andrea bekommt

zum Geburtstag eine Vespa, die hat Mama Elvira in Mailand gekauft. Natürlich feuerrot lackiert. Smartje bemerkt dazu trocken:
„Lamborghini ist das noch keiner, aber nach der Farbe schon ein bisschen ein Ferrari." Maximilians Vespa ist bronzemetallic, das passt gut zusammen. Max ist zwanzig und studiert in Mannheim Betriebswirtschaft. Ohne Zweifel wird er mal den väterlichen Betrieb übernehmen. Nachdem die Geburtstagstorte gegessen ist, knattern sie zusammen los. In die Freiheit und in die Zweisamkeit, die junge Leute suchen. Elvira ist, wie meistens, etwas besorgt. Smartje streicht ihr über das Haar.
„Lass' sie doch, Elvi, die brauchen das. Andrea ist meine Tochter. Sie hat mein Temperament, aber auch meinen Verstand. Sie wird keine Dummheiten machen.

Bei Thermax ist das Betriebsklima schlecht. Gehaltserhöhungen fallen dieses Jahr aus, das haben die Mitarbeiter bisher nicht erlebt. Sie wissen auch wer schuld ist: Dieser Brink natürlich. Mit seinen überdrehten Ideen, die zu nichts führen und einen Haufen Geld kosten. Eva Zintl wispert in der Mittagspause mit Otto Hutzenlaub. Der ist zwar, dank seinem Chef Brink, Oberbuchhalter und könnte sich eigentlich nicht beklagen. Aber die Affaire mit dem gefälschten Eintrag ist noch nicht vergessen. Zwar hat die forensische Prüfung damals ergeben, dass der jüngere der beiden Einträge mit einer viel älteren Tinte geschrieben wurde. Aber eine Betrugsabsicht konnte daraus nicht abgeleitet werden. Der Fall wurde niedergeschlagen, Hutzenlaub befördert, er könnte zufrieden sein. Ist er aber nicht.
„Ist eine Frage der Ehre", sagt er.
Da er auch Betriebsrat ist, nimmt er das Gespräch mit Eva Zintl zu Protokoll. Geht damit zum Arbeitsdirektor. Der heißt Robert Kienzle, Chef der Technik. Bevor dieser Brink erschien, war Kienzle Supervisor der Investitionen gewesen. Diesen Job hatte der Brink ihm weggenommen. Auch noch eine offene Rechnung. Ohne Wissen von Knopp beantragt er beim Finanzamt eine Rechnungsprüfung wegen Verdachts auf Steuerhinterziehung. Knopp fällt aus allen Wolken, muss aber gute Mine machen.
„Bitte schön, Herr Finanzrat, das Haus steht Ihnen offen. Wir haben nichts zu verbergen." Smartje hat blitzschnell begriffen. Die kriegen mich nicht. Raffinierte Idee, muss er anerkennen. Steuerhinterziehung wird nicht nachzuweisen sein, dafür andere Unregelmäßigkeiten. Auch wenn sie das Finanzamt zunächst nichts angehen – sie werden offen gelegt und man wird von ihm eine Erklärung verlangen.
Die Dinge nehmen ihren Lauf. Die Steuerprüfer finden nichts. Im Abschlussbericht weisen sie darauf hin, dass zwischen zwei Einträgen eine Lücke klafft, als seien einig Wochen lang gar keine Umsätze getätigt worden. Zahlungseingänge für diese Zeit sind vorhanden. Der Firma wird empfohlen, zu prüfen, ob und aus welchem Grund Inforationen fehlen. Robert Kienzle bringt es auf den Punkt: Hier fehlt ein Buch! Die Buchhalter Zintl und Hutzenlaub werden ausdrücklich nicht beschuldigt, da sie den Vorgang ja gemeldet haben. So geht die Frage an deren Chef, Smartje Brink, wer in seinem Bereich etwas zu vertuschen hat. Smartje setzt mit Getöse eine Untersuchungskommission ein. Mitglieder aus Vertrieb, Einkauf, Finanzverwaltung und Betriebsrat sollen aufklären.
Smartje atmet tief durch – Zeit gewonnen, aber nicht die Schlacht.

Knopp hat schon wieder Grund, mit seinem Verkaufsleiter unzufrieden zu sein.
„Was ist da los mit Ihrem Kunstgeschäft, Brink? Da kommt ja gar nichts mehr. Wenn Ihre zwei Optionsgeschäfte durchgelaufen sind, können wir wohl einen Sarg bestellen?"
„Da habe ich leider eine unschöne Nachricht, Herr Knopp. Die Kooperation mit der Kunstgalerie Frey war sehr gut angelaufen. Aber plötzlich ist die Galeristin verschwunden. Niemand weiß, wo sie steckt, die Galerie ist geschlossen."
„Was machen Sie jetzt?"
„Weiter ohne die Galeristin. Die Künstler sind noch da, ich kenne sie alle. Sie werden sich andere Galerien suchen, da kann ich mich einklinken. Sollte gar nichts mehr gehen, können wir Verträge auch direkt mit den Künstlern abschließen, ohne Galerie als Vermittler."
„Das hieße, die Künstler würden direkt bei uns angestellt, vielleicht noch mit Fixum und Pensionsanspruch? Schlagen Sie sich das mal gleich aus dem Kopf. Ich bin Baustoffproduzent, kein Kunstmäzen."
Da ist sie, die rote Karte. Knopp wird sie bald auf den Tisch legen.

Smartje geht in Karlsruhe zur Kunstakademie.Das erste Mal in seinem Leben betritt er ein akademisches Institut. Er fröstelt etwas beim Blick in eine Welt, die ihm bisher verborgen war. Fragt sich durch, wo er Frau Podbielski finden kann. Im Zeichensaal herrscht vollkommene Stille. Auf einem Podest thront Lisa in lässiger Haltung, keine Spur Textil am Körper. Im Kreis um sie herum zwei Dutzend Jungtalente mit Skizzenblöcken auf den Knien. Smartje stellt sich vor, was wohl in den jungen Männern vor sich geht beim Anblick der unbekleideten Weiblichkeit. Ein Herr mit Vollbart und schulterlangem Haar wird auf ihn aufmerksam.
„Suchen Sie etwas, kann ich Ihnen helfen?"
Der Typ, der wie die Karikatur eines Künstlers aussieht, ist offenbar der Lehrer.
„Was ich suche habe ich schon gefunden. Das Model, Frau Podbielski, hat mich eingeladen. Geschäftliche Angelegenheit. Vielen Dank für angebotene Hilfe, ich warte gern bis die Sitzung zu Ende ist."

Lisa hat Smartje entdeckt. Aber sie darf sich während der Sitzung nicht bewegen, so zwinkert sie ihm mit den Augenlidern zu. Nach zwanzig Minute ist Pause. Lisa schlüpft in ihren Morgenmantel und trippelt leichtfüßig zu Smartje hinüber.
Toll, dass Sie es wahr gemacht haben, Herr Brink. Sie wollen sicher über Diana sprechen. Was halte Sie von der Szenerie hier?"
„Eine wunderschöne Europa und zwanzig Stiere. Welcher davon ist Favorit?"
„Wenn ich Modell stehe, nehme ich die Zeichner kaum wahr. Ich schalte ab und bin in einer anderen Welt."
„Aber mich haben Sie wahrgenommen?"
„Sie sind ja auch kein Künstler. Sie fallen hier sofort auf."
Smartje besteht darauf, Lisa nach der Arbeit heim zu bringen. Sie wohnt in Ettlingen. Unterwegs ist Diana Frey das Gesprächsthema. Für Lisa ein noch viel größeres Dilemma als für Smartje. Ohne die Galeristin bekommt sie keine Privataufträge. Ohne Privataufträge kann

sie die Miete nicht bezahlen. Auf dem Weg fällt Smartje etwas auf.

„Restaurant zum Erbprinz – ist das nicht so ein renommiertes Speiselokal, wo schon Kaiser und Könige geschlemmt haben?"

„Von Kaisern und Königen habe ich noch nichts gehört. Aber es ist eines der besten Lokale in unserer Gegend."

„Waren Sie schon mal dort, Lisa?"

„Wo denken Sie hin! Die Preise sind für mich eine Klasse zu hoch."

„Haben Sie Hunger, Lisa?"

„Den hätte ich schon. Sie wollen doch nicht etwa …"

„Mal schauen, was die auf der Speisekarte haben."

Smartje und Lisa sitzen in der Weinstube in einer diskreten Ecke. Vor sich eine Flasche Moët Chandon, auf den Tellern Steak mit hausgemachten Maultaschen. Lisa ist so überwältigt, dass Smartje unversehens eine Kuss auf die Wange bekommt.

„Daneben gezielt, Frau Podbielski. Kommt das vom Sekt?"

„Ich erleben gerade einen Traum an der Seite eines unwiderstehlichen Verführers. Wo führt das hin?"

„Erst einmal zu dir nach Hause. Danach?"

Danach darf Smartje noch für einen Kaffee bleiben. Er drängt sich nicht auf. Die Beute ist ihm sicher.

Smartje kommt aus dem Grübeln nicht heraus. Elvira schüttelt den Kopf.

„Was ist los mit dir? Du starrst vor dich hin. Nimmst mich und Andy nicht mehr wahr. Was hast du für Probleme?"

„Lass uns einen Spaziergang machen, Andy auch mit. Im Wald fühlt man sich freier, ich kann euch etwas erklären."

Oben im Wald, am Vierburgenblick, mit dem Panorama des Neckars und dem Königsstuhl als Skyline kann Smartje reden.

„Es braut sich etwas zusammen, dass zu einem Desaster werden kann – könnte. Zumindest läuft es nicht wie geplant und ich muss Vorsorge treffen. Mein Projekt, den Verkauf von Knopps Allerweltsschotter durch Kombination mit Kunst anzukurbeln, steht auf der Kippe. Die Galeristin ist mit einem Nabob in den Orient abgehauen, die Künstlergruppe hat sich zerstreut und ein Neustart mit einem anderen Galeristen wird von Knopp wohl abgelehnt werden. Bevor es soweit kommt, muss ich etwas Neues aufbauen."

„Hast du einen Plan?"

„Noch nicht konkret. Die Gespräche mit der Galeristin Diana Frey, zwei ihrer Malerinnen und dem Model Lisa Podbielski haben mich auf eine Idee gebracht. Die Sache ist unkonventionell und riskant. Wenn es funktioniert, regnet es Sterntaler. Wenn nicht, winkt Urlaub mit vergitterten Fenstern."

„Was um Himmels Willen soll das sein, Smartje?"

„Escort."

„Was bedeutet das, Escort?"

„Ein in der Öffentlichkeit praktisch nicht wahrgenommenes Gewerbe. Geschäftsleute können Damen mieten, als Reisebegleitung und für gesellschaftliche Events. Hört sich anrüchig an, man denkt an Prostitution. Ist es aber nicht. Eher so was wie die Geishas in Japan. Die Damen werden von den Männern fürstlich entlohnt, mit Bargeld, Schmuck, Geschenken. Wer als Imker so einen Bienenstock betreibt, hat ausgesorgt."

„Mir stockt der Atem. Willst du sowas tatsächlich machen? Das ist doch nah am Rotlichtmilieu. Und wo nimmst du die «Bienen» her?"

„Ich bin keineswegs entschlossen. Es wäre das letztmögliche Auffangnetz. Wenn du am ertrinken bist und dir wirft einer einen Strohhalm zu, dann sagst du nicht «was soll der Strohhalm, ich brauch' doch einen Baumstamm!» Die Bienen zu rekrutieren ist noch das kleinste Problem. Lisa, das Modell, hat schon durchblicken lassen, dass sie das machen würde. Die junge Malerin Mariette Veit, mit der sie befreundet ist, wäre wohl auch zu gewinnen. Beide haben in der Akademie eine Menge Bekannte und Freundinnen. In der Kunst ist das so: Die jungen Künstler, insbesondere die Frauen, nagen am Hungertuch. Erst recht, wenn ihnen der Galerist abhanden kommt. Viele müssen das Studium aufgeben und sich mit minderwertiger Arbeit über Wasser halten. Irgendwann sind sie soweit, dass sie eine Wut auf die Gesellschaft bekommen und auf deren Wohlanständigkeit pfeifen. Also – ich forciere das jetzt nicht, aber ich baue vor."

„Überlege dir das gut, Smartje. Ich weiß nicht, ob ich das an deiner Seite ertragen könnte."

„Gewiss, Elvi, drum diskutieren wir ja. Aber denk an den Satz deines berühmten Namensvetters, Bertolt Brecht: „Erst kommt das Fressen, dann kommt die Moral""."

Bei Thermax laufen die Dinge, wie von Smartje vorausgeahnt. Aber auch ein mit allen Hunden gejagter Fuchs sieht nicht jede Falle. Zunächst der erwartete Eklat, als Knopp das Ansinnen, für das Kunstprojekt eine neue Galerie unter Vertrag zu nehmen, so kommentiert: „Wissen Sie eigentlich, Brink, wieviel mich das kostet? Und was machen Sie, wenn Sie mit allen Galerien durch sind? Kein Erfolg mal zehn oder mal hundert ist immer noch kein Erfolg. Kümmern Sie sich bitte um unsere Standardprodukte. Lassen Sie sich was einfallen, wie Sie den Absatz verbessern können. Genau dafür habe ich Sie eingestellt."

Wumm, das sitzt. Smartje hat einen Hieb in die Magengrube eingesteckt, aber KO ist er nicht. Ihm schwebt eine Kooperation mit Beit Mardoch vor. Dazu könnte ihm Diana verhelfen, so er sie denn fände. Baku ist weit, aber nicht auf einem anderen Planeten. In einem luziden Tagtraum hat er Heino Droste mit einer Dämmplatte erschlagen und mit Bazardai ein Joint Venture gegründet:

„Thermax Baustoffhandlung GmbH & Co. KG"

Produktion und Anwendungs–Know–How aus einer Hand! Individualisierte Fertigung für jeden Bedarf! Geht Nicht? Geht doch! Nur bei uns!

Eine Skizze mit der Geschäftsplanung der neuen Gesellschaft schickt er Knopp. Der reagiert sofort und will unverzüglich «diesen Brink» sehen. Aber dann: Knopp will gar nicht über die neue Geschäftsidee reden.

„Was ist da los mit Ihrer Buchhaltung, Brink? Die Buchhalter beschweren sich, dass sie fiktive Umsätze eintragen müssen. Sie fürchten, sich dadurch strafbar zu machen. Ein Buch mit solchen Einträgen ist verschwunden. Betriebsrat und Arbeitsdirektor sind eingeschaltet und fordern sofortige und restlose Aufklärung. Was haben Sie dazu zu sagen, Brink?"

„Zunächst muss ich mein Erstaunen ausdrücken. Anweisungen zu ungesetzlicher oder untreuer Buchführung habe ich nicht erteilt. Der Forderung nach Aufklärung schließe ich mich an."

Wieder Zeit gewonnen, Zeit zum Handeln. Aber warum sagt er nichts zu seiner neuen Geschäftsidee? Smartje ist misstrauisch. Der Fuchs wittert einen Wolf. Es gibt kein Vertrauensverhältnis mehr zwischen ihnen, erkennt er. Jeder hält den anderen für illoyal. Zu recht, es ist so. Nun will der Wolf den Fuchs aus seinem Revier verdrängen. Soll er sich rauswerfen lassen oder lieber freiwillig gehen? Nein freiwillig nicht. Er will es darauf ankommen lassen, will sehen, was dem Wolf als nächstes einfällt.

Smartje besucht Lisa Podbielski in Ettlingen. Utile cum jucundo. Ja, sie hat noch Kontakt mit Diana, sie hat ihre Telefonnummer. Begreift sofort, was das Joint Venture bedeutet. Diana soll doch die Kunstsammlung dieses Bazardai betreuen. Das Kunstprojekt könnte wieder auferstehen!

Eine Woche später bekommt Smartje einen Anruf von Lisa. Sie hat Diana das Projekt beschrieben, Diana hat mit Bazardai gesprochen. Der ist nicht abgeneigt, sucht in der Tat noch Möglichkeiten für Kapitalanlagen im Westen. Smartje lässt sich nicht mehr zurückhalten, erzwingt bei Hanna Rottmann einen Gesprächstermin mit Knopp. Der hört sich die Story und sagt mit kühler Überlegenheit:

„Also mit diesem Bazardai haben Sie gesprochen? Wie sind Sie an ihn gekommen?"

„Ich habe nicht direkt mit ihm gesprochen. Die Galeristin Diana Frey hat vermittelt."

„Das hört sich unsicher an. Ihre Idee ist an sich gut, aber der Kontakt ist mir zu vage. Ich mach' das zur Chefsache und kümmere mich selber drum. Sie hören dann von mir."

Eine Reaktion, die sich wie ein Rauswurf anfühlt.

Smartje verdrängt das Misstrauen. Der wird das machen, dann bin ich Geschäftsführer der neuen Firma. Ziemlich sichere Sache.

Doch mit des Geschickes Mächten ist kein ew'ger Bund zu flechten
und das Unglück schreitet schnell.

Knopp bestellt seine leitenden Angestellten ins Besprechungszimmer.

„Meine Herren, ich habe eine wichtige Mitteilung für Sie. Meine Firma Thermax hat einen Optionsvertrag zur Gründung eines Joint Venture mit dem Baustoffhändler Beit Mardoch abgeschlossen. Das neue Unternehmen wird den Kunden Produktion und Anwendungs-Know-How aus einer Hand anbieten. Die Vorteile liegen auf der Hand. Wegen der Bedeutung für die Entwicklung von Thermax haben wir einen Mann zum Geschäftsführer bestellt, der in beiden Bereichen Erfahrung hat. Es ist der Ihnen allen noch wohl bekannte Kaufmann Heino Droste. Sie sind aufgefordert, mit Droste vertrauensvoll zusammen zu arbeiten. Herr Brink, Sie müssen jetzt nicht sofort gehen, Sie können das Ende der Besprechung noch abwarten. Na gut, der ist raus, vielleicht kein so großer Verlust."

Die Kunst, zu überleben

Smartje ist zum ersten Mal in seinem Leben richtig kleinlaut. Dass er auf hinterlistige Weise ausgebootet wurde, verwindet er nicht so schnell. Elvira versucht ihn zu trösten.

„Man sieht einem Menschen ja nicht an, wozu er fähig ist. Hinter einem Lächeln verbirgt sich manchmal ein Schurke. Du hast doch schon so etwas geahnt. Aber – sei guten Mutes, ich kenne deine Begabung, nach einem Knock out wieder auf die Füße zu kommen."

„Otto Hutzenlaub würde jetzt sagen «es ist eine Frage der Ehre». Für mich ist es eine «Frage der Strategie». Ich habe strategisch versagt und das ist schwer zu ertragen. Ich werde, ich muss das korrigieren."

Smartje tourt durch's Land und besucht alle möglichen Märkte, Messen und Ausstellungen. Unglaublich, was es alles gibt! Heimwerkermärkte, Trödelmärkte, Devotionalienmärkte, Uhrenmessen, Spielwarenmessen, Souvenir- und Scherzartikelmessen, Schmuck- und Designermessen, Erfindermessen. Wenn man genau hinschaut, scheint die Region über zu quellen mit tausend Kinkerlitzchen, die keiner braucht und jeder haben will. Smartje redet und verhandelt, schließt Optionsverträge auf Artikel, die er früher nicht einmal gekannt hat. In Titisee staunt er über die Vielfalt handgeschnitzter Kuckucksuhren von klein bis riesig. Die größte baut Mathias Joos, in einer Werkstatt hat er zwölf Schnitzer angestellt.In Trossingen amüsiert er sich über ein Mundharmonikaorchester. In St. Georgen besucht er einen Madonnenschnitzer, der auf Bestellung auch mal laszive Putten oder einen Priapus liefert, nach dem Motto «Moral kann man nicht essen». In Donaueschingen gibt's eine Heimwerkermesse, da zeigen sie ihm, welche Werkzeuge man als Do-it-yourself-Metzger benötigt. Ein Schraubenhersteller bietet ihm ein Sortiment mit vergoldeten Köpfen an, das sei bei Heimwerkern der aktuelle Hit. Da hat er seine neue Strategie schon beinahe fertig. In Karlsruhe gibt es einen Gebrauchtwagenhändler, der besorgt ihm einen uralten Büssing-Pritschenwagen mit Hebebühne. Mit dem geht Smartje auf Einkaufstour. Je wertloser das Zeug, desto zäher sind die Preisverhandlungen. Um eine Obstschale mit Äpfeln und Weintrauben aus buntem Plexiglas verhandelt er eine Stunde lang. Erst als er aufsteht und gehen will, geht der Anbieter auf Smartjes Preisvorstellung ein. Ein schlechter Verkauf ist immer noch besser als gar keiner. Smartje lernt etwas: Auch eine Niederlage kann ein lohnendes Geschäft sein.

Das Amtsgericht verlangt eine Firmengründung mit Gesellschaftsform und Geschäftsgrundlage. Können sie haben, Bitte sehr:

Andreas Devotionalien- und Souvenirhandel e. K. Inhaber Smartje Brink y Mankoog, Hidalgo de Arranjouez. Geschäft: Nützliche Kleinartikel für jeden Bedarf.

Er lässt einen Flyer drucken, der auf allen Märkten verteilt werden soll. Dann zieht er mit seinem Pritschenwagen los. Der wird rückseitig aufgeklappt, zwei Dreiböcke und zwei Bretter geben einen Verkaufstisch und das Publikum staunt. Hoffentlich!

Andreas Devotionalien und Souvenirs
Nützliches und Schönes für jeden Geschmack

Kommt und schaut! Das und noch viel mehr gibt's bei Andrea

historisches Butterfass, schönes vintage Dekor und voll funktionsfähig! Mach deine Butter selbst!

zauberhafter Bonsai aus unzerstörbarem Polyurethan! Man wird dich beneiden!

original handgeschnitzte schwarzwälder Kuckucksuhr! Ein Unikat von unschätzbarem Wert!

Quietschmaus, macht einen Höllenlärm. Ultimativer Sicherheitbegleiter für Damen, die nachts allein unterwegs sind!

Schenk deiner Liebsten diesen Glasperlenring in Turmalinoptik, sie wird begeistert sein!

Unfassbar günstige Preise!

Aber es gibt noch ein ernsthaftes Problem. Die Gemeinden verlangen von den fliegenden Händlern eine ordentliche Anmeldung. Name und Adresse müssen bekannt sein. Das führt zu zeitraubenden Genehmigungsprozessen. Die Zeit hat Smartje nicht, außerdem kann er nicht riskieren, dass die seine Identität überprüfen. Die Lösung: Er stellt seine Pritsche am Rand des Marktes auf einen Parkplatz, da darf ihn kein städtischer Ordnungshüter inquirieren. Auf der Plane steht in blutroten Lettern:

> *Andreas Devotionalien- und Souvenirs*
> *Nützliches und Schönes für jedermann*
> *Unfassbar günstige Gelegenheiten!*

Markttag ist für viele ein Festtag, es herrscht in der Regel großer Andrang. Smartje spekuliert: Wenn jeder zwanzigste bei ihm stehen bleibt, und jeder zehnte davon etwas mit nimmt, hat er am Ende hundert Artikel verkauft. Wenn … ja, wenn das wenn und das aber nicht wär, dann wär Smartje schon bald Millionär. Aber er hat noch ein Ass das er ausspielen kann: Andrea. Sie ist zu einer attraktiven siebzehnjährigen Jungfrau herangewachsen, nach der sich die Männer umdrehen. Sie geht gerne mit ihren Pappi auf Tour. Das Vagabundenleben macht ihr Spaß, mehr als die Schule. Sie lernt schnell, Verkaufsgespräche zu führen, nutzt ihren Vorteil, wenn die Kerle sie anschmachten und etwas kaufen.

Elvira ist nicht begeistert von der Entwicklung.
„Ist ja schön, dass sie mit soviel Elan bei der Sache ist und die Lebensrealität kennen lernt. Aber du solltest unbedingt darauf achten, dass sie die Schule zu Ende bringt. Ist nur noch ein halbes Jahr ist zum Abitur und ich bestehe darauf, dass sie den Abschluss macht."
„Sie ist eben meine Tochter. Ich hab's auch nicht zu Ende gebracht. Warum? Irgendwann kam mir das ganze Zeug so sinnlos vor. Die Glocke von Schiller mussten wir auswendig lernen und in Religion die zehn Gebote. Was kann man damit anfangen? «Drinnen waltet die züchtige Hausfrau» klingt in der heutigen Realität nur noch grotesk. Die zehn Gebote? Ich kenne niemanden, der sich danach richtet. Weder im Privaten noch im Beruflichen. Im Geschäftsleben sind sie der sichere Weg in die Armut. Ansonsten war Schule der Ort, wo Lehrer ihre Allmachtsphantasien ausleben konnten und die Schüler sich deswegen denunzierten und in endloses Mobbing verstrickten. Ich will Andrea keine Vorschriften machen. Sie entscheidet selbst und wenn sie auf dich hört ist es auch gut."
Andrea zieht eine Schnute. Aber so erwachsen ist ihr Verstand nun doch: Noch ein halbes Jahr und sie kann die Früchte von acht Jahren Schwerarbeit ernten. Aber Schule ist nur vormittags, am Nachmittag fährt sie mit ihrer Vespa dem Pappi hinterher. Utile cum jucundo.

Smartje bemerkt, dass die Händler auf den Märkten ihn unverhohlen feindselig beobachten. In Baiersbronn kommt der städtische Ordnungsdienst auf ihn zu. Es gäbe Beschwerden, dass er mit einem illegalen Verkaufsstand den regulären Händlern Kunden weg nähme. Smartje ist sehr erstaunt und kann sich gar nicht vorstellen, dass einer von denen sein Sortiment führen würde. Und was heißt illegal? Jeder Bürger darf das, was er besitzt, verkaufen. So ist das

Gesetz und er würde nie, nie, ein Gesetz übertreten!!

Er ist gewarnt, Baiersbronn wird er so schnell nicht mehr betreten. Sehr bald stellt er danach fest, dass das Problem weiter existiert. Die Händler auf den Märkten verhalten sich wie ein Nomadenstamm. Sie sind überall, kennen sich und tauschen informelle Nachrichten aus. In Maulbronn bekommt er wieder Besuch von einem Ordnungshüter. Der spricht erst gar nicht von Beschwerden, er will Smartjes Gewerbeschein sehen. Den photographiert er mit seinem Mobiltelefon. Nur als Beleg, es gibt kein Problem, versichert er. Smartje grübelt. Da läuft etwas gegen ihn - aber was? Sicherheitshalber streicht er auch Maulbronn aus seiner Liste. In Durlach bekommt er einen Anruf von Lisa Podbielski.

„Lisa? Wie schön, dass du dich mal meldest. Hat das einen besonderen Grund?"

„Hat es Smartje. Aber darüber kann ich am Telefon nicht sprechen. Du bist gerade in Durlach? Da komm' ich mal schnell zu dir, wenn du mir beschreibst, wie ich dich finde."
Eine halbe Stunde später steht Lisa vor ihm.

„Komm, wir gehen da in den Pritschenwagen, wir brauchen keine neugierigen Zuschauer. Was ist los Lisa? Gibt es ein Problem?"

„Ja, es gibt eins. Diana. Sie ist abgehauen."

„Was heißt das, ist sie nicht mehr in Baku?"

„Sie ist auf dem Weg hierher. Hat sich von ihrem Kuri getrennt. Weiß im Augenblick nicht so recht, wo sie hin soll. Hab' ihr angeboten, dass sie erst mal bei mir unterkommen kann. Und sie hat sich nach dir erkundigt. Nichts genaues rausgelassen, aber es muss dramatisch sein. Kannst du morgen Abend nach Ettlingen kommen?"

Smartje kann und ahnt, dass etwas Bedeutsames vor sich geht. Als Lisa ihm die Tür öffnet, stehen ihm nicht zwei, sondern gleich drei Frauen gegenüber.

„Drei Grazien? Wollt ihr mich verwöhnen?"

„Es ist ernst, Smartje. Das hier ist Ilse Gschwendt, eine Freundin von mir. Ilse modellt gelegentlich auch an der Akademie, aber hauptsächlich arbeitet sie als Animateuse in verschiedenen Nachtklubs. Karlsruhe, Baden-Baden, Varnhalt."

„Hallo Ilse. Erfreut, dich kennen zu lernen. Wie lebt man denn als Animateuse?"

„Schlecht. Nicht finanziell, aber die Kerle sind immer aufdringlich und wollen natürlich das Eine. Da brauchst du manchmal ein ganze Dose Pfefferspray in einer Nacht. Und die Clubbesitzer drohen dann auch noch mit Rauswurf."

„Diana du! Ist das die Möglichkeit? Was ist passiert?"

„Ich erzähle gleich, muss mich erstmal sammeln und zurecht finden. Von Baku nach Ettlingen – das ist, als wärst du durch ein kosmisches Wurmloch gekrochen."
Lisa serviert einen Mokka.

„Damit unsere Orientalin sich ein bisschen leichter an uns gewöhnen kann."

„Nein, Lisa – dass Märchen aus tausend und einer Nacht ist vorbei. Es waren bei weitem keine tausend Nächte und das Erwachen wurde zum Horror."

„Was ist schief gelaufen?"

„Alles. Glaube, Hoffnung, Liebe. Der Glaube war ein Irrglaube, die Hoffnung trog, die Liebe war schnell vom Winde verweht. Nur der Start war märchenhaft. In einem Schloss mit soviel Prunk habe ich noch nie gewohnt. Überall liefen Diener herum, die jeden Wunsch erfüllten.

Auch in meiner beruflichen Mission lief es großartig. Ich konnte Auktionen auf der ganzen
Welt besuchen, mit einem unerschöpfliche Etat konnte ich kaufen, was gut und teuer war und
mir gefiel. Kuris Sammlung vergrößerte sich rasch und veränderte sich dabei. Ich hatte einen
eigenen Raum für junge Avantgarde und experimentelle Stilrichtungen. Kuri ließ mich
machen, er kommentierte meine Aktivität mit keiner Silbe. Nur einmal sprach er mit mir
darüber. Er war gerade von einer Reise durch Westeuropa zurück.
«Du hattest doch in Karlsruhe Kontakt mit einem Baustoffhändler, der Arbeiten deiner
Künstler im Bausektor präsentieren wollte?»
«Thermax? Ja, denen haben wir etwas verkauft. Hast zu Kontakt zu ihnen?»
«Der Inhaber ist ein gewisser Knopp. Der kontaktierte mich mit einem Projektvorschlag. Ein
Joint Venture, in dem Produktion und Anwendung gebündelt werden sollen.»
«Ich glaube, ich weiß, von wem diese Idee stammt. Hast du akzeptiert?»
«Ja, natürlich. Es ist ein Experiment, aber kaum ein Wagnis, wenn man die richtigen Leute
dafür hat. Ich habe darauf bestanden, das nicht er sondern ich die Geschäftsleitung ernennen
kann. Er ging darauf ein, weil er vermutlich klamm bei Kasse war.» Die Konsequenzen dieses
Vorgangs waren für mich nicht durchschaubar. Habe mich nur gewundert, warum er mich
darauf ansprach. Später verstand ich, dass er offenbar in meiner Vergangenheit
herumstocherte. Dann kam eine Zeit, in der ich ihn immer seltener zu sehen bekam. Er war
fast immer auf Reisen und wenn er kam, zog er sich zurück und mied meine Gesellschaft. Ja,
da hätte ich auf der Hut sein sollen. Was macht ein Orientale, wenn er seine Frau nicht mehr
sehen will? Dann kam er eines Abends doch wieder zu mir. «Diana, ich muss dir etwas
mitteilen. Du wirst vorübergehend auf einige deiner Räume verzichten. Ich lasse sie
umgestalten und neu dekorieren.»
„Warum?"
«Ich heirate eine zweite Frau. Damit die Rollen gleich klar sind: Sie wird die Favoritin und du
bist dann Nummer zwei.»
Kuri, dass ist ein schlechter Scherz. Sag', dass du einen Witz machen wolltest!
«Ich mache keine Witze. Was ich sage ist immer Realität.»
Ich glaube, ich bin in diesem Moment wohl ohnmächtig geworden. Als ich meine Umgebung
wieder wahrnam, war er verschwunden. Ich sah ihn auch nicht mehr wieder. Ich zog aus
seinem Palast aus, mietete eine Wohnung in der Stadt. Kontaktierte einen Rechtsanwalt um
die Scheidung einzuleiten. Erfuhr, dass nach muslimischem Recht Frauen keine Scheidung
beantragen können. Das können nur Männer. Der Anwalt forderte Kuri auf, eine
Scheidungsklage einzureichen. Die Antwort: Er denke keineswegs an eine Scheidung. Zwei
Frauen zu haben sein schließlich im muslimischen Recht verankert. Nun war ich ihn nicht
wirklich los, dafür aber wirklich mittellos. Die versprochene Abfindung gab's ja nur wenn er
sich scheiden ließ. Ich verkaufte den Schmuck, den er mir geschenkt hatte. Das reichte für den
Flug von Baku hierher und kaum noch für die Zukunft."
Nach dieser Schilderung von Diana ist es einig Zeit still im Raum. Dann beginnt Lisa leise
und stockend:
„Wie es aussieht, haben wir vielleicht alle das gleiche Problem. Wir sind aus der
komfortablen Zone des Lebens gefallen, auch du, Smartje, nur magst du es nicht zugeben.

Gibt es einen Weg zurück?

Ich weiß zwar nicht, was jeder denkt, aber was ich denke, was mir im Kopf herum geht, das hast du einmal in den Raum gestellt: «Escort»."

„Habe ich einmal erwähnt, im Gespräch, in Dianas Galerie. Da waren zwei junge Künstlerinnen, die hatten gerade das Leben kennen gelernt. Die eine, Marietta, konnte sich so etwas als Rettungsanker vorstellen. Die andere, Gloria, überhaupt nicht. Wie weit du zu gehen bereit bist, hängt davon ab, wie nah dir der Abgrund ist. Escort kann eine gute Idee sein, ein Risiko ist es allemal. Du kannst es machen, du kannst es erfolgreich machen, wenn du deinen Stolz behältst und deine Integrität nicht antasten lässt. Ich weiß, was du von mir erwartest, Lisa. Aber das kann ich nicht allein entscheiden. Ich habe eine Frau und eine Tochter, die haben ein Mitspracherecht. Für heute bleibt noch ein Punkt auf der Agenda: Abendessen. Darf ich euch einladen? Diesmal nicht in den Erbprinz, sondern zu Pizza – Hut. Ist ja auch nicht schlecht und jeder kann mal seine Flexibilität testen."

Bei Margeritta, Creamy chicken und Spicy Veggy tauen die Gemüter auf und nach einem Glas Valpolicella wird auch wieder gelacht. Italien. Mediterranes flair. Du bist Orplid mein Land. Trübsal bitte erst morgen wieder. Elvira ist entsetzt.

„Smartje, das kannst du im Ernst nicht vorhaben. Escort! Wie willst du das organisieren? Einen Escort Club, der nicht in den Verdacht gerät, ein illegales Bordell zu sein? Woher willst du die Frauen rekrutieren, die das freiwillig machen? Wie willst du es einrichten, das das Ding nicht juristisch angreifbar und nicht moralisch verwerflich ist?"

„Der juristische Aspekt ist einfach. Die Herren unterschreiben einen Vertrag in dem genau geregelt ist, was erlaubt ist und was nicht. Der moralischer Aspekt? Ich war im Leben dann erfolgreich, wenn ich mich unmoralisch oder mindestens amoralisch verhalten habe. Du kennst die Geschichte meines Ziehvaters Tom Lüdemann. Für ihn war Moral ein Irrweg, Unmoral berechtigte Waffe im Kampf ums Überleben."

„Sind wir denn schon an diesem Punkt? Müssen wir ums Überleben fürchten?"

„Nein, Elvi, noch nicht. Aber du siehst auch, wie schnell man auf die Verliererseite geraten kann. Nicht durch eigenes Verschulden, sondern durch den Egoismus anderer. Ich muss und ich werden vorsorgen. Der lächerliche Kram, mit dem ich jetzt durch die Jahrmärkte toure, kann auf Dauer keinen Erfolg generieren. Ich war mal in einer Position, da hätte ich dem Smartje, der ich heute bin, aus Mitleid eine Flasche Schnaps geschenkt. Ich will zurück in die Erfolgsspur. Si vis victoriam, non debeas pugnare! Wer den Sieg will darf den Kampf nicht scheuen! Den Spruch habe ich von meinem Klassenlehrer am Gronauer Gymnasium, Dr. Ratsmann. Der wollte mich von der Schule werfen. Ich habe ihn durch eine abgefeimte Schurkerei dazu gebracht, sich mit meiner Mutter auf Intimitäten einzulassen. Was für ein Triumph! Ich war gerade mal zwölf und hatte einen alten Hirsch erlegt. Mit der Kampftechnik von Tom Lüdemann.

Ja, Andrea, wie denkst du darüber?"

„Ich kann Mamas Bedenken gut verstehen, aber ich unterstütze deine Idee, Pappi. Das Leben ist kein Ponyhof und schon lange kein Paradies. In der Realität ist Moral kein Kompass, das sagt auch Maximilian, der sieht, wie sein Vater und sein Onkel sich durchkämpfen müssen. Ach, weißt du, Pappi, am liebsten würde ich gar nicht mehr in die Schule gehen!"

Aber Mama Elvira besteht darauf, dass sie das Abitur machen muss. Je älter ihre Tochter
wird, desto selbstbewusster tritt Elvira auf, so hat Smartje sie nicht kennen gelernt.
Schließlich ist auch das geschafft, mit einer wenig glänzenden Durchschnittsnote. Studieren
will Andrea auf keine Fall. Sie entscheidet sich für eine duale Ausbildung zur
Einzelhandelskauffrau. Sie macht eine „Lehre" in Smartjes Unternehmen „Andreas
Devotionalen und Souvenirhandel" und hat zweimal in der Woche Unterricht. Elvira kann die
Freude über das gelungene Arrangement nicht nachvollziehen. Aber: Die Bewährungsprobe
 kommt schneller als gedacht. Smartje ist ständig unterwegs, ohne Rücksicht. Als im
November nasskaltes Wetter einsetzt mit Schneeregen und scharfem Nordwestwind,
bekommt er Fieber und bricht zusammen. Andrea chauffiert ihn nach Karlsruhe in die
städtische Klinik. Zum ersten Mal sieht Smartje ein Krankenhaus von innen.
Lungenentzündung, acht Tage Krankenhausbett mit Infusionen. Er bäumt sich auf. Die
Geschäfte müssen laufen. Andrea streicht ihm über das rot erhitzte Gesicht.
„Du bleibst jetzt hier, Pappi, keine Widerrede! Die Geschäfte mach' ich eine Woche mal ohne
dich. Hast du nicht auch mal so angefangen? Wer schwimmen will, muss ins Wasser gehen.
Was liegt als nächstes an?"
„Der Bohrermarkt in Neckargemünd. Gottseidank. Du hast nur ein paar hundert Meter von zu
Hause und wir kennen viele Leute. Da kann meine Abwesenheit noch ein strategischer Vorteil
sein. Nimm die goldenen Schrauben mit, vielleicht gibt es ein paar Verrückte, die das gut
finden. Und scheu dich nicht vor längerem Gefeilsche. Wenn sie etwas haben wollen, zahlen
sie am Ende doch deinen Preis."

Andrea besteht die Feuertaufe. Eine Woche später sitzt Smartje entkräftet mit einem Glas
Rotwein im weichsten Sessel, Andrea präsentiert stolz ihre Bilanz.
„Die goldenen Schrauben habe ich alle verkauft, es hätten mehr sein können. Die Bauteile für
die große Kuckucksuhr mit Bauanleitung haben hundert Prozent Gewinn gebracht, ich hätte
noch höher gehen können. Hab auch gleich eine nachbestellt bei Joos. War das recht?"
„Du bist ein Schatz, Andi. Wenn du die duale Ausbildung fertig hast, wirst du Mitinhaberin.

Ein Brief vom Ordnungsamt der Stadt Maulbronn beendet die Partystimmung abrupt. Man
teilt dem Inhaber der Firma „Andreas Devotionalien- und Souvenirhandel e. K." mit, dass
Straßenverkäufe in Maulbronn nicht erlaubt seien und verhängt ein Bußgeld. Die Firma wird
aufgefordert, sich um einen Stand auf dem Marktplatz zu bewerben. Zur Zeit sind allerdings
keine Plätze frei. Der Bescheid ist vorläufig, binnen drei Wochen können Rechtsmittel
dagegen eingelegt werden.

„Wenn das Schule macht, kriegen wir ein Problem. Da haben wir es wieder: Die schlechtesten
Geschäfte sind die moralisch einwandfreien. Ich werde mir rechtzeitig bessere Ideen einfallen
lassen." Andrea findet das logisch, Elvira glaubt, so etwas wie eine Drohung gehört zu haben.

Smartje besucht den Madonnenschnitzer Jörg Renz in St. Georgen. Madonnen lassen sich
nicht verkaufen, darin sind sie sich einig. Jörg bietet an, eine Serie kleiner Priapus – Figuren
zu machen, dazu noch ein paar unbekleidete empfängnisbereite Mädchen. Kein Festpreis bei

Abnahme, dann fünfzig Prozent vom erzielten Verkaufspreis. Eine Chance für beide, sie klopfen sich als Freunde auf die Schulter. Das Problem mit den Ordnungsämtern verschweigt Smartje. Überlegt, ob es einen anderen Vertriebsweg gibt als die Wochenmärkte. Einen stationären Kunsthandel oder eine Galerie, wo neben seriöser Kunst auch frivole Figuren ausgestellt werden – und, na was noch alles. Diana Frey! Wo steckt eigentlich Diana? Smartje holt Lisa Podbielski von der Akademie ab. Abendessen beim Griechen mit Lammfleisch und Rezina, dann die Frage: „Mona Lisa, du hast doch sicher noch Kontakt zu Diana. Was macht sie jetzt?" „Sie hat eine Job in der Kunsthalle hier, untergeordnete Tätigkeit, ist unzufrieden und wartet auf eine bessere Chance. Was hast du vor?"

„Etwas, das vielleicht die bessere Chance ist. Für Diana, für mich, womöglich auch für dich. Wir müssen mit Diana reden, Kannst du das organisieren, Lisa? Bring auch Ilse Gschwendt dazu mit, jede Erfahrung zählt. Wenn jeder der seine Ideen dazu gibt, wird es was. Wie bei den Bremer Stadtmusikanten, etwas Besseres als den Tod finden wir überall."

Lisas Wohnung in Ettlingen wird zum Underground – Treffpunkt. Jedenfalls nennt Lisa das so. Smartje benutzt statt dessen den Begriff „Selbstverteidigungs – Treffen".

Zur Vorbereitung trifft er in Wolfartsweier einen Bekannten. Peer Solinger ist eigentlich Möbelschreiner. Betreibt eine kleine Fabrik in der er hundert skurrile Kleinartikel herstellt. Souvenirs und Scherzartikel für Jahrmärkte. Gartenzwerge, Nacktarschputten, Quietschmäuse, lachende Säcke und noch viel mehr sinnloses Trallala.

„Meine Möbel wollten die Leute nicht mehr kaufen. Hochwertiges ist dem Michel Normalverbraucher zu teuer. Diesen Schund reißen sie mir aus der Hand, du weißt es, bist ja auch einer meiner besten Verkäufer."

„Dein Verkaufsladen steht leer, Peer. Würdest du ihn vermieten?" „Selbstverständlich, wenn du ihn haben willst. Was willst du anfangen?"

„Muss ich mit der künftigen Besatzung noch diskutieren. Vielleicht eine Kunstgalerie, auch ein Frauenhaus, aber kein soziales. Auf jeden Fall etwas, das mehr bringt als es kostet, und das juristisch abgesichert ist. Troubel mit Behörden hab' ich schon genügend. Machen wir mal eine Optionsvertrag? Ich kann erst mieten, wenn die Crew sich entschieden hat."

Lisas Wohnung hat noch nie so viele Besucher gesehen. Diana ist gekommen. Die Begrüßung mit Smartje fällt etwas unterkühlt aus.

„Ich weiß, Diana, dass du diesen Schlag noch nicht verdaut hast. Aber warte mal ab. Wir gründen ein kleines Zimmertheater für kontaktsuchende Buben. Du kannst die Impresaria sein. Dabei vergeht die Traurigkeit, bestimmt!"

Ilse Gschwendt ist nicht allein gekommen.

„Hallo, Ilse! Wie ich sehe, hast du drei Leibwächterinnen mitgebracht. Rechnest du mit dem Schlimmsten?"

„Im Gegenteil, ich bin voll optimistisch. Ich darf dir meine Freundinnen vorstellen: Kerstin Sommer, Verena Lochner, Dithlinde Groß. Sie leben und ernähren sich so wie ich. Aber mit weniger Fortune. Die armen Katzen arbeiten in schmuddeligen Etablissements in den Touristenzentren in Hinterzarten, Titisee und Schluchsee. Sie müssen sich oftmals als Callgirls verkaufen, na ja, du weißt, was das heißt."

„Ich denke, ich weiß, was das heißt. Erzählt mal."

„Ich bin die Kerstin. Mein Verlobter setzte mir ein Kind hin und gab dann Fersengeld. In Freiburg gibt es einen Orden barmherziger Schwestern, ohne die hätte ich nicht überlebt. Aber wovon leben und das Kleine versorgen? In Hinterzarten bot mir der Besitzer eines Nachtclubs eine Tätigkeit als Animateuse an. Abends arbeiten, tagsüber frei für's Kind. Ich hatte keine Wahl. Als sich herausstellte, dass der Nachtclub ein Callgirlring war und der Besitzer im Grunde ein Zuhälter, war ich gezwungen zu bleiben. Ilse hat mir versichert, dass es hier anders wird. Ich vertraue ihr."

„Übergriffigkeiten werden wir nicht dulden. Ansonsten entscheidest du allein, was geschehen, was nicht geschehen soll."

„Hallo, ich bin die Verena. Meine Geschichte? Nichts für's Archiv. Ich stamme aus einer streng religiösen Familie. Mein Vater war Arbeiter im Salzbergbau, meine Mutter Krankenpflegerin in einem christkatholischen Hospiz. Wie ich sehe, kriegst du schon bei der Eröffnung eine Gänsehaut! Bei jedem Essen ein Dankgebet. Täglich um fünf das Angelus-Gebet. Sonntags in die Frühmesse und dann gleich ins Hauptamt. Einmal gab es einen Eklat, der fast die Familie gesprengt hätte. Meiner Mutter wurde zugetragen, man habe meinen Vater abends mit einer stadtbekannten Dirne in einem Stundenhotel gesehen. Es gab Streit und Schläge. Die Ehe meiner Eltern war zerrüttet. Aus religiösen Gründen wurde sie fortgesetzt."

"Das ist ja Wahnsinn! Sie haben sich tatsächlich geprügelt und sind doch zusammen geblieben?"

„Weil die Religion es so vorschrieb. Als ich sechzehn war, verliebte ich mich in einen jungen sportlichen Adonis. Karim stammte aus einer türkischen Einwandererfamilie. Im Beruf Installateur, in der Freizeit leidenschaftlicher Fußballspieler. Ich wurde seine zweite Leidenschaft, er meine erste. Karim stellte mich seiner Familie vor. Die Leute überschütteten mich mit Freundlichkeit. Sie hätten mich am liebsten gleich da behalten. Das war ich von meiner eigenen Familie nicht gewohnt."

„Aber es scheint nicht gut gegangen zu sein?"

„Als mein Vater erfuhr, dass mein Freund ein Fremder, ein „Zugereister" sei und auch noch eine andere Religion hatte, war er außer sich vor Wut. Er nahm sich den Lederriemen von der Hose und schlug auf mich ein. Er schlug solange, bis ich blutend am Boden lag.

„Das wird dir eine Lehre sein! Auf der Stelle beendest du diese Beziehung, meine Tochter ist kein Araberhürchen!"

Es war mir eine Lehre, aber nicht in seinem Sinne. Gelernt hatte ich, dass ich dieses Elternhaus verlassen musste um zu überleben. Überleben? Wie? Ich ging zu Karims Familie und weinte mich aus. Die Leute waren lieb, aber es gab ein Problem: Ich war sechzehn und noch nicht ehemündig. Für eine Eheschließung hätte es die Zustimmung der Eltern gebraucht.

Bei Karim wohnen, unverheiratet? Da hätte mein Vater mich jederzeit mit Polizeigewalt herausholen können. Die Familie wäre womöglich noch wegen Kindesentführung vor Gericht gekommen."

Verena kann erstmal nicht weiter reden. Sie sitzt zusammen gesunken da, versteckt das Gesicht hinter den Händen.
„Was hast du dann gemacht?"
„Karims Mutter nahm Kontakt auf mit dem Jugendamt. Sie begleitete mich dorthin. Der Sachbearbeiter hörte sich meine Geschichte an. Er entschied, dass deren Wahrheitsgehalt erst überprüft werden müsse. Bis dahin sollte ich zu meinen Eltern zurückgehen. Damit begann mein Leben auf der Straße. Ich schlief unter Brücken, bettelte vor Geschäftseingängen. Wurde von der Polizei mehrfach in Gewahrsam genommen und landete schließlich in einem Erziehungsheim. Das sind Einrichtungen, in denen Kinder und Heranwachsende zu Kriminellen aus gebildet werden. Ich lernte, wie man sich in Supermärkten kostenlos Essen besorgt und auf Jahrmärkten im Gedränge Brieftasche entwendet. Mehrfach landete ich dafür in Jugendgefängnissen. Das alles hatte ein Ende, als ich in einer Kneipe den Zuhälter Miroslaw kennen lernte. Ich wurde Prostituierte und hatte auf einmal ein ruhiges Leben. Im Bordell lernte ich auch den Mann kennen, der mir versprach, mich da raus zu holen. Leonhard, Besitzer eines Nachtlokals in Hinterzarten. Ich wurde Animateuse. Aber ich war nicht gut darin. Ich hatte eine Abneigung gegen Männer entwickelt."
Verena sieht Smartje mit große Augen an. Er versteht, was diese Augen fragen. Wie wirst du mich behandeln?
„Ich hoffe so sehr, dass ich hier ein neues Leben starten kann. Ist es dir auch so ergangen in deiner Jugend?"
„Nein, ganz im Gegenteil. Meinen Vater habe ich nicht gekannt. Mein Ziehvater war ein skrupelloser und amoralischer Mensch. Er hat mich gelehrt, wie man es zu etwas bringen kann im Leben und dass Moralisten immer die Verlierer sind."

Smartje entdeckt im Gedränge eine junge Frau, fast noch ein Mädchen. So alt wie Andrea? Der Gesichtsausdruck ist typisch für Menschen, die auf soziale Probleme von oben herab schauen.„Du bist Dithlinde, nicht wahr? Was erwartest du von diesem Treffen und wie bist du hergekommen?"
„Ilse Gschwendt hat mich eingeladen. Wir sind seit einiger Zeit befreundet."
„Aber du arbeitest doch nicht als Animateuse? Gehst du noch zur Schule? Erzähl mal."
„Ich habe gerade Abitur gemacht. Mein Freund wollte das gebührend feiern und lud mich zum Besuch eines Nachtclubs ein."

„Holla, hattest du keine Bedenken?"
„Der Jens ist – vielmehr war - ein echter Nerd. Fährt einen Porsche und ist in sämtlichen Nachtclubs der Gegend Stammgast. Seine Familie besitzt ein Weingut in Varnhalt. Saturierte Großbürger. Mit Jens ist immer Aktion angesagt. Golf. Tennis, Karibik, Nachtclub. Für

andere Wahnsinn, für ihn das ganz normale Leben. So war der Besuch im Nachtclub in Baden-Baden auch ganz normal."

„Was sagen denn deine Eltern dazu?"
„Mein Papa ist Weinhändler. Hat ein Geschäft in Baden-Baden in der Langen Straße, wo ihm Touristen die Flaschen aus den Händen reißen. Mit dem Weingut Rohrmann in Varnhalt unterhält er gute Beziehungen. Mein Verhältnis mit dem Jens sieht – oder sah – er mit Freude."
„Aber etwas scheint passiert zu sein sonst wärst du nicht hier."
„Der Jens war an diesem Abend nicht zu bremsen. Er trank Unmengen Sekt und verlor völlig die Kontrolle über sich. Beim Tanzen hatte er plötzlich eine überschminkte Blondine im Arm. Ich stellte ihn zur Rede. Er wurde patzig und erklärte, er könne tun, was ihm beliebt und er verbäte sich meine Kommentare dazu. Es kam zu einem heftigen Streit. Am Ende kippte er mir den Tisch mit den Sektgläsern vor die Füße und rannte aus dem Lokal, setzte sich in seinen Porsche und fuhr davon. Ich war entsetzt und ratlos.

Was tun? Da kam Ilse. Sie sah meine Verzweiflung, nahm mich in dem Arm und brachte mich in ihr Appartement im zweiten Stock. Sie musste dann schnell wieder ins Programm. Ich schlief auf dem Sofa ein und wachte, lange nach Mitternacht, wieder auf, als Ilse herein kam. Wir saßen beieinander und redeten bis zum Morgengrauen. Über die Männer und ihre Macho – Allüren. Die Frau, die nach dem Alter meine Mutter hätte sein können, hatte die gleichen Probleme wie ich. Wir wurden Freundinnen in dieser Nacht und sind es bis heute.

Der Jens allerdings bekam die Quittung: Am Ortseingang von Varnhalt fuhr er seinen Porsche an einen Baum. Touristen, die aus einer Kneipe kamen fanden den geschrotteten Porsche und einen blutenden Fahrer, der ohnmächtig über dem Steuer hing. Polizei, Rettungswagen, Krankenhaus. Eine Bluttransfusion rettete sein Leben. Aber nun geht er an Krücken. Ich mag ihn nicht mehr sehen. Ich mag überhaupt das alles nicht mehr. Mein Papa hatte mich in das Weingeschäft integrieren wollen. Aber mir war plötzlich klar, dass er dabei weniger an meine als seine eigene Zukunft dachte. Ich verlor die Orientierung und hatte Gedanken, mich von einer Brücke in den Rhein zu stürzen. Ilse hat mich aufgefangen und mich schließlich hier her gebracht. Komm mit, sagte der Hahn, etwas besseres als den Tod finden wir überall."

Hoffen und Bangen

Im ehemaligen Verkaufsgeschäft von Peer Solinger hat sich ein neues Unternehmen angesiedelt, wie es die Wolfartsweierer noch nicht gesehen haben. „Kunst, Design & Service" nennt sich die Firma. Sie verteilt ihre Flyer in und auf allen Märkten der Gegend.

Das Firmenlogo erregt Neugier:

Kommen Sie zu unserem Tag der offenen Tür!
Wir bieten alles, was das Leben schöner macht!

- Atemberaubende Gemälde junger Künstler für wenig Geld
  präsentiert unsere Galeristin Diana Frey
- Souvenirs und hochwertiges Design
  präsentiert unsere Spezialistin für Ausstattung
- Andrea Gracht y Brink
- Diskreten Service für die gemütliche blaue Stunde des Tages
  organisiert Ihnen Manager Smartje Brink y Mankoog

Elvira kann Andreas Begeisterung nicht nachvollziehen.
„Was ist das für ein Service, Smartje, den ihr da anbieten wollt? Ist das noch harmloses Vergnügen oder schon Prostitution?"
„Das Programm enthält japanische Elemente, also Geisha – Service, und europäischen Escortdienst. Die Herren, die den Servicebereich betreten wollen, unterschreiben eine Einverständniserklärung, wonach Striptease und Sex nicht zum Programm gehören. Sie können allerdings gegen Aufpreis Zusatzleistungen buchen, bei denen die Dame sie in ihr privates Appartement mitnimmt. Dies hängt ausschließlich davon ab, womit sie einverstanden ist. Mit dem Einverständnis wird die Sache zu ihrer Privatangelegenheit. Aber auch da gilt, dass Porno, Strip und Sex tabu sind. Die Appartements haben Rufanlagen, die auf Knopfdruck einen heftigen Lärm im Haus auslösen."
„Und an welchen Kundenkreis richtet sich das?"
„Geschäftsleute, die nach der Mühe des Tages Entspannung suchen. Die natürlich zahlen können. Alles gegen Vorkasse. Die Frauen servieren Tee und Kaffee, bieten Massagen an, führen unterhaltsame Gespräche, präsentieren sich auch gern in schicken Dessous.
Aber damit ist auch Schluss. Wer etwas anderes will, bekommt eine Flyer in die Hand, auf dem er die einschlägigen Gesetzestexte nachlesen kann, dann wird er höflich gebeten, das Etablissement zu verlassen."

„Weißt du, was ich glaube, Smartje? Das ganze ist ein Luftballon voll heißer Luft. Es wird nicht lange dauern, bis er zerplatzt."

„Bitte Elvi, sei doch nicht so pessimistisch. Es ist unsere einmalige Chance für den Wiederaufstieg. Zurück, dorthin, wo wir hergekommen sind."

„Da du von einer Aufstiegschance sprichst: Ich habe auch eine Nachricht. Wie du weißt, bezieht mein Arbeitgeber Treiber Schuhe von einer Fabrik in Pirmasens, Valentin GmbH & CO KG. Der liefert nachgemachte „italienische" scarpa. Die sind aber mit geringer Fachkenntnis als Imitate zu erkennen. Valentin hat mir einen Job angeboten, „Entwickler für Schuhmode, Schwerpunkt italienisches Design". Was sagst du dazu?"

„Konditionen?"

„Abteilungsleiterin für Entwicklung und Design. Stell dir vor: Deine kleine Schuhverkäuferin wird leitende Angestellte in der Industrie! Das ist so umwerfend, das ich das gar nicht ablehnen kann."

„Das hätte ich dir auch geraten. Du machst einen Quantensprung im Beruf, herzliche Gratulation. Wie willst du es organisieren?"

„Es gibt nur ein Möglichkeit: Ich muss in Pirmasens wohnen. Auch dazu hat Valentin mir ein Angebot gemacht. Er hat auf seinem Werksgelände ein Wohnhaus mit Appartements für leitende Angestellte. Ich kann eines bekommen, die Miete ist kaum der Rede wert. Ich wäre dann die Woche über in Pirmasens und am Wochenende bei euch in Neckargemünd."

Smartje kommt aus dem Staunen nicht heraus. Was ist aus seiner kleinen Schuhverkäuferin geworden? Sie strotzt vor Selbstbewusstsein. Keine Frage: Mit diesem Schritt wird sie ihn überflügeln! Selbst, wenn er es wollte, er könnte dazu nicht nein sagen. Außerdem ist sie ja nicht mit ihm verheiratet und muss ihn gar nicht fragen. Smartje ahnt, was sich entwickeln wird: Elvira wird sich eines nicht mehr fernen Tages von ihm absetzen und ihr eigenes Leben führen. Der Abstiegsstrudel, in dem er sich befindet, erfasst jetzt auch sein Privatleben.

Zumindest im Geschäft scheint der Abwärtstrend gestoppt. Das Geschäftsmodell mit „allem, was das Leben schöner macht" entwickelt sich erfolgreich. Nach einiger Zeit lässt sich ein vorherrschender Mechanismus erkennen: Viele Männer suchen Damenbekanntschaften, wollen das aber nicht offen zugeben. Sie geben vor, sich für Kunst zu interessieren, oder für pikante oder leicht frivole Souvenirs – natürlich als Geschenke für Bekannte! Das beschert Diana und Andrea einen regelmäßigen Kundenstrom und so manchen Verkaufsabschluss. Nachdem sie etwas gekauft haben, äußern sie ganz nebenbei, auch mal die Serviceabteilung kennen lernen zu wollen. Da haben sie dann sehr speziell Wünsche und öffnen die Brieftasche. Den meisten Zuspruch hat Dithlinde, die Kindfrau. Wenn sie im Negligee auftritt, aus dem ihre jugendliche Figur heraus schimmert, sind die Macker hingerissen. Aber: Dithlinde geht nicht mit auf Geschäftsreise! Das hat Manager Brink y Mankoog verboten, dafür sei sie zu jung.

Eine andere Entwicklung überrascht: Immer mehr Kunden fragen, ob sie nicht auch mal die attraktive Andrea im Service haben können, die ist kaum älter als Dithlinde. Smartje bespricht das mit Andrea.

„Ich will dir keine Vorschriften machen, Andy. Du bist volljährig und entscheidest selbständig. Als Vater muss ich dir zur Vorsicht raten. Heimspiele ja, Dienstreisen eher nein. Du musst aber selbst das Gespür haben, ob ein Bewerber vertrauenswürdig ist."

„Ist mir klar, Pappi. Ich denke schon, dass ich das im Griff habe. Gegen Übergriffe kann ich mich wehren und größere Risiken bringen auch größere Scheine, hab ich von meinen Pappi gelernt."

Smartje findet einen blauen Briefumschlag in der Post. Die Staatsanwaltschaft Karlsruhe schreibt, dass er beschuldigt wird, ein illegales Bordell zu betreiben. Man erwarte seine Stellungnahme. Er schickt seine Geschäftsunterlagen, aus denen hervorgeht, das sexuelle Handlungen seinen Kunden nicht erlaubt werden. Da der Staatsanwalt nicht darauf reagiert, scheint das zu genügen. Monate später kommt wieder so ein blauer Brief. Der Staatsanwalt schreibt nun, dass zwei Kriminalermittler seine Räume und die darin stattfindenden Vorgänge inspiziert haben. Dabei wurden eindeutige Beweise für Prostitution gefunden. Sollten die Beobachtungen der Beamten nicht eindeutig erklärt werden, wird Anklage erhoben. Smartje ruft seien Grazien zusammen.

„Was ist los, worauf beziehen sich die Anschuldigungen? Lisa?"

„Natürlich wollen sie es alle. Aber nix gibt's! Negligee und dann Schluss! Wenn einer was anderes behauptet, dann lügt er."

„Ilse?"

„Ich hatte einen dabei, der schwur, er würde mich heiraten. Da lief was. Dann verduftete er. Das fällt doch in die Kategorie Freiwilligkeit, kann mir nicht vorstellen, das der mich angezeigt hat."

„Kerstin?"

„Da war einer, der wurde ziemlich aufdringlich. Auch das übliche Blabla vom heiraten wollen. Ich fragte ihn, ob er auch bereit sein, mein Kind zu versorgen. Darauf war er blitzschnell verschwunden. Sonst gab's keine Probleme."

„Verena?"

„Na ja, wir haben doch das Prinzip der Freiwilligkeit. Einigen Kerlen, die mir gefielen, habe ich es erlaubt. Aber nur mit Schutz. Vielleicht war einer davon so ein Undercover?"

Smartje schreibt dem Staatsanwalt, dass die Anschuldigungen gegenstandslos seien. Die Damen würden gern zu Verhör kommen und aussagen.

Vom Amtsgericht kommt die Mitteilung, dass ein Prozess wegen illegaler Prostitution gegen ihn eröffnet werde.

Elvira ist entsetzt.

„Da siehst du, Smartje, dass ich recht hatte. Egal, wie die Sachlage wirklich ist, für einige Leute bist du jetzt ein Zuhälter."

„Was ich bin oder nicht, wird am Ende des Prozesses feststehen, nicht am Anfang. Es ist gut, dass du das Appartement in Pirmasens hast. Hier wird bald eine Atmosphäre herrschen, die du nicht aushalten könntest."

„Heißt das, das wir nicht mehr zusammen leben? Du wirfst mich raus?"

„Nein, Elvi, ich werfe dich nicht raus. Aber in dem bevorstehenden Abwehrkampf wärst du für mich ein Hindernis. Bleib in Pirmasens, bis es überstanden ist."

Abwehrkampf

Smartje bereitet sich sorgfältig auf den Waffengang mit der Justiz vor. Er kontaktiert die Anwaltskanzlei Ostendorf und Partner. Dr. Jens Ostendorf ist ein junger und schon sehr erfolgreicher Wirtschaftsanwalt und Strafverteidiger. Ob er bereit ist, Smartje vor Gericht zu verteidigen, macht er davon abhängig, dass dieser ihm seinen Lebenslauf schnörkellos und ohne Aussparungen offen legt. Smartje begreift den Ernst der Lage. Du kannst deinem weißen Ritter nicht verheimlichen, was du alles auf dem Kerbholz hast. Ostendorf hört sich die Geschichte mit dem gefälschten holländischen Pass an.

„Das ist ein dicker Brocken, den müssen wir abräumen, sonst haben wir keine Chance. Wenn Ihr holländischer Pass ein Falsifikat ist und Sie keinen deutschen haben, wird man Sie womöglich als staatenlos erklären. Mit einem fairen Prozess können wir dann nicht rechnen." Smartje hat seinen deutsche Pass noch, der ist inzwischen abgelaufen. Ostendorf drängt darauf, dass er ihn umgehend reaktiviert. Und Ostendorf initiiert mehrere Recherchen. Bis zum ersten Prozesstermin ist noch genügend Zeit, um Licht in eine dunkle Affaire zu bringen. Recherche in Enschede: In Enschede wie in Groningen ist eine Person Brink y Mankoog Hidalgo de Arranjouez unbekannt. Die Meldebehörde in Enschede gibt an, für eine Person dieses Namens nie ein Passport ausgestellt zu haben. Das Standesamt in Groningen bestätigt, dass eine Frau Elsa Brinkmann die Geburt ihres Kindes mit dem Namen Smartje eintragen ließ. Vater des Kindes unbekannt. „Das sind gute Nachrichten, Herr Brinkmann! Sie bestätigen, dass sie das Kind einer Deutschen sind. Da der Vater unbekannt ist, erben Sie die Staatsbürgerschaft von Ihrer Mutter. Wenn Sie jetzt noch Ihren Pass aktualisieren lassen, haben wir den ersten Stolperstein weggeräumt."

Recherche in Bergamo: Ostendorf hat eine Mailänder Kanzlei um Amtshilfe gebeten. Die berichten: Die Firma „Caravaggio AG" in Bergamo existiert. Der Inhaber heißt nicht Caravaggio, sondern Federico Gennari aus einer Winzerfamilie mit mehreren Weinbaubetrieben. Die Familie hält auch Anteile eines pharmazeutischen Unternehmens in Mailand. So etwas, wie lokaler Bagatelladel, erzkonservativ und seriös. Verbindungen zur Maffia können ausgeschlossen werden. Recherche in Meerbusch: Die „Caravaggio Grappa und Weinbrand GmbH" in Meerbusch existiert ebenfalls. Besitzer ist seit zehn Jahren das Unternehmen „Silbernagel, Likörfabrik Ennepe GmbH & Co KG". Beide Firmen standen vor einiger Zeit unter Verdacht, unverzollten Weinbrand in den Handel gebracht zu haben, was sich aber gerichtlich nicht bestätigen ließ.

Smartje hat bei dieser Nachricht das Gefühl, gleich in Ohnmacht zu fallen. Der Maffioso Caravaggio ist weg. Silbernagel übernimmt Meerbusch. Genau vor zehn Jahren! Treibt Smartje so in die Enge, dass er untertauchen muss. Hätte er die Zusammenhänge damals gekannt, er wäre heute noch Finanzchef von Oskar Lauenberger. Und Inhaber der Brinkmann OHG. Und Besitzer von drei Lamborghini. Und gern gesehener Gast auf dem Holtmannshof. Und Partykönig auf Sylt.

Warum bin ich abgehauen? Warum habe ich den Silbernagel nicht mit den Händen erwürgt?

Warum habe ich nicht recherchiert, ob das mit der Maffia ein frecher Bluff ist? Warum? Warum, warum.

Tom Lüdemann. Ihm wäre das nicht passiert.

Ostendorf hat die Unterlagen der Staatsanwaltschaft angefordert. Hat dazu ein paar Fragen.

„Kennen Sie einen Otto Hutzenlaub? Das ist der Zeuge, der Sie angezeigt hat."

„Buchhalter bei Thermax in Heidelberg. Ich war sein Vorgesetzter. Musste ihm einen gefälschten Eintrag in seiner Buchführung vorwerfen. Habe ihn aber human behandelt. Nur seine Karrierevorstellungen waren perdü. Hat einen Riesenaufstand gemacht und schließlich den Arbeitsdirektor, Robert Kienzle, gegen mich in Stellung gebracht. Kienzle war von Anfang an mein eigentlicher Gegner bei Thermax. Ich bin sicher, dass er hinter der Aktion von Hutzenlaub steckt. Eine Rache im Kompetenzgerangel. Aber warum jetzt noch? Können wir die Glaubwürdigkeit von Hutzenlaub anfechten?"

„Könnten wir, bringt aber nichts. Die Hauptbelastungszeugen sind zwei Kriminalbeamte, die undercover bei Ihnen recherchiert haben. Deren Aussagen liegen vor. Am Inhalt der Aussagen werden wir nicht rütteln können, aber an der Interpretation. Es hängt alles davon ab, ob die Vorgänge angeordnet waren oder Privatvergnügen der beteiligten Damen."

Andrea umarmt ihren Pappi.

„Super, Pappi, wie du da herausgekommen bist, mit einem blauen Auge!"

„Zwei blaue Augen hatte ich schon, ist das jetzt das berühmte dritte Auge, mit dem man die Zukunft sehen kann?"

Was war passiert? Smartjes Damen hatten unter Eid ausgesagt, dass es keine Prostitution gegeben habe. Die Kriminalermittler sagten unter Eid aus, dass sie alle ihnen bekannten Merkmale hierzu vorgefunden hätten, insbesondere sei jeweils vorher ein Kaufpreis vereinbart worden. Eid gegen Eid. Wer lügt? Die Richterin weiß natürlich, dass Kriminalbeamte im Dienst keinen Meineid schwören. Die Verteidigung bringt die Geschäfts – Mitinhaberin Andrea Gracht als Zeugin. Andrea erklärt, dass die Frauen die Honorare selbst festlegen und komplett selbst behalten dürfen, bis auf eine Aufwandsentschädigung für das Geschäft. Die Richterin bezweifelt die Neutralität der Zeugin. Die aber erklärt sich bereit, eidesstattlich auszusagen. Der Verdacht steht weiter im Raum, kann jedoch nicht erhärtet werden. Nun tendiert die Richterin dazu, den Prozess zu verlängern und weitere Zeugen einzuvernehmen. An diesem Punkt schlägt der Verteidiger Ostendorf einen Deal vor: Sein Mandant sei bereit, Auflagen zu akzeptieren, wenn er nicht verurteilt wird. Das Gericht folgt dem Vorschlag. Auflage: Die Abteilung „Service" ist umgehend zu schließen. Urteil: Freispruch wegen Mangel an Beweisen.

Ist Smartje nun wirklich mit einem blauen Auge davon gekommen? Jedenfalls akzeptiert er die Auflage mit großer Gelassenheit. Seine Pläne, wie es weitergehen soll, hat er im Kopf bereits fertig. Er lädt seine Crew zu einem Sektumtrunk.

„Ja wie denn, ihr sitzt so betrübt da, als ob es Katzen hagelt. Freut ihr euch nicht? Lisa ist die einzige, die reden kann.

„Wir müssen dicht machen und das ist für dich ein Grund zum Feiern?" „

"Also, jetzt hört mal genau zu: Wir müssen doch nicht dicht machen. Wir müssen die Abteilung

„Service & Escortdienst" schließen. Das machen wir umgehend. Dann gründen wir einen „Verein zur Pflege japanischen Brauchtums". Ihr alle seit Mitglieder und Vorstände dieses Vereins, ansonsten ist er offen für jedermann, ob Dame oder Herr. Da ihr die Vorstände seit, obliegt es euch, Statuten und Beiträge festzulegen. Ihr handelt autonom, niemand gibt Anweisung, niemand hat Anspruch auf die Vereinskasse. So – wie nah ist denn jetzt der Weltuntergang?"

„Lass die Sektkorken knallen, Smartje. Auf die Idee mit dem Verein muss man erstmal kommen."

Die neue Struktur ist ein Glückstreffer. Für japanisches Brauchtum interessieren sich viele. Für die geheimnisvolle Welt der Geishas natürlich vor allem Männer. Aber, unerwartet, auch Frauen, junge Frauen. Sie hatten vielleicht bisher nicht die erhoffte Resonanz bei Männern, bemerken nun, dass sie allmählich verblühen und schalten in den Angriffsmodus. Aber was können Smartjes lupenreine Amateurinnen ihnen bieten? Wird sich herum sprechen, dass der Verein nur Bluff ist? Lisa hat eine Idee: an der Kunstakademie hat sie eine junge japanische Malerin kennen gelernt. Akiho Kawashi ist für ein Jahr nach Deutschland gekommen, um hier europäische Malerei zu studieren. Zusammen mit Diana Frey will sie die Japanerin einladen, die Galerie zu besichtigen und eine Ausstellung zu planen. Kein junger Künstler wird jemals zu einer eigenen Ausstellung nein sagen. Hat man sie erstmal im Haus, kann man über weitere Aktionen reden. Erwartungsgemäß ist Akiho sofort einverstanden. Sie lernt europäische Malerei kennen, die Europäer lernen ihre Malerei kennen. Dass die hier sehr begehrt ist, weiß sie.

Diana lässt ein Ausstellungsplakat drucken. Es zeigt Akiho Kawashi im Geisha – Kostüm mit ihren Bildern.
Bei der Vernissage ist die Galerie so voll mit Besuchern und Neugierigen, dass einige ausweichen müssen in die Zone von Andrea. Ach wie süß! – oho wie frech! - gehört das auch zur Galerie? Und diese hübsche Japanerin – kann man die mieten, ist das wirklich eine Geisha? Können die Geishas in Japan alle so phantastisch malen?

Smartje ist erstmal zufrieden. „Wenn euch die heutige Tageskasse zu schwer ist, hol' ich ein paar Möbelpacker, um sie zur Bank zu bringen."

Abends sitzen sie mit Akiho im Klub für japanisches Brauchtum, trinken Raki und reden – natürlich – über Geishas. Akiho kennt die traditionellen Rituale. Bei der Frage, wie weit Männer gehen dürfen mit ihren Wünschen, macht sie eine Handbewegung, die Zweideutigkeit signalisiert. Es kommt auf die Sympathie an. Auch auf das finanzielle Angebot? Gewiss, auch darauf. Also liegen wir mit unserer Vereinssatzung doch schon richtig. Hättest du Lust, mitzumachen, Akiho? Warum nicht, es ist doch eine Tradition. So schnell kann man sich einigen, wenn alle ihren Vorteil sehen.

Das neue Mitglied Akiho Kawashi ist gerade zur rechten Zeit gekommen. Smartje bekommt schon wieder Behördenpost. Die Anmeldung des Vereins zur Pflege japanischen Brauchtums beruhe auf falschen Angaben, da der Verein keine japanischen Mitglieder haben, der Zeuge vermutet, dass es sich um Prostitution handelt. Smartje lacht schallend. Gemäß diesem Stuss braucht der Verein zur Gräberpflege auch Tote als Mitglieder? Smartje telefoniert mit dem Sachbearbeiter. Der zieht sich aus der Affaire. Er muss in jedem Fall den vorgeschriebenen Prozess einleiten, Plausibilität hat er nicht zu prüfen. Den Namen des Zeugen darf er nicht nennen. Das Amt erwartet auf jeden Fall eine schriftliche Antwort. Smartje schickt genüsslich eine Kopie des Mitgliedsausweises von Akiho.

„Hier der Ausweis unseres japanischen Mitglieds Akiho Kawashi. Frau Kawashi wird im Verein als Trainerin tätig sein und die Mitglieder in traditioneller Geisha – Kultur unterweisen. Gerne laden wir Ihren Zeugen zu einem Besuch unseres Vereins ein."

Dunnerlüttchen! Da sitzt einer irgendwo im Gebüsch, der mich abschießen will. Wer? Thermax scheidet inzwischen wohl aus. Die Behörde antwortet nicht, also haben sie den Aktendeckel zugemacht. Wenn er doch nur eine Idee hätte, welcher Hund in da ins Bein fetzen will.

Seit der Gründung des Vereins haben Smartjes Damen regen Zulauf. Die neuen Interessenten haben kleine Brieftaschen, dafür umso größere Lust auf Abenteuer. Escortreisen gibt es nur noch, wenn sicher ist, dass der Bewerber kein Maulwurf der Kripo ist. Dazu muss er eine Kopie seines Ausweises hinterlegen. Mit dieser Vorsicht läuft es problemlos. Andrea, die jetzt auch im Verein mitspielt, wird häufig darauf angesprochen. Fast ebenso häufig sagt sie nein. Fast. Ein junger Draufgänger hat es ihr angetan. Christoph Lemarchand ist ein Deutsch – Franzose aus Saarbrücken. Outet sich als Abenteurer ohne Beruf. Wovon lebt er? Vom Billard spielen. Das kann er so gut wie kein anderer. Landauf, landab finden ständig Billardturniere statt, bei denen um hohe Summen gespielt wird. Christoph gewinnt immer. Wenn er die Taschen voller Scheine hat, macht er Kurzurlaub in Monaco, St. Tropez, Benidorm und überall da, wo der Jetset posiert. Andrea lässt sich gerne von ihm einladen, diese Welt hat sie bisher nur vom Fernsehen gekannt. Wenn Andrea auf Reisen ist, übernimmt Dithlinde die Vertretung im Andenkenladen. Das Küken Dithlinde hat ein bemerkenswertes Gespür fürs Geschäft. Ist eben Tochter eines Weinhändlers. Denen sagt man nach, sie wüssten im Geheimen, dass man Wein auch aus Trauben machen kann, allerdings nur die teuren. Dithlinde hat verstanden, dass etwas nicht hochwertig sein sondern hochwertig aussehen muss. Dinge, die hochwertig aussehen, haben oft kobaltblaues Email mit Goldrand. Dithlinde zieht einen bemerkenswerten Schluss: Sie ordert bei Jörg Renz Priapus – Figuren in blauem Email mit goldenem Penis. Ihre ganze Verachtung für Männer kommt darin zum Ausdruck. Die Spezialität wird zum Umsatzrenner.

Männer wie Frauen kaufen; natürlich nur als Geschenk für jemand, dem sie mal die Zunge raus strecken wollen.

Smartje ist von Akito begeistert. Wenn sie den Kimono trägt, das Haar kunstvoll nach oben gesteckt hat, mit dem Fächer wedelt und lächelt, weckt das in ihm männliche Urinstinkte. Er lässt sich die Bedeutung der Teezeremonie erklären, genießt das lockere Gespräch über Nichts und wenn das Nachmittagsprogramm zu Ende ist, nimmt er sie mit in sein Privatappartement. Bevor das schwarze Haar heruntergelassen wird, gibt's einen Kuss in den Nacken. Das wiederum ist für Akito eine neue Erfahrung, sie antwortet mit einem Lächeln. Somit läuft es für beide in die richtige Richtung. Akito gefällt das Appartement oben im Dachboden. Smartje hat es eingerichtet, nachdem Elvira ausgezogen war. Ein einfacher Bretterverschlag mit Dachfenster, aber Wände mit protzigen Edelholzpaneelen von Maximilian Dreher, von echtem Edelholz nicht zu unterscheiden. Sessel, Stühle, Tisch und Sideboard sind Rokokoimitate, die Peer Solinger eigens für ihn angefertigt hat.

„Wie bist du darauf gekommen, hier oben im Dach so eine Schatzkiste aufzubauen?"

„Hast du schon mal gesehen, Akito, wie Hühner schlafen?"

„Nein, wie denn?"

„Sie sitzen auf horizontalen Stangen. Dabei wird genau auf die Hackordnung geachtet. Auf der obersten Stange sitzt immer der Hahn."

Akito muss lachen und Smartje umfängt sie mit den Armen.

Nichts bleibt so, wie es war. Nach einem kurzen Honeymoon zeigt Akito sich zunehmend unzufrieden.

„Ich hatte gehofft, hier ein Startkapital zu verdienen um mir zu Hause eine eigene Existenz aufzubauen, europäische Malerei, Malschule, Galerie. Was ich bisher zurück legen konnte, pickt ein Spatz mit einer Schnabelbewegung weg. Der Verkauf bei Diana stockt und von dir bekomme ich im Spiel um Geld oder Liebe jedenfalls kein Geld. Meine Zeit in Europa geht zu Ende und ich stehe mit leeren Händen da."

„Das tut mit leid, Akito. Wir haben allgemein eine geschäftliche Flaute. Alle meine Freunde und Lieferanten singen Klagelieder. Uns bleibt nur, auf bessere Zeiten zu hoffen."

„Die gibt es für mich leider nicht. Mein Visum läuft ab und eine Anstellung als Lehrerin oder Assistentin hat mir die Akademie bisher verweigert. Wenn es keine Aussicht auf baldige Änderung gibt, muss ich nach Hause gehen. Damit aus der fehlgeschlagenen Kapitalhoffnung nicht noch ein Schuldenberg wird."

Smartje ist ernüchtert und um eine Erfahrung reicher. Was er für eine romantische Affaire gehalten hatte, war bei Akito ganz einfach nur eine finanzielle Spekulation gewesen.

Andrea feiert ihren neunzehnten Geburtstag mit Christoph Lemarchand in Cannes. Christoph hat ein Hotelzimmer direkt am Strand gebucht. Nachmittags macht er mit ihr einen Helikopter – Rundflug entlang der Küste nach Monaco und zurück. Abendessen im Sternelokal. Zur Nacht gibt's im Appartement eine Flasche Moét Chandon. Der Abenteurer weiß genau, welchen Köder er braucht um einen Fisch zu fangen der sonst nie ins Netz geht.

Andrea steht mit leicht verängstigtem Gesichtsausdruck vor Smartje.

„Pappi …"

„Ja was ist denn Andy, geht es dir nicht gut?"

„Pappi, ich bin schwanger."

Smartje sieht seine Tochter eine Minute lang schweigend an.

„Wer ist es?"

„Der Christoph. Es ist in Cannes passiert. Ich war so glücklich und berauscht an diesem Abend."

„Weiß er es?"

„Er will mich heiraten."

„Machst du das?"

„Auf keinen Fall. Er hat einen schwachen Moment bei mir ausgenutzt. Er ist ein Abenteurer mit ungewisser Zukunft. Kein Mann zum Heiraten. Ich habe den Verdacht, dass er sich bei uns in ein warmes Nest setzen wollte. Nein, nein! Der nicht, der kommt nicht in Frage."

„Das Kind?"

„Das will ich. Ich freue mich sogar darauf. Mutter zu sein ist doch das höchste Glück für eine Frau."

„Weiß es die Mama schon?"

„Noch nicht. Ich wollte erst mit dir darüber reden, hören wie du es aufnimmst."

„Ich mache dir keine Vorwürfe. Deine beiden Entscheidungen sind richtig. Ja zum Kind, nein zum Mann ohne Zukunft. Sprich jetzt umgehend mit der Mama. Sie muss sich vorbereiten auf dich."

„Vorbereiten? Wie meinst du das?"

„Du wirst natürlich umziehen zu ihr. Für das was nun kommt, brauchst du Hilfe und Betreuung. Das brauchst du auch weiter, wenn das Würmchen da ist. Dann wirst du froh sein, die Mama in der Nähe zu haben."

Smartje erinnert sich, wie entschlossen Elvira damals war. Sie hat ihn bei den Hörnern gepackt und wurde - das weiß er heute – die führende Person, die den Lauf des Lebens bestimmte.

Elvira reagiert prompt. Andy soll bei ihr wohnen. Sie kann im Schlafzimmer mit einem Vorhang eine ruhige Ecke abtrennen, gerade Platz für einen Stubenwagen und eine Wickelkommode. Und denkt auch schon an die Zeit danach: Sie will auf die Suche gehen nach einem angemessenen Job für Andrea. Smartje soll ein Führungszeugnis ausstellen, in dem er ihre kaufmännischen Fähigkeiten herausstellt. Dann wird das schon.

Bei soviel Entschlossenheit trifft Smartje auch für sich selbst eine einschneidende Entscheidung. Er wird die Wohnung in Neckargemünd aufgeben und nur noch in seinem Taubenschlag in Wolfartsweier wohnen. Für einen Junggesellen, der er nun wieder ist, ein idealer Platz. Zudem eine Kostenersparnis, die das Überleben sichern könnte. Er wundert sich über sich selbst. Der Mann, der einst Lamborghini fuhr, zählt jetzt das Kleingeld.

Smartje sieht einen Anruf auf seiner Tele – Sprachbox. Das ist Elvira. Er wählt den Rückruf.

„Hallo Elvi, schön, dass du dich mal meldest. Laß mich raten: Ist es wegen Andy?"

„Richtig. Andy hat gerade einen Jungen zur Welt gebracht. Ich gratuliere dir zum Großvater – Status."

„Holla, Elvi! Ich bin Großvater, und du?"

„Bitte nicht, ich hab noch kein graues Haar. Aber das ist noch nicht alles. Es gibt eine interessante Perspektive für Andys Zukunft. Ich hab meinem Chef dein Führungszeugnis gezeigt und gefragt, ob er Andy eine Chance gibt. Er bietet an, dass Andy bei seiner Azubigruppe einen Zusatzausbildung zur Schuhfachverkäuferin machen soll. Danach – sitzt du fest auf deinem Stuhl?- er hat vor auf seinem Werksgelände ein Fabrik – Outlet einzurichten, also einen Direktverkauf, in dem experimentelle Modelle gezeigt und Kundenwünsche

angenommen werden. Andy kann die Leitung dieses Shops übernehmen. Was sagst du dazu?"
„Großartig. Ich wusste schon immer, dass Andy Karriere machen wird. Vielleicht wird sie ihre
Mutter noch überflügeln? Aber sag doch: hat unser neues Familienmitglied schon einen
Namen?" „Andy will ihn Christian nennen. Ein kleiner Angelhaken für seinen Vater, der soll ja
auch noch in die Pflicht genommen werden."
Smartjes Gefühle sind zwiespältig. Seine Andy wird er wohl nicht mehr oft sehen. Aber es ist
gut, dass sie jetzt ihren eigenen Weg geht. Er geht zur Bank und richtet ein Sparkonto ein für
eine Person namens Christian Brecht, Bevollmächtigter Smartje Brinkmann. Ja, Brinkmann.
Nach mehr als zehn Jahren ist der Name zurück. Er fragt sich ob Mutter Elsa noch am Leben ist
und auch wieder so heißt. Er wird es nie erfahren.

Smartje bekommt Besuch von einem seriösen älteren Herrn, der ihn dringend unter vier Augen
sprechen will. Identifiziert sich mit Ausweis als Kriminalkommissar Hermann Gutbrod von der
Kriminalverwaltung Karlsruhe. Es liegt wieder eine Anzeige vor wegen angeblicher illegaler
Prostitution. Gutbrod kennt die Vorgänge und beschwichtigt. Er sei verpflichtet, die
Behauptungen des Zeugen zu überprüfen und vor Ort zu ermitteln. Natürlich hoffe er, dass
Smartjes Geschäfte sauber sind. Dann kommt der Haken: Der Staatsanwalt befürchtet
Verdunklungsgefahr, Beweise könnten beseitigt werden. Deshalb hat der Untersuchungsrichter
U-Haft angeordnet. Smartje ist entsetzt.
Ich soll in U-Haft? Ab wann?"
„Sofort. Ich muss Sie gleich mitnehmen. Tut mir leid, so hat es der Richter angeordnet."
„Habe ich noch Zeit, meinen Angestellten Anweisungen zu geben?"
„Leider nein. Das darf ich nicht erlauben. Sie können eine Aktentasche mit persönlichem Bedarf
mitnehmen."
Diana wundert sich, dass Smartje mit dem Besucher hinausgeht und in dessen Auto steigt. Was
ist da los? Dreißig Minuten später weiß sie, was da los ist. Acht Uniformierte erscheinen mit
einem Durchsuchungsbefehl. Der Truppführer geht zielsicher die Stiege hinauf zu Smartjes
Dachklause. Nach kurzer Zeit erscheint er wieder mit einem großen Karton. Darin befinden sich
mehrere hundert Kondome und ein Lieferschein an den Verein für japanisches Brauchtum, zu
Händen Herrn Smartje Brinkmann. Die Damen werden gerufen, um sich dazu zu äußern. Lisa
ist misstrauisch.
„Das haben Sie in zwei Minuten gefunden? Sie haben doch gewusst, wonach und wo Sie suchen
müssen!"
„Der Zeuge hat Angaben dazu gemacht."
Lisa explodiert.
„Und woher kennt der Lieferant dieser Ware den Namen Brinkmann? Bisher kennen ihn alle
nur unter dem Namen Brink y Mankoog. Brinkmann ist bisher ausschließlich den Behörden
bekannt."
„Davon wissen wir nichts. Wir halten uns ausschließlich an die Aussage des Zeugen."
„Wissen Sie, was ich glaube, Herr Kriminalbeamter? Ihr Zeuge ist ein krimineller Betrüger, der
unseren Chef ins Gefängnis und uns alle in Misskredit bringen will – oder soll. Ein abgekartetes
Spiel. Fragen Sie meine Kolleginnen, wie es bei uns läuft und ob das hier ein Puff ist!"

„Sie beschuldigen einen Zeugen, den Sie nicht persönlich kennen? Das Gericht wird Sie unter Eid verhören und die Wahrheit herausfinden."

In der U-Haft kann Smartje Besucher empfangen, aber nur durch ein Glasfenster sprechen im Beisein eines Aufsehers, wegen der „Verdunklungsgefahr". Sein Anwalt Ostendorf lässt sich den Vorgang der Verhaftung schildern und studiert den Haftbefehl und den Durchsuchungsbefehl. Alles korrekt, nichts zu beanstanden. Den Beamten Gutbrod kennt er und weiß, dass er über alle Maßen korrekt vorgeht. Smartje hält es für wichtig, dass der Anwalt mit Lisa Podbielski spricht. Die Frauen sollen unter Eid vernommen werden und müssen darauf vorbereitet werden. Wieder gibt es das Rätselraten um den Zeugen. Schließlich hat Ostendorf die Unterlagen vom Staatsanwalt.
„Kennen Sie einen Heino Droste?"
Smartje unterdrückt einen Aufschrei.
„ Der Droste! Daran hätte ich denken müssen."
Er schildert, wie er dem Droste den Posten als Verkaufsleiter bei Thermax abgejagt hat und wie der später über ein Joint Venture zurück kam. Das der danach trachtet, ihn zu vernichten, ist klar. Wenn das klar ist, dann hat sich Droste auch einen fiesen Plan dazu ausgedacht.
„Langsam, Herr Brinkmann. Sie äußern Vermutungen. Wie sollen wir so etwas beweisen können?"
„Fällt mir im Moment auch nicht ein. Aber ist es nicht seltsam, dass der Lieferant, der die Kiste mit Kondomen geschickt hat, den Namen Brinkmann verwendet? Dieser Name war bisher nur den Behörden bekannt. Mein gesamtes Umfeld, einschließlich Lieferanten, kannte mich nur als «Brink y Mankoog». In welcher Richtung sind da Informationen geflossen?"
„Sie meinen, eine undichte Stelle in der Behörde? Also Korruption? Das halte ich für sehr unwahrscheinlich und kaum zu beweisen. Es sei denn, wir hätten einen glaubwürdigen Zeugen. Hätten wir den, würde die Jagd sofort abgeblasen."
„Ich bitte Sie, Herr Ostendorf, wenn es dermaßen wichtig ist, sollten wir es unbedingt versuchen, wenn die Chance auch noch so klein ist."
Smartje denkt ein paar Tage darüber nach und hat eine Idee.
„Ich weiß nicht, ob es funktioniert. Es ist der berüchtigte Strohhalm. Der Arbeitsdirektor und Technikchef von Thermax, Kienzle. Der war zwar auch froh, als ich die Firma verließ, aber mit Droste hat er keine Freundschaft. Es geht um die Steuerung der Investitionen, die jeder für sich beansprucht. Nach meinem Abgang hat Kienzle die Kompetenz, aber auf lange Sicht könnte er gegen den aggressiven Droste verlieren. Da Kienzle als Arbeitsdirektor mit allen Angestellten spricht, könnte er Informationen über Droste einsammeln."
„Wie kriegen wir den in unser Boot?"
„Über den Buchhalter Otto Hutzenlaub. Derselbe, der in der ersten Anzeige gegen mich als Belastungszeuge antrat. Hutzenlaub ist ein einfacher Geist mit geringem Durchblick, aber immer bemüht, zweihundert prozentig korrekt zu sein. Wenn wir den unter Druck setzen, wird er bei Kienzle Hilfe suchen. Der wird dann sicher aktiv, schließlich verdankt er Hutzenlaub – indirekt – dass er mich los geworden ist."
Hutzenlaub erhält einen Brief von der Kanzlei Ostendorf, wo ihm eröffnet wird, dass ein

Mandant ihn der Falschaussage beschuldige. Er möge so freundlich sein und sich zur Aufklärung des Sachverhaltes äußern. Umgehend erhält Ostendorf einen Brief des Arbeitsdirektors Kienzle. Der Buchhalter Hutzenlaub sei ein korrekter und gesetzestreuer Mitarbeiter, dem die Firma keine Verfehlung vorwerfen kann. Selbstverständlich werde man sich um Aufklärung bemühen.

Die Mühlen der Justiz mahlen langsam. Natürlich ist das Gericht überlastet. Der Beginn des Prozesses verschiebt sich. Dann kommen schlechte Nachrichten von Lisa. Es kommen kaum noch Kunden, die Betriebskasse ist fast leer. Peer Solinger hat schon die Zahlung der Miete angemahnt. Ostendorf hört sich den Bericht an.
„Sie müssen Zahlungsunfähigkeit anmelden. Das ist Vorschrift. Ich kann das für Sie übernehmen. Dann bekommen wir eine Insolvenzverwalter und der Betrieb kann weiter gehen."

Wieder ein neue Erfahrung für Smartje, pleite war es bisher noch nicht. Elvira kommt zu Besuch.
„Insolvenz? Das ist ja schrecklich. Ich hab' dich gewarnt, du hast nicht auf mich gehört."
„Ach Elvi, welche Alternative hätte es denn gegeben? Weiter mit dem Kuriositätenkarren durch die Jahrmärkte ziehen? Wir wären viel früher an dem gleichen Punkt gestanden und hätten es auch noch selbst verschuldet. Jetzt passiert es durch die Kampfansage eines erbitterten Feindes und ich kann mich wehren."

Mehr als zwei Monate gehen ins Land bis Richter Schmallenberger endlich den ersten Verhandlungstermin ansetzt. Smartje und Anwalt Ostendorf haben eine Handgranate im Gepäck. Die wollen sie gleich zu Beginn der Verhandlung zünden. Nach dem üblichen Vorgeplänkel – Vorstellung, Belehrung, Verlesung der Anklage – meldet er an, eine sehr wichtige und vielleicht prozessentscheidende Ansage machen zu wollen. Das Gericht ist erstaunt. Der Vorsitzende fragt seine beiden Ko – Richterinnen. Sie nicken.
„Also, Herr Ostendorf, worum geht es bitte?"
„Die Verteidigung stellt den Antrag, den Vorsitzenden Schmallenberger für befangen zu erklären und aus der Verhandlung zu nehmen."
Kurze Grabesstille, dann Tumult.
„Worauf beziehen Sie sich, Herr Ostendorf?"
„Auf die Aussage einer Zeugin, die Ihnen Vorteilnahme von einem Belastungszeugen vorwirft:"
Schmallenberger brüllt.
„Sind Sie übergeschnappt? Mir Vorteilnahme vorzuwerfen! Nehmen Sie das sofort zurück oder Sie verlieren Ihre Konzession!"
„Ich beantrage, die Zeugin vor Gericht zu laden und anzuhören."
Schmallenberger zuckt mit den Achseln.
„Dem Antrag muss natürlich statt gegeben werden. Die Sitzung ist beendet."
Nächste Sitzung in zwei Wochen. Solange dauert es, einen Ersatz für Schmallenberger zu finden, der neutral genug ist, seinen Kollegen nicht unbegründet zu schützen. Werner Ziegler

aus Stuttgart ist ein alter Haudegen und bekannt für kompromisslose Verhandlungsführung. Ziegler wendet sich umgehend an Ostendorf.

„Die Verteidigung hat die Introduktion einer Zeugin annonciert, die wichtige oder sogar prozessentscheidende Aussagen zu machen hat."

„Ich darf dem Gericht hiermit vorstellen: Frau Eva Zintl, Buchhalterin bei Firma Thermax in Heidelberg, dort Mitarbeiterin des Hauptbelastungszeugen Heino Droste. Frau Zintl, bitte gehen Sie nach vorne zum Vorsitzenden."

„Kommen Sie nur, Sie müssen keine Angst haben. Wir möchten Sie kennen lernen und hören, was Sie zu sagen haben."

„Ich bin Eva Zintl. Geboren am 3. Juli 1991. Beruf Buchhalterin, angestellt bei Fa. Thermax in Heidelberg, keine Vorstrafen."

„Gut so, danke für die Vorstellung. Was haben Sie uns denn zu erzählen?"

„Also, es geht erstmal um meinen Kollegen Otto Hutzenlaub, auch Buchhalter in der Abteilung von Herrn Droste wie ich. Otto hatte natürlich gehört, dass Herr Brink erneut angezeigt worden war, wegen angeblicher Prostitution. Er bekam einen Brief vom Rechtsanwalt, von dem Dr. Ostendorf hier, wo der ihn verdächtigte, bei den neuen Beschuldigungen mit gefälschten Aussagen beteiligt zu sein. Otto fürchtete, dass damit der frühere Vorgang erneut aufgerollt werden könnte. Und da hat er tatsächlich kein reines Gewissen. Herr Droste hatte ihm eine Sonderzahlung versprochen. Otto weiß heute, dass er da einen schweren Fehler gemacht hat und es tut ihm schrecklich leid. Nun glaubt er, dass ihm aufgrund seiner Beteiligung damals im aktuellen Fall wieder eine Falschaussage vorgeworfen werden könnte. Aber diesmal hat er damit wirklich nicht zu tun."

„Frau Zintl, ich muss Sie leider unterbrechen. Was Sie erzählen, ist interessant, aber was hat das mit dem aktuellen Fall zu tun?"

„Dazu komme ich jetzt, Herr Vorsitzender. Mir war aufgefallen, dass ich eine größere Zahl von Lieferungen zu verbuchen hatte, die an die Adresse Dr. Schmallenberger in Durlach gingen. Ein kompletter Satz von Materialien für den Innenausbau, einschließlich Einbauservice. Als letztes kam noch eine Verbuchung für zwei Schalldämmungsplatten. Aber keine gewöhnlichen, sondern die mit Kunstwerken bedruckten, die Herr Brink damals in unser Sortiment eingeführt hatte. Für diese Artikel gab es keinen Auftrag, keine Rechnung und somit auch keine Zahlung. Ich machte Herrn Droste hierauf aufmerksam und der sagte: «Das bekommt der Kunde von uns kostenlos als Rabatt für seine Großauftrag».

Solche Rabattgeschenke sind durchaus üblich. Aber zwei Kunstwerke von hohem Wert, der sich mit der Zeit auch noch steigern könnte, das hatte es noch nie gegeben. Ich machte Herrn Droste aufmerksam, dass solche wertvollen Geschenke von Herrn Knopp, dem Firmenchef, gegen gezeichnet werden müssen. Herr Droste meinte dazu:

«Der wird schon unterschreiben. Falls nicht, zahl' ich es privat, schließlich bin ich mit Schmallenberger befreundet.»

Als ich das Herrn Hutzenlaub erzählte, war der aus dem Häuschen. «Da ist doch was faul!

Droste macht einem Amtsrichter ein teures Geschenk und dann wird der Brink verhaftet? Was mach' ich bloß, wenn die Verteidigung mich ins Visier nimmt? Wegen der Sache damals. Wer einmal lügt, dem glaubt man nicht...» Dann ist der Otto Hutzenlaub stracks zum Arbeitsdirektor gelaufen. Der soll spontan gesagt haben: «Na, da hat sich der Droste diesmal wohl in ein Hornissennest gesetzt». Dann wurde ich gerufen und aufgefordert, die Geschichte aufzuschreiben, als Solidarität für den Kollegen."

„Das haben Sie gut berichtet, Frau Zintl, nehmen Sie jetzt wieder Platz.

Herr Ostendorf, wie sind Sie in den Besitz dieser Aussage gekommen?"
„Ich bekam sie mit der Post, vom Arbeitsdirektor Kienzle. Mit einem Begleitschreiben, dass ein Verdacht gegen den Buchhalter Hutzenlaub damit wohl gegenstandslos sei. Wir haben das auch so gesehen und noch ein Übriges getan: Wir haben uns in den Asservaten den Karton angesehen mit den Dingsda. Wir haben den Lieferanten ermittelt, mit ihm Kontakt aufgenommen und befragt. Resultat: Der Auftrag wurde nicht von der Lieferadresse geordert, sondern von Dr. Hans Schmallenberger, Amtsrichter in Karlsruhe. Eine Kopie des Auftrags können wir vorlegen."

Richter Ziegler lässt den Hammer auf das Pult sausen.
„Silentium! Das Gericht zieht sich zur Beratung zurück. Bleiben Sie bitte an Ihren Plätzen."
Fünfzehn Minuten später:
„Das Gericht hält die Aussage der Zeugin vorläufig für glaubwürdig, zumal weitere unbescholtene Personen daran beteiligt sind. Die Sitzung ist geschlossen, der nächste Termin wird Ihnen schriftlich mitgeteilt. Die Aufhebung der U-Haft des Beschuldigten durch den U-Richter werden wir empfehlen, da wir keine Verdunklungsgefahr mehr sehen."

Tumult um den Angeklagten. Sanitäter, schnell! Der Mann ist zusammen gebrochen, scheint ohnmächtig zu sein. Sanitäter rennen. Smartje auf der Tragbare. Öffnet die Augen. Hebt die Hand.
„Ich bin OK, war nur für einen Moment etwas abwesend."
Er lässt sich von Ostendorf nach Wolfartsweier fahren. Dort erlebt er eine Überraschung. Seine Geschäftsräume sind total ausgeräumt. Nur seine Dachklause ist unberührt. Nachrichten von Lisa oder Diana hat er nicht. Die waren in der U-Haft verboten, wegen der «Verdunklungsgefahr». Er geht zu Peer Solinger.
„Was ist los Peer, hast du meinen Laden ausgeräumt?"
„Tut mir leid, Smartje, du warst weg und es kamen keine Zahlungen mehr, da musste ich handeln. Du weißt, wie ich auf das Geld angewiesen bin. Ich habe deine Geschäftsartikel und das Mobiliar auf Lager genommen. Einiges davon habe ich auch schon verkauft. Du kannst natürlich wieder anfangen, wenn du die ausstehenden Rechnungen bezahlst."

Abstieg

Für den der auf dem Gipfel war kann es danach nur abwärts gehen.

Smartje bemerkt zu seiner eigenen Verwunderung, dass er seit zwei Tagen nichts gegessen hat. Er ist umhergeirrt und erinnert sich kaum, wo. Lange hat er an der Autobahn gestanden und den Verkehr beobachtet. Hat sich vorgestellt, dass da ein Lamborghini vorbei gebraust kommt und ein Smartje am Steuer sitzt. Als der Hunger sich meldet, erinnert er sich, dass in der Nähe eine Bruchbude ist mit einem Imbisslokal. Sieht aus wie ein umgebauter Kuhstall. Hinter dem Haus gibt es einen großen Parkplatz, da stehen einige Zwanzigtonner. Das ist so eine dieser Geheimadressen der Fernfahrer. Die kriegen ein billiges Abendessen und übernachten in den Schlafkojen ihrer Trucks. Was hat mich bloß hierher geführt? Das war ein ewig langer Fußmarsch und sowas wie eine innere Stimme sage ständig „vorwärts, vorwärts!" Jetzt sitzt er mit einem Pizzabaguette und einem Glas Bier am Tisch mit zwei Truckern, kommt mit ihnen ins Gespräch; was macht ihr, seit ihr zufrieden, wie seit ihr zu diesem Job gekommen?

Der ältere grauhaarige nennt sich Karl Brändel, war früher Lagerverwalter bei einer Spedition. Außerdem Gewerkschaftsfunktionär. Es gab Streit mit dem Chef wegen niedriger Löhne und katastrophaler Arbeitsbedingungen. Gewohnter Alltag für die Trucker. Aber Brändel packte eines Tages der Zorn, er griff in die Tageskasse, verteilte alles an die Trucker. Fristlose Entlassung. Prozess wegen Diebstahls. Dass er keinen Cent für sich genommen hatte, gab mildernde Umstände. Aber auch Robin Hood muss ins Gefängnis. Sechs Monate, davon drei auf Bewährung. Smartje nickt verständnisvoll. Das Übliche, die Moralisten verlieren immer.

„Wie bist du wieder auf die Beine gekommen?"

„Zwei Jahre lang arbeitslos, dann ein Jobangebot vom Logistikbetrieb einer Warenhauskette. Natürlich als Trucker, der Job, den keiner machen will. Ich hatte keine Wahl. Seitdem fahre ich zwischen Mannheim und Konstanz hin und her, her und hin. Zweimal die Woche übernachten in Mannheim, zweimal in Konstanz."

„Bist du zufrieden?"

„Es kotzt mich an. Abends in der Truckerherberge da saufe ich mir einen an, damit ich schlafen kann."

Smartje ahnt, dass das letzte Auffangseil, das diesen Mann gerettet hat, für ihn nicht existiert. Brändels Kollege heißt Johann Einig. Hat noch nie etwas anderes gemacht als LKW fahren. Aber die große Tour. Frankfurt – Istanbul und dergleichen. Sogar nach Adis – Abeba hat er es geschafft. Da gibt's rassige Negerinnen, wow! Johann ist durchaus zufrieden mit seinem Job. Wenig Geld, aber immer action, immer wieder neue Erlebnisse. Die bestehen meist in der Befriedigung des Sextriebes, aber das reicht dem Johann Einig. Er braucht nichts anderes. Smartje sieht keine Möglichkeit, von diesem Mann etwas zu profitieren. Trotzdem verabredet er mit ihnen ein Treffen. Sie sind jeden Mittwoch Nachmittag hier.

Smartje bekommt Post von Ostendorf. Der Termin der Urteilsverkündigung hat stattgefunden. Er erschrickt, er war nicht dabei. Hat man ihn überhaupt informiert? Nun – auf Ostendorf ist verlass. Jetzt hat Smartje eine Kopie des Urteils in der Hand. Freispruch mangels Tatverdacht! Ein Freispruch erster Klasse, die Wirkung der Handgranate. Und wahrscheinlich ein großes Problem für Droste und Schmallenberger. Recht so! Für zweihundertsiebzig Tage U-Haft zahlt die Staatskasse eine Entschädigung. Nach dem kompletten Verlust seiner wirtschaftlichen Existenz ein Almosen. Zum Leben zu wenig, zum Sterben zuviel.

Mittwoch trifft er wieder die LKW Fahrer Brändel und Einig.
„Kann ich mit euch nach Konstanz fahren?"
Eine spontane und ziemlich skurrile Idee. Was will er dort? Er weiß es nicht.

Komm mit, sagte der Hahn, etwas besseres als den Tod finden wir überall.

Der Bodensee ist für Smartje eine neue Welt. Konstanz wirkt auf ihn wie ein undurchsichtiger Moloch. Aber er findet schnell heraus, dass es von der Altstadt im Süden ein Katzensprung ist in die Schweiz. Am kreuzlinger Seeufer drängen sich Urlauber. Auch ein riesiger Campingplatz ist da. Enorm viele Leute haben doch enorm viele Bedürfnisse? Er bleibt ein paar Tage und wandert barfuß am Strand umher. Was machen die Urlauber? Sie drängen sich vor allem um die Imbissstände. Kaufen Fischbrötchen und Kinkerlitzchen, die sie sich an die Hüte stecken. Der Urlauber ist eine Subspezies, die unentwegt Nahrung zu sich nehmen muss. Ließe sich daraus ein Geschäft machen? Das Publikum von Sylt ist das wahrlich nicht, aber Geld ausgeben und prahlen können sie eben so gut. Dann entdeckt er auf der konstanzer Seite die Sealife-Arena, riesiger Aquarienzirkus. Dutzende Familien mit Kindern quellen heraus. Die Kinder sind aufgeregt und berichten von Haien, Oktopussen, Seesternen und allerlei krudem Zeug. Smartje stellt sich vor, er stünde hier mit seinem Jahrmarktskarren. Plüschpinguine, Gummiokotpusse, Plastikkorallen lassen die Kasse klingen. Aber wo kriegt man das her? Er kennt keine Lieferanten. Vielleicht durch einen nächtlichen Einbruch in ein Spielwarengeschäft? Moralische Bedenken hat er keine. Aber so weit unten ist er noch nicht. In der letzten Truckerherberge hat er ein paar Obdachlose gesehen. Trucker und Obdachlose kennen sich und tauschen Erfahrungen aus. Smartje als Anführer einer Bande von obdachlosen Einbrechern? Er erinnert sich an die Zandmanbande aus Enschede. Die haben geplündert, geraubt und vermutlich gemordet. Standesbewusste Verbrecher, keine Roadlords. Smartje übernachtet in der Bahnhofsmission und fährt mit dem Zug nach Karlsruhe. Das kostet ihn nichts, er fährt schwarz. Wenn der Kontrolleur kommt, verschwindet er in der Toilette.

Smartje hat den Kopf voller Ideen. Daheim in Wolfartsweier steht der alte „Tespiskarren" noch hinter dem Haus. Starten lässt er sich nicht. Smartje ruft einen Gebrauchtwagenhändler an. Der holt die Schrottmühle und bietet im Gegenzug einen klapprigen japanischen Pickup. Der Werbeslogan auf der Plane «Andreas Devotionalien» wäre sicher noch gut zu gebrauchen. Der Händler nimmt das Gefährt nur mit Plane oder gar nicht. Die Preisdifferenz ist fast der KO - Schlag. Smartje hat keine Wahl. Er geht zur Bank mit einem kleinen roten Heft, dessen Eigentümer als „Christian Brecht" eingetragen ist, Bevollmächtigter Smartje Brinkmann. Smartje bekommt das Geld. Draußen murmelt er leise:

„Lieber Enkel, lieber Christian, ich danke dir, dass du mir aus der Patsche hilfst. Ob ich es dir jemals zurückgeben kann, steht in den Sternen. Empfindest du das jetzt als unmoralisch? Natürlich, ohne Zweifel. Wenn wir uns kennen lernen, werde ich dir von Tom Lüdemann erzählen, Meister des Wiederauferstehens. „Wenn du im Vernichtungskampf stehst, kann Betrug die letzte Rettung sein" hat er gesagt. Wenn ich mir nun Geld von dir leihe, ist das noch kein Betrug, oder?"

Smartjes Adlerhorst in Wolfartsweier existiert vorerst noch. Peer Solinger hat die Ladengeschäfte neu vermietet, hat ihm aber das Recht eingeräumt, seine Dachkammer weiter zu benutzen. Eine angemessene Miete muss er natürlich zahlen. Smartje greift in seine innere Jackentasche, vergewissert sich, dass das rote Heft noch da ist. Lange wird das nicht reichen, wenn kein Nachschub kommt.
Er fährt zur Kunstakademie, in der Hoffnung, Lisa zu treffen. Er trifft sie sofort. Im großen Zeichensaal thront sie als unbekleidete Diva, wie früher. Dann die Überraschung: Da ist noch ein Model – ein junges Mädchen mit makelloser Venusfigur.

„Dithlinde? Ist das die Möglichkeit? Wie hast du es hier her geschafft?"
Dithlinde deutet auf Lisa.
„Sie hat alle für mich gemanagt. Sie ist großartig. Wenn ich später in das Weingeschäft meines Vaters einsteige, werde ich mich revanchieren".
Nun sitzt er mit Lisa und Dithlinde in einer Pizzeria. Zur Pizza trinken die Frauen ein Glas Valpolicella, Smartje Leitungswasser. Lisa berichtet:
„Hundert mal haben wir vergeblich versucht, mit dir Kontakt aufzunehmen. Jedesmal abgelehnt, jedesmal die Begründung: Verdunklungsgefahr. Mit der Zeit haben wir uns gefragt, wer hier was zu verdunkeln hat. Wir hatten schon den Verdacht, dass mit diesem Richter Schmallenberger etwas nicht stimmen könnte. Du willst wissen, wo sie alle sind? Also,
Diana: Hat wohl in unserer Galerie gut verdient und gespart. Nun hat sie sich in Baden-Baden in eine Galerie eingekauft. In der Sophienstraße mit der höchsten Touristendichte ist das eine Gelddruckmaschine. Zudem ist die Galerie an dem berühmten Fabergé – Museum beteiligt. Finanziell hat sie ausgesorgt.
Kerstin: Sie hat geheiratet! Ja, da staunst du. Einer ihrer Anbeter aus dem japanischen Club. Der wollte sie und hatte nicht gegen das Kind. Nun haben sie in Varnhalt ein Weinlokal mit Nachtclub gepachtet. Funktioniert offenbar gut. Kerstin hat mit viel Mut die Quadratur des Kreises geschafft."
„Was macht Ilse Gschwendt?"
„Du wirst es nicht glauben: Ilse arbeitet als Animateuse in Kerstins Nachtclub. Das ist kein Angestelltenverhältnis, das ist eine echte Partnerschaft."
„Was ist mit Verena?"
„Spurlos verschwunden. Es gibt eine unbestätigte Nachricht, dass sie in einem Nonnenkloster bei Frauenweiler als Hausmeisterin, Gärtnerin und Faktotum für alles arbeiten soll. Klingt etwas unwahrscheinlich, könnte aber aufgrund ihrer Familiengeschichte passen. Vielleicht hat ihr der Vater diesen Job besorgt und sie haben sich versöhnt."

In seiner Dachklause brütet Smartje bei trübem Licht über trüben Gedanken. Was ist nur passiert? Die Frauen, die er praktisch auf der Straße aufgelesen hat, haben den Weg in eine sichere Zukunft gefunden. Vor ihm aber steht das schwarze Nichts. Den wütenden Vernichtungsangriff des Heino Droste hat er nicht kommen sehen. Einmal nicht aufgepasst, nie mehr gut zu machen. «Numquam reparabile» hat Dr. Ratsmann mehrdeutig gesagt. Einer noch unklaren Idee folgend, besucht er Peer. Der hat Mitleid mit ihm und ist schließlich bereit, ihm eine Kollektion seiner Juxfiguren in Kommission zu geben.

„Mach den Preis selber und zahle, was du verkauft hast. Weiter kann ich nicht gehen, hab' auch zu kämpfen."

Smartje hat aber noch eine Wunsch.

„Kannst du mir für den Pickup einen Aufsatz bauen? Der muss so beschaffen sein, dass er fest auf der Pritsche steht, die rechte Wand soll herunterklappbar sein, dass man einen offenen Verkaufsstand bekommt.:"

„Kannst du zahlen?"

„Nein, kann ich nicht, oder nur wenig."

„Nervensäge. Ich bau' dir eine Rahmenkonstruktion, die mit einer Segeltuchplane überdeckt werden kann, das ist das billigste. Für dich! Weil ich hoffe, dass du meine Sachen gut verkaufen wirst."

Smartje sitzt in seinem Picki und nimmt die Autobahn Richtung Basel. Zehn Tage hat Peer gebraucht, um einen Lattenrost mit Segeltuchdecke zu basteln. Zehn Nachmittage hat er in der Truckerkneipe gesessen und mit den PS-Kapitänen diskutiert. Hat zehn Nächte in der Herberge auf einem Strohsack geschlafen. Aber jetzt geht's los! Nach Süden, der Hoffnung entgegen. Hoffnung worauf? Naja, wird sich schon ergeben. Das Lattengestell hinten auf der Pritsche ist vollgepackt mit Skurrilitäten. Damit wäre er besser nach Paris gefahren, auf den marché aux puces. Aber was soll man machen? Wenn die Leute Gartenzwerge aus Teakholz und Liebespaare aus bemaltem Porzellan haben wollen, kann er ihnen doch keine Beethoven – Büste anbieten. Ja, auch Kunstwerke hat er im Angebot. Romantische Waldlichtung mit röhrendem Hirsch. Manche Männer scheinen sowas im Schlafzimmer zu brauchen. Er hat in diesen Tagen viel zusammen gesammelt und tatsächlich nichts bezahlt! Bei der schlechten Konjunktur lassen sich die Hersteller darauf ein. Der alte Vergleich vom Spatzen in der Hand und der Taube auf dem Dach. Nun will er auf dem Weg nach Konstanz noch in Titisee halt machen. Mathias Joos will ihm zwei kleine Kuckucksuhren mitgeben. Ein Test, am Bodensee sollen auch Amerikaner Urlaub machen. Für die ist der Erwerb einer german-kuckucks-clock Pflicht. Johann Einig, mit dem er gerade noch bei Wasserweck – Frühstück sitzt, schüttelt den Kopf.

„Bin gespannt, was da raus kommt. Glaub nicht dass du was los wirst."

Smartje bedankt sich für den aufmunternden Zuspruch und gibt Gas. Der alte Picki schnauft und röhrt.

„Durchhalten altes Dampfross, wir müssen gemeinsam in Konstanz ankommen. 260 Kilometer, die wirst du doch schaffen, du Schrottesel?"

Baden-Baden – Offenburg – Freiburg. Den Berg hinauf. Der Picki stöhnt. Schafft es bis

Titisee und bleibt da stehen. Mathias Joos wundert sich, dass Smartje zu Fuß auftaucht.
„Was ist los? Sie sind doch nicht von Karlsruhe als Jogger heraufgekommen?"
Es zeigt sich, dass Mathias ein gutherziger Mensch ist. Kein bisschen der geizige Schwabe
aus der Legende. Er hat am Südwestufer des Sees eine Bungalow – Anlage für Touristen.
Smartje kriegt ein Zimmer und der Picki wird in die nächste Autowerkstatt geschleppt.
Diagnose:
„Der Fuchs, der Ihnen das verkauft hat, scheint statt Motoröl Staucherfett eingefüllt zu haben.
Dann hört man das Klappern nicht, ein alter Trick."
Nach einem Ölwechsel läuft der Picki wieder. Klappert, klingelt und röhrt, aber läuft. Erreicht
mit Smartje und seiner Ladung in zwei Stunden den Bodensee.

In Konstanz fährt er am Bahnhof vorbei, nimmt am Kiosk einige Lebensmittel mit und, einer
Eingebung folgend, ein paar zappelnde und kopfnickende Dackelfiguren. Vielleicht lässt sich
das verkaufen? Wenn nicht, bilden sie auf jeden Fall einen Aufmerksamkeitserreger. Durch
die Hafenstraße erreicht er die Sealife – Arena, dort will er den Picki mit dem Banner
„Andreas Wunderkiste" in der Nähe des Eingangs stationieren. Sealife wird vor allem von
Familien mit Kindern besucht. Die Kinder sind Smartjes Zielgruppe. Sie haben Wünsche, die
sie oft mit Schreien und Stampfen durchsetzen. Wackeldackel, Plüschdelfine und kleine
silberglänzende Modelle von Bodensee – Dampfern aus der Produktion von Peer Solinger und
Jörg Renz sind Smartjes Hoffnung auf den Wiederaufstieg.

Das Geschäft läuft schleppend an und erwartungsgemäß erscheint alsbald eine Polizeistreife,
die einen Hinweis der Gewerbeaufsicht überprüfen will.
„Können wir bitte Ihren Gewerbeschein sehen?"
„Gewerbeschein, bitte, was ist das?"
„Nun sagen Sie nur, Sie haben keinen Gewerbeschein?"
„Verzeihung, ich bin Holländer und kenne mich hier in der Schweiz nicht so gut aus."
„Sie sind hier nicht in der Schweiz, die beginnt ein paar Meter da drüben."
„Dann packe ich selbstverständlich meine Sachen und ziehe um."
„Was Sie in der Schweiz machen, geht uns nichts an, Aber da werden Sie wahrscheinlich
auch kontrolliert."

Smartje packt ein, wartet, bis das Polizeiauto außer Sicht ist und packt wieder aus. Das
Schauspiel hat einige Sealife – Besucher neugierig gemacht.
„Was wollten die denn von Ihnen?"
„Die meinten, ich würde hier Fischbrötchen verkaufen und das sei nicht erlaubt."
„Keine Fischbrötchen, was haben Sie dann?"
„Einen hübschen Plüschdelfin für Ihre kleine Tochter und ein wirklichkeitsgetreues tolles
Modell von einem Bodenseedampfer. Das lieben besonders die kleinen Jungen sehr."

Am Ende dieses Tages hat Smartje richtig Kasse gemacht. Die Polizei, dein Freund und
Helfer! Die können ruhig öfter kommen.

Smartje schläft auf seiner Pritsche inmitten seines Panoptikums. Das spart Kosten und ist auch eine Sicherung. Nachts hört er Schritte um den Picki herum. Er streckt den Kopf aus der Zeltplane, die Schritte entfernen sich eilig.

Finanziell kommt er nicht voran. Die Einnahmen sind so spärlich, dass sie knapp zum Überleben reichen, an Rücklagen ist nicht zu denken. Drüben am kreuzlinger Strand gibt es ein Lokal, das gegrillte Bodenseefelchen anbietet. Die Urlauber drängeln sich davor. Vor dem Eingang haben sie da eine riesige Grillanlage. Ja, so ein Ding müsste man haben. Wie kriegt man das Kapital dafür zusammen?
Also, wenn er an allem Mangel leidet, so doch nicht an Ideen. Mit Ideen ist er noch jedesmal wieder auf die Beine gekommen.

Er geht zur Bank und eröffnet ein Girokonto auf den Namen Christian Brecht. Er geht zum Postamt und mietet ein Postfach auf den Namen „Andreas Wunderladen", Inhaber Christian Brecht. Er geht zu Stadtverwaltung und beantragt einen Kleingewerbeschein für „Andreas Wunderladen, Souvenir und Devotionalienhandel, keine Lebensmittel. Inhaber Smartje Brinkmann. Er erhält die Lizenz und ist jetzt ein „fliegender Holländer". Das erspart die Polizeikontrollen. Dann kommt der Hauptpunkt des Plans: Er schreibt einen Brief.

Andres Wunderladen GdbR

Christian Brecht, Einkauf
78426 Konstanz, Postfach 1472

An Fa.
Caravaggio Grappa und Weinbrand GmbH
Handelshaus der Silbernagel Likörfabrik Ennepe GmbH & Co KG
40667 Meerbusch, Büdericher Straße

Sehr geehrte Damen und Herren
Für den Verkauf in unserem mobilen Vertriebsnetz in Konstanz und Kreuzlingen suchen wir alkoholische Spezialitäten aller Art. Der von Ihnen angebotene unverzollte Alkohol für medizinische Zwecke ist für uns interessant. Wir würden zuerst in der Testphase kleine Kontingente abnehmen, die mit Bekanntwerden des Produktes ansteigen können.
Als Wiederverkäufer rechnen wir mit einem Nachlass von 30% auf Ihren Endpreis.
Wir bitten um Nachricht an unsere Postfachadresse.
Mit freundlichen Grüßen
Christian Brecht, Vertrieb und Generalvollmacht.

Silbernagel reagiert in wenigen Tagen.

Caravaggio Grappa und Weinbrandherstellung OHG
40667 Meerbusch, Büdener Straße
Robert Proust, Vertriebsleiter

An Fa.
Andreas Wunderladen GdbR
78462 Konstanz, Postfach 1472
Herrn Brecht, Einkauf

Sehr geehrter Herr Brecht
Ihr Verkaufsunternehmen ist uns nicht bekannt. Da wir im Urlaubsbereich Bodensee bisher nicht vertreten sind, bewerten wir Ihr Ansinnen positiv. Einen Wiederverkäuferrabatt von 30% können wir nicht gewähren. Wir bieten 20%. Wenn Sie einverstanden sind, können Sie ordern. Wir erwarten Vorkasse auf Rechnung und liefern nach Zahlungseingang.
Hochachtungsvoll
Proust, Verkaufsleitung

Na schau, Der Proust ist noch da! Hat die Übernahme durch Silbernagel überlebt. Vielleicht sogar mitgestaltet und ist nun saturiert. Ist ein Judas ein Judas, wenn sein Gott kein Gott ist, sondern ein Mafioso? Und wie knauserig, nur 20%! Den soll der Teufen holen. Natürlich mach' ich das, hab' mal wieder keine Wahl. Vorkasse? Ahnt der was? Ach was, den Namen Christian Brecht kann er noch nie gehört haben.

Smartje hat am Strand eine Schiefertafel aufgestellt und mit Kreide eine Annonce geschrieben.

Probieren Sie unseren supersauberen medizinischen
Alkohol ! 40 % ig
Der ist so sauber, dass Sie ihn auch trinken können!
Sie dürfen ihn aber nicht trinken, weil er unverzollt ist.
Deshalb ist er auch so billig. Frisch vom Fass!
Aroma von italienischem Grappa aus vollreifen Trauben.
Bringen Sie eine Flasche mit.

Die Schiefertafel hat zunächst einen unerwarteten Effekt.
Wirfst du den abgenagten und noch duftenden Knochen eines T-Bones auf die Straße, versammeln sich in kurzer Zeit die Straßenhunde der Gegend.
Die Schiefertafel erzeugt eine Versammlung von zweibeinigen Straßenhunden. Die trinken sonst einen ungenießbaren Fusel und bekommen davon Leberzirrhose. Smartje ist es egal, wer

die Käufer sind. Sie müssen eine Flasche dabei haben und ein Paar Münzen oder Scheine eines gültigen Zahlungsmittels. Der Liter kostet fünfzehn Euro. Für drei Euro gibt es zweihundert Milliliter, für dreißig Cent ein Schnapsglas. Dazu die Ermahnung, das Zeug ja nicht zu trinken! Was natürlich von allen gewissenhaft befolgt wird.

In der Schar der Roadlords fällt Smartje eine kleine Frau auf, mit einem ansehnlichen Pelzmantel, knallrot lackierten Nägeln und Lippen, strähnigen ungewaschen wirkenden schwarzen Haaren. Sie kauft für dreißig Cent ein Schnapsglas, dreht Smartje den Rücken zu und kippt sich den Inhalt mit einem Zug hinter die roten Lippen.
„He, du, Jungfrau! Ich hab' doch gesagt, du sollst es nicht trinken!"
„Ich hab's auch nicht getrunken. Und weil ich der Versuchung tapfer widerstanden habe, habe ich mir zur Belohnung ein Gläschen Schnaps gegönnt."
„Dunnerlüttchen, Jungfrau, du bist ja eine richtige Philosophin! Wie heißt du denn?"
„Ich bin Rita Mascaloni aus Luxemburg. Ich lebe aber ständig in der Schweiz und bin meistens hier am Bodensee. Hier ist immer was los und es gibt viele Touristen, die Abenteuer suchen und zahlungskräftig sind."
„Aha, verstanden. Mit deinen Abenteurern gehst du auch manchmal einen bechern?"
„Manchmal? Immer! Die brauchen das, um ihre Hemmungen abzulegen. Nachdem sie getrunken haben, verlieren sie gewöhnlich die Kondition, bringen nichts mehr zustande und schlafen ein. Dann bewache ich ihre Brieftaschen, damit keiner was stiehlt."

Die Traube der Streuner, die nun fast täglich an Smartjes Picki hängt, zieht Andere an. Bodenseefischer, die vom Hafen herüber kommen und einem Schluck Grappa nicht abgeneigt sind, Handwerker und Strandordner, eine überschaubare Klientel. Touristen? Die scheinen einen hohen Fluchtabstand gegenüber den Clochards einzuhalten. Manchmal kommt einer, wenn er dann die Tippelbrüder sieht, ist er schnell wieder weg. So kann er seine Finanzen nicht sanieren. Doch auch zu dieser Lage hat er noch eine Idee. Die Idee heißt Rita Mascaloni. Als die Penner in der Abenddämmerung beginnen, ihre Schlafkojen anzusteuern, ruft er sie zu sich.
„He Jungfrau Rita, magst du noch ein paar Minuten da bleiben? Ich hab' was mit dir zu reden."
„Willst du mir eine Flasche Schnaps schenken?"
„Mal sehen. Bekanntlich haben die Götter vor das Vergnügen die Arbeit gesetzt. Eure Anwesenheit hier vergrault mir die Touristen. Ich habe vor, das Schnapsfass auf ein kleines Handwägelchen zu setzen und so fünfzig Meter weiter da drüben am Strand aufzustellen. Dazu brauche ich jemanden, der den Zapfhahn bedienen kann und aufpasst, dass keiner mehr bekommt, als er bezahlt hat. Du kennst doch sicher jemand, der dafür geeignet ist?"
„Sicher kenne ich jemand. Rita Mascaloni, die du Jungfrau nennst, kann das machen."

Es läuft also erstmal wie erwartet. Das Problem wird die Kontrolle. Wenn es zu einem Saufgelage kommt, wird Rita das nicht steuern können. Er will ein System von Bezahlbons einführen und eine Gewichtskontrolle des Fasses, die am Abend mit den Zahlungen übereinstimmen muss. Hohes Risiko, aber einen Versuch wert. Ist die Streunerin zuverlässig? Das erscheint ihm als der leichteste Teil, mit Frauen kennt er sich aus. Wenn es ihm gelingt, sie emotional an sich zu binden, wird sie es richtig machen.

Smartje lädt Rita zu einem Grillfisch im Strandlokal ein. Die ist sowas nicht gewohnt und jauchzt vor Freude. Auch, wenn es zum Felchen nur Mineralwasser gibt, schmälert das die Begeisterung nicht. Die Dämmerung vertreibt die Hundstags – Hitze und als mit der Dunkelheit auch der Mond wie bestellt erscheint, lässt sich die Romantik der Stimmung nicht mehr steigern. Smartje weiß, wie weit er gehen kann. Zwar ist Rita eine promiskuitive Person, aber private Herzgeschichten funktionieren bei ihr wie bei jeder Frau. Dinner und Mondschein führen direkt ins Zentrum. Er schlägt ihr vor, eine Runde im See schwimmen zu gehen. Sie sieht ihn mit großen Kulleraugen an.
„Aber, Smartje, ich hab' doch keinen Badeanzug!"
„Überflüssig, es ist stockfinster und am Strand ist niemand mehr."
Es zeigt sich, dass die kleine Straßenkatze keineswegs unerfahren ist. Sie kommt schneller aus den Kleidern als er. Dann plantschen sie im warmen See und das Mondlicht enthüllt, dass Rita einen straffen Busen hat und offenbar jünger ist, als ihre Gesichtszüge vermuten lassen. Zum Abtrocknen ziehen sie sich ins Smartje Wunderkiste zurück. Im Morgengrauen verlässt eine kleine Pelzmaus das heimliche Nest.
Smartje hingegen lässt sich Zeit, die Muße des Siegers. Er trägt seinen Schlafsack zum Lüften hinaus und erstarrt. Was ist das? Das sind doch Flöhe! Die kleine Drecksau hat wahrhaftig Flöhe mitgebracht! Na warte, das setzt was! Aber – wenn ich sie rauswerfe, wer passt dann auf mein Schnapsfass auf? Das kann so nicht gehen. Also wird es eine Strafpredigt geben und eine Versöhnung.
Am Nachmittag ist sie inmitten ihrer Kumpane wieder da. Er fischt sie aus dem Pulk, hält ihr den Schlafsack unter die Nase und fuchtelt drohend mit dem Zeigefinger.
„Wenn du wieder zu mir kommst, erwarte ich, dass du frisch gewaschen bist! Mit dem nächsten Floh ist unsere Beziehung zu Ende, verstanden?"
Sie macht einen Schmollmund und trippelt davon. Ist für den Rest des Tages unauffindbar. In der Abenddämmerung steht sie wieder vor ihm. Sie duftet intensiv nach Chanel Nr. 5, die Haare sind nicht nur frisch gewaschen, sondern auch zu Locken gedreht. Smartje begreift sofort: Mit diesem Wesen könnte er Katz und Maus spielen, wenn er denn wollte. Will er aber gar nicht. Wenn die Metamorphose von Dauer ist, wird er in ihr eine nützliche Helferin haben und nicht nur das.
Am Ende dieses Somme ist Smartje hoffnungsvoll. Er hat eine Gehilfin, die das Geschäft unterstützt und auch anderweitig für Freude sorgt. Der Schnapsverkauf bringt inzwischen soviel wie das gesamte übrige Geschäft. Ja, wenn der Silbernagel wüsste, dass er ihm gerade die Leiter hält für den Wiederaufstieg!

Dann kommt, früh und abrupt, nasskalt und verregnet, der Herbst daher. Touristen gibt es keine mehr am Strand und die Tippelbrüder saufen zwar gerne, können aber wenig zahlen. Beim Amt für Abfallwirtschaft besorgt er sich eine Servierwagen, den bestückt er mit seinen Plüschdelfinen und Quietschoktopussen. Damit steht er den ganzen Tag vor dem Eingang der

Sealife Arena. Manchmal verkauft sich das eine oder andere Stück. Das reicht nicht jeden Tag für das Nötigste. Eiskalter Nordwestwind bringt eiskalten Regen und Smartje steht mit seinem Servierwagen auf der Straße. Es ist zwecklos, auszuharren. Er verkriecht sich in seine Pritsche und in seinen Schlafsack. Er friert, außerdem ist ihm übel und er hat Schmerzen im Bauch. Die unerschütterliche Gesundheit, seine letzte Bastion, gerät ins Wanken.

Rita kommt am Vormittag um den Schnapsverkaufsstand aufzubauen. Warum eigentlich? Auch die Eisernen der Straße bleiben jetzt lieber im Bau.
„Du kannst doch hier nicht den Winter verbringen, Smartje. Komm mit mir in die Herberge. Da reicht die Temperatur zum Überleben."
„Wo schläfst du überhaupt, wenn du nicht bei mir bist?"
„In Kreuzlingen gibt es eine Obdachlosenherberge. Ein Stückchen den Berg hinauf, auf dem Gelände eines Wohnheims. Da haben sie eine Baracke errichtet, dort können wir kostenlos übernachten und abends gibt es sogar eine warme Suppe. Die Anlage wird von einem Sozialverein betrieben, hat wohl was mit Kirche zu tun. Nimm deinen Schlafsack auf die Schulter und komm' einfach mit."
„Komm mit, sagte der Hahn, etwas Besseres als den Tod finden wir überall."
„Was für ein passender Satz, hab' ich noch nie gehört."
„Das ist ein Märchen aus Norddeutschland. Die aus der Gesellschaft Herausgefallenen scharen sich um den Hahn. Was das Märchen nicht erzählt, ist das Schicksal des Hahns."

Smartje hat keine Wahl. Er packt sein Bündel auf den Rücken und geht mit Rita. Dort trifft er Menschen, die ihn zuerst skeptisch ansehen, aber nach einer Erklärung von Rita freundlich begrüßen. Die Baracke ist voll mit Etagenbetten, die sind alle belegt. Aber auf dem Boden, neben Rita ist noch Platz. Der Penner, der hier ansässig ist, rückt mit einigem Murren zur Seite. Smartje lässt sich auf den Boden fallen und hat spontan eine luzide Erkenntnis:
„Das Schicksal des Hahns hängt von einem Straßenmädchen ab."
Letzte Station für einen ehemaligen Lebemann und Frauenversteher.

Smartje fühlt sich elend. Dass er so lange draußen im nasskalten Wind ausgeharrt hat, hat ihm einen grippalen Infekt beschert. Er liegt auf seiner Matte und hat Halluzinationen. Einmal glaubt er, Edda stünde vor ihm, dann glaubt er sich im Kampf mit Ludwig Silbernagel, er schlägt um sich und schreit. Ein Pfleger des Sozialvereins „Abendlichter" sieht nach ihm. Bringt ihm eine Karaffe mit Wasser. Schon zwei Tage hat er nichts mehr gegessen und getrunken. Die Austrocknung hat offenbar ein Delirium bewirkt. Mit der Portion Wasser im Bauch fällt er in einen tiefen Schlaf. Als er aufwacht steht Rita vor ihm. Sie hält ihm ein Henkeltöpfchen mit einer dampfenden Suppe hin.
„Da schau, das soll ich dir bringen, dein Abendessen."
Er fühlt sich besser und löffelt den Inhalt des Henkeltöpfchens. Eine dünne Brühe, gut gesalzen, sie macht munter und die Vitalität kehrt zurück.
„Danke, Rita, du bist mein Abendstern."

„Was bedeutet das?"
„Das ist die Venus, die am Himmel erscheint, wenn die Sonne untergeht."
Er ist nicht sicher, ob sie verstanden hat, was er damit sagen will.

Am nächsten Morgen erhebt er sich.
„Ich muss unbedingt schauen, was mein Picki macht. Seit Tagen steht er unbewacht da draußen."
Ein bisschen außer Atem erreicht er die Stelle am Strand und erstarrt. Was ist hier los? Der Lattenverschlag auf der Pritsche ist vollständig zerbrochen, die Segeltuchplane in Stücke geschnitten. Die Kiste ist komplett leer und ausgeraubt. Vandalismus! Nicht genug damit: die hinteren Reifen des Picki sind zerstochen. So kann er ihn nicht einmal wegfahren. Er sucht in den Resten seines Eigentums. Da ist nichts Brauchbares mehr. Unter dem Fahrersitz hat er einen Kasten, da bewahren die Fahrer ihren Proviant auf. Da ist noch eine Flasche mit Caravaggio – Grappa, die haben die Täter nicht gefunden.
Mit der Flasche in der Hand irrt er ziellos am Ufer umher, findet keinen Weg, keinen Ausweg. In der Nähe des Bootshafens setzt er sich auf einen Stein, öffnet die Flasche.

Spaziergänger finden einen bewusstlosen Mann am Ufer. Ist er bewusstlos oder gar tot? Sie rufen die Polizei. Die Polizisten fragen: Ist er bewusstlos oder gar tot? Sie rufen ein Rettungsfahrzeug. Die Sanitäter überblicken die Lage. Er lebt noch, aber – sehen Sie die Flasche? Wahrscheinlich Alkoholvergiftung oder Alkoholdelier. Ein Fall für die Ambulanz im Universitätsklinikum. Blaulicht an und Martinshorn.
Smartje kommt zu sich und wundert sich über die Umgebung. Überall blinkt und piepst es.
„Na, aufgewacht? Können Sie sprechen?"
„Wo bin ich hier? Ist das eine intergalaktische Raumstation?"
„Sie sind in der Intensivmedizin der Universität Konstanz. Wir haben Ihnen den Magen leer gepumpt und Adrenalin gespritzt. Bitte bleibe Sie liegen, Sie können jetzt nicht aufstehen."
„Wie bin ich hierher gekommen, was ist überhaupt los, warum Magen leer pumpen, warum Adrenalin?"
„Sie haben ernsthafte Gesundheitsprobleme. Der Stationsarzt wird gleich vorbeikommen und erklären, was wir alles bei Ihnen gefunden haben:"

Smartje ist auf einer Reise durch Tag und Traum. Er bemerkt, dass er eine Infusionskanüle am linken Unterarm hat, fühlt sich schwerelos und beinahe glücklich. Als er aus dem Traum erwacht, steht ein weißer Kittel neben ihm.
„Sind Sie ansprechbar? Was sehen Sie?"
„Eine Statue in einem weißen Overall mit Kochmütze."
„Ich bin Dr. Mönkeberg, Ihr Stationsarzt. Ich habe leider eine sehr schlechte Nachricht für Sie. Hatten Sie in der letzten Zeit Bauchschmerzen an der rechten Seite?"
„Allerdings. Nicht durchgehend, aber manchmal heftig."
„Wir haben in Ihrer Leber einen Tumor entdeckt. Sie wissen, was das bedeutet?"
„Habe ich Krebs?"
„Sie haben Leberkrebs. Wir sehen einen faustgroßen Tumor. Den haben Sie vermutlich schon

längere Zeit."

„Kommt das vom Alkohol?"

„ Nein. Es ist wahrscheinlich eine Metastase. Die Ursprünge liegen im Genitalbereich. Hatten Sie in den letzten Jahren viele Frauenkontakte?"

„So einige. Hab' sie nicht gezählt. Was wird jetzt aus mir?"

„Der Tumor ist inoperabel. Haben Sie Verwandte, die Sie zu sich nach Hause holen können?"

„Ich habe eine Tochter, aber die will ich nicht damit behelligen."

„Da schämt sich wohl der Vater vor seiner Tochter? Wir werden Sie in die Palliativstation verlegen. Haben Sie eine Krankenkasse oder Privatversicherung?"

„Nein."

„Wer zahlt Ihre Krankenhausrechnung?"

„Normalerweise ich selbst. Aber momentan bin ich pleite. Man hat mich ausgeraubt."

„Können wir Ihre Tochter benachrichtigen, wird sie die Rechnung zahlen?"

„Bitte tun Sie das, ob sie die Rechnung bezahlen kann, weiß ich nicht. In meiner Jacke steckt die Brieftasche, da finden Sie die Adresse."

Der weiße Kittel ist so plötzlich verschwunden, wie er aufgetaucht war. Smartje wird mit einer Plastikhaube verhüllt und durch endlose Flure geschoben. Als die Plastikhülle entfernt wird, findet er sich in einem Raum mit drei weiteren Männern. Ältere Herren, die reglos auf dem Rücken liegen.

„Ist das hier das Sterbezimmer?"

„Wie kommen Sie darauf?"

„Meine Zimmergenossen sind doch schon halb im Jenseits. Ich bitte um eine ehrliche Antwort: Wieviel Zeit habe ich noch? Noch Wochen? Noch Monate?"

„Sie wollen eine ehrliche Antwort: Noch Tage."

Smartje bekommt wieder eine Infusion, die bringt einen tiefen traumlosen Schlaf. Als er aufwacht, steht Andrea neben seinem Bett.

„Ogott, Pappi, was für ein Unglück hat dich getroffen?"

„Kein Unglück, Andi. Es war wohl mein vorprogrammiertes Schicksal."

„Kann ich dir noch einen Wunsch erfüllen?"

„Nur noch diesen einen: Ich möchte nicht beerdigt werden. Ich will eingeäschert werden und die Asche soll im See verstreut werden. Geh jetzt, Andi, daheim wartet dein Söhnchen. Was macht eigentlich Mama?"

„Sie ist gerade wieder in Mailand. Sie schuftet wie ein Pferd und ist sehr erfolgreich."

„Bitte sag' ihr, dass ich dankbar bin für die schönen Jahre, die ich mit ihr verbringen konnte."

Als Andrea einige Tage später heimkommt und die Wohnungstür öffnet, klingelt das Telefon.

„Universitätsklinikum Konstanz. Ihr Vater ist soeben verstorben. Wir beauftragen ein Bestattungsinstitut, die angegebene Einäscherung durchzuführen. Das Institut schickt die Rechnung direkt an Ihre Adresse. Werden Sie zur Einäscherung kommen?"

„Nein, vielen Dank."